CW01403673

L. M. Mon

Anna de Veı

"La bonaj steloj renkontiĝis en via horoskopo,
Faris vin el spirito kaj fajro kaj roso."

—*Robert Browning*

L. M. Montgomery

Anna de Verdaj Gabloj

Romano

Tradukita el la angla de
Trefflé Mercier

MONDIAL

Mondial
Novjorko

L. M. Montgomery:
Anna de Verdaj Gabloj

Romano tradukita el la angla en Esperanton
de Trefflé Mercier

Originala anglalingva titolo:
Anne of Green Gables

Kovrilo: Mondial

La kovrilbildoj (el Vikipedio) estas ekster kopirajto,
laŭ indiko de la fotintoj; la originala versio de la foto de Anna
estas farita de fotisto kun la pseŭdonimo "Smudge 9000".

Internaj ilustraĵoj de M. A. kaj W. A. J. Claus.

ISBN 9781595694379

www.esperantoliteraturo.com

ĈAPITRO

L. M. Montgomery (1874-1942)
(Fonto: Library and Archives Canada)

MEMORE AL
Miaj Patro kaj Patrino

ĈAPITRO 1
S-INO RAĈELA LYNDE ESTAS SURPRIZITA

S-ino Raĉela Lynde loĝis ĝuste kie la ĉefvojo de Avonleo malsupreniris en etan kavon, franĝitan per alnoj kaj fuksioj, kaj trafluitan per rojo, kiu fontis fore en la arbaro de la malnova Cuthbert-loko; ĝi estis konata kiel labirinteca kaj impeta rojo en sia frua kurso tra tiu arbaro, kun mallumaj sekretoj pri lageto kaj kaskado; sed kiam ĝi atingis la Kavon de Lynde, ĝi estis kvieta, bonkonduta rojeto, ĉar eĉ ne iu rojo povis preterpasi la pordon de s-ino Raĉela Lynde sen justa konsidero por deco kaj etiketo; ĝi probable konsciiĝis ke s-ino Raĉela sidis ĉe sia fenestro, gardanta akran rigardon al ĉio kio preterpasis, al rojoj kaj infanoj kaj pli, kaj ke, se ŝi ekvidis ion ajn strangan aŭ malkonvenan, ŝi neniam ripozus ĝis ŝi eltrovus la kialojn kaj prokiojn de tio.

Estas multaj homoj, en Avonleo kaj ekster ĝi, kiuj povas streĉe okupiĝi pri la aferoj de la najbaroj neglektante siajn proprajn; sed s-ino Raĉela Lynde estis unu el tiuj kapablaj estaĵoj kiuj povas regi siajn proprajn aferojn kaj krome tiujn de aliaj homoj. Ŝi estis notinda dommastrino; ŝia laboro ĉiam estis farita kaj bone farita; ŝi "estris" la Kudran Rondon, helpis estri la dimanĉan lernejon, kaj estis la plej forta subteno de la Preĝeja Help-Societo kaj Helpantaro de la Fremdaj Misioj. Spite ĉion ĉi s-ino Raĉela trovis abundan tempon por sidi dum horoj ĉe sia kuireja fenestro, trikante peplomojn el kotona varpo – ŝi trikis dekses el tiuj, kiel la dommastrinoj de Avonleo kutimis diri per mirigitaj voĉoj – gardante akran okulon al la ĉefa vojo kiu trairis la kavon kaj serpentis sur la kruta ruĝa deklivo pretere. Ĉar Avonleo okupis etan triangulan duoninsulon elstarantan en la Golfo Sankt-Laŭrenco, kun akvo ĉe du flankoj de ĝi, ĉiu kiu eliris aŭ eniris ĝin devis pasi sur tiu dekliva vojo kaj tiel trairi la nevideblan krucpafadon de la ĉionvidanta okulo de s-ino Raĉela.

Ŝi sidis tie iun posttagmezon en frua junio. La suno eniris la fenestron varma kaj brila; la horto sur la deklivo malsupre de la domo estis, kvazaŭ novedzino, abunda je rozblankaj floroj prizumataj de miriado da abeloj. Tomaso Lynde – malalta humila viro kiun la homoj de Avonleo nomis "la edzo de Raĉela Lynde" – semis siajn semojn de malfruaj napoj sur la dekliva kampo preter la garbejo; kaj Mateo Cuthbert devus semi la siajn sur la granda ruĝa roja korto fore apud Verdaj Gabloj. S-ino Raĉela sciis ke li devus semi, ĉar la antaŭan vesperon en la vendejo de Vilhelmo J. Blair en Karmodo ŝi aŭdis lin diri al Petro Morrison, ke li intencas semi siajn napo-semojn la sekvan posttagmezon. Petro demandis al li pri tio, kompreneble, ĉar Mateo Cuthbert neniam estis konata kiel preta memvole doni informon pri io ajn en sia tuta vivo.

Kaj tamen, jen Mateo Cuthbert, je la tria kaj duono dum la posttagmezo de okupita tago, serene venturanta preter la kavon kaj supren sur la deklivon; krome, li surhavis blankan kolumon kaj sian plej bonan vestaron, kio estis klara pruvo ke li iris ekster Avonleon; kaj li havis la kaleŝon kaj la ruĝbrunetan ĉevalinon, kio signis ke li iris konsiderindan distancon. Nu, kien iris Mateo Cuthbert kaj kial li iris tien?

Se temus pri alia viro en Avonleo, s-ino Raĉela, lerte kunmetante jen tion, jen tion ĉi, povus sufiĉe bone diveni ambaŭ respondojn. Sed Mateo tiom malofte eliris el sia hejmo, ke devis esti io urĝa kaj nekutima kio pelis lin; li estis la plej timida vivanta viro kaj malŝatis devi iri inter nekonatoj aŭ al iu ajn loko kien li povus devi paroli. Mateo vestita per blanka kolumo kaj stiranta kaleŝon – jen io, kio malofte okazis. S-ino Raĉela, cerbumanta kiom ŝi povis, ne povis fari sencon el tio kaj ŝia posttagmeza ĝuo estis fuŝita.

"Mi simple paŝos al Verdaj Gabloj post la teo kaj ekscios de Marila kien li iris kaj kial", la indulino fine konkludis. "Li ĝenerale ne iras al la urbo dum ĉi tiu momento de la jaro, kaj li neniam faras vizitojn; se li seniĝis je napo-semoj, li ne ŝike vestus sin kaj ne prenus la kaleŝon por iri por trovi pliajn; li ne stiris sufiĉe rapide por trovi kuraciston. Tamen io ja okazis de post la lasta nokto por inciti lin eliri. Mi estas tute perpleksa, jen tio, kaj mi ne trovos minuton de mensa aŭ konscienca trankvilo ĝis mi scios, kio pelis Mateon Cuthbert ekster Avonleon hodiaŭ."

— 8 —

Do, post la teo, s-ino Raĉela ekiris; ŝi ne bezonis iri for; la granda domo, plena de kaŝanguloj kaj ĉirkaŭita de horto kie loĝis la Cuthbert-familio, troviĝis nur kvaronmejlon[1] sur la vojo post la Kavo Lynde. Certe, la longa vojeto ŝajnigis ĝin multe pli for. La patro de Mateo Cuthbert, timida kaj silenta samkiel lia filo post li, moviĝis tiel malproksimen kiel li povis de siaj kunuloj sen efektive retiriĝi en la arbaron, kiam li fondis sian hejmbienon. Verdaj Gabloj estis konstruita ĉe la rando plej malproksima de lia malobstrukcita tereno, kaj jen ĝi estis ĝis hodiaŭ, apenaŭ videbla de la ĉefa vojo, laŭ kiu ĉiuj aliaj domoj de Avonleo estis tiel socie situitaj. S-ino Raĉela Lynde diris ke vivi en tia loko ne estas *vivi*.

"Estas nur *loĝi*, jen tio", diris ŝi dum ŝi paŝis laŭlonge de la profunde sulkigita, gresa vojeto borderita per eglanterioj. "Ne surprize ke Mateo kaj Marila ambaŭ estas iom strangaj, loĝantaj ĉi tie solaj. Arboj ne estas veraj kunuloj, kvankam, kiu scias, se ili estus, ja estus sufiĉe da ili. Mi preferas rigardi homojn. Certe ili ŝajnas sufiĉe kontentaj; sed mi supozas ke ili alkutimiĝis al tio. Korpo povas alkutimiĝi al io ajn, eĉ esti pendumita, kiel diris la irlandano."

Poste s-ino Raĉela eliris la vojeton kaj eniris la malantaŭan korton de Verdaj Gabloj. Tre verda kaj neta kaj preciza estis tiu malantaŭa korto, aranĝita en unu flanko per grandaj patriarkaj salikoj kaj en la alia per pompaj lombardiaj popoloj. Oni ne vidis hazardan stangeton nek ŝtonon, ĉar s-ino Raĉela vidus ĝin se estus. Private ŝi opiniis ke Marila Cuthbert balais tiun korton tiom ofte kiom ŝi balais sian domon. Iu povus preni manĝon de sur la grundo sen preni polvoreton, kiel diras proverbo.

S-ino Raĉela lerte frapis ĉe la kuireja pordo kaj enpaŝis kiam petita fari tion. La kuirejo de Verdaj Gabloj estis gaja ejo – aŭ estus gaja se ĝi ne estus tiel pene pura por doni al ĝi aspekton de neuzita salono. Ĝiaj fenestroj rigardis la orienton kaj okcidenton; tra la okcidenta fenestro, alrigardanta la malantaŭan korton, eniris inundo da milda junia suno; sed la orienta fenestro, de kie vi havis elvidon al la florantaj blankaj ĉerizarboj en la maldekstra horto kaj al balancantaj, sveltaj betuloj malsupre en la kavo apud la rojo,

_____
1 0,4 km

estis verdiĝinta per implikaĵo de grimpoplantoj. Tie ĉi sidis Marila Cuthbert – kiam ŝi sidis – ĉiam iom malfidema al la sunbrilo, kiu ŝajnis al ŝi afero tro dancanta kaj neresponsa por mondo kiu intencis esti komprenata serioze; kaj tie ŝi sidis nun, trikante, kaj la tablo malantaŭ ŝi estis pretigita por la vespermanĝo.

S-ino Raĉela, jam antaŭ ol komplete fermi la pordon, mense notis ĉion kio troviĝis sur tiu tablo. Estis tri teleroj surtable, kio signifis ke Marila devas atendi iun hejme kun Mateo por la teo; sed la teleroj estis ĉiutagaj teleroj kaj estis nur amara pomo-konfitaĵo kaj unu speco de kuko, tiel ke la atendita vizitanto ne povis esti iu partikulara vizitanto. Tamen: pro kio la blanka kolumo de Mateo kaj la ruĝbruneta ĉevalino? S-ino Raĉela estis sufiĉe kapturniĝanta pro tiu nekutima mistero pri la kvietaj nemisteraj Verdaj Gabloj.

"Bonan vesperon, Raĉela", vigle diris Marila. "Ĉi tiu estas vere agrabla vespero, ĉu ne? Ĉu vi ne sidiĝos? Kiel estas ĉiuj viaj homoj?"

Io kio pro manko de alia nomo povus esti nomata amikeco ekzistis, kaj ĉiam ekzistadis, inter Marila Cuthbert kaj Raĉela, malgraŭ – aŭ eble pro – ilia malsimileco.

Marila estis alta, maldika virino, kun anguloj kaj sen kurboj; ŝia malhela hararo montris kelkajn grizajn striojn kaj ĉiam estis tordita supren, kun malmola eta nodo malantaŭe, agrese trapikita per du stangaj harpingloj. Ŝi aspektis kiel virino de malmulta sperto kaj rigida konscienco – kio ŝi ja estis; sed estis io pri ŝia buŝo kio, se ĝi estus iomete disvolviĝinta, povus esti konsiderata kiel indiko de senco de humuro.

"Ni ĉiuj fartas sufiĉe bone", diris s-ino Raĉela. "Mi kvazaŭ timis ke vi ne fartas bone, tamen, kiam mi vidis Mateon ekiri hodiaŭ. Mi pensis ke li eble iras al la kuracisto."

La lipoj de Marila montris kompreneman tikon. Ŝi atendis s-inon Raĉelan; ŝi sciis ke la vido de Mateo ekskursante tiel neeksplikeble estis tro por la scivolemo de sia najbarino.

"Ho ne, mi fartas sufiĉe bone, kvankam hieraŭ mi havis malfacilan kapdoloron", diris ŝi. "Mateo iris al Brila Rivero. Ni ricevos knabeton el la orfejo en Nov-Skotio, kaj ĉi-vespere li alvenos per trajno."

Se Marila dirintus ke Mateo iris al Brila Rivero por renkonti kanguruon el Aŭstralio, s-ino Raĉela ne povus esti pli surprizita. Ŝi fakte estis konsternita dum kvin sekundoj. Estis nesupozeble ke Marila primokis ŝin, sed s-ino Raĉela preskaŭ devis supozi tion.

"Ĉu vi estas serioza, Marila?" ŝi demandis, kiam la voĉo revenis al ŝi.

"Jes, kompreneble", diris Marila, kvazaŭ havigi al si knabojn el orfejoj en Nov-Skotio estis parto de la kutima printempa laboro sur iu ajn bone reguligita avonlea farmbieno anstataŭ esti neaŭdita novenkondukaĵo.

S-ino Raĉela havis la impreson ke ŝi spertis severan mensan ekskuegon. Ŝi pripensis, uzante krisignojn: Knabo! Marila kaj Mateo, el ĉiuj homoj, adoptantaj knabon! El orfejo! Nu, la mondo certe renversiĝadas! Ŝi surpriziĝos pri nenio post tio! Nenio!

"Kio, je diablo, metis tiun nocion en vian kapon?" ŝi malaprobe demandis.

Tio estis farita sen ŝia konsilo kaj pro tio meritis fortegan malaprobon.

"Nu, ni pensis pri tio dum ia tempo – fakte la tutan vintron", respondis Marila. "S-ino Aleksandro Spencer estis ĉi tie, iun tagon antaŭ Kristnasko, kaj ŝi diris ke ŝi havigos al si dum la printempo knabineton el la orfejo en Esperurbo. Ŝia kuzino loĝas tie kaj s-ino Spencer vizitis ŝin kaj scias ĉion pri tio. Do Mateo kaj mi priparolis tion de tempo al tempo ekde tiam. Ni pensis havigi al ni knabon. Mateo antaŭeniras laŭ jaroj, vi scias – li havas sesdek jarojn – kaj li ne estas tiel vigla kiel li iam estis. Lia koro ĝenas lin multe. Kaj vi scias, kiom senesperige malfacile fariĝis havigi al si dungitan helpon. Neniam estas iu por havigi al si, krom tiuj stultaj duonkreskitaj francaj knabetoj; kaj tuj kiam vi havas unu dresitan laŭ viaj manieroj kaj instruitan pri io, li foriras al la omaro-konservfabrikoj aŭ al la Ŝtatoj². Komence Mateo sugestis havigi al ni unu el tiuj Barnardo³-knaboj. Sed mi firme diris 'ne' al tio. 'Ili povas esti sufiĉe bonaj – mi ne diras ke ili ne

---

2 Unuiĝintaj Ŝtatoj de Ameriko; Usono
3 La irlandano Thomas John Barnardo (1845-1905) fondis infanhejmojn por malriĉaj infanoj en Britio kaj parte sendis ilin i.a. al seninfanaj geedzoj sur farmoj en Kanado.

estas – sed neniu arabo el la londonaj stratoj por mi', mi diris. 'Donu al mi almenaŭ denaskulon. Estos risko, kiun ajn ni ricevos. Sed mi sentos min pli bone en mia menso kaj nokte dormos pli profunde, se ni ricevos denaskan kanadanon.' Do, fine, ni decidis peti de s-ino Spencer, ke ŝi elektu unu kiam ŝi iris havigi al si sian knabineton. Ni aŭdis la lastan semajnon ke ŝi iras, do ni sendis al ŝi mesaĝon per la familio de Rikardo Spencer en Karmodo venigi brilan, konvenan knabon proksimume dek- aŭ dekunujaraĝan. Ni decidis ke tiu estus la plej bona aĝo – sufiĉe aĝa por esti utila por tuj plenumi taskojn kaj sufiĉe juna por esti korekte trejnita. Ni intencas doni al li bonan hejmon kaj edukadon. Ni ricevis hodiaŭ telegramon de s-ino Aleksandro Spencer – la leterportisto kunportis ĝin el la stacidomo – dirante ke ili alvenos sur la trajno de la kvina kaj duono ĉi-vespere. Do Mateo iris al Brila Rivero por lin renkonti. S-ino Spencer transdonos lin tie. Komprenebla ŝi mem plu iros al la stacidomo de Blankaj Sabloj."

S-ino Raĉela fieris ĉiam doni sian opinion senkaŝeme; ŝi ekdonis ĝin nun, post kiam ŝi alĝustigis sian mensan sintenon al ĉi tiu miriga novaĵo.

"Nu, Marila, mi nur simple diros al vi, ke mi opinias ke vi faras tre stultan aferon – riskan aferon, jen tio. Vi ne scias kion vi ricevos. Vi akceptas fremdan infanon en vian domon kaj hejmon, kaj vi scias nenion pri li – nek kia estas lia temperamento nek kiajn gepatrojn li havis nek kiel li verŝajne elturniĝos. Nu, estis nur la lasta semajno, kiam mi legis en la gazeto, kiel viro kaj lia edzino en la okcidento de la insulo prenis knabon el iu orfejo kaj li incendiis la domon dum la nokto – incendiis *intence*, Marila – kaj preskaŭ karbigis ilin en iliaj litoj. Kaj mi konas alian kazon, kie adoptita knabo kutimis elsuĉi la ovojn – ili ne povis dekutimigi lin. Se vi petintus mian opinion pri tio – kion vi ne faris, Marila – mi petege dirintus ne pensi pri tia afero, jen tio."

Ĉi tiu konsolado de Ijobo ŝajnis nek ofendi nek alarmi Marilan. Ŝi senlace plu trikis.

"Mi ne negas ke estas io en kion vi diras, Raĉela. Mi mem havis iujn skrupulojn. Sed Mateo estis komplete decidita pri tio. Mi povis vidi tion, do mi cedis. Estas tiel malofte, ke Mateo decidiĝas pri io ajn, tiel ke – kiam li faras tion – mi ĉiam sentas ke estas mia devo cedi. Kaj rilate la riskon, estas riskoj pri preskaŭ ĉio, kion iu faras en ĉi tiu mondo. Estas riskoj por homoj havi siajn proprajn infanojn, se paroli pri tio – ili ne ĉiam elturniĝas bone. Kaj Nov-Skotio estas proksima al la Insulo. Ni ja ne havigas lin al ni el Anglio aŭ la Ŝtatoj. Li ne povas esti tre malsama al ni mem."

"Nu, mi esperas ke tio rezultos bone", diris s-ino Raĉela en tono, kiu klare indikis ŝiajn dolorigajn dubojn. "Nur ne diru ke mi ne avertis vin se li incendias Verdajn Gablojn aŭ metas strikninon en la puton – mi aŭdis pri kazo en Novbrunsviko, kie orfeja infano faris tion kaj la tuta familio mortis en neeltenebla agonio. Nur ke temis pri knabino en tiu kazo."

"Nu, ni ne ricevos knabinon", diris Marila, kvazaŭ veneni putojn estus agoj nur de inoj kaj ne timeginde en la kazo de knabo. "Mi neniam imagus akcepti knabinon por eduki. Mi miras ke s-ino Aleksandro faras tion. Sed nu, ŝi ne hezitus adopti tutan orfejon se ŝi metus tion en sian kapon."

S-ino Raĉela ŝatis resti ĝis Mateo venas hejmen kun sia importita orfo. Sed pripensante ke tio postulus resti almenaŭ du plenajn horojn ĝis lia alveno, ŝi decidis iri la vojon kondukantan supren al la familio Roberto Bell kaj anonci al ili la novaĵon. Ĝi certe farus senrivalan sensacion, kaj s-ino Raĉela multe ŝatis fari sensacion. Do ŝi elirigis sin, iom je la malpeziĝo de Marila, ĉar ĉi tiu sentis siajn dubojn kaj timojn reviviĝi sub la influo de la pesimismo de s-ino Raĉela.

"Nu, je ĉio kio jam estis aŭ estos!" ekkriis s-ino Raĉela kiam ŝi sekure estis en la vojeto, "vere ŝajnas ke mi sonĝas. Nu, mi kompatas tiun povran junulon, kaj senerare. Mateo kaj Marila scias nenion pri infanoj kaj ili atendas ke li estu pli saĝa kaj stabila ol sia propra avo, se li iam havis avon, kio estas dubinda. Ŝajnas iamaniere strange pensi pri infano ĉe Verdaj Gabloj; neniam iu estis tie, ĉar Mateo kaj Marila estis plenkreskuloj kiam la nova domo estis konstruita – se iam ili ja *estis* infanoj, kio estas malfacile kredebla kiam oni rigardas ilin. Mi ne volus esti en la ŝuoj de tiu orfo por io ajn. Be! mi kompatas lin, jen tio."

Tiel parolis s-ino Raĉela al la eglanterioj, el la pleno de sia koro; sed se ŝi povus vidi la infanon kiu pacience atendis ĉe la stacidomo de Brila Rivero je tiu preciza momento, ŝia kompato estus ankoraŭ pli profunda.

ĈAPITRO 2
MATEO CUTHBERT ESTAS SURPRIZITA

MATEO CUTHBERT kaj la ruĝbruneta ĉevalino komforte trotis laŭ la ok mejloj[4] ĝis Brila Rivero. Estis bela vojo preter gemutajn farmbienojn, de tempo al tempo montriĝis bosko de balzamaj abioj transirenda aŭ iu kavo kie sovaĝaj prunarboj pendigis siajn nebulecajn florojn. La aero estis dolĉa pro la elspiro de pluraj pomhortoj, kaj la herbejoj forglitis en la distancon, ĉe la horizonto, kie ili aspektis kiel nebuletoj el perloj kaj purpuro; dum

"kantadis la birdetoj kvazaŭ estus
la sola somera tago en la tuta jaro".

Mateo ĝuis la veturadon laŭ sia propra maniero, krom dum la momentoj en kiuj li renkontis virinojn kaj devis kapsigni al ili – ĉar en Insulo Princo Eduardo oni devas kapsigni senescepte al ĉiuj kiujn oni renkontas sur la vojo, ĉu oni konas ilin aŭ ne.

Mateo timegis ĉiujn virinojn krom Marila kaj s-ino Raĉela; li havis malkomfortan senton ke tiuj misteraj kreitaĵoj sekrete primokas lin. Li eble pravis pensi tion, ĉar li estis strangaspekta persono, kun malgracia figuro kaj longa fergriza hararo kiu tuŝis liajn kliniĝantajn ŝultrojn, kaj kun plena, milda, bruna barbo kiun li havis de kiam li aĝis dudek jarojn. Fakte, kiam li estis dudekjara, li aspektis pli-malpli kiel li aspektis sesdekjara, sen la grizeteco.

Kiam li atingis Brilan Riveron, ne estis signo de iu ajn trajno; li pensis ke li venis tro frue, do li ligis sian ĉevalon en la korto de la malgranda hotelo de Brila Rivero kaj paŝis al la stacidomo. La longa platformo estis preskaŭ dezerta; la sola vivanta kreitaĵo videbla estis knabino sidanta sur amaso da ŝindoj tute ĉe la fino. Mateo, apenaŭ rimarkinta ke *estis* knabino, preteriris ŝin kiel eble plej rapide, sen rigardi ŝin. Se li rigardus, li malfacile povus ne rimarki la streĉan rigidecon kaj esperon en ŝiaj sinteno kaj mieno. Ŝi sidis tie, atendante ion aŭ iun kaj, ĉar sidi kaj atendi estis la sola afero farebla en tiu momento, ŝi sidis kaj atendis kun sia tuta forto.

---

4   12,8 km

Mateo renkontis la staciestron ŝlosantan la biletejon antaŭ ol iri hejmen por vespermanĝi, kaj demandis lin ĉu la trajno de la kvina kaj duono baldaŭ alvenos.

"La trajno de la kvina kaj duono alvenis kaj foriris antaŭ duonhoro", respondis tiu bruska funkciulo. "Sed estis pasaĝero kiu eliris por vi – knabineto. Ŝi sidas ekstere sur la ŝindoj. Mi petis ke ŝi iru al la atendejo de virinoj, sed ŝi serioze sciigis al mi ke ŝi preferas resti ekstere. 'Estas pli da eblecoj fantazii', diris ŝi. Ŝi estas originalulo, mi dirus."

"Mi ne atendas knabinon", diris Mateo senemocie. "Mi venis por knabo. Li devus esti ĉi tie. S-ino Aleksandro Spencer devis venigi lin el Nov-Skotio por mi."

La staciestro fajfis.

"Mi supozas ke okazis eraro", diris li. "S-ino Spencer eliris el la trajno kun tiu knabino kaj lasis ŝin sub mia respondeco. Ŝi diris ke vi kaj via fratino adoptas ŝin el orfejo kaj ke vi baldaŭ venus por ŝi. Estas ĉio kion *mi* scias pri tio – kaj mi ne havas alian orfon kaŝitan ĉi tie."

"Mi ne komprenas", senhelpe diris Mateo, dezirante ke Marila estu tie ĉi por trakti la situacion.

"Nu, vi pridemandu la knabinon", senzorge diris la staciestro. "Mi divenas ke ŝi povos klarigi – ŝi estas babilema, tio certas. Eble elĉerpiĝis la knaboj de la speco kiun vi volis."

Li impertinente forpaŝis, malsatanta, kaj la povra Mateo estis lasita fari tion, kio estis pli malfacila por li ol rezolute alfronti leonon en ĝia kaĝo – paŝi al la knabino – nekonata knabino – orfino – kaj demandi al ŝi, kial ŝi ne estas knabo. Mateo enmense ĝemis, dum li sin turnis kaj leĝere sin trenis al ŝi laŭ la platformo.

Ŝi rigardadis lin de kiam li preterpasis ŝin, kaj nun ŝi fiksis la okulojn sur lin. Mateo ne rigardis ŝin kaj ne vidis kiel ŝi vere aspektas, eĉ se li ja rigardus, sed ordinara observanto vidus tion:

Infano proksimume dekunujara, vestita per tre mallonga, tre streĉa, tre malbela robo el dika kruda flavgrizeca ŝtofo. Ŝi surhavis paliĝintan brunan maristan ĉapelon, kaj sub la ĉapelo, etendiĝantaj malsupren laŭ ŝia dorso, estis du plektaĵoj el tre dika, definitive rufa hararo. Ŝia vizaĝo estis malgranda, blanka kaj maldika, plena de lentugoj; ŝia buŝo estis larĝa kaj ankaŭ ŝiaj okuloj, kiuj ŝajnis verdaj en iuj lumoj kaj humoroj, kaj grizaj en aliaj.

Tion vidas la ordinara observanto; eksterordinara observanto povus vidi, ke la mentono estas tre pinta kaj elstara; ke la grandaj okuloj estas plenaj de spirito kaj viveco; ke la buŝo havas dolĉajn kaj esprimoplenajn lipojn; ke la frunto estas larĝa kaj plena; koncize, nia perceptema eksterordinara observanto povus konkludi, ke nenia ordinara animo loĝis en la korpo de ĉi tiu vaganta virino-infano, kiun tiel absurde timis la timida Mateo Cuthbert.

Ŝi ŝparis al Mateo la aflikton paroli la unua, ĉar tuj kiam ŝi konkludis ke li paŝas al ŝi, ŝi stariĝis, tenante per unu maldika bruna mano la tenilon de ĉifona, eksmoda tapiŝvalizo[5]; la alian ŝi etendis al li.

"Mi supozas ke vi estas s-ro Mateo Cuthbert el Verdaj Gabloj?" diris ŝi per voĉo strange klara, dolĉa. "Mi tre ĝojas renkonti vin. Mi ektimis ke vi ne venos por mi, kaj mi jam imagis ĉiujn aferojn kiuj povus okazi por malebligi al vi veni. Mi decidis ke, se vi ne venus por mi ĉi-vespere, mi irus laŭ la trako ĝis tiu granda sovaĝa ĉerizarbo ĉe la vojturno, kaj surgrimpus ĝin por tranokti. Mi tute ne timus, kaj estus mirinde dormi en sovaĝa ĉerizarbo tute blanka pro la floroj en la lunlumo, ĉu vi ne tiel opinias? Oni povus imagi ke oni loĝas en marmoraj haloj, ĉu ne? Kaj mi estis tre certa ke vi venus por mi matene, se vi ne venus ĉi-vespere."

Mateo prenis la magregan maneton malgracie en la sian; tiam kaj tie li decidis kion fari. Li ne povis diri al ĉi tiu infano kun brilaj okuloj ke okazis eraro; li venigos ŝin hejmen kaj lasos al Marila fari tion. Ĉiuokaze, ne eblis lasi ŝin en Brila Rivero, kia ajn eraro okazis, do ĉiaj demandoj kaj klarigoj povis same prokrastiĝi ĝis li sekure revenis al Verdaj Gabloj.

"Mi bedaŭras malfrui", diris li timide. "Venu. La ĉevalo estas en la korto. Donu al mi vian sakon."

"Ho, mi kapablas porti ĝin", gaje respondis la infano. "Ĝi ne pezas multe. Mi havas en ĝi ĉiujn miajn ĉi-mondajn havaĵojn, sed ĝi ne pezas multe. Kaj se oni ĝin ne portas laŭ certa maniero,

5   Valizo aŭ sako kunkudrita el tapiŝrestaĵoj

la tenilo malfiksiĝas – do estas preferinde ke mi gardu ĝin, ĉar mi konas la precizan bonan manieron. Ĝi estas ege malnova vojaĝsako. Ho, mi tre ĝojas ke vi venis, eĉ se estus agrable dormi en maljuna sovaĝa ĉerizarbo. Ni devas veturi longan distancon, ĉu ne? S-ino Spencer diris ke estas ok mejloj[6]. Mi ĝojas ĉar mi ŝatas veturi. Ho, ŝajnas tiom mirinde ke mi loĝos kun vi kaj apartenos al vi. Mi neniam apartenis al iu ajn – ne vere. Sed la orfejo estis la plej malbona. Mi estis en ĝi nur kvar monatojn, sed tio estis sufiĉa. Mi ne supozas, ke vi iam estis orfo en orfejo, do vi ne kapablas kompreni kiel estas. Estas pli malbone ol ĉio kion vi povas imagi. S-ino Spencer diris ke estas malice tiel paroli, sed mi ne intencis esti malica. Estas tiel facile esti malica sen scii tion, ĉu ne? Ili estis bonaj, vi scias – la homoj de la orfejo. Sed estas tiel malmultaj ebloj por fantazii en orfejo – eĉ nur pri la aliaj orfoj. Ja *estis* interese imagi aferojn pri ili – imagi, ke eble la knabino kiu sidas apud vi vere estis la filino de moŝta grafo, ŝtelita de siaj gepatroj dum sia infanaĝo fare de kruela vartistino kiu mortis antaŭ ol ŝi povis konfesi. Mi kutimis sendorme kuŝi nokte kaj fantazii tiajn aferojn, ĉar mi ne havis tempon dum la tago. Eble estas pro tio, ke mi estas tiel magra – mi ja *estas* terure magra, ĉu ne? Apenaŭ estas karno sur miaj ostoj. Mi ja ŝatas fantazii, ke mi estas bela kaj dika, kun kavetoj en miaj kubutoj."

Ĉe tio la kunulino de Mateo ĉesis paroli, parte ĉar ŝi anhelis kaj parte ĉar ili atingis la kaleŝon. Neniun alian vorton ŝi diris ĝis ili forlasis la vilaĝon kaj veturis malsupren laŭ malgranda kruta deklivo, kies vojo estis parte tranĉita tiel profunde en la malmola grundo, ke la bordoj, franĝitaj per florantaj sovaĝaj ĉerizarboj kaj maldikaj blankaj betuloj, estis pli altaj ol iliaj kapoj je ĉirkaŭ unu metro.

La infano etendis manon kaj derompis branĉon de sovaĝa prunujo kiu tuŝetis la flankon de la kaleŝo.

"Ĉu tio ne estas bela? Pri kio tiu arbo, kliniĝanta el la bordo, tute blanka kaj punteca, pensigis vin?" ŝi demandis.

"Nu, mi ne scias", diris Mateo.

"Nu, novedzino, komprenebele – novedzino tute blanka kun bela nebuleca vualo. Mi neniam vidis novedzinon, sed mi povas imagi kiel ŝi aspektus. Mi ne atendas iam mem esti novedzino. Mi estas tiel malbela ke neniu iam volos edziĝi kun mi – krom se estus fremda misiisto. Mi supozas ke fremda misiisto ne estus tre elektema. Sed mi ja esperas, ke iun tagon mi havos blankan robon. Tio estas mia plej alta idealo pri surtera feliĉo. Mi tiom ŝatas belajn vestojn. Kaj mi neniam havis belan robon en mia vivo pri kiu mi povas memori – sed kompreneble jen des pli por antaŭĝoji, ĉu ne? Kaj mi povas imagi, ke mi estas rave vestita. Ĉi-matene, kiam mi forlasis la orfejon, mi tiom hontis ĉar mi devis surporti ĉi tiun malnovan robon el kruda ŝtofo. Ĉiuj orfoj devis surporti ilin, vi scias. Komercisto en Esperurbo, lastan vintron, donacis tricent jardojn[7] da tiu ŝtofo al la orfejo. Certaj homoj diris, ke tion li faris ĉar li ne povis vendi ĝin, sed mi preferas kredi, ke estis pro la afableco de lia koro, ĉu ne? Kiam ni eniris la trajnon, mi sentis kvazaŭ ĉiuj rigardas min kaj kompatas min. Sed mi eklaboris kaj fantaziis, ke mi surhavas la plej belan helbluan silkrobon – ĉar kiam vi ja *fantazias*, estas pli bone fantazii ion indan – kaj grandan ĉapelon tute el floroj kaj balanciĝantaj plumoj, kaj oran brakhorloĝon, kaj kaproledajn gantojn kaj botojn. Mi sentis min tuj gajigita kaj mi ĝuis mian vojaĝon al la Insulo per mia tuta povo. Mi tute ne estis malsana venante sur la ŝipo. Nek s-ino Spencer, kvankam ŝi kutime estas. Ŝi diris ke, gardante min por ke mi ne falu elŝipen, ŝi ne havas tempon por malsaniĝi. Ŝi diris ke ŝi neniam vidis min ĉar mi ĉirkaŭvagadis. Sed se tio helpis ŝin ne marmalsaniĝi, estas bone ke mi ĉirkaŭvagadis, ĉu ne? Kaj mi volis vidi ĉion kion eblas vidi sur tiu ŝipo, ĉar mi ne sciis ĉu mi iam havos alian okazon. Ho, estas multaj aliaj ĉerizarboj tute floraj! Ĉi tiu Insulo estas la plej flora loko. Mi jam ŝatas ĝin, kaj mi tiel ĝojas ke mi loĝos ĉi tie. Mi ĉiam aŭdis ke la Insulo Princo Eduardo estas la plej bela loko en la mondo, kaj mi kutimis imagi ke mi loĝas ĉi tie, sed mi neniam vere atendis ke mi faros tion. Estas ĝojige, kiam ies fantazioj realiĝas, ĉu ne? Sed tiuj ruĝaj vojoj estas tiel strangaj. Kiam ni entrajniĝis en Ĉarlotaŭno kaj la ruĝaj vojoj ekaperis, mi demandis al s-ino Spencer, kio faras ilin ruĝaj, kaj ŝi diris ke ŝi ne scias kaj ke, pro kompato, mi ne faru aliajn

7   274,3 m

demandojn. Ŝi diris ke mi certe jam faris milon da ili. Mi supozas ke tiel estas, sed kiel oni ekscios pri aferoj, se oni ne demandos? Kaj kio fakte faras la vojojn ruĝaj?"

"Nu, nu, mi ne scias" diris Mateo.

"Nu, jen unu el la aferoj por iam malkovri. Ĉu ne estas mirinde pensi pri ĉiuj aferoj kiuj restas por malkovri? Pro tio mi ĝojas, ke mi vivas – la mondo estas tiel interesa. Ĝi ne estus duone tiel interesa, se ni jam scius ĉion pri ĉio, ĉu ne? Tiam ne estus ebloj fantazii, ĉu ne? Sed ĉu mi parolas tro? Oni ĉiam diras, ke mi tro parolas. Ĉu vi preferus ke mi ne parolu? Se vi diros tion, mi ĉesos paroli. Mi ja *kapablas* ĉesi, kiam mi firme decidas, kvankam estas malfacile."

Mateo, je lia surprizo, amuziĝis. Kiel la plimulto de la kvietaj homoj, li ŝatis parolemajn homojn, kiam ili mem pretis paroli kaj ne atendis ke li faru same. Sed li neniam supozis, ke li ĝuos la kuneston de knabineto. La virinoj estis sufiĉe malbonaj, se paroli honeste, sed knabinetoj estis eĉ pli malbonaj. Li malŝatis la manieron, en kiu ili preterpasis lin timide, kun oblikvaj ekrigardoj, kvazaŭ ili atendus, ke li voros ilin per plenbuŝo se ili aŭdacus eldiri vorton. Tiu estis la avonlea tipo de bone edukitaj knabinetoj. Sed ĉi tiu efelidkovrita sorĉistino estis tre diferenca, kaj kvankam li trovis, ke estis sufiĉe malfacile por lia pli malrapida inteligento sekvi ŝiajn viglajn mensajn procezojn, li pensis ke li "iom ŝatis ŝian babiladon". Do li diris tiel timide kiel kutime:

"Ho, vi povas paroli tiom, kiom vi deziras. Tio ne ĝenas min."

"Ho! mi tiel ĝojas. Mi scias, ke vi kaj mi akordiĝos bone. Estas tia malŝarĝiĝo paroli kiam oni deziras kaj scii, ke oni ne diras ke infanoj devas esti vidataj kaj ne aŭdataj. Oni diris tion al mi milionon da fojoj. Kaj la homoj primokas min, ĉar mi uzas grandajn vortojn. Sed se oni havas grandajn ideojn, oni devas uzi grandajn vortojn por esprimi ilin, ĉu ne?"

"Nu, tio ŝajnas racia" diris Mateo.

"S-ino Spencer diris, ke mia lango devas esti pendigita en la mezo. Sed ĝi ne estas – ĝi estas firme ligita ĉe uno ekstremo. S-ino Spencer diris, ke via loko nomiĝas Verdaj Gabloj. Mi pridemandis ĉion pri ĝi. Kaj ŝi diris, ke estas arboj ĉie ĉirkaŭ ĝi. Mi estis pli ĝoja ol iam ajn. Mi tiom ŝatas arbojn. Kaj ne estis iu ajn ĉirkaŭ la orfejo, nur kelkaj povraj etetaj aĵoj en la antaŭa parto kun etaj kalkoblankaj kaĝosimilaj aĵoj ĉirkaŭ ili. Tiuj arboj mem aspektis kiel orfoj. Pro tio mi deziris ekplori vidante ilin. Mi kutime diris al ili, 'Ho! vi *povraj* etuloj! Se vi estus en granda arbaro kun aliaj arboj ĉirkaŭ vi kaj iom da musko kaj kloŝfloroj kreskantaj super viaj radikoj, kaj rojo proksima kaj birdoj kantantaj sur viaj branĉoj, vi povus kreski, ĉu ne? Sed vi ne povas, kie vi nun estas. Mi scias ĝuste, kion vi sentas, etaj arboj.' Mi bedaŭris forlasi ilin ĉi-matene. Oni tiom ligiĝas al aferoj kiaj tiuj, ĉu ne? Ĉu estas rojo ie apud Verdaj Gabloj? Mi forgesis demandi tion al s-ino Spencer."

"Nu jes, estas unu ĝuste malsupre de la domo."

"Imagu! Ĉiam estis unu el miaj revoj vivi apud rojo. Mi neniam atendis, ke mi sukcesos, tamen. La revoj ne ofte realiĝas, ĉu ne? Ĉu ne estus agrable, se ili realiĝus? Sed nun mi sentas min preskaŭ perfekte feliĉa. Mi ne povas senti min precize perfekte feliĉa, ĉar – nu, kia koloro vi nomus ĉi tion?"

Ŝi ekprenis unu el siaj longaj brilaj harplektaĵoj sur sia maldika ŝultro kaj tenis ĝin antaŭ la okuloj de Mateo. Mateo ne kutimis decidi pri la nuancoj de la virinaj plektaĵoj, sed en ĉi tiu kazo ne povis esti multa dubo.

"Ĝi estas rufa, ĉu ne?" diris li.

La knabino lasis la plektaĵon refali – kun suspiro, kiu ŝajnis veni de ŝiaj piedfingroj kaj per kiu ŝi kvazaŭ elspiris ĉiujn afliktojn de la aĝoj.

"Jes, ĝi estas rufa", ŝi rezignacie diris. "Nun vi vidas, kial mi ne povas esti perfekte feliĉa. Neniu povus, kiu havas rufajn harojn. La aliaj aferoj ne tiom gravas al mi – la efelidoj kaj la verdaj okuloj kaj mia maldikeco. Mi povas forfantazii ilin. Mi povas imagi, ke mi havas belan rozfolian vizaĝkoloron kaj ravajn stelviolajn okulojn. Sed mi *ne* kapablas forfantazii tiun rufan hararon. Mi faras mian eblon. Mi pensas al mi, 'Nun mia hararo estas glore nigra, nigra kiel la flugilo de korvo. Sed la tutan tempon mi *scias*, ke ĝi estas pure rufa, kaj tio krevigas mian koron. Ĝi estos mia tutviva aflikto. Mi iam legis en romano pri knabino, kiu havis tutvivan aflikton, sed ne estis rufa hararo. Ŝia hararo estis pura

oro krispiĝanta apud ŝia alabastra brovo. Kio estas alabastra brovo? Mi neniam povis eltrovi. Ĉu vi povas diri al mi?"

"Nu, nu, mi timas ne povi", diris Mateo, kies kapo komenciĝis iom turniĝi. Li sentis sin samkiel li foje sentis sin dum sia temerara juneco, kiam alia knabo logis lin al la karuselo dum pikniko.

"Nu, ne gravas kio ĝi estis, ja devis esti io agrabla, ĉar ŝi estis die bela. Ĉu vi iam imagis, kiel oni devas senti sin die bela?"

"Nu, ne, mi ne imagis", naive konfesis Mateo.

"Mi jes, ofte. Kio vi prefere estus, se vi havus la elekton – die bela aŭ mirige inteligenta aŭ anĝele bona?"

"Nu, mi – mi ne vere scias."

"Nek mi. Mi neniam povas decidi. Sed tio ne faras grandan veran diferencon, ĉar ne estas verŝajne, ke mi iam estos unu aŭ la alia. Estas certe ke mi neniam estos anĝele bona. S-ino Spencer diras – Ho, s-ro Cuthbert! Ho, s-ro Cuthbert!! Ho, s-ro Cuthbert!!!"

Tio ne estis, kion diris s-ino Spencer; nek falis la infano el la kaleŝo, nek faris Mateo ion ajn mirige. Ili simple ĉirkaŭiris kurbon sur la vojo kaj troviĝis sur la "Avenuo".

La "Avenuo", tiel nomata de la homoj de Novponto, estis vojparto kvar- aŭ kvincent jardojn[8] longa, tute kovrita de la branĉarkoj de grandegaj, vaste etendiĝantaj pomujoj plantitaj antaŭ multaj jaroj de stranga maljuna farmisto. Super la kapoj troviĝis longa baldakeno el blankaj aromaj floroj. Malsupre de la branĉoj, la aero plenis je viola krepusko, kaj pli antaŭe en la foro videblis kvazaŭ pentrita sunsubiro, brilanta kiel granda roz-fenestro ĉe la fino de katedrala navo.

Ĝia beleco ŝajnis konsterni la infanon. Ŝi kliniĝis malantaŭen en la kaleŝo, ŝiaj maldikaj manoj premitaj antaŭ ŝi, ŝia vizaĝo ekstaze levita al la blanka grandiozo super ŝi. Eĉ post kiam ili trapasis ĝin kaj veturis malsupren al Novponto, sur la longa deklivo, ŝi neniam moviĝis aŭ parolis. Daŭre kun ravita vizaĝo, ŝi rigardis foren en la sunsubiran okcidenton per okuloj, kiuj vidis viziojn pompe marŝantajn antaŭ tiu brila fono. Tra Novponto, vigla vilaĝeto, kie hundoj bojis al ili kaj knaboj fajfis kaj scivolemaj vizaĝoj esploris el la fenestroj, ili veturis, daŭre en silento. Kiam tri pliaj

8   366-457 m

— 21 —

mejloj[9] malaperis malantaŭ ili, la infano ankoraŭ ne parolis. Ŝi povis silenti, evidentiĝis, tiel energie kiel ŝi povis paroli.

"Mi supozas ke vi sentas vin tre laca kaj malsata", Mateo fine riskis pro ŝia longa vizitado al muteco, kaj per la sola klarigo kiun li povis imagi. "Sed ne restas longa distanco por ni nun – nur plia mejlo[10]."

Ŝi elreviĝis kun profunda suspiro kaj rigardis lin per la revema rigardo de animo, kiu vagadis en foro, kondukata de stelo.

"Ho! s-ro Cuthbert", ŝi flustris, "tiu loko tra kiu ni venis – tiu blanka loko – kio estis ĝi?"

"Nu, vi sendube parolas pri la Avenuo", diris Mateo post momento de profunda pensado. "Estas sufiĉe beleta loko."

"Beleta? Ho! *beleta* ne ŝajnas la ĝusta vorto por uzi. Nek bela. Ili ne sufiĉe priskribas ĉion. Ho! estis mirinde – mirinde. Estas la unua fojo, ke mi vidis ion, kion oni ne povas plibonigi per fantazio. Ĝi nur kontentigis min – ĉi tie" – ŝi metis unu manon sur sian bruston – "ĝi kaŭzis strangan doloron, kaj tamen estis agrabla doloro. Ĉu vi iam havis tian doloron, s-ro Cuthbert?"

"Nu, nu, mi ne povas memori, ĉu mi iam havis."

"Mi ĝin ofte havas – ĉiam, kiam mi vidas ion ajn reĝe bela. Sed oni ne nomu tiun ravan lokon la 'Avenuo'. Ne estas signifo en tia nomo. Ili devus nomi ĝin – mi vidu – la 'Blanka Vojo de Ravo'. Ĉu tio ne estas bela imaga nomo? Kiam mi ne ŝatas la nomon de loko aŭ persono, mi ĉiam imagas novan, kaj ĉiam pensas pri ili tiele. Estis knabino en la orfejo, kies nomo estis Hepziba Jenkins, sed mi ĉiam imagis ŝin kiel Rozalia DeVere. Aliaj homoj povas nomi tiun lokon 'la Avenuo', sed mi ĉiam nomos ĝin 'Blanka Vojo de Ravo'. Ĉu ni vere havas nur plian mejlon por iri antaŭ ol alveni hejmen? Mi ĝojas kaj mi bedaŭras. Mi bedaŭras, ĉar la veturado estis tiel agrabla, kaj mi ĉiam bedaŭras, kiam agrablaj aferoj finiĝas. Io eĉ pli agrabla povus veni poste, sed oni neniam povas esti certa. Kaj estas tiel ofte la kazo, ke ĝi ne estas pli agrabla. Tio estas mia sperto, ĉiuokaze. Sed mi ĝojas pensi, ke mi alvenas hejmen. Vidu, mi neniam havis veran hejmon, de kiam mi povas memori. Mi sentas tiun agrablan doloron denove, nur pensante ke mi alvenos al ververa hejmo. Ho! ĉu tio ne ravas!"

9   4,8 km
10   1,6 km

Ili veturis sur la kreston de monteto. Malsupre estis lageto, kiu aspektis preskaŭ kiel rivero, ĉar ĝi estis tiel longa kaj sinua. Ponto etendiĝis super ĝi, de ĝia mezo ĝis ĝia pli malalta ekstremo, kie sukcenkolora zono el sablo-montetoj enfermis ĝin disde la malhelblua golfo en la foro; la akvo estis gloraĵo el multaj ŝanĝiĝantaj nuancoj – plej spiritaj nuancoj de koloroj krokusa kaj roza kaj etere verda, kun aliaj eskapiĝemaj nuancoj por kiuj nenia nomo jam estis trovita. Post la ponto, la lageto etendiĝis supren, ĝis franĝantaj boskoj el abioj kaj aceroj, kaj kuŝis tute mallume diafana en ŝanceliĝantaj ombroj. Jen kaj jen sovaĝa prunujo kliniĝis de la bordo kvazaŭ blanke vestita knabino, kiu marŝas sur piedpintoj en profundaj pensoj. El la marĉo ĉe la kapo de la lageto venis la klara, lamente dolĉa ĥoro de la ranoj. Tie estis malgranda griza domo montriĝanta malantaŭ blanka pomarbaro, sur deklivo post ĝi, kaj, kvankam ankoraŭ ne estis tute obskure, lumo brilis el unu el ties fenestroj.

"Tio estas la lageto Barry", diris Mateo.

"Ho! Mi ankaŭ tiun nomon ne ŝatas. Mi nomus ĝin – mi vidu – Lago de Brilaj Akvoj. Jes, tio estas la ĝusta nomo por ĝi. Mi scias, pro la eksciteco. Kiam mi trafas nomon kiu perfekte konvenas, tio ekscitas min. Ĉu aferoj iam ekscitas vin?"

Mateo pripensis.

"Nu, jes. Mi ĉiam estas iom ekscitita vidi tiujn malbelajn blankajn larvojn kiuj aperas en la kukumo-bedoj. Mi malamas la aspekton de ili."

"Ho! mi ne pensas ke tio povas esti ekzakte la sama speco de ekscitiĝo. Ĉu vi pensas ke ĝi povas esti? Ŝajnas ke ne estas multaj ligoj inter larvoj kaj lagoj de brilaj akvoj, ĉu ne? Sed kial aliaj homoj nomas ĝin la lageto Barry?"

"Mi supozas ke estas pro tio, ke s-ro Barry loĝas tie en tiu domo. La Horta Deklivo estas la nomo de lia loko. Se ne estus pro tiu granda vepro malantaŭ ĝi, vi povus vidi Verdajn Gablojn de ĉi tie. Sed ni devas iri trans la ponton kaj laŭ la vojo, do estas preskaŭ plia duonmejlo[11]."

"Ĉu s-ro Barry havas knabinetojn? Nu, ne tiel malgrandaj – ĉirkaŭ mia grandeco."

---

11 0,8 km

"Li havas unu proksimume dekunujaran. Ŝia nomo estas Diana."

"Ho!" kun longa enspiro. "Kia perfekte bela nomo."

"Nu, nu, mi ne scias. Estas io terure paganeca pri ĝi, ŝajnas al mi. Mi preferus Johanan aŭ Marian aŭ iun nomon kun senco kiel tiuj. Sed kiam Diana naskiĝis, lernejestro gastis tie, kaj ili konfidis al li nomi ŝin, kaj li nomis ŝin Diana."

"Mi dezirus ke ĉeestis lenejestro kiel tia, kiam *mi* naskiĝis. Ho! jen ni ĉe la ponto. Mi firme fermos miajn okulojn. Mi ĉiam timas transiri pontojn. Mi ne kapablas malhelpi fantazii ke eble, ĝuste kiam ni alvenos ĉe la centro, ili faldiĝos kiel klaptranĉileto kaj pinĉos nin. Do mi fermas miajn okulojn. Sed mi tamen ĉiam devas malfermi ilin, kiam mi pensas ke ni alproksimiĝas al la centro. Ĉar, vi vidas, se la ponto ja faldiĝus, mi volus *vidi* ĝin faldiĝi. Kian gajan muĝon la disfalo aŭdigus! Mi ĉiam ŝatas la muĝan parton de tio. Ĉu ne estas grandioze, ke estas tiom da aferoj por ŝati en ĉi tiu mondo? Jen, ni transiris. Nun mi rigardos malantaŭen. Bonan nokton, kara Lago de Brilaj Akvoj. Mi ĉiam diras bonan nokton al la aĵoj, kiujn mi amas, samkiel mi farus al homoj. Mi pensas, ke ili ŝatas tion. Tiu akvo aspektas kvazaŭ ĝi ridetus al mi."

Kiam ili jam veturis supren sur la sekva deklivo kaj ĉirkaŭis angulon, Mateo diris:

"Ni alproksimiĝas al la domo nun. Jen Verdaj Gabloj, tie – "

"Ho! ne diru al mi", ŝi senspire interrompis, reagante al lia parte levita brako kaj fermante siajn okulojn por ne vidi lian geston. "Lasu min diveni. Mi certas ke mi divenos ĝuste."

Ŝi malfermis siajn okulojn kaj ĉirkaŭrigardis. Ili troviĝis sur la kresto de deklivo. La suno jam subiris antaŭ iom da tempo, sed la pejzaĝo plu estis klara en la milda postlumo. Okcidente malhela preĝeja spajro altiĝis surfone de kalendulkolora ĉielo. Malsupre estis valeto, kaj trans ĝi longa, dolĉe supreniĝanta deklivo kun gemutaj farmbienoj disigitaj laŭ ĝia longo. La okuloj de la infano sagetis de unu bieno al la alia, avidaj kaj sopiraj. Fine ili restadis sur unu pli maldekstre, for de la vojo, malhelete blanka, kun florantaj arboj antaŭ la krepuska ĉirkaŭa arbaro. Super ĝi, en la

senmakula sudokcidenta ĉielo, granda kristalblanka stelo brilis kiel lampo de gvidado kaj promeso.

"Estas tiu, ĉu ne?" diris ŝi montrante per fingro.

Mateo ĝojege batis la bridojn sur la dorson de la ĉevalino.

"Nu, nu, vi divenis ĝin! Sed mi supozas, ke s-ino Spencer priskribis ĝin por ke vi povu diri."

"Ne, ŝi ne faris tion – vere ŝi ne faris. Ĉio kion ŝi diris povus esti same pri la plimulto el la aliaj lokoj. Mi ne havis veran ideon pri kiel ĝi aspektas. Sed tuj kiam mi vidis ĝin, mi sentis ke tio estas la hejmo. Ho! ŝajnas kvazaŭ mi estas en revo. Vi scias, mia brako devas esti nigra kaj blua, ekde la kubuto supren, ĉar hodiaŭ mi pinĉis min mem tiom da fojoj. Ĉiumomente horora, naŭziga sento invadis min, kaj mi tiel timis, ke ĉio estis revo. Tiam mi pinĉis min por vidi, ĉu ĝi estis reala – ĝis mi subite memoris, ke eĉ supozante ke estis nur revo, estus pli bone plu revi tiel longe kiel mi povis; do mi ĉesis pinĉi. Sed *estas* la realo, kaj ni estas preskaŭ hejme."

Per suspiro de ekstazo ŝi resilentiĝis. Mateo malkvietis. Li sentis sin feliĉa ke estas Marila kaj ne li, kiu devos diri al ĉi tiu pala kaj maldika senhejmulino, ke la hejmo kiun ŝi sopiris finfine ne estos la ŝia. Ili veturis tra la Kavo Lynde, kie estis jam sufiĉe mallume, sed ne tiel mallume, ke s-ino Raĉela ne povis vidi ilin el sia fenestra elvidejo, veturi supren sur la deklivo kaj laŭ la longa vojeto de Verdaj Gabloj. Kiam ili alvenis ĉe la domo, Mateo ŝrumpis pro la alproksimiĝanta revelacio, per energio kiun li ne komprenis. Li ne pensis pri Marila aŭ li mem, aŭ pri la ĝeno kiun ĉi tiu eraro probable kaŭzos al ili, sed pri la elreviĝo de la infano. Kiam li pensis pri tiu rava lumo estingota en ŝiaj okuloj, li havis la maltrankvilan senton ke li ĉeestos la murdon de io – multe la sama sento, kiu invadis lin kiam li devas mortigi ŝafidon aŭ bovidon aŭ iun ajn alian senkulpan etan estaĵon.

La korto estis tre malluma, kiam ili turnis en ĝin, kaj la poplaj folioj silke susuris ĉie ĉirkaŭ ĝi.

"Aŭskultu la arbojn dumdorme parolantajn", flustris ŝi, dum li levis ŝin al la grundo. "Kiajn belajn sonĝojn ili devas havi!"

Poste firme tenante la vojaĝsakon, kiu enhavis "ĉiujn ŝiajn mondajn havaĵojn", ŝi sekvis lin en la domon.

ĈAPITRO 3
MARILA CUTHBERT ESTAS SURPRIZITA

MARILA vigle alproksimiĝis kiam Mateo malfermis la pordon. Sed kiam ŝiaj okuloj falis sur la strangan etan formon en la rigida, malbela robo, kun longaj plektaĵoj de rufaj haroj kaj avidaj, lumaj okuloj, ŝi subite haltis mirigita.

"Mateo Cuthbert, kiu estas tiu?" ekkriis ŝi. "Kie estas la knabo?"

"Ne estis knabo", diris Mateo mizere. "Estis nur ŝi."

Li kapsignis al la infano, memorante ke li neniam demandis ŝian nomon.

"Neniu knabo! Sed *devis* esti knabo", insistis Marila. "Ni sciigis al s-ino Spencer venigi knabon."

"Nu, ŝi ne faris tion. Ŝi venigis *ŝin*. Mi pridemandis la staciestron. Kaj mi devis venigi ŝin hejmen. Ŝi ne povis resti tie, kie ajn okazis la eraro."

"Nu, ĉi tio estas bela eraro!" ekkriis Marila.

Dum ĉi dialogo la infano silentis, ŝiaj okuloj vagantaj de unu al la alia, ĉia vivanteco velkiĝanta el ŝia vizaĝo. Subite ŝi ŝajnis ekkompreni la plenan sencon de kio estas dirita. Faligante sian karegan vojaĝsakon, ŝi saltis unu paŝon antaŭen kaj kunpremis siajn manojn.

"Vi ne volas min!" kriis ŝi. "Vi ne volas min, ĉar mi ne estas knabo! Mi devis atendi tion. Neniu iam volis min. Mi devis scii, ke tio estis tro bela por daŭri. Mi devis scii, ke neniu vere volas min. Ho! kion mi faros? Mi eksplodos en larmojn!"

Kaj ŝi eksplodis en larmojn. Sidiĝanta sur seĝon ĉe la tablo, ĵetante siajn brakojn sur ĝin, kaj kaŝante sian vizaĝon en ilin, ŝi ekploris abunde. Marila kaj Mateo malaprobe rigardis sin trans la fornelo. Neniu el ili sciis kion diri aŭ fari. Fine Marila lame enpaŝis la breĉon.

"Nu, nu, ne estas neceso plori tiel pri tio."

"Jes, *estas* neceso!" La infano rapide levis sian kapon, montrante vizaĝon makulitan per larmoj kaj tremantajn lipojn. "Ankaŭ

"Mateo Cuthbert, kiu estas tiu?"

vi plorus se vi estus orfo kaj venus al loko, pri kiu vi pensis, ke ĝi estos via hejmo, sed malkovrus, ke oni ne volas vin, ĉar vi ne estas knabo. Ho! ĉi tiu estas la plej *tragika* afero, kiu iam okazis al mi!"

Io similanta heziteman rideton, sufiĉe rustitan pro longa ne-uzo, mildigis la senĝojan esprimon de Marila.

"Nu, ne plu ploru. Ni ne ĵetos vin eksteren ĉi-nokte. Vi devos resti ĉi tie ĝis ni enketos ĉi aferon. Kiu estas via nomo?"

La infano hezitis momente.

"Ĉu vi povus nomi min Kordelia, mi petas?" ŝi avide diris.

"*Nomi* vin Kordelia! Ĉu tio estas via nomo?"

"Ne-e-e, tio ne estas ĝuste mia nomo, sed mi ŝatus esti nomata Kordelia. Estas tiel perfekte eleganta nomo."

"Mi ne scias kion, diable, vi celas. Se Kordelia ne estas via nomo, kio ĝi estas?"

"Anna Shirley", heziteme eldiris la posedanto de tiu nomo, "sed, ho mi petas, bonvolu nomi min Kordelia. Ne povas multe gravi al vi, kiel vi nomas min, se mi estos ĉi tie nur iomete da tempo, ĉu ne? Kaj Anna estas tiel neromantika nomo."

"Neromantika, stultaĵo!" diris la nesimpatia Marila. "Anna estas vera bona simpla bonsenca nomo. Vi ne bezonas honti pri ĝi."

"Ho, mi ne hontas pri ĝi", klarigis Anna, "mi nur preferas Kordelia. Mi ĉiam fantaziis, ke mia nomo estas Kordelia – almenaŭ mi ĉiam faris tion dum la lastaj jaroj. Kiam mi estis juna, mi kutimis fantazii, ke ĝi estis Ĝeraldina, sed nun mi preferas Kordelia. Sed se vi nomas min Anna, bonvolu nomi min Anna kun du *n*."

"Kiun diferencon tio faras kiel ĝi estas literumita?" demandis Marila kun alia rustita rideto dum ŝi prenis la tekruĉon.

"Ho! tio faras *tioman* diferencon. Ĝi *aspektas* tiom pli bele. Kiam vi aŭdas nomon prononcita, ĉu vi ne ĉiam povas vidi ĝin en via menso, ĝuste kiel ĝi estus presita? Mi kapablas; kaj A-n-a aspektas terure, sed A-n-n-a aspektas tiel pli eminente. Se vi nur nomos min A-n-n-a literumita kun du *n*, mi provos akordiĝi ne esti nomata Kordelia."

"Bonege, nu, Anna literumita kun du *n*; ĉu vi povas diri al ni, kiel okazis tiu eraro? Ni sendis mesaĝon al s-ino Spencer venigi knabon. Ĉu ne estis knaboj en la orfejo?"

"Ho! jes, estis abundo da ili. Sed s-ino Spencer *klare* diris, ke vi deziris knabinon ĉirkaŭ dekunujara. Kaj la matrono diris, ke ŝi pensis ke mi konvenus. Vi ne scias, kiel ravita mi estis. Mi ne povis dormi la tutan pasintan nokton pro ĝojo. Ho!" ŝi riproĉe aldonis turnante sin al Mateo, "kial vi ne diris al mi ĉe la stacidomo, ke vi ne volas min, kaj ne lasis min tie? Sen vidi la Blankan Vojon de Ravo kaj la Lagon de Brilaj Akvoj, ne estus nun tiel malfacile."

"Kion diable ŝi celas?" demandis Marila, fiksrigardante Mateon.

"Ŝi – ŝi nur aludas la konversacion, kiun ni havis survoje", rapide diris Mateo. "Mi eliras por enigi la ĉevalinon, Marila. Preparu teon por mia reveno."

"Ĉu s-ino Spencer venigis alian krom vin?" daŭrigis Marila, post kiam Mateo eliris.

"Ŝi venigis Lilian Jones por si mem. Lilia estas nur kvinjara, kaj ŝi estas tre bela. Ŝi havas nuksbrunan hararon. Se mi estus tre bela kaj havus nuksbrunan hararon, ĉu vi gardus min?"

"Ne. Ni deziras knabon por helpi Mateon sur la bieno. Knabino ne utilus al ni. Demetu vian ĉapelon. Mi deponos ĝin kaj vian sakon sur la tablo en la koridoro."

Anna humile demetis sian ĉapelon. Mateo revenis nun, kaj ili sidiĝis por la vespermanĝo. Sed Anna ne povis manĝi. Vane ŝi mordetis la panon kaj buteron kaj bekis la konfitaĵon de amaraj pometoj el la eta kurbranda bovlo apud sia telero. Ŝi, vere, tute ne progresis.

"Vi ne manĝas ion ajn", akre diris Marila, rigardante ŝin kvazaŭ temus pri serioza difekto.

Anna suspiris.

"Mi ne povas. Mi estas en la profundo de malespero. Ĉu vi kapablas manĝi, kiam vi estas en la profundo de malespero?"

"Mi neniam estis en la profundo de malespero, do mi ne povas diri", respondis Marila.

"Ĉu ne? Nu, ĉu vi iam provis *imagi*, ke vi estas en la profundo de malespero?"

"Ne, mi ne provis."

"Tiukaze mi ne pensas, ke vi povas kompreni, kiel tio estas. Estas ja tre malkomforta sento. Kiam vi provas manĝi, bulo supreniras en via gorĝo kaj vi ne kapablas gluti ion ajn, eĉ ne se

ĝi estus ĉololada karamelo. Mi foje havis ĉokoladan karamelon, antaŭ du jaroj, kaj ĝi simple estis delica. Mi ofte sonĝis ekde tiu momento, ke mi havis multe da ĉokoladaj karameloj, sed mi ĉiam vekiĝas, ĝuste kiam mi ekmanĝos ilin. Mi sincere esperas, ke vi ne estos ofendita ĉar mi ne kapablas manĝi. Ĉio ege belas, sed mi tamen ne kapablas manĝi."

"Mi supozas ke ŝi estas laca", diris Mateo, kiu jam ne parolis depost sia reveno de la garbejo. "Pli bone enlitigi ŝin, Marila."

Marila jam pripensis, kien Anna devus esti enlitigita. Ŝi jam preparis kanapon en la ĉambro apud la kuirejo por la dezirata kaj atendata knabo. Sed, kvankam ĝi estis orda kaj pura, iel ne ŝajnis esti la ĝusta loko por la knabino. Sed la ekstra ĉambro estis tute neebla por tia forvaganta senhejmulino, do restis nur la orienta gabloĉambro. Marila lumigis kandelon kaj diris al Anna sekvi ŝin, kion senverve faris Anna, prenante sian ĉapelon kaj vojaĝsakon de la tablo en la koridoro, kiam ŝi ĝin preterpasis. La koridoro estis terure pura; la eta gabloĉambro, kie ŝi nun troviĝis, ŝajnis eĉ pli pura.

Marila metis la kandelon sur tri-kruran, tri-angulan tablon kaj kuspis la littukojn.

"Mi supozas, ke vi havas noktorobon?" ŝi demandis.

Anna kapjesis.

"Jes, mi havas du. La matrono de la orfejo faris ilin por mi. Ili estas terure malvastaj. Neniam estas sufiĉe da vestaĵoj por ĉiuj en orfejo, do ili ĉiam malvastas – almenaŭ en malriĉa orfejo kiel la nia. Mi malŝatas malvastajn noktorobojn. Sed oni povas sonĝi tiel bone en ili, samkiel oni sonĝus en rava treniĝanta noktorobo, kun krispoj ĉirkaŭ la kolo, tio estas konsolo."

"Nu, malvestiĝu kiel eble plej rapide kaj enlitiĝu. Mi revenos post kelkaj minutoj pro la kandelo. Mi ne aŭdacus fidi, ke vi mem estingas ĝin. Vi probable incendios la ejon."

Kiam Marila eliris, Anna melankolie rigardis ĉirkaŭ si. La kalkolaktitaj muroj estis tiel dolorige nudaj kaj fikse rigardantaj ŝin, ke ŝi pensis, ke ili devas dolori pro sia propra nudeco. La planko estis ankaŭ nuda – krom ronda plektita mato en la mezo, kian Anna neniam antaŭe vidis. En unu angulo estis la lito, alta

eksmoda modelo, kun kvar mallumaj tornitaj fostoj. En la alia angulo troviĝis la menciita triangula tablo ornamita per dika ruĝa velura pinglokuseneto, sufiĉe malmola por kurbigi la pinton de la plej aventurema pinglo. Super ĝi pendis malgranda spegulo, ses-je-ok-cola. Duonvoje inter la tablo kaj la lito estis la fenestro, kun glacie blanka muslina falbalo sur ĝi, kaj kontraŭ ĝi staris sursokla lavbovlo. La tuta ĉambro estis rigida, ne priskribebla per vortoj, sed tremiganta la medolon en la ostoj de Anna. Ploretante ŝi rapide disĵetis siajn vestojn, surmetis la malvastan noktorobon kaj saltis en la liton, kie ŝi kavigis sian kapon en la kapkusenon kaj tiris la tukojn super sian kapon. Kiam Marila suprenvenis pro la lumo, diversaj etaj vestoj plej malordeme disigitaj sur la planko kaj certa tempesteca aspekto de la lito estis la nuraj indikoj pri ies ajn ĉeesto krom ŝia.

Ŝi zorge alprenis la vestojn de Anna, ordeme metis ilin sur fieraspektan flavan seĝon, kaj poste, prenante la kandelon, iris al la lito.

"Bonan nokton", ŝi diris, iom mallerte, sed ne malafable.

La blanka vizaĝo kaj grandaj okuloj de Anna ekaperis super la littukoj kun surpriziga subiteco.

"Kiel vi povas nomi ĝin *bona* nokto, kiam vi scias, ke ĝi devas esti la plej malbona nokto, kiun mi iam havis?" diris ŝi riproĉe.

Poste ŝi denove plonĝis en nevideblecon.

Marila lante malsupreniris al la kuirejo kaj eklavis la teleraron de la vespermanĝo. Mateo fumis – certa signo de mensa perturbo. Li malofte fumis, ĉar Marila decidis kontraŭ tia fia kutimo; sed en certaj momentoj kaj sezonoj li sentis sin puŝita al tio, kaj tiam Maria toleris la kutimon, konsciiĝante ke ja temas pri viro, kiu ankaŭ devas havi iun vojon elverŝi siajn emociojn.

"Nu, ĉi tio estas bela situacio", ŝi kolere diris. "Jen kio okazas, kiam oni sendas mesaĝon anstataŭ mem iri. La homoj de Roberto Spencer iel tordis tiun mesaĝon. Morgaŭ unu el ni devos veturi kaj renkonti s-inon Spencer, tio certas. Tiu knabino devos esti resendita al la orfejo."

"Jes, mi supozas", malinkline diris Mateo.

"Vi *supozas*! Ĉu vi ne scias?"

"Nu, ŝi estas vere ĉarma etulino, Marila. Estas iel bedaŭrinde resendi ŝin, kiam ŝi estas tiel decidita resti ĉi tie."

"Mateo Cuthbert, vi ne volas diri ke vi pensas, ke ni devus teni ŝin!"

La mirego de Marila ne povus esti pli granda, se Mateo esprimus preferon stari sur sia kapo.

"Nu, nu, ne, mi supozas ke ne – ne ĝuste", balbutis Mateo, malkomforte puŝita en angulon pro sia preciza opinio. "Mi supozas – ke oni malfacile povas atendi ke oni retenu ŝin."

"Mi dirus ke ne. Kia bono ŝi estus por ni?"

"Ni eble povus iel esti bonaj por ŝi", diris Mateo subite kaj neatendite.

"Mateo Cuthbert, mi kredas ke tiu infano sorĉis vin! Mi povas vidi tre klare, ke vi volas teni ŝin."

"Nu ja, ŝi estas vere interesa etulino", persistis Mateo. "Vi devis aŭdi ŝin paroli survoje de la stacio."

"Ho, ŝi kapablas paroli sufiĉe rapide. Mi tion tuj rimarkis. Kaj nenio estas favora al ŝi. Mi ne ŝatas infanojn, kiuj havas tiom por diri. Mi ne volas orfinan knabinon, kaj se mi volus iun, ŝi ne estas la stilo kiun mi elektus. Estas io kion mi ne komprenas pri ŝi. Ne, ŝi tuj devos esti sendita tien, de kie ŝi devenas."

"Mi povus dungi francan knabon por helpi min", diris Mateo, kaj ŝi estus kunulino por vi."

"Mi ne sopiras pri kunulino", abrupte diris Marila. "Kaj mi ne tenos ŝin."

"Nu, nu, estu ĝuste, kiel vi diras, kompreneble, Marila", diris Mateo stariĝante kaj formetante sian pipon. "Mi enlitiĝos."

Enlitiĝis Mateo. Kaj enlitiĝis Marila, post kiam ŝi ordigis sian teleraron, plej rezolute kuntirante siajn brovojn. Kaj supre, en la orienta gablo, soleca, korŝirita, senamika infano ploris ĝis sia ekdormo.

ĈAPITRO 4
MATENE ĈE VERDAJ GABLOJ

E<small>STIS</small> plena taglumo, kiam Anna vekiĝis kaj sidiĝis en la lito, konfuze fiksrigardante la fenestron tra kiu inundo da gaja sunbrilo verŝiĝis, kaj ekster kiu io blanka kaj plumeca ondis tra makuletoj el blua ĉielo.

Ŝi momente ne povis memori kie ŝi estis. Unue venis rava ekscito, kiel io tre agrabla; poste terura rememoro. Ĉi tio estis Verdaj Gabloj, kaj oni ne volis ŝin, ĉar ŝi ne estas knabo!

Sed estis mateno, kaj jes, staris ĉerizarbo tute flora ekster ŝia fenestro. Post eksalto ŝi staris ekster la lito kaj aliflanke de la planko. Ŝi suprenpuŝis la fenestrokadron – ĝi moviĝis rigide kaj grince, kvazaŭ ĝi ne estis malfermita de longa tempo – kio ja estis la kazo; kaj kiam supre, ĝi blokiĝis tiel firme, ke nenio necesis por teni ĝin supre.

Anna surgenuiĝis kaj rigardadis la junian matenon, ŝiaj okuloj rave scintilis. Ho! ĉu ne estis bele? Ĉu tio ne estis bela loko? Ĉu ŝi vere ne restos ĉi tie!? Ŝi fantazios, ke ŝi restas. Estis eblecoj fantazii ĉi tie.

Grandega ĉerizarbo kreskis ekstere, tiom proksime, ke ĝiaj branĉoj frapetis la domon, kaj ĝi estis tiom ŝarĝita per floroj, ke oni apenaŭ vidis folion. Ĉe ambaŭ flankoj de la domo estis granda horto, unu el pomarboj kaj unu el ĉerizarboj, ankaŭ kovritaj per floroj; kaj ilia herbo estis tute aspergita per leontodoj. En la ĝardeno malsupre staris lilakoj plenaj de purpuraj floroj, kaj ilia kapturniĝe dolĉa aromo supreniris al la fenestro kun la matena vento.

Malsupre de la ĝardeno, verda kampo abunda je trifolioj etendiĝis ĝis la kavo, kie fluis la rojo, kaj kie kreskis dekduoj da blankaj betuloj, senĝene leviĝantaj el subarbaro sugestanta ravan ekzistadon de filikoj kaj musko kaj arbaretaj aĵoj ĝenerale. Preter ĝi estis deklivo, verda kaj plumeca kun piceoj kaj abioj; estis breĉo en ĝi, tra kiu videblis la griza gablo-ekstremo de la dometo, kiun ŝi hieraŭ vidis ĉe la alia flanko de la Lago de Brilaj Akvoj.

Maldekstre troviĝis la grandaj garbejoj, kaj preter ili, malsupre de verdaj, malalte deklivantaj kampoj, videblis brila, blua makuleto de maro.

La okuloj de Anna, kumiĝintaj ekami belon, restadis sur ĉio kaj avare sorbis ĉion; ŝi jam vidis tiom da malbelaj lokoj en sia vivo, la povra infano; sed ĉi tio estis tiel bela, kiel ĉio, kion iam ajn ŝi revis.

Ŝi surgenuiĝis tie, absorbita nur per la beleco ĉirkaŭ si, ĝis ŝi estis surprizita per mano sur sia ŝultro. Marila jam, neaŭdite de la eta revulino, envenis.

"Vi devas vestiĝi", ŝi diris abrupte.

Marila vere ne sciis, kiel alparoli la infanon, kaj ŝia nekomforta nescio faris ŝin akra kaj abrupta, eĉ se ŝi ne intencis esti tiel.

Anna stariĝis kaj longe enspiris.

"Ho! ĉu ne estas mirinde?" diris ŝi, amplekse svingante sian manon al la bona ekstera mondo.

"Estas granda arbo", diris Marila, "kaj ĝi belege floras, sed la fruktoj neniam rezultiĝas en io interesa – etaj kaj vermaj."

"Ho, mi ne celas nur la arbon; kompreneble ĝi estas bela – jes, ĝi estas *radiante* bela – ĝi floras, kvazaŭ ĝi volas flori – sed mi celas ĉion, la ĝardenon kaj la horton kaj la rojon kaj la arbaron, la tutan grandan karan mondon. Ĉu vi ne sentas, ke vi simple amas la mondon, en mateno kiel ĉi tia? Kaj mi povas aŭdi la rojon ridantan dum la tuta vojo, ĝis ĉi tie. Ĉu vi ne rimarkis, kiel gajaj estaĵoj estas rojoj? Ili ĉiam ridas. Eĉ vintre mi aŭdis ilin sub la glacio. Mi estas tiel kontenta, ke estas rojo apud Verdaj Gabloj. Eble vi pensas, ke tio ne faras diferencon al mi, ke vi ne tenos min, sed tio ja faras diferencon. Mi ĉiam ŝatos memori, ke estas rojo ĉe Verdaj Gabloj, eĉ se mi neniam plu revidos ĝin. Se ne estus rojo, mi estus *hantata* per la nekomforta sento, ke devus esti unu. Mi ne estas en la profundo de malespero ĉi-matene. Matene mi neniam povas esti. Ĉu ne estas grandioze, ke estas matenoj? Sed mi sentas min tre malĝoja. Mi ĵus imagis, ke vere estis mi kiun vi finfine volis, kaj ke mi restos ĉi tie por ĉiam. Estis granda komforto, dum tio daŭris. Sed la plej malbona afero pri imagi aferojn estas, ke venas la tempo, kiam oni devas ĉesi imagi, kaj tio doloras.

"Preferinde vi vestiĝu kaj malsupreniru kaj forgesu viajn imagaĵojn", diris Marila tuj, kiam ŝi sukcesis enŝovi vorton. "La matenmanĝo atendas. Lavu vian vizaĝon kaj kombu vian hararon. Lasu la fenestron malferma, kaj faldu viajn littukojn ĉe la piedo de la lito. Estu tiel saĝa kiel vi kapablas."

Anna evidente povis esti saĝa por certaj celoj, ĉar ŝi venis malsupren post dek minutoj, orde vestita, ŝia hararo brosita kaj plektita, ŝia vizaĝo lavita, kaj kun komforta konsciiĝo trapenetranta sian animon, ke estis plenumitaj ĉiuj postuloj de Marila. Efektive, tamen, ŝi forgesis kuspi la littukojn.

"Mi multe malsatas ĉi-matene", anoncis ŝi dum ŝi englitis sur la seĝon kiun Marila metis por ŝi. "La mondo ne ŝajnas tiel hurla sovaĝejo kiel ĝi ŝajnis hieraŭ vespere. Mi tiel ĝojas, ke estas suna mateno. Sed mi ankaŭ multe ŝatas pluvajn matenojn. Ĉiaspecaj matenoj estas interesaj, ĉu vi ne pensas? Vi ne scias, kio okazos dum la tago, kaj ekzistas tiom da ebloj fantazii. Sed mi ĝojas, ke ne pluvas hodiaŭ, ĉar dum suna tago estas pli facile esti gaja kaj havi kuraĝon malgraŭ afliktoj. Mi sentas ke mi havas multon por esti kuraĝa. Estas tre bone legi pri afliktoj kaj imagi, ke vi heroe travivas ilin, sed ne estas tiel interese, kiam vi vere havas ilin, ĉu ne?"

"Je kompato – silentiĝu", diris Marila. "Vi vere tro parolas por knabino."

Je tio Anna silentis tiel obeeme kaj komplete, ke ŝia daŭra silento nervozigis Marilan, kvazaŭ ŝi estas en la ĉeesto de io ne tute natura. Ankaŭ Mateo silentis, – sed almenaŭ tio ĉi estis natura, – tiel ke la manĝo estis tre silenta manĝo.

Dum ĝi progresis, Anna iĝis pli kaj pli distriĝema, manĝante mekanike, ŝiaj grandaj okuloj estis sendevie kaj senvide fiksitaj al la ĉielo ekster la fenestro. Tio nervozigis Marilan pli ol antaŭe; ŝi havis la nekomfortan senton, ke la korpo de tiu stranga infano povas esti ĉi tie ĉe la tablo, dum ŝia spirito povas esti for en iu malproksima aera nubolando, transportita supren sur la flugiloj de imago. Kiu volus tian infanon ĉe si?

Tamen Mateo deziris reteni ŝin, kia plej neklarigebla afero! Marila sentis, ke li volas tion tiom, ĉi-matene, kiom li volis ĝin la antaŭan nokton, kaj ke li plu volas tion. Jen la maniero de Mateo

– permesi kapricon en sian kapon kaj alkroĉiĝi al ĝi per la plej mirinda silenta persistado – persistado dek fojojn pli potenca kaj efika en ĝia silento ol se li diskutadus ĝin.

Kiam la manĝo estis finita, Anna eliris el sia sonĝado kaj proponis ke ŝi lavu la teleraron.

"Ĉu vi bone kapablas lavi telerojn?" malfide demandis Marila.

"Sufiĉe bone. Mi tamen estas pli bona en la prizorgado de infanoj. Mi havis tiom da sperto pri tio. Estas tiel bedaŭrinde, ke vi ne havas iujn ĉi tie por prizorgi."

"Mi ne sentas, ke mi dezirus pli da infanoj por prizorgi ol mi nun havas. Vi estas sufiĉa problemo, por esti tute sincera. Kion oni faru pri vi, mi ne scias. Mateo estas plej ridinda viro."

"Mi opinias, ke li estas ĉarma", diris Anna riproĉe. "Li estas tiel simpatia. Ne ĝenis lin, kiom mi parolis – li ŝajnis ŝati tion. Mi sentis, ke li estas ĝentila spirito, tuj kiam mi ekvidis lin."

"Vi ambaŭ estas sufiĉe strangaj, se tion vi celas per 'ĝentilaj spiritoj'", diris Marila kun snufbruo. Jes, vi povas lavi la teleraron. Prenu multe da varma akvo, kaj estu certa bone sekigi ĉion. Mi havas sufiĉon por prizorgi ĉi-matene, ĉar mi devos veturi al Blankaj Sabloj dum la posttagmezo kaj renkonti s-inon Spencer. Vi venos kun mi kaj ni aranĝos, kio devas esti farita pri vi. Post la lavado, iru supren kaj aranĝu vian liton."

Anna lavis la teleraron sufiĉe lerte, kiel Marila perceptis, akrokule observante ŝin. Poste ŝi aranĝis sian liton malpli sukcese, ĉar ŝi neniam lernis la arton lukti kontraŭ plumono. Sed iel ĝi estis aranĝita kaj glatigita; kaj poste Marila, por liberigi sin, diris al ŝi ke ŝi povas iri eksteren kaj amuziĝi ĝis la tagmanĝa horo.

Anna "flugis" al la pordo, kun lumigita vizaĝo kaj brilaj okuloj. Sur la sojlo mem ŝi abrupte haltis, turniĝis, revenis kaj sidiĝis ĉe la tablo, la lumo kaj la brilo tiel efike neniigitaj kvazaŭ ŝi estis trafita de estingilo.

"Kio misas nun?" demandis Marila.

"Mi ne aŭdacas eliri', diris Anna, per tono de martiro rezignanta ĉiajn terajn ĝojojn. "Se mi ne povas resti ĉi tie, ne utilas ke mi amu Verdajn Gablojn. Kaj se mi eliras kaj konatiĝas kun ĉiuj tiuj arboj kaj floroj kaj la horto kaj la rojo, mi ne povos malhelpi min ami ilin.

Jam estas sufiĉe malfacile, do mi ne faru tion pli malfacile. Mi tiel volas eliri – ĉio ŝajne vokas min, 'Anna, Anna, venu al ni. Anna, Anna, ni volas kunludanton' – sed pli bonas ke ne. Ne utilas ami aĵojn, se vi devas disiĝi de ili, ĉu ne? Kaj estas *tiel* malfacile ne ami aĵojn, ĉu ne? Estas pro tio, ke mi estis tiel kontenta, kiam mi pensis ke mi vivus ĉi tie. Mi pensis, ke mi havus tiom da aĵoj por ami kaj nenion por malhelpi min. Sed tiu mallonga revo finiĝis. Mi rezignacias je mia sorto nun, do mi ne pensas, ke mi eliru – pro timo ke mi malrezignacios denove. Kiu estas la nomo de la geranio sur la fenestrosojlo, mi petas?"

"Tiu estas pomaroma geranio."

"Ho, mi ne parolas pri tiuspeca nomo. Mi parolas nur pri nomo, kiun vi mem donis. Ĉu vi ne donis nomon al ĝi? Ĉu mi rajtas doni iun? Ĉu mi rajtas nomi ĝin – mi vidu – Bonia konvenus – Ĉu mi rajtas nomi ĝin Bonia, dum mi estas ĉi tie? Ho! bonvolu permesi!"

"Je ĉielo, ne gravas al mi. Sed kie, je diablo, estas la senco doni nomon al geranio?"

"Ho, mi ŝatas ke la aĵoj havu nomojn, eĉ se ili estas nur geranioj. Tiel ili pli ŝajnas kiel homoj. Kiel vi scias, ke ne dolorigas la sentojn de geranio esti nomata geranio kaj nenio alia? Vi ne ŝatus esti nomata nenio ol virino la tutan tempon. Jes, mi nomos ĝin Bonia. Ĉi-matene mi nomis tiun ĉerizarbon ekster mia dormoĉambro. Mi nomis ĝin Neĝa Reĝino, ĉar ĝi estas tiel blanka. Kompreneble, ĝi ne ĉiam estos floranta, sed iu povas imagi ke ĝi estas, ĉu ne?"

"Mi neniam en mia tuta vivo vidis aŭ aŭdis pri iu ajn egala al ŝi", murmuris Marila, retiriĝante en la kelon por preni terpomojn. "Ŝi *estas* iusence interesa, kiel Mateo diras. Mi jam sentas, ke mi demandas min, kion diable ŝi diros poste. Ŝi sorĉos ankaŭ min. Ŝi faris tion kun Mateo. Tiu rigardo, kiun li donis al mi, kiam li eliris, denove diris ĉion, kion li diris aŭ sugestis la pasintan vesperon. Mi ŝatus ke li estu kiel aliaj viroj kaj diskutu. Persono povus tiam respondi kaj argumenti. Sed kion fari kun viro kiu nur *rigardas*?"

Anna, refalinte en revadon, tenis sian mentonon en siaj manoj kaj direktis siajn okulojn al la ĉielo, kiam Marila revenis de sia kela pilgrimado. Marila lasis ŝin tiel, ĝis la frua tagmanĝo estis sur la tablo.

"Mi supozas ke mi povas havi la ĉevalinon kaj la kaleŝon ĉi-posttagmeze, Mateo?" diris Marila.

Mateo kapjesis kaj melankolie rigardis Annan. Marila interkaptis la rigardon kaj serioze diris:

"Mi veturos al Blankaj Sabloj kaj reguligos ĉi-aferon. Mi prenos Annan kun mi, kaj s-ino Spencer probable faros aranĝon por tuj sendi ŝin reen al Nov-Skotio. Mi antaŭpreparos la teon por vi, kaj mi estos ĝustatempe hejme por melki la bovinojn."

Mateo daŭre diris nenion kaj Marila sensis ke ŝi malŝparas vortojn kaj spiradon. Nenio estas pli incitega ol viro, kiu ne respondas – krom virino kiu ne respondas.

Mateo ĝustatempe jungis la ruĝbrunetinon al la kaleŝo, kaj Marila kaj Anna ekiris. Mateo malfermis la barieron de la korto por ili, kaj kiam ili malrapide veturis tra ĝi, li diris, laŭŝajne al neniu specife:

"Eta Ĵerio Buote el la Rivereto estis ĉi tie, ĉi-matene, kaj mi diris al li ke mi pensis ke mi dungos lin por la somero."

Marila ne respondis, sed ŝi donis al la malbonŝanca ruĝbrunetino tiel fortan vipobaton, ke la dika ĉevalino, ne alkutimiĝinta al tia traktado, indigne rapidis malsupren laŭ la vojeto, en alarma rapideco. Marila unufoje retrorigardis, dum la kaleŝo saltetadis, kaj vidis tiun incitegan Mateon apogi sin sur la bariero, melankolie rigardante post ili.

ĈAPITRO 5
LA HISTORIO DE ANNA

"ĈU VI SCIAS", diris Anna konfidence, "mi decidis ĝui ĉi tiun veturadon. Estis mia sperto, ke oni preskaŭ ĉiam povas ĝui aferojn, se oni firme decidiĝas ke oni faros tion. Kompreneble, vi devas *firme* decidiĝi. Mi ne pensos pri la reiro al la orfejo, dum ni havas nian veturadon. Mi nur pensos pri la veturado. Ho! rigardu, jen eta frua eglanterio malfermita! Ĉu ĝi ne belas? Ĉu vi ne pensas, ke ĝi devas esti kontenta esti rozo? Ĉu ne estus bele se rozoj povus paroli? Mi certas ke ili povus diri al ni tiom da belaj aferoj. Kaj ĉu rozkoloro ne estas la plej sorĉa koloro en la mondo? Mi ĝin ŝatas sed ne povas surporti ĝin. La homoj kun rufaj haroj ne povas surporti rozkoloron, eĉ ne per imago. Ĉu vi iam sciis pri persono, kies harkoloro estis rufa kiam ŝi estis juna, sed iĝis alia koloro kiam ŝi kreskis?"

"Ne, mi ne pensas, ke mi iam sciis", senkompate diris Marila, "kaj mi nek pensas, ke tio verŝajne okazos en via kazo."

Anna suspiris.

"Nu, tio estas alia foririnta espero. Mia vivo estas perfekta tombejo de enterigitaj esperoj. Tio estas frazo, kiun mi iam legis en libro, kaj mi rediras ĝin al mi por konsoli min, kiam mi estas desapontita pri io ajn."

"Mi mem ne vidas, kie estas la konsolado en tio", diris Marila.

"Nu, ĉar tio sonas tiel bele kaj romantike, kvazaŭ mi estus heroino en libro, vi scias. Mi tiel ŝatas romantikajn aferojn, kaj tombejo plena de enterigitaj esperoj estas afero tiel romantika, kiel iu povas imagi, ĉu ne? Mi eĉ ĝojas, ke mi havas ĝin. Ĉu ni hodiaŭ transiros la Lagon de Brilaj Akvoj?"

"Ni ne transiros la lageton Barry, se estas tio kion vi volas diri per via Lago de Brilaj Akvoj. Ni iros laŭ la borda vojo."

"Borda vojo sonas bele", reve diris Anna. "Ĉu ĝi estas tiel bela kiel ĝi sonas? Ĝuste kiam vi diris 'borda vojo', mi ĝin vidis en bildo en mia menso, tuj! Kaj Blankaj Sabloj estas ankaŭ beleta nomo; sed mi ne tiom ŝatas ĝin kiom Avonleon. Avonleo estas bela nomo. Ĝi sonas kiel muziko. Kiel for estas Blankaj Sabloj?"

"Kvin mejlojn[12]; kaj ĉar vi evidente tiel inklinas paroladi, vi egale povus paroli kun iu celo, ekzemple dirante al mi, kion vi scias pri vi mem."

"Ho, tio kion mi *scias* pri mi ne meritas esti dirata", avide diris Anna. "Se vi nur lasos min diri al vi, kion mi *imagas* pri mi, vi pensos ke tio estas multe pli interesa."

"Ne, mi ne volas iun ajn el viaj imagaĵoj. Restu kun la nuraj faktoj. Komencu per la komenco. Kie naskiĝis vi kaj kiom aĝa estas vi?"

"Mi iĝis dekunua la lastan marton", diris Anna, rezignacianta al puraj faktoj kun suspireto. "Kaj mi naskiĝis en Bolingbroko, Nov-Skotio. La nomo de mia patro estis Valtero Shirley kaj li estis instruisto en la mezlernejo de Bolingbroko. La nomo de mia patrino estis Berta Shirley. Ĉu Valtero kaj Berta ne estas belaj nomoj? Mi tiel feliĉas, ke miaj gepatroj havis belajn nomojn. Estus hontinde havi patron kiu nomiĝus – nu, ni diru Jededio, ĉu ne?"

"Mi opinias ke ne gravas, kiun nomon havas persono, kondiĉe ke li kondutas bone", diris Marila, sentante la bezonon inokuli bonan kaj utilan moralon.

"Nu, mi ne scias." Anna ŝajnis pensema. "Mi iam legis en libro, ke rozo, se ĝi havus iu najn alian nomon, odorus samtiel dolĉe, sed mi neniam povis kredi tion. Mi ne kredas, ke rozo *estus* tiel bela, se ĝi nomiĝus kardo aŭ fetorbrasiko. Mi supozas, ke mia patro povus esti bona viro, eĉ se li nomiĝis Jededia; sed mi certas ke estus malbonaŭgura. Nu, mia patrino estis instruistino en mezlernejo, ankaŭ, sed kiam ŝi edziniĝis al patro, ŝi ĉesis instrui, komprenble. Zorgi pri edzo estis sufiĉa respondeco. S-ino Thomas diris, ke ili estis paro de beboj kaj tiel malriĉaj kiel preĝejaj musoj. Ili ekloĝis en eteta flava domo en Bolingbroko. Mi neniam vidis tiun domon, sed mi ĝin imagis milojn da fojoj. Mi pensas, ke ĝi devis havi lonicerojn super la salono-fenestro kaj lilakojn en la antaŭa korto kaj majflorojn ĝuste ene de la pordo. Jes, kaj muslinajn kurtenojn en ĉiuj fenestroj. Muslinaj kurtenoj donas al domo tiel belan aspekton. Mi naskiĝis en tiu domo. S-ino Thomas diris, ke mi estis la plej malalloga bebo, kiun ŝi iam vidis, mi estis

12 8 km

tiel malgrasega kaj eta kaj nenio krom okuloj, sed ke panjo opiniis, ke mi estis perfekte bela. Mi emas pensi, ke patrino pli bone juĝas ol malriĉa virino kiu venas por purigi, ĉu ne? Mi feliĉas, ke ŝi ĉiaokaze estis kontentigita per mi. Mi sentus min tiel malfeliĉa, se mi pensus ke mi estis elreviĝo por ŝi – ĉar ŝi ne vivis longe post tio, vi vidu. Ŝi mortis pro febro, kiam mi estis nur trimonata. Mi tiel deziras, ke ŝi vivus sufiĉe longe, por ke mi memoru voki ŝin patrino. Mi opinias, ke estus tiel dolĉe diri 'patrino', ĉu ne? Kaj patro mortis kvar tagojn poste, ankaŭ pro febro. Tio faris el mi orfinon, kaj la homoj estis senkonsilaj, do s-ino Thomas demandis, kion fari per mi? Vi vidas, eĉ tiam neniu deziris min. Tio ŝajnas esti mia sorto. Patro kaj patrino ambaŭ venis de foraj lokoj, kaj oni bone sciis, ke ili ne havis vivantajn parencojn. S-ino Thomas fine diris, ke ŝi prenus min, kvankam ŝi estis malriĉa kaj havis ebrian edzon. Ŝi do adoptis min. Ĉu vi scias, ĉu ekzistas io ajn pri adoptaj infanoj, io, kio faras homojn tiel edukitajn pli bonaj ol aliajn homojn? Ĉar kiam ajn mi miskondutis, s-ino Thomas, kvazaŭ riproĉe, demandis al mi, kiel mi povas esti tiel malbona knabino, kvankam mi ja estas adopta infano.

Ges-roj Thomas translokiĝis el Bolingbroko al Mariaurbo, kaj mi loĝis kun ili ĝis mi estis okjaraĝa. Mi helpis varti la Thomas-infanojn – ili estis kvar, pli junaj ol mi – kaj mi povas diri al vi, ke ili postulis multan vartadon. Poste s-ro Thomas mortis falinta sub trajnon, kaj lia patrino sin proponis por preni s-inon Thomas kaj la infanojn, sed ŝi ne volis min. S-ino Thomas ne sciis, kion fari, do ŝi demandis, kion fari per mi? Poste s-ino Hammond de pli supre de la rivero alvenis kaj diris, ke ŝi prenus min, vidante ke mi utilis al infanoj, kaj mi iris supren laŭ la rivero por vivi kun ŝi en malgranda senarbejo ĉirkaŭita de arbostumpoj. Estis tre soleca loko. Mi certas, ke mi neniam povus vivi tie, se mi ne havus imagopovon. S-ro Hammond funkciigis malgrandan segejon tie, kaj s-ino Hammond havis ok infanojn. Ŝi havis ĝemelojn tri fojojn. Mi ŝatas bebojn en modereco, sed ĝemeloj tri sinsekvajn fojojn estas *tro*. Mi tiel firme diris tion al s-ino Hammond, kiam la lasta paro venis. Mi kutimis terure laciĝi portante ilin ĉien.

Dum pli ol du jaroj mi loĝis supre de la rivero kun s-ino Hammond, kaj poste s-ro Hammond mortis, kaj s-ino Hammond ĉesis mastrumadi. Ŝi distribuis siajn infanojn inter la parencoj kaj translokiĝis al la Ŝtatoj. Mi devis iri al la orfejo en Esperurbo, ĉar neniu prenis min. Oni ankaŭ ne volis min en la orfejo; ili diris ke ili jam estis tro plenaj. Sed ili devis preni min, kaj mi estis tie kvar monatojn ĝis s-ino Spencer venis."

Anna finis paroli per suspiro, ĉi-foje pro senŝarĝiĝo. Ŝi evidente ne ŝatis paroli pri siaj spertoj en mondo, kiu ne volis ŝin.

"Ĉu vi iam iris al lernejo?", demandis Marila turnante la ruĝ-brunetan ĉevalinon al la borda vojo.

"Ne multe. Mi iris iom la lastan jaron, kiam mi loĝis ĉe s-ino Thomas. Kiam mi ekloĝis supre de la rivero, ni estis tiel malproksimaj de lernejo, ke vintre mi ne povis marŝi la distancon, kaj estis libertempo somere, do mi povis iri nur printempe kaj aŭtune. Sed kompreneble mi iris, dum mi estis en la orfejo. Mi povas legi sufiĉe bone kaj mi parkere konas tiel multajn poemerojn – 'La batalo de Hohenlindeno' kaj 'Edinburgo post Flodeno', kaj 'Bingeno ĉe Rejno', kaj multe el 'La damo el la lago' kaj la plejparto de 'La sezonoj' de Jakobo Thompson. Ĉu vi ne ŝatas poezion, kiu donas al vi krispan senton moviĝantan supren kaj malsupren en via dorso? Estas peco en la kvina legolibro – 'La ruinigo de Polio' – kiu estas simple plena de ekscitoj. Kompreneble mi ne atingis la kvinan legolibron – mi estis nur ĉe la kvara – sed la grandaj knabinoj kutimis pruntedoni al mi la siajn por legi."

"Ĉu tiuj virinoj – s-ino Thomas kaj s-ino Hammond – estis bonaj al vi?", demandis Marila rigardante Annan el la angulo de siaj okuloj.

"Ho-o-o-o", hezitis Anna. Ŝia sentema eta vizaĝo ruĝiĝis kaj embaraso sidiĝis sur sian brovon. "Ho, ili ja *intencis* esti – mi scias ke ili intencis esti kiel eble plej bonaj kaj afablaj. Kaj kiam homoj intencas esti bonaj al vi, vi ne multe kontraŭas, kiam ili ne estas tute tiaj – ne ĉiam. Ili havis multon por maltrankviligi ilin, vi scias. Estas tre penige havi ebrian edzon, vi vidas; kaj devas esti tre penige havi ĝemelojn tri sinsekvajn fojojn, ĉu ne? Sed mi certas ke ili intencis esti bonaj al mi."

Marila ne plu faris demandojn. Anna lasis sin gliti en silentan ekstazon dum la veturado laŭ la borda vojo, kaj Marila distrite gvidis la ruĝbrunetinon, dum ŝi profunde pensadis. Kompato subite vekiĝis en ŝia koro por la infano. Kia senama vivo de mankoj ŝi havis – kaj vivo de mizero kaj malriĉeco kaj neglekto; ĉar Marila estis sufiĉe sagaca por legi inter la linioj pri la historio de Anna kaj diveni la veron. Ne surprize, ke ŝi estas tiel ravita pro la anticipo de vera hejmo. Estis bedaŭrinde, ke ŝi devas esti resendita. Kio se ŝi, Marila, cedus al la neeksplikebla kaprico de Mateo kaj permesus, ke ŝi restu? Li jam faris sian decidon pri tio; kaj la infano ŝajnis afabla, instruebla etulino.

"Ŝi havas tro por diri" pensis Marila, "sed eble ŝi povas esti edukita por forlasi tion. Kaj estas nenio malĝentila aŭ slanga en tio, kion ŝi diras. Ŝi estas ĝentlemanino. Estas verŝajne, ke ŝiaj gepatroj estis afablaj homoj."

La borda vojo estis "arbareca kaj sovaĝa kaj soleca". Dekstre kreskis densaj vepraj abioj, iliaj spiritoj sufiĉe nerompitaj de longaj jaroj de baraktado kontraŭ la golfaj ventoj. Maldekstre troviĝis la krutaj ruĝaj grejsaj klifoj, tiel proksimaj al la vojstrio en kelkaj lokoj, ke ĉevalino malpli stabila ol la ruĝbrunetino povus krei problemojn al la nervoj de la homoj sidantaj malantaŭ ĝi. Malsupre ĉe la piedo de la klifoj estis amasoj da surfo-eroditaj rokoj aŭ malgrandaj sablaj krekoj inkrustitaj per ŝtonetoj kvazaŭ per oceanaj juveloj; pretere etendiĝis la maro, brila kaj blua, kaj super ĝi soris la mevoj, iliaj flugilo-ekstremoj arĝente flagrantaj en la sunlumo.

"Ĉu la maro ne estas mirinda?" diris Anna, vigliĝante el longa larĝokula silento. "Iam, kiam mi vivis en Mariaurbo, s-ro Thomas luprenis ekspresan vagonon kaj venigis nin ĉiujn pasigi tagon ĉe la bordo dek mejlojn[13] for. Mi ĝuis ĉiun momenton de tiu tago, eĉ se mi devis varti la infanojn la tutan tempon. Mi revivis tion en feliĉaj revoj dum jaroj. Sed ĉi tiu bordo estas pli bela ol tiu de Mariaurbo. Ĉu tiuj mevoj ne estas belegaj? Ĉu vi ne ŝatus esti mevo? Mi pensas ke mi ŝatus – tio estas, se mi ne povus esti homa knabino. Ĉu vi ne pensas, ke estus agrable vekiĝi je la sunleviĝo kaj falflugi super la akvo kaj foren tra tiu bela bluo la tutan tagon;

_____
13 16 km

kaj je nokto flugi reen al sia propra nesto? Ho! mi ja povas imagi min farantan tion. Kiu granda domo estas tiu antaŭ ni, mi petas?"

"Tio estas la Hotelo Blankaj Sabloj. S-ro Kirk estras ĝin, sed la sezono ankoraŭ ne ekis. Amasoj da usonanoj venas tien somere. Ili opinias, ke tiu bordo estas proksimume perfekta."

"Mi timis, ke povus esti la loko de s-ino Spencer", diris Anna morne, "mi ne volas iri tien. Iasence tio ŝajnas kiel la fino de ĉio."

ĈAPITRO 6
MARILA DECIDIĜAS

ALVENIS ili tie en ĝusta tempo. S-ino Spencer loĝis en granda flava domo en Kreko Blankaj Sabloj, kaj ŝi venis al la pordo, kun surprizo kaj bonveno miksitaj sur sia karitata vizaĝo.

"Ho! Dio mia!" ŝi ekkriis, "vi estas la lastaj homoj, kiujn mi atendis hodiaŭ, sed mi estas vere kontenta vidi vin. Vi enigos vian ĉevalon? Kaj kiel vi fartas, Anna?"

"Mi fartas tiel bone, kiel oni povas atendi, dankon", senridete diris Anna. Velko ŝajnis descendiĝinta sur ŝin.

"Mi supozas, ke ni restos iom da tempo por ripozigi la ĉevalinon", diris Marila, sed mi promesis al Mateo, ke mi revenos hejmen frue. La fakto estas, s-ino Spencer, ke estis stranga eraro ie, kaj mi venis ĉi tien por vidi, kie ĝi estas. Ni petis, Mateo kaj mi, ke vi venigu al ni knabon el la orfejo. Ni diris al via frato Roberto, ke li diru al vi, ke ni volis knabon dek- aŭ dekunujaran."

"Marila Cuthbert, ĉu tio estas la vero?!" ĉagrene diris s-ino Spencer. "Ho ve! Roberto informis nin pere de sia filino Nancia, kaj ŝi diris, ke vi volas filinon – ĉu ne, Flora Johana?", ŝi demandis alvokante sian filinon, kiu ĵus elvenis al la ŝtuparo.

"Ŝi ja faris, f-ino Cuthbert", serioze konfirmis Flora Johana.

"Mi terure bedaŭras", diris s-ino Spencer. "Estas vere bedaŭrinde; sed certe ne estis mia kulpo, vi vidas, f-ino Cuthbert. Mi faris mian eblon kaj pensis, ke mi sekvis viajn instrukciojn. Nancia estas terure facilanima. Mi ofte devas severe riproĉi ŝin pro ŝia malatentemo."

"Estis nia propra kulpo", rezignacie diris Marila. "Ni mem devintus veni al vi kaj ne lasi tiel gravan mesaĝon esti de buŝo al buŝo dirita tiamaniere. Ĉiaokaze, la eraro estas farita, kaj la sola afero farota nun estas korekti ĝin. Ĉu ni povas resendi la infanon al la orfejo? Mi supozas, ke oni reprenos ŝin, ĉu ne?"

"Mi supozas ke jes", penseme diris s-ino Spencer, "sed mi ne pensas, ke estos necese resendi ŝin. S-ino Petro Blewett hieraŭ venis ĉi tien, kaj ŝi diris al mi, kiom ŝi ŝatus peti knabinon de mi por helpi ŝin. S-ino Petro havas grandan familion, vi scias, kaj ŝi trovas malfacile obteni helpon. Anna estos la ĝusta knabino por ŝi. Mi nomas tion pozitive providenca."

Marila ne ŝajnis pensi, ke la Providenco havis multan influon al la afero. Jen neatendita bela okazo por liberiĝi de nebonvena orfino, kaj ŝi ne sentis sin dankema pro ĝi.

Ŝi konis s-inon Petro Blewett, nur laŭvide, kiel malaltan virinon kun megereca vizaĝo sen unco da superflua karno sur la ostoj. Sed ŝi ja aŭdis pri ŝi. "Terura laborulino kaj pelantino", oni diris pri s-ino Petro; kaj maldungitaj servistinaj knabinoj rakontis terurajn aferojn pri ŝiaj humoro kaj avareco, kaj pri ŝia familio de impertinentaj, kverelemaj infanoj. Marila sentis skrupulon de konscienco pri la penso transdoni Annan al ŝia "tenera kompato".

"Nu, mi eniros kaj ni priparolos la aferon", diris ŝi.

"Kaj ĉu ne estas s-ino Petro alvenanta sur la vojeto ĉi benitan minuton!?", ekkriis s-ino Spencer, pelante siajn gastojn tra la halo en la salonon, kie morta frido frapis ilin, kvazaŭ la aero estis kribrita tiel longe tra la malhelverdaj premtiritaj rulkurtenoj, ke ĝi jam perdis ĉiun partiklon de varmo, kiun ĝi iam posedis. "Tio estas vere bonŝanca, ĉar ni povas tuj aranĝi la aferon. Prenu la brakseĝon, f-ino Cuthbert; Anna, vi sidiĝu ĉi tien sur la divanon kaj ne tordiĝu. Mi prenu viajn ĉapelojn. Flora Johana, eliru kaj hejtigu la bolilon. Bonan posttagmezon, s-ino Blewett. Ni ĵus diris, kia bonŝanco estas, ke vi venis. Permesu ke mi prezentu unu la alian. S-ino Blewett, f-ino Cuthbert. Momenton, mi petas. Mi forgesis diri al Flora Johana depreni la bulkojn el la bakujo."

Post kiam ŝi tiris supren la rulkurtenojn, s-ino Spencer rapide eliris. Anna, mute sidanta sur la divano, kun la manoj firme premitaj sur sian sinon, fiksrigardis s-inon Blewett kiel fascinita homo. Ĉu oni donos ŝin al la gardado de tiu virino kun akra vizaĝo kaj akraj okuloj? Ŝi sentis ezofagan bulon supreniĝanta en sia gorĝo kaj ŝiaj okuloj doloregis. Ŝi ektimis, ke ŝi ne povas malhelpi siajn larmojn ekflui, kiam s-ino Spencer revenis, ruĝiĝinta kaj radianta, tute kapabla prikonsideri iun ajn kaj ĉian malfacilaĵon, fizikan, mensan aŭ spiritan, kaj tuj aranĝi ĝin.

"Ŝajnas ke estis eraro pri ĉi tiu knabineto, s-ino Blewett", ŝi diris. "Mi havis la impreson ke s-ro kaj f-ino Cuthbert deziris adopti knabineton. Oni certe diris tion al mi. Sed ŝajnas, ke estis knabo kiun ili deziris. Do se vi havas la saman ideon kiun vi havis hieraŭ, mi pensas, ke ŝi estos la ĝusta solvo por vi."

S-ino Blewett alsagis siajn okulojn al Anna, de la kapo ĝis la piedoj.

"Kiom aĝa estas vi kaj kiu estas via nomo?", ŝi demandis.

"Anna Shirley", hezitis la ŝrumpanta infano, ne aŭdacante fari iujn ajn precizaĵojn pri la ortografio de sia nomo, "kaj mi havas dekunu jarojn."

"Ba! Vi ne aspektas kiel iu kun multo. Sed vi estas fibreca. Mi ne scias, sed la fibrecaj estas la plej bonaj, malgraŭ ĉio. Nu, se mi prenos vin, vi devos esti bona knabino, vi scias – bona kaj inteligenta kaj respektema. Mi atendos, ke vi gajnu vian prizorgadon, kaj ne eraru pri tio. Jes, mi supozas, ke mi pli bone liberigu vin, f-ino Cuthbert. La bebo estas terure grumblema, kaj mi estas ege laca prizorgi lin. Se vi deziras, mi povas tuj venigi ŝin hejmen."

Marila rigardis Annan kaj moliĝis je la vido de la pala vizaĝo de la infano kun mieno de muta mizero – la mizero de senhelpa eta kreitaĵo, kiu troviĝas denove kaptita en la kaptilo, el kiu ĝi eskapis. Marila sentis malkomfortan konvinkon, ke se ŝi rifuzus la petegon de tiu mieno, ĝi hantus ŝin ĝis la tago de ŝia morto. Plie, ŝi ne ŝatis s-inon Blewett. Enmanigi senteman nervozan infanon al tia virino! Ne, ŝi ne kapablis akcepti la respondecon fari tion!

"Nu, mi ne scias", ŝi diris malrapide. "Mi ne diris, ke Mateo kaj mi jam absolute decidis, ke ni ne retenos ŝin. Fakte, mi povas diri, ke Mateo ja pretas reteni ŝin. Mi simple venis ĉi tien por ekscii, kiel la eraro okazis. Mi pensas, ke estas pli bone reveni hejmen kun ŝi kaj pridiskuti tion kun Mateo. Mi sentas, ke mi ne devas decidi ion ajn sen konsulti lin. Se ni decidos ne reteni ŝin, ni revenigos ŝin aŭ sendos ŝin morgaŭ vespere. Se ni ne faros tion, vi povos kompreni, ke ŝi restos kun ni. Ĉu tio konvenos al vi, s-ino Blewett?"

"Mi supozas ke ĝi devos", malkomplezeme diris s-ino Blewett.

Dum la parolado de Marila, kvazaŭ novtaga sunleviĝo ek-aperis sur la vizaĝo de Anna. Unue la mieno de malespero forfadis; poste rimarkeblis febla ascendo de espero; ŝiaj okuloj fariĝis profundaj kaj brilaj kiel matenaj steloj. La infano estis tute transfigurita; kaj, momenton poste, kiam s-ino Spencer kaj s-ino Blewett eliris por trovi recepton, kiun ĉi tiu volis pruntepreni, ŝi ekstariĝis kaj rapidis trans la ejon al Marila.

"Ho, f-ino Cuthbert, ĉu vi vere diris, ke eble vi permesos, ke mi restu ĉe Verdaj Gabloj?" diris ŝi en senspira flustro, kvazaŭ laŭte paroli frakasus la gloran eblecon. "Ĉu vi vere diris tion? Aŭ ĉu mi nur imagis, ke vi diris tion?"

"Mi opinias, ke estus pli bone, ke vi kontrolu tiun imagopovon vian, Anna, se vi ne kapablas distingi, kio estas vera kaj kio ne estas vera", incite diris Marila. "Jes, vi efektive aŭdis min diri ĝuste tion kaj nenion pli. Tio ankoraŭ ne estas decidita, kaj eble ni konkludos lasi s-inon Blewett preni vin finfine. Ŝi certe bezonas vin multe pli ol mi."

"Mi preferus reiri al la orfejo anstataŭ iri vivi kun ŝi", diris Anna pasie. "Ŝi aspektas ekzakte kiel – kiel borileto."

Marila sufokis rideton sub la konvinko, ke Anna devas esti riproĉita pro tia parolado.

"Knabineto kiel vi devus honti paroli tiel pri virino kaj nekon-atino", ŝi severe diris. "Reiru al via seĝo kaj sidiĝu kviete kaj bridu vian langon kaj kondutu, kiel bona knabino devas konduti."

"Mi provos fari kaj esti ion ajn kion vi deziras, se vi nur retenos min", diris Anna, humile reiranta al sia otomano.

Kiam ili, en ĉi tiu vespero, realvenis ĉe Verdaj Gabloj, Mateo renkontis ilin sur la vojeto. Marila rimarkis lin defore, vagantan laŭlonge de ĝi, kaj ŝi divenis lian motivon. Ŝi estis preparita por la malpeziĝo, kiun ŝi vidis sur lia vizaĝo, kiam li rimarkis, ke ŝi almenaŭ revenigis Annan kun si. Sed ŝi diris nenion al li rilate la aferon, ĝis kiam ili ambaŭ estis en la korto malantaŭ la garbejo melkantaj la bovinojn. Tiam ŝi mallonge rakontis al li la historion de Anna kaj la rezulton de la intervjuo kun s-ino Spencer.

"Mi ne donus hundon kiun mi ŝatas al tiu Blewett-virino", diris Mateo kun nekutima vigleco.

"Mi ne ŝatas ŝian stilon", konfesis Marila, "sed estas tio – aŭ mem teni ŝin, Mateo. Kaj ĉar vi ŝajne volas ŝin, mi supozas, ke mi konsentas – aŭ devas konsenti. Mi pripensadis la ideon, ĝis mi kvazaŭ alkutimiĝis al ĝi. Tio ŝajnas speco de devo. Mi neniam edukis infanon, aparte knabinon, kaj mi aŭdacas diri ke mi faros teruran fuŝon el ĝi. Sed mi agos kiel eble plej bone. Koncerne min, Mateo, ŝi povas resti."

En la timida vizaĝo de Mateo akaperis lumeto de ravo.

"Nu ja, mi pensis, ke vi fine vidos tion tiele, Marila", diris li. "Ŝi estas tiel interesa eta estaĵo."

"Estus pli ĝuste, se vi povus diri, ke ŝi estas utila eta estaĵo", replikis Marila, "sed mi certigos, ke ŝi estu trejnita por fariĝi tia. Kaj, atentu, Mateo, vi ne enmiksiĝu en miajn metodojn. Eble fraŭlino ne scias multe pri la edukado de infano, sed mi supozas, ke ŝi scias pli ol maljuna fraŭlo. Do lasu min pritrakti ŝin. Se mi malsukcesos, restos sufiĉe da tempo por enigi vian 'remilon'."

"Nu, nu, Marila, vi povas agi viamaniere", diris Mateo trankvilige. Nur estu tiel bona kaj afabla kun ŝi kiel vi povas, sen trodorloti ŝin. Mi kvazaŭ pensas, ke ŝi estas unu el la speco, kun kiu vi povas ĉion ajn fari, se vi povas nur tiel agi, ke ŝi amos vin."

Marila per disdegna snufo esprimis sian malestimon pri la opinioj de Mateo rilate ion ajn inan, kaj forpaŝis al la laktejo kun la siteloj.

"Mi ne diros al ŝi ĉi-vespere, ke ŝi povas resti", pripensis ŝi, dum ŝi kribris la lakton en la senkremegilon. "Ŝi estus tiel ekscitita, ke eĉ momenton ŝi ne dormus. Marila Cuthbert, vi nun falis en la kaptilon. Ĉu vi iam supozis, ke vi vidos la tagon, kiam vi adoptos orfinon? Tio sufiĉe surprizas; sed ne tiel surprizas, kiel tio, ke Mateo estas la fondanto de tio – li, kiu ĉiam ŝajnis havi tiel mortan timon antaŭ knabinoj. Ĉiaokaze, ni decidis fari la sperton kaj nur Dio scias, kio rezultos el ĝi.

ĈAPITRO 7
ANNA RECITAS SIAJN PREĜOJN

KIAM Marila kondukis Annan al la lito tiun vesperon, ŝi firme diris:

"Nun, Anna, lastan vesperon mi rimarkis, ke vi ĵetis viajn vestojn dise-mise sur la plankon, kiam vi demetis ilin. Tio estas tre malordema kutimo, kaj mi tute ne povas permesi ĝin. Tuj kiam vi demetas iun ajn vestaĵon, ordeme faldu ĝin kaj metu ĝin sur la seĝon. Mi tute ne havas utilon por knabinetoj, kiuj ne estas ordemaj."

"Mi estis tiel korŝirita en mia menso hieraŭ vespere, ke mi tute ne pensis pri miaj vestaĵoj", diris Anna. "Mi ordeme faldos ilin ĉi-vespere. Oni ĉiam devigis nin fari tion en la orfejo. La duonon de la tempo, tamen, mi forgesis tion, mi tiel rapidis agrable kaj kviete enlitiĝi por fantazii aferojn."

"Vi devos memori pri tio iom pli bone, se vi restos ĉi tie", admonis Marila. "Jen, tio aspektas pli bone. Recitu viajn preĝojn nun kaj enlitiĝu."

"Mi neniam recitas iun ajn preĝon", anoncis Anna.

Marila aspektis en hororigita mirego.

"Nu, Anna, kion vi volas diri? Ĉu oni neniam instruis al vi reciti preĝojn? Dio ĉiam volas, ke knabinetoj recitu siajn preĝojn. Ĉu vi ne scias, kiu estas Dio, Anna?"

"Dio estas spirito, infinita, eterna kaj neŝanĝiĝebla, en Sia estaĵo, saĝeco, povo, sankteco, justeco, boneco, kaj vero", respondis Anna senhezite kaj facilparole.

Marila aspektis iom trankviligita.

"Do, fine vi ja scias ion, dank' al Dio! Vi ne estas tute pagana. Kie vi lernis tion?"

"Ho, en la orfeja dimanĉa lernejo. Oni lernigis al ni la tutan katekismon. Mi ŝatis ĝin sufiĉe bone. Estas io grandioza pri kelkaj vortoj. 'Infinita, eterna kaj neŝanĝiĝebla'. Ĉu tio ne estas grandioza? Ĝi havas tian resonadon – ĝuste kiel granda orgeno kiu ludas. Vi ne tute povus nomi ĝin poezio, mi supozas, sed ĝi sonas multe kiel ĝi, ĉu ne?"

"Ni ne parolas pri poezio, Anna – ni parolas pri recito de viaj preĝoj. Ĉu vi ne scias, ke estas terure fia afero ne reciti la preĝojn ĉiunokte? Mi timas, ke vi estas tre malbona knabineto."

"Vi trovus pli facile esti malbona ol bona, se vi havus rufan hararon", riproĉe diris Anna. "Homoj kiuj ne havas rufan hararon, ne scias kio estas aflikto. S-ino Thomas diris ke Dio *intence* faris mian hararon rufa, kaj de tiam mi neniam plu priatentis Lin. Kaj ĉiukaze, nokte mi estis tro laca por ĝeni min reciti preĝojn. Oni ne povas atendi de homoj, kiuj devas prizorgi ĝemelojn, ke ili recitu siajn preĝojn. Nu, ĉu vi honeste pensas ke ili povas?"

Marila decidis, ke la religia trejnado de Anna devas eki tuj. Klare ne estis tempo por perdi.

"Vi devas reciti viajn preĝojn, dum vi estas sub mia tegmento, Anna."

"Jes, kompreneble, se vi volas, ke mi faru tion', gaje konsentis Anna. "Mi faros ion ajn por komplezi vin. Sed vi devos diri al mi, kion diri por ĉi tiu fojo. Post mia enlitiĝo, mi elimagos vere belan preĝon por ĉiam reciti. Mi kredas, ke ĝi estos sufiĉe interesa, nun ke mi pensas pri tio."

"Vi devas surgenuiĝi", embarase diris Marila.

Anna surgenuiĝis ĉe la genuo de Marila kaj serioze rigardis supren.

"Kial la homoj devas surgenuiĝi por preĝi? Se mi vere volus preĝi, mi diros al vi kion mi farus. Mi irus en grandegan kampon tute sola, aŭ en profundan arbaron, kaj mi rigardus supren al la ĉielo – supren – supren – supren – en tiun ravan bluan ĉielon, kiu aspektas kvazaŭ ne estus fino al ĝia blueco. Kaj poste mi nur *sentus* preĝon. Nu, mi estas preta. Kion mi diru?"

Marila sentis sin pli embarasita ol iam ajn. Ŝi intencis instrui al Anna la infanecan klasikaĵon "Nun mi kuŝiĝas por dormi". Sed ŝi posedis, kiel mi diris al vi, la glimetadon de certa senco de humuro – kiu simple estas alia nomo por senco de konveneco de aferoj; kaj subite ŝi ekkomprenis, ke tiu simpla eta preĝo, sankta por blankvestaĵa infaneco kaj ĝia lispado ĉe patrinaj genuoj, estis tute nekonvena por tiu efelida sorĉistina knabino, kiu sciis nenion pri la amo de Dio nek zorgis pri ĝi iel ajn, ĉar ĝi neniam estis transdonita al ŝi pere de homa amo.

"Vi estas sufiĉe aĝa por preĝi per vi mem, Anna", ŝi fine diris. "Nur danku Dion pro viaj benoj kaj humile petu de Li la aferojn, kiujn vi volas."

"Nu, mi faros mian eblon", promesis Anna, metante sian vizaĝon en la sinon de Marila. "Kompatema ĉiela Patro – estas tiel, ke la pastroj diras tion en la preĝejo, do mi supozas, ke estas bone en privata preĝo, ĉu ne?" intermetis ŝi, levante sian kapon momenton. "Kompatema ĉiela Patro, mi dankas al Ci pro la Blanka Vojo de Ravo kaj la Lago de Brilaj Akvoj kaj Bonia kaj la Neĝa Reĝino. Mi estas vere ege dankema pro ili. Kaj tio estas ĉiuj benoj, pri kiuj mi nun povas pensi por danki Cin. Pri la aferoj, kiujn mi volas, ili estas tiel multnombraj, ke tio prenus multan tempon por nomi ilin ĉiujn, do mi nur mencios la du plej gravajn. Mi petas, lasu min resti ĉe Verdaj Gabloj; kaj mi petas, permesu ke mi estu belaspekta kiam mi estos kreskinta. Mi estas,

respekteme Cia,
ANNA SHIRLEY."

"Jen, ĉu mi faris tion bone?" ŝi avide demandis, stariĝanta. "Mi povus fari ĝin pli elegante, se mi havus iomete pli da tempo por pripensi ĝin."

La sola kialo, ke povra Marila ne komplete kolapsis, estis ŝia memoro, ke ne temis pri malrespekto, sed simple spirita nescio flanke de Anna, kiu respondecis pri tiu eksterordinara peto. Ŝi nestigis la infanon en la liton, mense ĵuranta al si, ke Anna devos lerni preĝon la sekvan tagon, kaj ekeliris la ĉambron kun la kandelo, kiam Anna revokis ŝin.

"Mi ĵus nun pensis pri tio. Mi devus diri 'amen' anstataŭ 'respekteme Cia', ĉu ne? – kiel la pastroj faras. Mi forgesis tion, sed mi sentis, ke preĝo devas esti finita en iu maniero, do mi diris la alion. Ĉu vi supozas, ke tio faros diferencon?"

"Mi – mi supozas ke ne", diris Marila. "Endormiĝu nun kiel bona infano. Bonan nokton."

"Ĉi-vespere mi povas diri bonan nokton kun klara konscienco", diris Anna, sense komfortiĝanta inter siaj kapkusenoj.

Marila reiris al la kuirejo, firme metis la kandelon sur la tablon, kaj kolergrimacis al Mateo.

"Mateo Cuthbert, jam estas tempo, ke iu adoptis tiun infanon kaj instruu ion al ŝi. Ŝi estas preskaŭ perfekta pagano. Ĉu vi kredas, ke ŝi neniam recitis preĝon en sia vivo ĝis tiu ĉi nokto? Mi morgaŭ sendos iun al la pastra domo kaj prunteprenos la serion *Peep of Day*[14], jen tio kion mi faros. Kaj ŝi iros al la dimanĉa lernejo tuj post kiam mi povos farigi konvenajn vestaĵojn por ŝi. Mi antaŭvidas, ke mi havos multan laboron. Nu, nu, ni ne povas trairi ĉi tiun mondon sen nia porcio de afliktoj. Mi havis sufiĉe facilan vivon ĝis nun, sed mia vico fine alvenis, kaj mi supozas ke mi devos elturniĝi laŭeble."

---

14 "Tagiĝo", libro de Favell Lee Mortimer (1802-1878), brita protestanta aŭtorino

ĈAPITRO 8
EKAS LA EDUKADO DE ANNA

PRO motivoj pli bone konataj al ŝi mem, Marila ne diris al Anna, ke ŝi restos ĉe Verdaj Gabloj ĝis la sekva posttagmezo. Dum la antaŭtagmezo ŝi tenis la infanon okupata per diversaj taskoj kaj superrigardis ŝin per akra okulo, dum ŝi plenumis ilin. Je tagmezo ŝi konkludis, ke Anna estas inteligenta kaj obeema, preta labori kaj rapida por lerni; ŝia plej grava manko ŝajnis esti emo ekrevi meze de tasko kaj tute forgesi ĝin ĝis ŝi estis abrupte revokita al la tero per riproĉo aŭ katastrofo.

Kiam Anna finis lavi la telerojn de la tagmanĝo, ŝi subite alfrontis Marilan kun mieno kaj esprimo de iu senespere rezoluta lerni la plej malbonon. Ŝia maldika eta korpo tremis de la kapo ĝis la piedoj; ŝia vizaĝo ruĝiĝis kaj ŝiaj okuloj dilatiĝis ĝis ili estis preskaŭ nigraj; ŝi streĉe premis siajn manojn kaj diris per plorpetanta voĉo:

"Ho! mi petas, f-ino Cuthbert, ĉu vi ne diros al mi, ĉu vi forsendos min aŭ ne? Mi penis esti pacienca la tutan matenon, sed mi vere sentas, ke mi ne plu kapablas suferi sen scii tion. Estas terura sento. Mi petas, diru al mi."

"Vi ne brogis la telerlavtukon en pura varmega akvo, kiel mi diris al vi fari", Marila restis neŝancelebla. "Nur iru kaj faru tion, antaŭ ol plu starigi demandojn, Anna."

Anna iris kaj prizorgis la telerlavtukon. Poste ŝi reiris al Marila kaj fiksis siajn petegajn okulojn sur ŝian vizaĝon.

"Nu", diris Marila, nepovante trovi iun ajn ekskuzon por plu prokrasti sian klarigon, "mi supozas ke estas pli bone, ke mi diru al vi: Mateo kaj mi decidis teni vin – tio estas, se vi klopodos esti bona knabineto kaj montri vin dankema. Nu, infano, kio estas la problemo?"

"Mi ploras", diris Anna per tono de perplekso. "Mi ne kapablas pensi pro kio. Mi ĝojas, tiom kiom oni povas ĝoji. Ho, ĝoji ŝajnas neniel la ĝusta vorto. Mi ĝojis pro la Blanka Vojo kaj la ĉerizaj floroj – sed ĉi tio! Ho! estas io pli ol ĝojo. Mi estas tiel feliĉa. Mi klopodos esti tiel bona. Estos malfacila laboro, mi antaŭvidas, ĉar s-ino Thomas ofte diris, ke mi estas senesperige fia. Tamen, mi faros mian plejeblon. Sed ĉu vi kapablas diri, kial mi ploras?"

"Mi supozas ke estas pro tio, ke vi estas tute ekscitita", malaprobe diris Marila. "Sidiĝu sur tiun seĝon kaj klopodu kvietiĝi. Mi timas, ke vi tro facile ploras kaj ridas. Jes, vi povas resti ĉi tie kaj ni klopodos fari nian plejeblon por vi. Vi devas iri al la lernejo; sed restas nur du semajnoj antaŭ la libertempo, do ne valoras por vi komenci, antaŭ ĝi remalfermiĝos en septembro."

"Kion mi nomos vin?", demandis Anna. "Ĉu mi ĉiam diros f-ino Cuthbert? Ĉu mi povas nomi vin Onklino Marila?

"Ne; vi simple nomu min nur Marila. Mi ne alkutimiĝis esti nomita f-ino Cuthbert, kaj tio nervozigus min."

"Tio sonas terure malrespekteme diri nur Marila", protestis Anna.

"Mi supozas, ke estos nenio malrespektema en tio, se vi zorgas respekteme paroli. Ĉiuj, junaj kaj maljunaj, en Avonleo nomas min Marila, krom la pastro. Li diras f-ino Cuthbert - kiam li pensas pri tio."

"Mi ŝatus nomi vin Onklino Marila", Anna sopire diris. "Mi neniam havis onklinon aŭ iun ajn parencon - eĉ ne avinon. Tio sentigus min kvazaŭ mi vere apartenus al vi. Ĉu mi ne povas nomi vin Onklino Marila?"

"Ne. Mi ne estas via onklino, kaj mi ne kredas je nomado de homoj per nomoj, kiuj ne apartenas al ili."

"Sed ni povus imagi, ke vi estas mia onklino."

"Mi ne povus", serioze diris Marila.

"Ĉu vi neniam imagas aferojn malsamaj ol ili vere estas?" demandis Anna larĝokule.

"Ne."

"Ho!" Anna longe enspiris. "Ho, fraŭlino - Marila, kiom mankas al vi!"

"Mi ne kredas je aferoj imagataj malsamaj ol ili vere estas", replikis Marila. "Kiam la Sinjoro metas nin en certajn cirkonstancojn, Li ne intencas, ke ni forimagu ilin. Kaj tio memorigas min: Iru al la vivoĉambro, Anna - kaj zorgu, ke viaj piedoj estu puraj kaj ne lasu la muŝojn eniri – kaj alportu al mi la ilustritan karton kiu estas sur la kamenbreto. La Preĝo de la Sinjoro estas sur ĝi, kaj vi dediĉos vian liberan tempon ĉi-posttagmeze al lerni ĝin parkere. Ne plu estu preĝadoj, kiajn mi aŭdis la pasintan vesperon."

"Mi supozas, ke mi estis tre mallerta", pardonpete diris Anna, "sed, vidu, mi neniam partoprenis en piaĵoj. Vi ne povas atendi, ke persono preĝu tre bone la unuan fojon, kiam ŝi provas, ĉu ne? Mi pripensis belegan preĝon post mia enlitiĝo, ĝuste kiel mi promesis al vi, ke mi faros. Ĝi estis preskaŭ tiel longa kiel tiu de pastro kaj samtiel poezia. Sed ĉu vi kredas tion? Mi ne povis memori unu vorton, kiam mi vekiĝis ĉi-matene. Kaj mi timas, ke mi neniam povos pripensi alian tiel bonan. Iamaniere, la aferoj neniam estas tiel bonaj, kiam ili estas elpensitaj duan fojon. Ĉu vi iam rimarkis tion?"

"Jen io por rimarki, Anna. Kiam mi diras al vi fari ion, mi volas ke vi tuj obeu min kaj ne staru senmove kaj diskursu pri ĝi. Nur iru kaj faru, kiel mi petis de vi."

Anna rapide eliris al la sidĉambro trans la koridoro; ŝi ne revenis; post dek minutoj da atendado, Marila remetis sian trikaĵon kaj iris al ŝi per serioza mieno. Ŝi trovis Annan starantan senmove antaŭ bildo pendanta inter du fenestroj, kun la manoj premitaj malantaŭ si, ŝia vizaĝo levita, kaj ŝiaj okuloj scintilaj pro revoj. La blanka kaj verda lumo kribriĝinta tra la pomarboj kaj tra la amasiĝintaj grimpoplantoj ekstere falis sur la ravitan etan figuron per preskaŭ supernatura brilo.

"Anna, pri kio vi pensas?" akre demandis Marila.

Anna revigliĝis per eksalto.

"Tio", diris ŝi, montrante la bildon – iom vivecan kromiolito-grafiaĵon titolitan "Kristo benanta infanetojn" – "kaj mi fantaziis, ke mi estis unu el ili – ke mi estis la knabineto en la blua robo, staranta sola en la angulo kvazaŭ ŝi ne apartenus al iu ajn, kiel mi. Ŝi aspektas soleca kaj malgaja, ĉu vi ne opinias? Mi supozas, ke ŝi ne havis propran patron kaj patrinon. Sed ankaŭ ŝi volis esti benita, do ŝi nur timide alproksimiĝis al la rando de la homamaso, esperante ke neniu ekvidas ŝin – krom Li. Mi certas, ke mi scias kiel ŝi sentis sin. Ŝia koro ja devis bati, kaj ŝiaj manoj devis esti malvarmiĝintaj, kiel miaj, kiam mi demandis vin, ĉu mi povas resti. Ŝi timis, ke Li ne rimarkas ŝin. Sed verŝajne Li ŝin rimarkis, ĉu ne? Mi provis elimagi ĉion – ŝi alproksimiĝanta iom la tutan tempon ĝis ŝi estis sufiĉe proksima al Li; kaj poste Li rigardis ŝin kaj metis sian manon sur ŝian hararon kaj, ho! kia tremeto de ĝojo trairis ŝin! Sed mi preferas, ke la artisto ne pentru Lin kun tiel malgaja mieno. Ĉiuj liaj pentraĵoj estas tiel, se vi rimarkis. Sed mi ne kredas ke Li vere povis aspekti tiel malgaja, aŭ la infanoj timus Lin."

"Anna", diris Marila, demandanta sin kial ŝi ne interrompis ĉi-paroladon multe pli frue, "vi ne devus paroli tiamaniere. Estas malrespekteme – tute malrespekteme."

La okuloj de Anna esprimis miron.

"Nu, mi sentis min tiel respektema kiel mi povus. Mi certas ke mi ne intencis esti malrespektema."

"Nu, mi ne supozas ke vi faris tion – sed ne sonas bone paroli tiel familiare pri tiaj aferoj. Kaj, alia afero, Anna, kiam mi sendas vin por io, vi devas tuj alporti ĝin kaj ne ekrevi kaj imagi antaŭ bildoj. Memoru tion. Prenu tiun karton kaj venu rekte al la kuirejo. Nun sidiĝu en la angulon kaj lernu tiun preĝon parkere."

Anna metis la karton kontraŭ la vazon plenan de pomfloroj kiujn ŝi enigis por dekori la manĝotablon – Marila malaprobe rigardis tiun dekoracion, sed diris nenion – apogis sian mentonon sur siajn manojn, kaj intense ekstudis ĝin dum pluraj silentaj minutoj.

"Mi ŝatas ĉi tion", ŝi fine anoncis, "estas bela. Mi ĝin aŭdis antaŭe – mi aŭdis la intendanton de la orfeja dimanĉa lernejo reciti ĝin iam. Sed mi ne ŝatis ĝin tiam. Li havis tiel krakan voĉon kaj li preĝis ĝin tiel morne. Mi vere sentis, ke li pensis ke preĝi estas malagrabla tasko. Ĉi tio ne estas poezio, sed tio igas min senti min ĝuste samkiel mi sentas ĉe poezio. 'Patro nia, kiu estas en la ĉielo, Cia nomo estu sanktigita.' Tio estas ĝuste kiel linio de muziko. Ho, mi estas tiel feliĉa, ke vi pensis pri lernigi min ĉi tion, fraŭlino – Marila."

"Nu, lernu ĝin kaj regu vian langon", abrupte diris Marila.

Anna klinis la vazon de pomfloroj sufiĉe proksimen por doni mildan kison sur rozkoloran burĝonon, kaj poste diligente studis dum pliaj momentoj.

"Marila", demandis ŝi, "ĉu vi pensas, ke mi iam havos intiman amikinon en Avonleo?"

"Ki – kian amikinon?"

"Intiman amikinon – kortuŝeman amikinon, vi scias – vere akordan spiriton, al kiu mi povas konfidi mian plej profundan animon. Mi revis renkonti ŝin mian tutan vivon. Mi neniam vere supozis, ke mi farus tion, sed tiom da plej belaj revoj miaj subite realiĝis, tiel ke eble ankaŭ ĉi tiu realiĝos. Ĉu vi pensas ke tio eblas?"

"Diana Barry loĝas ĉe Horta Deklivo kaj ŝi havas proksimume vian aĝon. Ŝi estas tre plaĉa knabineto, kaj eble ŝi estos kunludantino por vi, kiam ŝi venos hejmen. Ŝi nun vizitas sian onklinon en Karmodo. Vi devos tamen prizorgi vian konduton. S-ino Barry estas tre elektema virino. Ŝi ne permesos, ke Diana ludu kun knabineto, kiu ne estas plaĉa kaj bona."

Anna rigardis Marilan tra la pomfloroj, ŝiaj okuloj ardantaj pro intereso.

"Kia estas Diana? Ŝia hararo ne estas rufa, ĉu? Ho, mi esperas ke ne. Estas sufiĉe malbone, ke mi mem havas rufan hararon, sed mi absolute ne povus suferi ĝin ĉe intima amikino."

"Diana estas tre linda knabineto. Ŝi havas nigrajn okulojn kaj hararon kaj rozkolorajn vangojn. Kaj ŝi estas bona kaj inteligenta, kio estas pli bona ol aspekti linda."

Marila ŝatis la moralojn samgrade kiel la Dukino en Mirlando kaj estis firme konvinkita, ke unu devas esti alfiksita al ĉiu rimarko farita al edukata infano.

Sed Anna forĵetis la moralon senkonsekvence kaj kaptis nur la ravindajn eblecojn antaŭ ĝi.

"Ho, mi tiel feliĉas, ke ŝi estas linda. Anstataŭ esti mem bela – kaj tio ne eblas en mia kazo – estus plej bone havi belan intiman amikinon. Kiam mi loĝis kun s-ino Thomas, ŝi havis libroŝrankon en sia vivĉambro kun vitraj pordoj. Ne estis libroj en ĝi; s-ino Thomas gardis siajn plej bonajn fajencaĵon kaj konfitaĵojn tie

– kiam ŝi havis konfitaĵojn por konservi. Unu el la pordoj estis rompita. S-ro Thomas frakasis ĝin iun nokton, kiam li estis iomete ebria. Sed la alia estis sendifekta, kaj mi kutimis ŝajnigi ke mia reflekto en ĝi estis alia knabineto, kiu loĝis en ĝi. Mi nomis ŝin Katja Maurice, kaj ni estis tre intimaj. Mi kutimis paroli al ŝi dum horoj, precipe dimanĉe, kaj diri ĉion al ŝi. Katja estis la komforto kaj konsolo de mia vivo. Ni kutimis ŝajnigi, ke la libroŝranko estis sorĉita kaj ke – se mi nur konis la sorĉon – mi povus malfermi la pordon kaj rekte paŝi en la ĉambron, kie loĝis Katja Maurice, anstataŭ en la bretojn de la konfitaĵoj kaj fajencaĵo de s-ino Thomas. Kaj poste Katja Maurice prenis min per la mano kaj kondukis min al mirinda loko, ĉio kun floroj kaj suno kaj feinoj, kaj ni vivis tie feliĉaj por ĉiam. Kiam mi iris loĝi ĉe s-ino Hammond, krevis mia koro lasi Katjan Maurice. Ŝi ankaŭ sentis tion terure. Mi scias, ke ŝi sentis tion, ĉar ŝi ploris, kiam ŝi kise adiaŭis min tra la pordo de la libroŝranko. Ne estis libroŝranko ĉe s-ino Hammond. Sed supre de la rivero, iom for de la domo, estis longa verda valeto kaj la plej rava eĥo vivis tie. Ĝi eĥis ĉiun vorton, kiun oni diris, eĉ se oni ne parolis iom laŭte. Do mi imagis, ke tie estis knabineto nomata Violeta, kaj ke ni estis grandaj amikinoj, kaj mi amis ŝin preskaŭ tiom kiom mi amis Katjan Maurice – ne tute, sed preskaŭ, vi scias. La nokton antaŭ ol mi iris al la orfejo, mi adiaŭis Violetan, kaj, ho! ŝia adiaŭo revenis al mi sur tiel tristaj, tristaj tonoj. Mi fariĝis tiel ligita al ŝi, ke mi ne havis la inklinon imagi intiman amikinon ĉe la orfejo, eĉ se tie estintus eblecoj imagi."

"Mi opinias, ke finfine estas bone, ke ne estis", seke diris Marila. "Mi ne konsentas kun tiaj aferoj. Vi ŝajnas duonkredi viajn proprajn fantaziaĵojn. Estos bone por vi havi veran vivantan amikinon por forigi tiajn sensencaĵojn el via kapo. Sed ne lasu s-inon Barry aŭdi vin paroli pri viaj Katja Maurice kaj Violeta, aŭ ŝi pensos, ke vi klaĉas."

"Ho, mi ne faros tion. Mi ne povus paroli pri ili al ĉiuj – iliaj memoroj estas tro sanktaj por tio. Sed mi pensis, ke mi ŝatus ke vi sciu pri ili. Ho! rigardu, jen dika abelo, kiu ĵus falis el pomfloro. Nur pensu, kia bela loko vivi – en pomfloro! Imagu iri dormi en ĝi kiam la vento skuas ĝin. Se mi ne estus homa knabino, mi pensas ke mi ŝatus esti abelo kaj vivi inter la floroj."

"Hieraŭ vi deziris esti mevo", snufe disdegnis Marila. "Mi opinias ke vi estas tre nekonstanta. Mi diris al vi lerni tiun preĝon kaj ne paroli. Sed ŝajnas neeble por vi ĉesi paroli, kiam vi havas iun ajn kiu aŭskultos vin. Do iru al via ĉambro kaj lernu ĝin."

"Ho, mi ĝin nun konas preskaŭ komplete – komplete krom nur la lasta linio."

"Nu, ne gravas, faru kion mi diras al vi. Iru al via ĉambro kaj finu lerni ĝin bone, kaj restu tie ĝis mi vokos vin malsupren por helpi min prepari la teon."

Ĉu mi povas kunporti la pomflorojn por akompani min?" petegis Anna.

"Ne, vi ne volas, ke via ĉambro estu malordigita per floroj. Vi unue devas lasi ilin sur la arbo."

"Ankaŭ mi iom sentis tion tiel", diris Anna. "Mi kvazaŭ pensis, ke mi ne devas mallongigi ilian belan vivon plukante ilin – mi ne volus esti plukita, se mi estus pomfloro. Sed la tento estis *nerezistebla*. Kion vi faras, kiam vi renkontas nerezisteblan tenton?"

"Anna, ĉu vi aŭdis min diri, ke vi iru al via ĉambro?"

Anna suspiris, retiriĝis al la orienta gablo, kaj sidiĝis sur seĝon ĉe la fenestro.

"Jen – mi konas ĉi-preĝon. Mi lernis tiun lastan frazon suprenirante la ŝtuparon. Nun mi imagos aferojn en ĉi tiu ĉambro, por ke ili restu ĉiam imagataj. La planko estas kovrita per blanka velurotapiŝo kun rozkoloraj rozoj ĉie sur ĝi, kaj estas rozkoloraj silkaj kurtenoj ĉe la fenestroj. Sur la muroj pendas oraj kaj arĝentaj brokaĵo-tapiserioj. La meblaro estas mahagono. Mi neniam vidis mahagonon, sed ĝi sonas *tiel* luksa. Ĉi tiu estas kanapo kovrita per belegaj silkaj kusenoj, rozkoloraj kaj bluaj kaj karmezinaj kaj oraj, kaj mi gracie kliniĝas sur ĝi. Mi povas vidi mian reflektiĝon en tiu grandioza granda spegulo pendanta ĉe la muro. Mi estas alta kaj reĝa, vestita en robo de treniĝanta blanka punto, kun perla kruco sur mia brusto kaj perloj en mia hararo. Mia hararo estas de noktomeza mallumo kaj mia haŭto estas de klara ebura paleco. Mia nomo estas Damo Kordelia Fitzgerald. Ne, ne estas – mi ne povas ŝajnigi *tion* vera."

Ŝi dancis ĝis la eta spegulo kaj rigardis en ĝin. Ŝiaj pinta efelid-ita vizaĝo kaj solene grizaj okuloj retrorigardis al ŝi.

"Vi nur estas Anna de Verdaj Gabloj", ŝi serioze diris, "kaj mi vidas vin, ĝuste kiel vi aspektas nun, kiam ajn mi provas imagi ke mi estas Damo Kordelia. Sed estas miliono da fojoj pli agrable esti Anna de Verdaj Gabloj ol Anna de Nenie Aparte, ĉu ne?"

Ŝi klinis sin antaŭen, tenere kisis sian reflektiĝon kaj paŝis al la malfermita fenestro.

"Kara Neĝa Reĝino, bonan posttagmezon. Kaj bonan posttag-mezon, karaj betuloj malsupre en la kavo. Kaj bonan posttagmezon, kara griza domo supre sur la deklivo. Mi demandas min, ĉu Diana estos mia intima amikino. Mi esperas, ke ŝi estos, kaj mi amos ŝin multe. Sed mi devas neniam tute forgesi Katjan Maurice kaj Violetan. Ili sentus sin tiel ofenditaj, se mi farus tion, kaj mi ne ŝatas ofendi la sentojn de iu ajn, eĉ tiujn de knabineto de libroŝranko aŭ de eta eĥo-knabino. Mi devas zorgi memori ilin kaj sendi kison al ili ĉiutage."

Anna blovis paron da aeraj kisoj el siaj fingropintoj preter la ĉerizajn florojn kaj poste, kun sia mentono en siaj manoj, ĝueme fordrivis sur oceano el revoj.

ĈAPITRO 9
S-INO RAĈELA LYNDE ESTAS TUTE HORORIGITA

ANNA jam estis du semajnojn ĉe Verdaj Gabloj, antaŭ ol s-ino Lynde venis inspekti ŝin. S-ino Lynde, por esti justa al ŝi, ne estis riproĉinda pro tio. Severa kaj ekstersezona atako de gripo enfermis tiun bonan virinon en ŝia domo de post la okazo de ŝia lasta vizito al Verdaj Gabloj. S-ino Raĉela ne estis ofte malsana kaj havis tre difinitan malestimon por homoj kiuj estis; sed la gripo, ŝi asertis, estas kiel neniu alia malsano sur la tero kaj nur povas esti interpretita kiel unu el la specialaj vizitoj de la Providenco. Tuj kiam ŝia doktoro permesis al ŝi meti piedon eksteren, ŝi rapidis al Verdaj Gabloj, eksplodanta pro scivolo vidi la orfinon de Mateo kaj Marila, pri kiu ĉiaspecaj klaĉaĵoj kaj supozoj trairis Avonleon.

Anna bone uzis ĉiun maldorman momenton de tiuj du semajnoj. Ŝi jam konatiĝis kun ĉiu arbo kaj arbusto en la ĉirkaŭaĵo. Ŝi malkovris, ke vojeto malfermiĝis malsupre de la pomhorto kaj supreniris laŭ koridoro en arbaro; kaj ŝi esploris ĝin ĝis ĝia plej fora ekstremo en ĉiuj ĝiaj delicaj kapricoj de rojo kaj ponto, abiokopso kaj arko de sovaĝa ĉerizujo, anguloj dikaj per filikoj, kaj disbranĉiĝoj de duagradaj vojoj de aceroj kaj montaj sorpoj.

Ŝi amikiĝis kun la rojo malsupre en la kavo – tiu mirinda profunda klara glaci-frida fonto; ĉirkaŭ ĝi troviĝis glataj ruĝaj grejso-ŝtonoj kaj grandaj palmecaj tufoj de akvo-filikoj; kaj preter ĝi estis ŝtipoponto super la rojo.

Tiu ponto kondukis la dancantajn piedojn de Anna supren laŭ arbara deklivo kaj preter ĝi, kie eterna krepusko regis sub la rektaj, dike kreskantaj abioj kaj piceoj; la solaj floroj tie estis miriadoj da delikataj "kloŝfloroj", tiuj plej timidaj kaj ĉarmaj el arbaraj floroj, kaj kelkaj palaj, aeraj stelfloroj – kvazaŭ spiritoj de la floroj de la antaŭa jaro. Filandroj brilis kiel fadenoj el arĝento inter la arboj, kaj la branĉoj kaj kvastoj de abioj ŝajnis eldiri amikan paroladon.

Ĉiuj ĉi ekstazaj esplorvojaĝoj estis faritaj dum la kelkaj duonhoroj, kiuj estis konsentitaj al ŝi por ludi, kaj Anna parolis al Mateo kaj Marila ĝis duonsurdeco pri siaj malkovroj. Mateo ne plendis, certe; li aŭskultis ilin ĉiujn kun senvorta rideto de ĝuo sur sia vizaĝo; Marila permesis la "babiladon" ĝis ŝi konstatis, ke ŝi tro interesiĝis pri ĝi, kaj tiam ŝi rapide silentigis Annan per abrupta komando bridi la langon.

Anna estis en la horto, kiam s-ino Raĉela alvenis, vaganta laŭ bontrovo tra la abundaj, tremetaj herboj ŝprucitaj per ruĝa vespera sunlumo; do tiu bona sinjorino havis bonegan okazon plene paroli pri sia malsano, priskribante ĉiun doloron kaj pulso-baton kun tiel evidenta ĝuo, ke Marila pensis ke eĉ la gripo devas kunporti siajn kompensojn. Kiam la detaloj estis elĉerpitaj, s-ino Raĉela prezentis la veran motivon de sia vizito.

"Mi aŭdis certajn surprizigajn aferojn pri vi kaj Mateo."

"Mi ne supozas, ke vi estas pli surprizita ol mi mem", diris Marila. "Mi nun superas mian surprizon."

"Estas bedaŭrinde, ke estis tia eraro", simpatie diris s-ino Raĉela. "Ĉu vi ne povis resendi ŝin?"

"Mi supozas, ke ni povis sed ni decidis ne fari tion. Mateo korinkliniĝis al ŝi. Kaj mi devas diri, ke mi mem ŝatas ŝin – kvankam mi konfesas, ke ŝi havas siajn difektojn. La domo jam ŝajnas malsama loko. Ŝi estas vere inteligenta eta estaĵo."

Marila diris pli ol ŝi intencis diri, kiam ŝi komencis, ĉar ŝi legis malaprobon sur la vizaĝo de Raĉela.

"Estas granda respondeco, kiun vi alprenis", malgaje diris tiu sinjorino, "aparte ĉar vi ne havas sperton kun infanoj. Vi ne scias multe pri ŝi aŭ ŝia vera dispozicio, mi supozas, kaj oni ne povas diveni kiel tia infano povas rezulti. Sed mi ne volas senkuraĝigi vin, certe, Marila."

"Mi ne sentas min senkuraĝigita", estis la seka respondo de Marila. "Kiam mi decidas fari ion, mi ne ŝanĝas mian opinion. Mi supozas, ke vi ŝatus vidi Annan. Mi venigos ŝin."

Post nelonge, Anna kurante envenis, ŝia vizaĝo scintilanta pro la ravo de sia horta vagado; sed ŝi embarasiĝis, kiam ŝi trovis sin en la neatendita ĉeesto de nekonatino, ŝi konfuzite haltis ĉe la pordo. Ŝi certe estis strangaspekta eta estaĵo en la mallonga streĉa robo el kruda ŝtofo, kiun ŝi surhavis el la orfejo, sub kiu ŝiaj maldikaj gamboj ŝajnis negracie longaj. Ŝiaj efelidoj estis pli

"Mi malamas vin", ŝi elkriis per strangolita voĉo...

multnombraj kaj maldiskretaj ol iam ajn; la vento taŭzis ŝian sen-
ĉapelan hararon en superbrilan malordon; ĝi neniam aspektis pli
rufa ol en tiu momento.

"Nu, ili ne elektis vin pro via aspekto, tio certegas", estis la
emfaza komento de s-ino Raĉela Lynde. S-ino Raĉela estis unu el
tiuj ravaj kaj popularaj homoj, kiuj fieras pri sia rekta parolado
sentima kaj sen favori iun ajn. "Ŝi estas terure senkarna kaj ne-
alloga, Marila. Venu ĉi tien, infano, kaj lasu min rigardi vin. Ho,
Dio mia! ĉu vi jam vidis tiajn efelidojn? Kaj hararo tiel rufa kiel
karotoj! Venu ĉi tien, infano, mi diras."

Anna "venis ĉi tien", sed ne ĝuste kiel s-ino Raĉela atendis.
Per unu salto ŝi transiris la kuirejan plankon kaj staris antaŭ s-ino
Raĉela, ŝia vizaĝo skarlata pro kolero, ŝiaj lipoj movetiĝantaj, kaj
ŝia tuta svelta formo tremanta de la kapo ĝis la piedoj.

"Mi malamas vin", ŝi elkriis per voĉo kvazaŭ strangolata,
stamfante sian piedon sur la plankon. "Mi malamas vin – mi
malamas vin – mi malamas vin" kun pli laŭta stamfo kaj kun
ĉiu aserto de malamo. "Kiel aŭdacas vi nomi min maldika kaj
nealloga? Kiel aŭdacas vi diri, ke mi estas efelidita kaj rufkapa?
Vi estas kruda, neĝentila, nesentema virino!"

"Anna!" ekkriis Marila en konsterno.

Sed Anna plu sentime alfrontis s-inon Raĉela, kun levita kapo,
ardantaj okuloj, pugnigitaj manoj, pasia indigno elvaporiĝanta el
ŝi kiel iu atmosfero.

"Kiel aŭdacas vi diri tiajn aferojn pri mi?" ŝi impete ripetis.
"Kiel ŝatus vi, ke oni diru tiajn aferojn pri vi? Kiel ŝatus vi, se oni
dirus, ke vi estas dika kaj mallerta kaj probable ne havas sparkon
de imagopovo en vi? Ne gravas al mi, se mi ja ofendas viajn sen-
tojn dirante tion! Mi esperas, ke mi ofendas ilin. Vi ofendis la
miajn pli malbone ol ili estis ofenditaj antaŭe eĉ de la ebria edzo
de s-ino Thomas. Kaj mi *neniam* pardonos vin pro tio, neniam,
neniam!"

Stamf'! Stamf'!

"Ĉu iu iam vidis tian koleron!", ekkriis la hororigita s-ino
Raĉela.

"Anna, iru al via ĉambro kaj restu tie ĝis mi supreniros", diris
Marila, malfacile regajnanta sian parolkapablon.

Anna, eksplodanta en larmojn, rapidis al la koridora pordo, brufermis ĝin tiel ke klaketis la stanplatoj sur la ekstera muro pro simpatio, kaj kuris tra la koridoro kaj supren sur la ŝtuparo kiel kirlovento. Mildigita brufermo supre indikis, ke la pordo de la orienta gablo estis fermita per egala impeto.

"Nu, mi ne envias vin pro via tasko eduki tion, Marila", diris s-ino Raĉela kun nekredebla soleneco.

Marila malfermis siajn lipojn sen scii kion diri kiel pardonpeton aŭ mallaŭdon. Kion ŝi ja diris estis surprizo por ŝi tiam kaj ĉiam poste:

"Vi ne devis inciteti ŝin pri ŝia aspekto, Raĉela."

"Marila Cuthbert, vi ne volas diri ke vi apogas ŝin post tia terura elmontro de kolero, kiun ni ĵus vidis?", demandis s-ino Raĉela indigne.

"Ne", diris Marila malrapide, "mi ne provas ekskuzi ŝin. Ŝi estis tre miskonduta kaj mi devos paroli al ŝi pri tio. Sed ni devas esti komprenemaj pri ŝi. Oni neniam instruis al ŝi, kio estas korekta. Kaj vi ja *estis* tro severa kun ŝi, Raĉela."

Marila ne povis malhelpi sin aldoni tiun lastan frazon, kvankam ŝi denove estis surprizita, ke ŝi tion faris. S-ino Raĉela stariĝis kun mieno de ofendita digno.

"Nu, mi vidas, ke mi devos esti tre zorgema pri tio, kion mi diras post tio ĉi, Marila, ĉar la delikataj sentoj de orfoj, venigitaj de Dio-scias-kie, devas esti konsiderataj antaŭ ol io ajn alia. Ho, ne, mi ne estas ofendita – ne maltrankviliĝu. Mi tro bedaŭras vin por lasi spacon al kolero en mia menso. Vi havos viajn proprajn problemojn kun tiu infano. Sed se vi akceptos mian konsilon – kion, mi supozas, vi ne faros, kvankam mi edukis dek infanojn kaj entombigis du – vi faros tiun 'paroli al ŝi' kiun vi menciis kun sufiĉe dika betula vergo. Mi pensus ke *tio* estus la plej efika lingvo por tia infano. Ŝia temperamento similas al ŝia hararo, mi supozas. Nu, bonan vesperon, Marila. Mi esperas, ke vi venos viziti min ofte kiel kutime. Sed vi ne povas atendi, ke mi venos ĉi tien post nelonge, se mi riskas esti sturmata kaj insultata tiamaniere. Estas io nova en *mia* sperto."

Post kiam s-ino Raĉela fulme foriris – se oni ja *povus* diri, ke dika virino, kiu ĉiam anas-paŝas, fulme foriras – Marila kun tre solena mieno paŝis al la orienta gablo.

Survoje supren en la ŝtuparo ŝi maltrankvile cerbumis pri tio, kion ŝi devus fari. Ŝi sentis grandan konsterniĝon pro la sceno, kiu ĵus estis ludita. Kia bedaŭro, ke Anna montris tian koleron antaŭ s-ino Raĉela Lynde, pli ol iu ajn alia! Tiam Marila konstatis maltrankvilan kaj riproĉan konscion pro tio, ke ŝi sentis pli da humiliĝo rilate ĉi tion ol bedaŭron pri la malkovro de tia grava difekto en la dispozicio de Anna. Kaj kiel puni ŝin? La amikecan sugeston de la betula vergo – pri kies efikeco ĉiuj propraj infanoj de s-ino Raĉela povus doni mordan ateston – Marilan ne ŝatis. Ŝi ne kredis, ke ŝi povus vipi infanon. Ne, alia pun-metodo devas esti trovita por bone konsciigi al Annan la enormecon de ŝia ofendo.

Marila malkovris Annan kun la vizaĝo kontraŭ la lito, amare plorantan, tute senkonscian pri la kotaj botoj sur pura duon-kovrilo.

"Anna", ŝi milde diris.

Nenia respondo.

"Anna", kun pli da severeco, "forigu vin de tiu lito tuj kaj aŭskultu kion mi havas por diri al vi."

Anna tordiĝadis el la lito kaj rigide sidiĝis sur seĝon apud ĝi, kun vizaĝo ŝvelita kaj makulita de larmoj kaj kun la okuloj obstine fiksitaj al la planko.

"Tio estas bela maniero konduti, Anna! Ĉu vi ne hontas pri vi?"

"Ŝi havis nenian rajton nomi min malbela kaj rufkapa", replikis Anna, evitema kaj defia.

"Vi havis nenian rajton tiel furioziĝi kaj paroli al ŝi, kiel vi parolis, Anna. Mi hontis pri vi – komplete hontis pri vi. Mi volis ke vi kondutu agrable al s-ino Lynde, kaj anstataŭ tio vi malhonoris min. Mi certe ne scias, kial vi devis koleriĝi tiel, nur ĉar s-ino Lynde diris ke vi estis rufhara kaj nebela. Vi mem sufiĉe ofte diras tion."

"Ho, sed estas tioma diferenco inter diri ion vi mem kaj aŭdi aliajn homojn diri ĝin", ploregis Anna. "Oni povas scii, ke io estas tia, sed vi ne kapablas malhelpi esperi, ke aliaj homoj ne vere tiel pensas. Mi supozas ke vi pensas, ke mi havas teruran temperamenton, sed mi ne povis malhelpi tion. Kiam ŝi diris tiujn aferojn, io leviĝis en mi kaj sufokis min. Mi ja *devis* furioze ataki ŝin."

"Nu, vi ja faris spektaklon pri vi mem, mi devas diri. S-ino Lynde havos belan rakonton pri vi ĉie – kaj ŝi ja rakontos ĝin. Estis terura afero por vi tiel koleriĝi, Anna."

"Nur imagu, kiel vi sentus vin, se iu dirus al via vizaĝo, ke vi estas maldika kaj malbela", pledis Anna kun larmoj.

Malnova rememoro subite leviĝis antaŭ Marila. Ŝi estis tre eta infano kiam ŝi aŭdis onklinon diri pri ŝi al alia: "Kia domaĝo, ke ŝi estas tiel malhela, nealloga eta estaĵo". Marila jam finis sian kvindekan jaron, antaŭ ol la piko forlasis ŝian memoron.

"Mi ne diras ke mi pensas, ke s-ino Lynde tute pravis dirante kion ŝi diris al vi, Anna", ŝi agnoskis en pli milda tono. "Raĉela estas tro malkaŝema. Sed tio ne estas ekskuzo por tia konduto de vi. Ŝi estis por vi nekonatino kaj plenkreskulino kaj mia vizitantino – ĉiuj tri bonegaj kialoj por vi resti pli respektema al ŝi. Vi estis malĝentila kaj impertinenta kaj" – Marila ekhavis savantan inspiraĵon pri puno – "vi devas iri al ŝi kaj diri al ŝi, ke vi multe bedaŭras vian koleriĝon kaj peti, ke ŝi pardonu vin."

"Mi neniam povas fari tion", diris Anna firme kaj sinistre. "Vi povas puni min kiel ajn vi deziras, Marila. Vi povas enfermi min en iun malluman, humidan karceron, kie loĝas serpentoj kaj bufoj, kaj nutri min nur per pano kaj akvo, kaj mi ne plendos. Sed mi ne kapablas peti de s-ino Lynde, ke ŝi pardonu min."

"Ni ne kutimas enfermi homojn en mallumajn, humidajn karcerojn", seke diris Marila, "speciale ĉar ili estas maloftaj en Avonleo. Sed peti pardonon de s-ino Lynde vi ja devas – kaj vi tion certe faros – kaj vi restos ĉi tie en via ĉambro ĝis vi povos diri al mi, ke vi konsentas pri tio."

"Mi do devos resti ĉi tie por ĉiam", morne diris Anna, "ĉar mi ne kapablas diri al s-ino Lynde, ke mi bedaŭras ke mi diris tiujn aferojn al ŝi. Kiel mi povus? Mi *ne* bedaŭras tion. Mi bedaŭras, ke mi ĉagrenis vin; sed mi *ĝojas*, ke mi diris al ŝi ĝuste kion mi diris.

Estis granda kontentiĝo. Mi ne povas diri ke mi bedaŭras, kiam mi ne bedaŭras, ĉu ne? Mi eĉ ne kapablas *imagi*, ke mi bedaŭras."

"Eble via imagopovo estos en pli bona funkcia stato antaŭ la mateno", diris Marila stariĝanta por ekiri. "Vi havos la nokton por pripensi vian konduton kaj alveni al pli bona spiritostato. Vi diris, ke vi strebos esti tre bona knabino, se ni retenus vin ĉe Verdaj Gabloj, sed mi devas diri, ke ĉi-vespere vi ne multe ŝajnis kiel tia."

Lasante tiun Partian[15] sagon doloradi en la ŝtorma koro de Anna, Marila malsupreniris al la kuirejo, kun grave maltrankvila spirito kaj ĉagrena animo. Ŝi estis tiel kolera pri si mem kiel pri Anna, ĉar ĉiam, kiam ŝi ekmemoris la konsternitan mienon de s-ino Raĉela, ŝiaj lipoj tikis pro amuziĝo kaj ŝi sentis la plej riproĉindan deziron ekridi.

---

15 **Partoj**: iama skita popolo, kiu fondis en Irano potencan imperion (Partio; 3a jarcento). Laŭ legendoj, partaj soldatoj kutimis surprize ekpafi dum ŝajna retreto.

ĈAPITRO 10
LA PARDONPETO DE ANNA

MARILA tiun vesperon diris nenion pri la afero al Mateo; sed kiam Anna montris sin plu obstina la sekvan matenon, iu klarigo devis esti farita por pravigi ŝian neĉeeston je la matenmanĝo. Marila rakontis al Mateo la tutan aferon, penante impresi lin per ĝusta kompreno pri la enormeco de la konduto de Anna.

"Estas bona afero, ke Raĉela Lynde ricevis riproĉon; ŝi estas enmikisiĝema maljuna klaĉemulino", estis la konsola repliko de Mateo.

"Mateo Cuthbert, mi miras pri vi. Vi scias, ke la konduto de Anna estis terura, kaj vi tamen partoprenas! Mi supozas ke vi diros poste, ke ŝi devas tute ne esti punita."

"Nu ja, – ne – ne ĝuste", malkomforte diris Mateo. "Mi supozas, ke ŝi devas esti iomete punita. Sed ne estu tro severa kun ŝi, Marila. Ne forgesu, ke ŝi neniam havis iun por korekte instrui al ŝi. Vi – vi donos al ŝi ion por manĝi, ĉu ne?"

"Kiam vi aŭdis pri mi malsatmortigi homojn por havigi bonan konduton?", indigne demandis Marila. "Ŝi regule havos siajn manĝojn, kaj mi mem suprenportos ilin al ŝi. Sed ŝi restos tie supre ĝis ŝi konsentos pardonpeti de s-ino Lynde, kaj tio estas decidita, Mateo."

La matenmanĝo, la tagmanĝo kaj la vespermanĝo estis tre silentaj manĝoj – ĉar Anna plu restis obstina. Post ĉiu manĝo Marila portis plenplenan pleton al la orienta gablo kaj malsuprenigis ĝin poste, videble malmulte malplenigita. Mateo rigardis la lastan malsupreniron per maltrankvila okulo. Ĉu Anna tute ne manĝis?

Kiam Marila eliris tiun vesperon por enigi la bovinojn el la malantaŭa paŝtejo, Mateo, restinta apud la garbejoj kaj rigardanta, englitis en la domon per mieno de ŝtelisto kaj supreniris. Mateo ĝenerale paŝis inter la kuirejo kaj la malgranda dormoĉambro apud la koridoro, kie li dormis; de tempo al tempo li malkomforte kuraĝis eniri la salonon aŭ la vivoĉambron, kien la pastro venis por la teo. Sed li neniam reiris supren en sia propra domo de post la printempo, kiam li helpis Marilan tapeti la ekstran ĉambron, kaj tio estis antaŭ kvar jaroj.

Li paŝis piedpinte laŭlonge de la koridoro kaj staris plurajn minutojn ĉe la pordo de la orienta gablo antaŭ ol kuntiri sian kuraĝon por frapeti per siaj fingroj kaj malfermi la pordon por ekrigardi.

Anna sidis sur la flava seĝo ĉe la fenestro, melankolie rigardanta la ĝardenon. Tre eta kaj malfeliĉa ŝi aspektis, kaj la koro de Mateo afliktiĝis. Li milde fermis la pordon kaj piedpinte paŝis al ŝi.

"Anna", li flustris, kvazaŭ timanta esti aŭdita, "kiel vi trapasas tion, Anna?"

Anna feble ridetis.

"Sufiĉe bone. Mi fantazias multe kaj tio helpas pasigi la tempon. Kompreneble mi estas iom soleca. Sed estas pli bone, ke mi alkutimiĝu al tio."

Anna denove ridetis, kuraĝe alfrontanta la longajn jarojn de soleca enkarcerigado antaŭ si.

Mateo rememoris, ke li devas diri kion li venis por diri sen perdi tempon; li ektimis ke Marila revenos antaŭtempe.

"Nu, Anna, ĉu vi ne pensas, ke estus pli bone fari tion kaj liberiĝi de ĝi?", li flustris. Tio devos esti farita baldaŭ aŭ poste, vi scias, ĉar Marila estas terure firma virino – terure firma, Anna. Faru tion tuj, mi diras, kaj ĝi estos finita afero."

"Ĉu vi volas diri pardonpeti de s-ino Lynde?"

"Jes – pardonpeti – jen la ĝusta vorto", avide diris Mateo. "Nur glatigu tion, por tiel diri. Estas tio, kion mi volis diri."

"Mi supozas, ke mi povus fari tion por komplezi vin", diris Anna penseme. "Estus sufiĉe vere por diri, ke mi bedaŭras, ĉar nun mi *ja* bedaŭras. Lastan vesperon mi tute ne bedaŭris. Mi estis tute kolera, kaj mi restis kolera la tutan nokton. Mi scias, ke mi estis tia, ĉar mi vekiĝis tri fojojn kaj ĉiufoje mi estis tiel furioza. Sed ĉi-matene ĉio estis finita. Mi ne plu estis kolera – kaj tiu kolero ankaŭ lasis teruran specon de forlasiteco. Mi tiom hontis pri mi mem. Sed mi tute ne kapablis pensi, ke mi iru kaj diru tion al s-ino

Lynde. Estus tiom humilige. Mi decidis, ke mi restus enfermita por ĉiam ĉi tie anstataŭ fari tion. Tamen – mi farus ion ajn por vi – se vi vere volas, ke mi faru tion."

"Nu, kompreneble mi volas. Estas terure solece sube sen vi. Nur iru kaj glatigu la situacion – jen bona knabino."

"Tre bone", rezignacie diris Anna. "Mi diros al Marila – tuj kiam ŝi eniros – ke mi pentis."

"Ĝuste – estas ĝuste, Anna. Sed ne diru al Marila, ke mi diris ion pri tio. Ŝi povus pensi, ke mi enmiksiĝas kaj mi promesis ne fari tion."

"Sovaĝaj ĉevaloj ne eltiros la sekreton de mi", solene promesis Anna. "Ĉiukaze, kiumaniere sovaĝaj ĉevaloj kapablus eltiri sekreton de persono?"

Sed Mateo estis for, timigita de sia propra sukceso. Li rapidis al la plej fora angulo de la ĉevala paŝtejo, pro timo, ke Marila povus suspekti kion li faris. Marila mem, je sia reveno al la domo, estis agrable surprizita aŭdi plendan voĉon vokantan "Marila" super la balustrado.

"Nu?", diris ŝi, enirante la koridoron.

"Mi bedaŭras, ke mi koleriĝis kaj diris malĝentilajn aferojn, kaj mi konsentas iri al s-ino Lynde por diri tion."

"Tre bone." La severeco de Marila ne donis signon de ŝia senŝarĝiĝo. Ŝi jam komencis demandi sin, kion diable ŝi faru, se Anna ne cedas. "Mi venigos vin tien post la melkado."

Do, post la melkado, jen Marila kaj Anna paŝantaj sur la vojo, la antaŭa rekta kaj triumfanta, la lasta kliniĝanta kaj deprimita. Sed duonvoje la deprimo de Anna malaperis kvazaŭ per ĉarmo. Ŝi levis sian kapon kaj leĝere paŝis, kun la okuloj fiksitaj sur la sunsubira ĉielo kaj kun mieno de mildigita gajeco. Marila malaprobe rimarkis la ŝanĝiĝon. Ĉi tiu knabino ne estis humila pentofarantino, kiel konvenus al ŝi por esti alkondukata en la ĉeeston de la ofendita s-ino Lynde.

"Pri kio vi pensas, Anna?", ŝi bruske demandis.

"Mi imagas, kion mi devas diri al s-ino Lynde", respondis Anna reve.

Tio estis kontentiga – aŭ devis esti tia. Sed Marila ne povis sin liberigi de la nocio, ke io en ŝia puno-plano malsukcesos. Anna ne bezonis aspekti tiel ravita kaj radianta.

Anna restis plu arvita kaj radianta, ĝis kiam ili estis en la ĉeesto mem de s-ino Lynde, kiu sidis kaj trikis ĉe la kuireja fenestro. Tiam la radiado malaperis. Morna pentofarado aperis sur ĉiu trajto. Antaŭ eĉ vorto estis eldirita, Anna subite surgenuiĝis antaŭ la konsternita s-ino Raĉela kaj petege etendis siajn manojn.

"Ho, s-ino Lynde, mi tiom ege bedaŭras", diris ŝi kun tremeto en sia voĉo. "Mi neniam povus esprimi mian tutan bedaŭron, ne, eĉ se mi uzus tutan vortaron. Vi devas nur imagi tion. Mi kondutis terure al vi – kaj mi hontigis la karajn amikojn, Mateon kaj Marilan, kiuj permesis al mi resti ĉe Verdaj Gabloj, kvankam mi ne estas knabo. Mi estas terure malbona kaj nedankema knabino, kaj mi meritas esti punita kaj forpelita de respektemaj homoj por ĉiam. Estis tre maldece, ke mi koleriĝis, ĉar vi diris la veron al mi. Estis la vero; ĉiu vorto, kiun vi diris, estis vera. Mia hararo estas rufa kaj mi estas efelidita kaj maldika kaj malbela. Kion mi diris al vi ankaŭ estis vera, sed mi devis ne diri ĝin. Ho, s-ino Lynde, mi petas, mi petas, pardonu min. Se vi rifuzas, estos tutviva aflikto por mi. Vi ne ŝatus trudi tutvivan aflikton al povra eta orfino, ĉu ne, eĉ se ŝi terure koleriĝis? Ho, mi certas, ke vi ne ŝatus. Mi petas, diru ke vi pardonas min, s-ino Lynde."

Anna kunpremis siajn manojn, mallevis sian kapon, kaj atendis la vorton de juĝo.

Ne estis eraro pri ŝia sincereco – ĝi spiris en ĉiu tono de ŝia voĉo. Marila kaj s-ino Lynde ambaŭ rekonis ĝian nedubeblan sonon. Sed la unua konsternite komprenis, ke Anna efektive ĝuis sian valon de humiliĝo – festis la kompletecon de sia humiliĝo. Kie estis la saniga puno, pri kiu ŝi, Marila, fieris? Anna turnis ĝin en specon de pozitiva plezuro.

La bona s-ino Lynde, ne superŝarĝita de perceptokapablo, ne vidis ĉi tion. Ŝi perceptis nur, ke Anna faris tre ĝisfundan pardonpeton, kaj ĉia rankoro malaperis el ŝia afabla – ja tro servema – koro.

"Nu, ne, leviĝu, infano", ŝi elkore diris. "Kompreneble mi pardonas vin. Mi supozas, ke mi tamen estis iomete tro severa kun vi. Sed mi estas tiel sincera homo. Vi simple ne atentu min, jen tio. Oni ne povas nei, ke via hararo estas terure ruĝa; sed mi iam konis knabinon – ĉeestis lernejon kun ŝi, fakte – kies hararo estis tute same ruĝa kiel via, kiam ŝi estis juna, sed kiam ŝi kreskis, ĝi malheliĝis al vera bela kaŝtanbruna. Mi tute ne surpriziĝus, se ankaŭ la via fariĝos similtona – tute ne."

"Ho, s-ino Lynde!" Anna longe elspiris, kiam ŝi ekstaris. "Vi donis al mi esperon. Mi ĉiam sentos, ke vi estas bonfaranto. Ho, mi povus ion ajn elteni, pensante ke mia hararo estos bela kaŝtanbruna, kiam mi plenkreskos. Estus multe pli facile esti bona, se la hararo estus bela kaŝtanbruna, ĉu vi ne opinias? Kaj nun, ĉu mi rajtas eliri en vian ĝardenon kaj sidi sur tiu benko sub la pomarboj, dum vi kaj Marila parolas? Estas multe pli da spaco por fantazii tie ekstere."

"Certe jes, vi iru infano. Kaj vi rajtas pluki bukedon de tiuj blankaj juliaj lilioj en la angulo, se vi deziras".

Dum la pordo fermiĝis malantaŭ Anna, s-ino Lynde vigle stariĝis por lumigi lampon.

"Ŝi estas vere stranga etaĵo. Prenu ĉi tiun seĝon, Marila; ĝi estas pli komforta ol tiu, kiun vi havas; tiun mi nur konservas por la dungita knabo. Jes, ŝi certe estas stranga infano, sed tamen estas io iel alloga pri ŝi. Mi ne sentas min tiel surprizita kiel antaŭe pri vi kaj Mateo, ke vi retenis ŝin – nek tiel plena de kompato. Eble ŝi elturniĝos bone. Kompreneble ŝi havas strangan manieron esprimi sin – iom tro bone, tro trudeme, vi sciu; sed ŝi verŝajne solvos tion pro tio, ke ŝi nun loĝas inter civilizitaj homoj. Kaj ankaŭ ŝia koleremo estas sufiĉe eka, mi supozas; sed estas unu komforto: infano kiu rapide ekkoleras, do nur ekflamas kaj poste trankviliĝas, verŝajne neniam estos ruza aŭ trompa. Protektu min kontraŭ ruza infano, jen tio. Entute, Marila, mi iom ŝatas ŝin."

Kiam Marila volis iri hejmen, Anna elvenis el la bonodora krepuskeca horto kun fasko da blankaj narcisoj en la manoj.

"Mi sufiĉe bone pardonpetis, ĉu ne?" ŝi fiere diris, dum ili malsupreniris la vojeton. "Mi pensis ke, ĉar mi devis fari tion, mi simple faru ĝin ĝisfunde."

"Vi faris ĝin ĝisfunde, tutcerte", estis la komento de Marila. Marila estis konsternita pro tio, ke ŝi emis ridi pro la rememoro. Ŝi ankaŭ havis maltrankvilan senton, ke ŝi devas riproĉi Annan pro tio, ke ŝi tiel bone pardonpetis; sed tio estus ja ridinda! Ŝi kompromisis kun sia konscienco, severe dirante:

"Mi esperas, ke vi ne havos okazon fari multe pli da tiaj pardonpetoj. Mi esperas, ke vi provos nun kontroli vian koleremon, Anna."

"Tio ne estus tiel malfacila, se homoj ne pikus min pri mia aspekto", diris Anna kun suspiro. "Mi ne ĉagreniĝas pri aliaj aferoj; sed mi estas tiel senpacienca pro pikado pri mia hararo, kaj tio nur igas min tuj boli. Ĉu vi supozas, ke mia hararo vere estos bela kaŝtanbruna, kiam mi plenkreskos?"

"Vi ne devus pensi tiom pri via aspekto, Anna. Mi timas, ke vi estas tre vanta knabineto."

"Kiel mi povas esti vanta, kiam mi scias ke mi estas nealloga?" protestis Anna. "Mi ŝatas beletajn aĵojn; kaj mi malŝatas rigardi en la spegulo kaj vidi ion, kio ne estas bela. Tio sentigas min tiel malĝoja – ĝuste kiel mi sentas min, kiam mi rigardas iun ajn malbelan aĵon. Mi kompatas ĝin, ĉar ĝi ne estas bela."

"Pli bone esti afabla ol esti bela", citis Marila.

"Oni jam diris tion al mi, sed mi havas miajn dubojn pri tio", observis la skeptika Anna, flarante siajn narcisojn. "Ho, ĉu ĉi floroj ne estas ĉarmaj! Estis rave, ke s-ino Lynde donis ilin al mi. Nun mi ne havas rankoron kontraŭ s-ino Lynde. Tio donas agrablan, komfortan senton pardonpeti kaj esti pardonita, ĉu ne? Ĉu la steloj ne estas brilaj ĉi-vespere? Se vi povus vivi sur stelo, kiun elektus vi? Mi ŝatus tiun belan klaran grandan tie super la malluma holmo."

"Anna, bonvolu bridi vian langon", tute elĉerpite respondis Marila, strebante sekvi la giradon de la pensoj de Anna.

Anna diris nenion plu, ĝis ili sin turnis en sian propran vojeton. Venteto venis laŭ ĝi, renkontis ilin, kaj estis ŝarĝita per la spica parfumo de junaj filikoj malsekaj de roso. Fore, supre en la ombroj, gaja lumo brilis tra la arboj el la kuirejo ĉe Verdaj Gabloj.

Anna subite alproksimiĝis al Marila kaj glitigis sian manon en la malmolan polmon de la pliaĝa virino.

"Estas agrable iri hejmen kaj scii ke estas hejmo", diris ŝi. "Mi jam amas Verdajn Gablojn, kaj mi neniam antaŭe amis iun lokon. Neniu loko iam ajn ŝajnis kiel hejmo. Ho! Marila, mi estas tiel feliĉa. Mi povus preĝi tuj – kaj ne trovus tion malfacila."

Io varma kaj agrabla fontis en la koro de Marila je la tuŝo de tiu minca, eta mano en ŝia propra – eble iu pulso de patrineco, kiu ĝis nun mankis al ŝi. Ĝiaj enormaj nekutimeco kaj dolĉeco maltrankviligis ŝin. Inokulante certan moralon, ŝi hastis restaŭri siajn sentojn al ilia normala kvieto:

"Se vi estos bona knabino, vi ĉiam estos feliĉa, Anna. Kaj vi devus neniam trovi malfacila diri viajn preĝojn."

"Diri ies preĝojn ne estas ekzakte la sama afero kiel preĝi", medite diris Anna. "Sed mi imagos, ke mi estas la vento kiu blovas supre tie en tiuj arbo-supraĵoj. Kiam mi laciĝos pri la arboj, mi imagos, ke mi dolĉe ondas malsupre, tie en la filikoj – kaj poste mi flugos al la ĝardeno de s-ino Lynde kaj ekdancigos la florojn – kaj poste mi iros per unu granda svingo super la trifolia kampo – kaj poste mi blovos super la Lago de Brilaj Akvoj kaj ondetigos ĝin tute en etajn brilajn ondojn. Ho! estas tiom da eblecoj por la imagopovo en la vento! Do, mi ne plu parolos nun, Marila."

"Dankon al Dio pro tio", spiris Marila kun sincera trankviliĝo.

LA IMPRESOJ DE ANNA PRI LA DIMANĈA LERNEJO

"NU, ĉu vi ŝatas ilin?" diris Marila.

Anna staris en la gablo-ĉambro, solene rigardanta tri novajn robojn etenditajn sur la lito. Unu estis el tabakkolora gingama[16] katuno, kaj Marila jam la antaŭan someron estis tentita aĉeti la ŝtofon de kolportisto, ĉar ĝi aspektis tiel praktika; unu estis el nigr- kaj blankkvadrata sateneto, kiun ŝi akiris ĉe rabatvenda tablo dum la vintro; kaj unu estis el rigida ŝtofo kun presaĵo el malbela bluo, kiun ŝi aĉetis tiun semajnon en vendejo de Karmodo.

Ŝi mem faris la robojn, kaj ili ĉiuj estis faritaj same – kun simplaj jupoj strikte stretigitaj ĝis la simplaj talioj, kun manikoj tiel simplaj kiel la talioj kaj la jupoj, kaj manikoj kiel eble plej mallarĝaj.

"Mi imagos, ke mi ŝatas ilin", sobre diris Anna.

"Mi ne volas, ke vi imagu tion", diris Marila, ofendita. "Ho, mi povas vidi ke vi ne ŝatas la robojn! Kiu estas la problemo pri ili? Ĉu ili ne estas bonaj kaj puraj kaj novaj?"

"Jes."

"Do kial vi ne ŝatas ilin?"

"Ili – ili ne estas – belaj", diris Anna heziteme.

"Belaj!" snufis Marila. "Mi ne iris tra ĉiu ĉi cerbumado por havigi al vi belajn robojn. Mi ne kredas je dorlotado de vanteco, Anna, mi tuj diros tion al vi. Tiuj roboj estas bonaj, bonsencaj, praktikaj roboj, sen iuj ornamaĵoj aŭ trukoj ĉe ili, kaj ili estas ĉio kion vi ricevos ĉi-somere. La bruna gingamo kaj la blua presaĵo utilos por la lernejo, kiam vi ekiros. La sateneto estas por la preĝejo kaj la dimanĉa lernejo. Mi esperas, ke vi gardos ilin ordaj kaj puraj, kaj ne ŝiros ilin. Mi opinias, ke vi devus esti dankema por preskaŭ ĉio ajn – post tiuj krudaj ŝtofoj, kiujn vi antaŭe surportis."

"Ho, mi ja *estas* dankema", protestis Anna. "Sed mi estus multe pli dankema se... vi farus unu el ili kun pufaj manikoj. Pufaj manikoj estas tiel laŭmodaj nun. Tio ekscitus min tiom, Marila, nur porti robon kun pufaj manikoj."

---

16 **gingamo**: regula ornamaĵo, ekzemple sur ŝtofo, konsistanta el strioj kaj kvadratoj.

"Nu, vi devos funkcii sen via ekscito. Mi ne havis ŝtofon por malŝpari pri pufaj manikoj. Mi ĉiuokaze opinias, ke ili aspektas ridindaj. Mi preferas la simplajn, bonsencajn robojn."

"Sed mi preferus aspekti ridinda, kiam ĉiuj aliaj same tiel aspektas, kaj ne simpla kaj bonsenca, se nur mi mem aspektas tiel", melankolie persistis Anna.

"Mi fidas vin pro tio! Nu, zorgeme pendigu tiujn robojn en via murŝranko, kaj sidiĝu kaj lernu la lecionon de la dimanĉa lernejo. Mi ricevis de s-ro Bell libreton por la trimestro, do de morgaŭ vi iros al la dimanĉa lernejo", diris Marila, furioze malaperante malsupren.

Anna manpremis siajn manojn kaj rigardis la robojn.

"Mi ja esperis, ke estus blanka robo kun pufaj manikoj", ŝi flustris nekonsoleme. "Mi preĝis por tio, sed mi ne multe atendis ĝin pro tio. Mi ne supozis, ke Dio havas tempon por zorgi pri robo de orfina knabineto. Mi sciis, ke mi devis dependi de Marila por ĝi. Nu, feliĉe mi povas imagi, ke unu el tiuj estas el neĝblanka muslino kun belaj puntaj ornamaĵoj kaj tri-pufaj manikoj."

La sekvan matenon, avertaj ondoj de malsana kapdoloro malhelpis Marilan iri al la dimanĉa lernejo kun Anna.

"Vi devos iri al s-ino Lynde, Anna", diris ŝi. "Ŝi zorgos, ke vi eniru la ĝustan klason. Nu, zorgu ke vi kondutu korekte. Restu ĝis la posta predikado kaj petu al s-ino Lynde, ke ŝi montru nian benkon. Jen cendo por la kvesto. Ne fiksrigardu homojn kaj ne moviĝadu. Mi atendos, ke vi diros al mi la tekston post via reveno hejmen."

Anna senriproĉe eliris, vestita en la rigida nigreblanka sateno, kiu – kvankam deca koncerne la longecon kaj certe ne nomebla malabunda – ŝajnis elpensita por emfazi ĉiun angulon de ŝia maldika figuro. Ŝia ĉapelo estis eta, ebena, katizita, nova platĉapo, kies ekstrema simpleco same multe desapontis Annan, kiu permesis al si sekretajn viziojn de rubando kaj floroj. Tiuj lastaj, tamen, estis provizitaj antaŭ ol Anna atingis la ĉefan vojon, ĉar estante alfrontita, mezvoje sur la vojeto, de oraj ventokirlataj ranunkoloj kaj glorbrilaj, sovaĝaj rozoj, Anna rapide kaj libere girlandis sian ĉapelon per peza florkrono. Kion ajn aliaj homoj povus pensi pri la rezulto, ĝi kontentigis Annan, kaj ŝi gaje paŝetis sur la vojo, tenante sian ruĝan kapon kun ĝia ornamaĵo el rozaj kaj flavaj koloroj alta kaj fiera.

Kiam ŝi atingis la domon de s-ino Lynde, ŝi trovis ke tiu sinjorino jam foriris. Nenio senkuraĝigis Annan kaj ŝi plu iris, sola, antaŭen al la preĝejo. En la porĉo ŝi trovis amason da knabinetoj, ĉiuj pli-malpli gaje vestitaj en blankoj kaj bluoj kaj rozkoloroj, kaj ĉiuj fiksrigardantaj per scivolaj okuloj tiun fremdulinon en sia mezo, kun ŝia eksterordinara kapornamaĵo. Knabinetoj de Avonleo jam aŭdis strangajn historiojn pri Anna; s-ino Lynde diris ke ŝi havis teruran temperamenton; Ĵerio Buote, la dungito ĉe Verdaj Gabloj, diris ke ŝi parolis la tutan tempon al si aŭ al la arboj kaj floroj kvazaŭ frenezulino. Ili rigardis ŝin kaj flustris unu al la alia malantaŭ siaj magazinoj. Neniu provis amikajn kontaktojn kun ŝi, nek tiam, nek poste, kiam la malfermaj preĝoj estis finitaj kaj Anna troviĝis en la klaso de F-ino Rogerson.

F-ino Rogerson estis mezaĝa virino, kiu instruis la dimanĉ-lernejan klason jam dum dudek jaroj. Ŝia instrua metodo konsistis en presitaj demandoj el la libreto por la trimestro, dum ŝi severe rigardis super ĝia bordo la apartan knabineton, kiu laŭ ŝi devis respondi la demandon. Ŝi tre ofte rigardis Annan, kaj Anna, danke al la trejnado de Marila, senhezite respondis; sed oni povus demandi sin, ĉu ŝi komprenis multon el la demando aŭ la respondo.

Ŝi ne pensis, ke ŝi ŝatas F-inon Rogerson, kaj ŝi sentis sin tre mizera; ĉiu alia knabineto en la klaso havis pufajn manikojn. Anna sentis, ke la vivo ne meritis esti travivata sen pufaj manikoj.

"Nu, ĉu vi ŝatis la dimanĉan lernejon?" volis scii Marila, kiam Anna alvenis hejmen. Ĉar ŝia krono forvelkis, Anna jam antaŭe ĵetis ĝin sur la vojeton, do Marila restis sen la scio pri ĝi dum certa tempo.

"Mi neniel ŝatis ĝin. Ĝi estis abomena."

"Anna Shirley!" Marila riproĉis.

Anna sidiĝis sur la lulseĝon kun longa suspiro, kisis unu el la folioj de Bonia, kaj svingis sian manon al floranta fuksio.

"Ili eble estis solecaj dum mi forestis", ŝi klarigis. "Kaj nun pri la dimanĉa lernejo. Mi bone kondutis, kiel vi diris al mi. S-ino

Lynde forestis, sed mi tuj mem ekiris. Mi enpaŝis la preĝejon kun multaj aliaj knabinetoj, kaj mi sidiĝis en la angulon de benko apud la fenestro dum la malfermaj piaĵoj. S-ro Bell faris ekstreme longan preĝon. Mi estus terure laciĝinta antaŭ ol li finis ĝin, se mi ne sidis apud tiu fenestro. Sed tra ĝi, oni rekte vidis la Lagon de Brilaj Akvoj, do mi nur fiksrigardis ĝin kaj fantaziis ĉiajn specojn de grandiozaj aferoj."

"Vi ne devis fari ion ajn similan. Vi devis aŭskulti s-ron Bell."

"Sed li ne parolis al mi", protestis Anna. "Li parolis al Dio kaj li ŝajnis interesiĝi eĉ pri tio nur malmulte. Mi pensas, ke li pensis ke Dio estis tro for por ke tio valorus la penon. Mi mem tamen diris preĝeton. Jen estis longa vico da blankaj betuloj pendantaj super la lago, kaj la sunbrilo falis tra ili, malsupren, profunden en la akvon. Ho, Marila, estis kiel bela revo! Tio ekscitis min, kaj mi nur diris 'Dankon pro tio, Dio' du aŭ tri fojojn."

"Ne laŭte, mi esperas", Marila anksie diris.

"Ho, ne, nur murmure. Nu, s-ro Bell fine finis sian preĝon kaj oni diris al mi, ke mi iru al la klasĉambro kun la klaso de f-ino Rogerson. Estis naŭ aliaj knabinoj en ĝi. Ili ĉiuj havis pufajn manikojn. Mi provis imagi, ke ankaŭ miaj estis pufaj, sed mi ne povis. Kial mi ne povis? Estis tiel facile, kiel eblas imagi, ke ili estis pufitaj, kiam mi estis sola en la orienta gablo, sed estis terure malfacile tie inter la ceteraj, kiuj havis ververajn pufojn."

"Vi ne devis pensi pri viaj manikoj en la dimanĉa lernejo. Vi devis priatenti la lecionon. Mi esperas, ke vi sciis ĝin."

"Ho, jes; kaj mi respondis multajn demandojn. F-ino Rogerson metis tiel multajn da ili. Mi ne opinias, ke estis juste, ke ŝi starigis ĉiujn demandojn. Estis multaj, kiujn mi mem volis meti antaŭ ŝi, sed fine mi ne faris tion, ĉar mi ne pensis, ke ŝi havis la necesan spiriton. Poste ĉiuj aliaj knabinetoj recitis parafrazon. Ŝi demandis, ĉu mi konis iun. Mi diris al ŝi, ke mi ne konas, sed ke mi kapablas reciti *La hundo ĉe la tombejo de sia mastro*, se ŝi deziras. Tio estas en la Tria Reĝa Legilo. Ĝi ne estas ververe religia poeziaĵo, sed ĝi estas tiel malgaja kaj melankolia, ke ĝi povus esti. Ŝi diris, ke tio ne konvenus, kaj ŝi diris al mi lerni la deknaŭan parafrazon ĝis la venonta dimanĉo. Mi tralegis ĝin en la preĝejo poste, kaj ĝi estas belega. Estas aparte du linioj, kiuj simple ekscitis min:

Ili rigardis ŝin kaj flustris unu al la alia...

'Rapide dum la masakritaj skadroj falis
En la fia tago de Midjano[17]'

Mi ne scias kion signifas 'skadroj', nek 'Midiano', sed tio sonas *ege* tragika. Mi apenaŭ povas atendi ĝis la venonta dimanĉo por reciti ĝin. Mi ekzercos la tutan semajnon. Post la dimanĉa lernejo mi petis de f-ino Rogerson – ĉar s-ino Lynde estis tro malproksima – ke ŝi montru al mi vian benkon. Mi sidis tiel senmove kiel mi povis kaj la teksto estis Revelacioj, tria ĉapitro, dua kaj tria versoj. Estis tre longa teksto. Se mi estus pastro, mi elektus la mallongajn spritajn tekstojn. La prediko estis ankaŭ terure longa. Mi supozas, ke la pastro devis akordigi ĝin kun la teksto. Mi ne opiniis, ke li estis entute interesa. La problemo pri li ŝajnas esti, ke li ne havas sufiĉan imagopovon. Mi ne multe aŭskultis lin. Mi nur lasis miajn pensojn flui kaj mi pensis pri la plej surprizigaj aferoj."

Marila senhelpe sentis, ke ĉio ĉi devas esti severe riproĉata, sed ŝi estis senhelpita per la preterduba fakto, ke iuj el la aferoj kiujn diris Anna, aparte pri la predikoj de la pastro kaj la preĝoj de s-ro Bell, estis io kion ŝi mem, profundege en sia koro, vere pensis dum jaroj, sed kiujn ŝi neniam esprimis. Preskaŭ ŝajnis al ŝi, ke tiuj sekretaj, nediritaj, kritikaj pensoj subite prenis videblan kaj akuzan formon en la persono de tiu klaropinia neglektita hometo.

---

17 **Midjan(o):** grupo de nomadaj triboj plej verŝajne vivintaj en la nordokcidentaj regionoj de la Araba Dezerto (vd. la Malnovan Testamenton: 1 Reĝo 1 11 - 18: https://biblehub.com/multi/1_kings/11-18.htm)

ĈAPITRO 12
SOLENAJ ĴURO KAJ PROMESO

DAŬRIS ĝis la sekva vendredo, kiam Marila aŭdis la historion pri la florkrona ĉapelo. Ŝi venis hejmen de s-ino Lynde kaj vokis Annan por ke ŝi klarigu.

"Anna, s-ino Raĉela diras, ke vi iris al la preĝejo lastan dimanĉon kun via ĉapelo ridinde aranĝita per rozoj kaj ranunkoloj. Kio, diable, instigis vin al tia kapriolo? Kia 'beletulino' vi estis!"

"Ho. Mi scias, ke rozkoloro kaj flavo ne konvenas al mi", komencis Anna.

"Konvenas, stultaĵo! Temas pri la floroj, kiujn vi metis sur vian ĉapelon – jen kio estis ridinda; ne gravas la koloroj. Vi estas la plej ĉagrena infano!"

"Mi ne vidas, kial estas pli ridinde porti florojn sur via ĉapelo ol sur via robo", protestis Anna. "Multaj knabinetoj tie havis bukedojn alpinglitajn sur siaj roboj. Kio estis la diferenco?"

Marila ne volis estis tirita el la sekura konkretaĵo en dubindajn padojn de abstraktaĵo.

"Ne respondu al mi tiamaniere, Anna. Estis tre fole, ke vi faris tian aferon. Mi neniam denove volas trovi vin kun tia artifiko. S-ino Raĉela diras, ke ŝi kredis sinki tra la plankon, kiam ŝi vidis vin eniri tute aranĝita tiamaniere. Ŝi ne povis sufiĉe alproksimiĝi por diri al vi demeti ilin, ĝis estis tro malfrue. Ŝi diris, ke homoj terure parolis pri tio. Komprenble ili devis pensi, ke mi ne havis pli da prudento ol lasi vin eliri tiel ornamita."

"Ho! mi tiom bedaŭras", diris Anna, kun larmoj fontantaj en ŝiaj okuloj. "Mi neniam pensis, ke vi kontraŭus tion. La rozoj kaj ranunkoloj estis tiel mildaj kaj belaj, ke mi pensis, ke ili aspektus belaj sur mia ĉapelo. Multaj el la knabinetoj havis artefaritajn florojn sur siaj ĉapeloj. Mi timas, ke mi estos terura aflikto por vi. Eble estas pli bone, ke vi resendu min al la orfejo. Tio estus terura; mi ne pensas, ke mi povus elteni tion; plej verŝajne mi ftiziĝus; mi estas tiel maldika kiel estas, vi vidas. Sed tio estus pli bone ol esti aflikto al vi."

"Sensencaĵo", diris Marila, ĉagrenita al si mem ĉar ŝi plorigis la infanon. "Mi ne volas resendi vin al la orfejo, certe ne . Ĉio kion mi volas, estas ke vi kondutu kiel la ceteraj knabinetoj kaj ne ridindigu vin. Ne plu ploru. Mi havas novaĵon por vi. Ĉi-post-tagmeze Diana Barry venis hejmen. Mi iros tien por vidi, ĉu mi povas pruntepreni jupo-ŝablonon de s-ino Barry, kaj se vi volas vi povas veni kun mi kaj konatiĝi kun Diana."

Anna stariĝis, kun premitaj manoj, la larmoj daŭre scintilantaj sur ŝiaj vangoj; la telerviŝtuko kiun ŝi orlis glite kaj neatentite falis al la planko.

"Ho! Marila, mi timas – nun ke tio alvenis, mi efektive timas. Kio, se ŝi ne ŝatas min! Estus la plej tragika desaponto de mia vivo."

"Nu, ne agitiĝu. Kaj mi ja deziras, ke vi ne uzu tiajn vortojn. Ili sonas tiel strangaj ĉe knabineto. Mi supozas, ke Diana sufiĉe bone ŝatos vin. Estas ŝia patrino, kiun vi devas konsideri. Se ŝi ne ŝatas vin, ne gravos kiom Diana vin ŝatos. Se ŝi aŭdis pri via eksplodo fronte al s-ino Lynde kaj pri via iro al la preĝejo kun ranunkoloj ĉirkaŭ via ĉapelo, mi ne scias, kion ŝi pensos pri vi. Vi devas esti ĝentila kaj bonkonduta, kaj faru neniujn el viaj ekkonsternaj paroladoj. Kompato mia, ĉu la infano efektive tremas?"

Anna ja *tremis*. Ŝia vizaĝo estis pala kaj streĉa.

"Ho, Marila, ankaŭ vi estus ekscitita, se vi renkontus knabin-eton, pri kiu vi esperis, ke ŝi fariĝu via intima amikino, sed kies patrino ne ŝatas vin", ŝi diris, dum ŝi hastis preni sian ĉapelon.

Ili iris al Horta Deklivo trans la rojo kaj supren de la abia holmo. S-ino Barry venis al la kuireja pordo responde al la frapo de Marila. Ŝi estis alta virino kun nigraj okuloj, nigra hararo kaj tre rezoluta buŝo. Ŝi havis la reputacion esti tre severa kun siaj infanoj.

"Kiel vi fartas, Marila?" ŝi afable demandis. "Enpaŝu. Kaj ĉi tiu estas la knabineto, kiun vi adoptis, mi supozas?"

"Jes, jen Anna Shirley", diris Marila.

"Literumita kun du *n*", anhelis Anna, kiu, tremeta kaj ekscitita kiel ŝi estis, estis rezoluta, ke ne estu miskompreno pri tiu grava punkto.

S-ino Barry, ne aŭdinte aŭ ne kompreninte, simple premis ŝian manon kaj diris afable: "Kiel vi fartas?"

"Mi fartas bone, korpe, sed spirite estas konsiderinde ĉifita, dankon, sinjorino", serioze diris Anna. Kaj flanken al Marila en aŭdebla flustro, "Ne estis io ekkonsterna en tio, ĉu ne, Marila?"

Diana sidis sur la sofo legante libron, kiun ŝi lasis fali, kiam la vizitantinoj eniris. Ŝi estis tre bela knabineto kun la nigraj okuloj kaj hararo kaj rozkoloraj vangoj de sia patrino, kaj la gaja mieno kiu estis heredaĵo de ŝia patro.

"Jen mia knabineto, Diana" diris s-ino Barry. "Diana, vi povas konduki Annan en la ĝardenon kaj montri al ŝi viajn florojn. Estos pli bone por vi anstataŭ streĉi viajn okulojn sur tiu libro. Ŝi ja legas multe tro" – ĉi tion ŝi diris al Marila, dum la knabinetoj eliris – "kaj mi ne kapablas malebligi tion al ŝi, ĉar ŝia patro helpas kaj instigas ŝin. Ŝi ĉiam absorbiĝas en libro. Mi ĝojas, ke ŝi havos la eblecon de kunludantino – eble tio irigos ŝin pli ofte eksteren."

Tie ekstere, en la ĝardeno, kiu estis plena de milda sunsubira lumo fluanta tra la mallumaj malnovaj abioj okcidente de ĝi, staris Anna kaj Diana, modeste rigardantaj unu la alian super tufo de ravaj tigraj lilioj.

La ĝardeno de la Barry-familio estis foliara naturejo de floroj, kiuj povus ravi la koron de Anna, se ŝi estus malpli ŝarĝita per pensoj pri destino. Ĝi estis ĉirkaŭita de enormaj malnovaj salikoj kaj altaj abioj, sub kiuj buntis floroj ŝatantaj la ombron. Ordaj, ortaj padoj, ordeme borderitaj per pekteno-konkoj, krucis ĝin kiel malseketaj ruĝaj rubandoj, kaj en la bedoj inter ili, eksmodaj floroj tumultis. Estis rozkoloraj sangantaj koroj[18] kaj grandaj grandiozaj karmezinaj peonioj; blankaj aromaj narcisoj kaj dornaj, dolĉaj skotaj rozoj; rozkoloraj kaj bluaj kaj blankaj akvilegioj kaj lilako-nuancitaj saponarioj; tufoj de artemizioj kaj falaridoj kaj mento; purpuraj Adamo-kaj-Eva[19], dafodiloj kaj amasoj da dolĉaj blankaj trifolioj kun delikataj, odoraj, plumaj branĉetoj; skarlataj fulmoj, kiuj ĵetis siajn ardajn lancojn super rigidajn blankajn mosko-florojn – ĝardeno ĝi ja estis, kie la sunbrilo restadis kaj abeloj zumis, kaj kie ventoj, logitaj al restado, ronronis kaj susuris.

---

18 Dicentra spectabilis
19 Aplectrum hyemale

"Ho, Diana", fine diris Anna, premante la manon de la knabino kaj parolante preskaŭ flustre, "ĉu vi pensas – ho, ĉu vi pensas, ke vi povas iomete ŝati min – sufiĉe por esti mia intima amiko?"

Diana ekridis. Diana ĉiam ridis antaŭ ol paroli.

"Nu, mi supozas", ŝi honeste diris. "Mi treege ĝojas ke vi venis loĝi ĉe Verdaj Gabloj. Estos gaje havi iun kun kiu ludi. Ne estas alia knabino, kiu loĝas sufiĉe proksime, kun kiu mi povus ludi, kaj mi ne havas fratinojn sufiĉe aĝajn."

"Ĉu vi ĵuros esti por ĉiam mia amikino?" Anna avide demandis.

Diana aspektis skuita.

"Nu, ĵuri ion estas terure malvirte", ŝi riproĉe diris.

"Ho, ne, ne la ĵurado. Estas du specoj, ĵuri kaj sakri, vi sciu."

"Mi nur aŭdis pri unu", Diana diris kun duboj.

"Vere estas alia. Ho, ĝi tute ne estas malbonega. Ĵuri nur signifas voti kaj solene promesi."

"Nu, ne ĝenas min fari tion", konsentis Diana, trankviligita. Kiel oni faras tion?"

"Ni devas kunigi la manojn – tiel", Anna serioze diris. "Tio devas esti super fluanta akvo. Ni nur imagos, ke ĉi tiu pado estas fluanta akvo. Mi diros la ĵuron kiel unua: Mi solene ĵuras esti fidela al mia intima amikino, Diana Barry, tiel longe kiel la suno kaj la luno daŭros. Nun vi diru ĝin kaj metu mian nomon en ĝin."

Diana ripetis la "ĵuron", ridante antaŭe kaj poste. Poste ŝi diris:

"Vi estas stranga knabino, Anna. Mi jam aŭdis, ke vi estas stranga. Sed mi kredas, ke mi multe ŝatos vin."

Kiam Marila kaj Anna iris hejmen, Diana iris kun ili ĝis la ŝtipo-ponto. La du knabinetoj paŝis kun la brakoj ĉirkaŭ unu la alia. Ĉe la rojo ili disiĝis kun multaj promesoj pasigi la venontan posttagmezon kune.

"Nu, ĉu vi trovis, ke Diana estas intima amikino?" demandis Marila dum ili iris supren tra la ĝardeno de Verdaj Gabloj.

"Ho, jes", suspiris Anna, beate nekonscia pri iu ajn sarkasmo de Marila. "Ho, Marila, mi estas la plej feliĉa knabino sur la Insulo Princo Eduardo ĝuste nun. Mi certigas vin, ke mi recitos miajn preĝojn kun ĝusta bonvolo ĉi-vespere. Morgaŭ Diana kaj mi konstruos ludodomon en la betula bosko de s-ro Vilhelmo Bell. Ĉu mi povas havi tiujn rompitajn pecojn de fajenco kiuj estas en la ligno-ŝedo? La naskiĝdatreveno de Diana estas en februaro kaj la mia estas en marto. Ĉu vi ne pensas, ke tio estas tre stranga koincido? Diana pruntedonos libron al mi por legi. Ŝi diras, ke ĝi estas perfekte grandioza kaj ege ekscita. Ŝi montros al mi lokon en la arbaro kie kreskas rizlilioj. Ĉu vi ne pensas, ke Diana havas tre animplenajn okulojn? Mi ŝatus havi animplenajn okulojn. Diana instruos al mi kanton, kiu nomiĝas *Neli en la Avel-Valeto*[20]. Ŝi donos al mi bildon por pendigi en mia ĉambro; estas perfekte bela bildo, ŝi diras – rava virino en blueta silka robo. Agento de kudro-maŝinoj donis ĝin al ŝi. Mi ŝatus havi ion por doni al Diana. Mi estas unu colon[21] pli alta ol Diana, sed ŝi estas multe pli dika; ŝi diras, ke ŝi ŝatus esti maldika, ĉar tio estas multe pli gracia, sed mi timas, ke ŝi nur diris tion por mildigi miajn sentojn. Ni iros al la marbordo iun tagon por kolekti konkojn. Ni interkonsentis nomi la fonton malsupre ĉe la ŝtipo-ponto la Bobelo de Driado. Ĉu tio ne estas perfekte eleganta nomo? Mi iam legis historion pri fonto tiel nomita. Driado estas speco de plenkreska feino, mi pensas."

"Nu, mi nur esperas, ke vi ne mortigos Dianan per viaj sen-interrompaj paroladoj", Marila diris. "Sed memoru ĉi tion en via tuta planado, Anna: Vi ne ludos la tutan tempon nek plejparton de ĝi. Vi havos vian laboron por fari, kaj ĝi devos esti farita unue."

Sento de feliĉo jam tute plene okupis Annan, sed Mateo kon-tribuis eĉ pli: Li ĵus revenis hejmen, de vojaĝo al la vendejo en Karmodo, kaj li iel honte eligis paketon el sia poŝo kaj prezentis ĝin al Anna, kun kulposenta rigardo al Marila.

"Mi aŭdis vin diri, ke vi ŝatas ĉokoladajn frandaĵojn, do mi havigis iujn por vi", li diris.

"Humf", snufis Marila. "Tio ruinigos ŝiajn dentojn kaj stoma-kon. Nu, nu, infano, ne aspektu tiel malgaja. Vi povos manĝi ilin, ĉar Mateo iris kaj havigis ilin. Espereble li kunportis al vi pipromentojn. Ili estas pli sanaj. Nu, ne malsaniĝu manĝante ilin ĉiujn samtempe."

---

20 Nelly in the Hazel Dell
21 25,4 mm

"Ho, ne, certe mi ne faros tion", Anna avide diris. "Mi nur manĝos unu ĉi-vespere, Marila. Kaj mi povas doni la duonon al Diana, ĉu ne? La alia duono gustos duoble pli dolĉe al mi, se mi donos kelkajn al ŝi. Estas ĝojige pensi, ke mi havas ion por doni al ŝi."

"Mi agnoskos tion pri la infano", Marila diris, post kiam Anna iris al sia gablo, "ŝi ne estas avara. Mi ĝojas, ĉar inter ĉiuj difektoj mi malamegas avarecon ĉe infano. Dio mia, estas nur tri semajnoj de kiam ŝi alvenis, kaj ŝajnas, kvazaŭ ŝi ĉiam estis ĉi tie. Mi ne povas imagi la lokon sen ŝi. Nu, ne aspektu kiel 'tion mi diris al vi', Mateo. Tio estas sufiĉe malbona ĉe virino, sed ĝi estas neeltenebla ĉe viro. Mi perfekte konsentas konfesi, ke mi ĝojas, ke mi konsentis teni la infanon, kaj ke mi pli kaj pli ŝatas ŝin, sed ne troemfazu tion, Mateo Cuthbert."

ĈAPITRO 13
LA DELICOJ DE ANTICIPADO

"JA ESTAS la horo kiam Anna devus esti hejme por fari sian kudradon", Marila diris ekrigardinte la horloĝon kaj poste la flavan aŭgustan posttagmezon, kie ĉio somnolis en la varmo. "Ŝi restis kun Diana pli ol duonhoron por ludi, pli ol mi donis permeson al ŝi; kaj nun ŝi alte sidas tie sur la lignostako parolante al Mateo, mi supozas, kiam ŝi perfekte bone scias, ke ŝi devus esti ĉe sia laboro. Kaj kompreneble li, kiel perfekta simplulo, aŭskultas ŝin. Mi neniam vidis tiel pasiiĝintan viron. Ju pli ŝi parolas kaj ju pli strangaj estas la aferoj kiujn ŝi diras, des pli ravita li estas, evidente. Anna Shirley, vi eniru ĉi tien tuj, ĉi vi aŭdas min!"

Serio da stakatofrapoj sur la okcidenta fenestro "flugigis" Annan el la korto al la interno, kun brilantaj okuloj, la vangoj feble ruĝiĝintaj, rozkolore, kun neplektita hararo fluanta malantaŭ ŝi en brila torento.

"Ho, Marila", ŝi senspire ekkriis, "la venontan semajnon okazos la pikniko de la dimanĉa lernejo – en la kampo de s-ro Harmono Andrews, tute apud la Lago de Brilaj Akvoj. Kaj s-ino Intendanto Bell kaj s-ino Raĉela Lynde faros glaciaĵon – pensu pri tio, Marila – *glaciaĵo!* Kaj, ho, Marila, ĉu mi rajtas iri al ĝi?"

"Nur rigardu la horloĝon, mi petas, Anna. Je kioma horo mi diris al vi eniri?"

"Je la dua – sed ĉu ne estas belege pri la pikniko, Marila? Mi petas, ĉu mi rajtas iri? Ho, mi neniam iris al pikniko – mi revis pri piknikoj, sed mi neniam –."

"Jes, mi diris al vi alveni je la dua. Kaj estas kvarono antaŭ la tria. Mi ŝatus scii, kial vi ne obeis min, Anna."

"Nu, mi ja intencis, Marila, tiom kiom povas esti. Sed vi ne havas ideon kiel fascina estas Idlevildo. Kaj poste, kompreneble, mi devis paroli al Mateo pri la pikniko. Mateo estas tiel simpatia aŭskultanto. Mi petas, ĉu mi rajtas iri?"

"Vi devos lerni rezisti la fascinon pri Idle-kiel-ajn-vi-nomas-ĝin. Kiam mi diras al vi eniri je certa horo, mi celas tiun horon kaj ne duonhoron pli malfrue. Kaj vi ankaŭ ne bezonas halti survoje por paroli kun simpatiaj aŭskultantoj. Rilate la piknikon, certe vi povos iri. Vi estas lernantino de la dimanĉa lernejo kaj ne estas verŝajne, ke mi rifuzos, ke vi iru tien, kiam ĉiuj ceteraj knabinetoj iros."

"Sed – sed", hezitis Anna, "Diana diras ke ĉiuj devas kunporti korbon de manĝaĵoj. Mi ne kapablas kuiri, kiel vi scias, Marila – kaj – ne tiom ĝenas min iri al la pikniko sen pufaj manikoj, sed mi sentus min terure humiligita, se mi devus iri sen korbo. Tio okupadas mia menson, de kiam Diana menciis ĝin al mi."

"Nu, tio ne bezonas okupi vin plu. Mi bakos korboplenon por vi."

"Ho, kara bona Marila. Ho, vi estas tiel bonkora al mi. Ho, mi sentas min tiel dankema al vi."

Elĉerpinte siajn 'ho-ojn', Anna ĵetis sin en la brakojn de Marila kaj rave kisis ŝian palflavan vangon. Estis la unua fojo en la tuta vivo de Marila, ke infanaj lipoj volonte tuŝis ŝian vizaĝon. Tiu subita sensacio de surpriziga dolĉeco ekscitis ŝin. En sia profundo, ŝi sekrete feliĉegis pri la impulsiĝema kareso de Anna, kio probable estis la motivo por bruske diri:

"Nu, nu, kio pri tia kisa sensencaĵo. Mi preferas vidi vin fari precize tion, kion oni diras al vi. Rilate kuiradon, mi intencas iun tagon ekdoni al vi lecionojn pri tio. Sed vi estas tiel sencerbula, Anna, mi atendis por vidi, ĉu vi iom sobriĝos kaj lernos esti stabila, antaŭ ol komenci ilin. Vi devas zorge atenti, kiam vi kuiras, kaj ne halti meze de aferoj por lasi viajn pensojn vagi super la tuta kreaĵo. Nun eligu vian ŝtofkvadraton kaj finu ĝin antaŭ la tehoro."

"Mi *ne* ŝatas kudri ŝtofpecojn", Anna malgaje diris, serĉante sian kudrilarujon kaj, kun suspiro, sidiĝante antaŭ amaseto da ruĝaj kaj blankaj rombetoj. "Mi imagas, ke certaj specoj de kudrado povas esti agrablaj; sed kudri ŝtofpecojn ne ebligas imagadon. Estas nur unu eta kunkudro post alia, kaj oni neniam ŝajnas alveni ien ajn. Sed komprenebl mi preferas esti Anna de Verdaj Gabloj kudranta ŝtofpecojn, ol Anna de iu ajn alia loko kun nenio por fari krom ludi. Mi tamen ŝatus, ke la tempo pasu tiel rapide kiam mi kudras pecojn, kiel ĝi pasas kiam mi ludas kun Diana. Ho, ni ja havas elegantajn momentojn, Marila. Mi devas mem provizi la plejparton de la fantaziado, sed mi tre kapablas fari tion. Diana simple estas perfekta en ĉiuj aliaj aspektoj. Vi konas tiun parcelon de tero trans la rojo, kiu supreniras inter nia farmbieno kaj tiu de s-ro Barry. Ĝi apartenas al s-ro Vilhelmo Bell, kaj ĝuste en la angulo estas ringeto el blankaj betuloj – la plej romantika loko, Marila. Diana kaj mi havas nian luddomon tie. Ni nomas ĝin Idlevildo. Ĉu tio ne estas poezia nomo? Mi certigas vin, ke mi bezonis iom da tempo por ĝin elpensi. Mi restis nedormanta preskaŭ tutan nokton, antaŭ ol mi inventis ĝin. Poste, ĝuste kiam mi endormiĝis, ĝi venis kvazaŭ inspiro. Diana estis vere *ravita*, kiam ŝi aŭdis ĝin. Ni elegante aranĝas nian domon. Vi devas veni vidi ĝin, Marila – ĉu ne? Ni uzas ege grandajn ŝtonojn, tute kovritajn per musko, kiel seĝojn; kaj tabulojn de arbo al arbo kiel bretaron. Kaj ni havas ĉiujn niajn telerojn sur ĝi. Kompreneble ili ĉiuj estas rompitaj, sed estas la plej facila afero en la mondo imagi, ke ili estas sendifektaj. Estas peco de telero kun ŝprucaĵo de ruĝa kaj flava hedero sur ĝi, kiu estas aparte bela. Ni gardas ĝin en la salono kaj ni havas tie ankaŭ la feino-vitron. La feino-vitro estas tiel bela kiel sonĝo. Diana trovis ĝin en la arbaro malantaŭ ilia kokinejo. Ĝi estas tute plena de ĉielarkoj – nur etaj junaj ĉielarkoj kiuj ankoraŭ ne kreskis – kaj la patrino de Diana diris al ŝi, ke ĝi iam rompiĝis el pendanta lampo, kiun ili iam havis. Sed estas pli bele imagi, ke la feinoj ĝin perdis iun nokton, kiam ili havis balon, do ni nomis ĝin la feino-vitro. Mateo faros tablon por ni. Ho, tiun etan rondan lageton, tie en la kampo de s-ro Barry, ni nomis Ŭilomero. Mi trovis tiun nomon en la libro, kiun Diana pruntedonis al mi. Estis ekscitanta libro, Marila. La heroino havis kvin amantojn. Mi estus kontenta kun unu, ĉu ne vi? Ŝi estis tre bela, kaj ŝi travivis grandajn afliktojn. Ŝi povis sveni plej facile. Mi ŝatus povi sveni, ĉu ne vi, Marila? Tio estas tiel romantika. Sed mi estas tre sana, kvankam mi estas tiel maldika. Mi opinias, ke mi tamen dikiĝos. Ĉu vi ne opinias ke mi dikiĝos? Mi rigardas miajn kubutojn ĉiumatene, kiam mi ellitiĝas, por vidi ĉu kavetoj aperis. Oni faras por Diana novan robon kun kubuto-manikoj. Ŝi surportos ĝin por la pikniko. Ho, mi ja esperas, ke ĉio iros glate venontan merkredon. Mi sentas, ke mi ne povus elteni la desaponton, se io okazus por malhelpi min iri al la pikniko. Mi supozas, ke mi travivus tion, sed mi certas, ke estus vivodaŭra ĉagreno. Ne gravus, se mi irus al cento da piknikoj dum la postaj jaroj; ili ne kompensus la maltrafon de ĉi tiu. Ili havos boatojn sur la Lago de Brilaj Akvoj – kaj glaciaĵon, kiel mi jam diris al vi. Mi neniam gustumis glaciaĵon. Diana provis klarigi al mi, kio ĝi estas, sed mi supozas, ke glaciaĵo estas unu el tiuj aĵoj, kiuj estas trans la imagopovo."

"Anna, vi ĵus parolis dum dek minutoj, se kredi la horloĝon", diris Marila. "Nun, nur pro scivolo, vidu ĉu vi kapablas reteni vian langon por la sama daŭro de tempo."

Anna retenis sian langon, kiel dezirite. Sed dum la resto de la semajno ŝi ja parolis pri la pikniko kaj pensis pri la pikniko kaj revis pri la pikniko. Sabaton pluvis, kaj ŝi ĝisfreneze ekscitiĝis, pro timo ke la pluvo daŭrus ĝis kaj dum merkredo, tiel ke Marila igis ŝin kudri ekstran ŝtofkvadraton por kvietigi ŝiajn nervojn.

Dimanĉon Anna, revenante el la preĝejo, konfidis al Marila, ke ŝi fakte eksentis froston pro ekscitiĝo, kiam la pastro, el sia predikejo, anoncis la piknikon.

"Tiu ekscitiĝo iris supren-malsupren laŭ mia dorso, Marila! Mi ne pensas, ke mi vere kredis ĝis tiu momento, ke la pikniko efektive okazos. Mi ne povis malhelpi min timi, ke mi nur imagis ĝin. Sed kiam pastro diras ion en la predikejo, vi devas kredi ĝin."

"Vi tro deziregas aferojn, Anna", Marila diris kun suspiro. "Mi timas, ke estos multege da desapontoj por vi tra via vivo."

"Ho, Marila, anticipi aferojn estas la duono de la plezuro", ekkriis Anna. "Oni eble ne havigos al si la aferojn mem; sed nenio povas malhelpi havi la plezuron anticipi ilin. S-ino Lynde diras, 'Benitaj estas tiuj, kiuj atendas nenion, ĉar ili ne estos desapontitaj'. Sed mi opinias, ke estos malpli bone atendi nenion ol esti desapontita."

Marila, kiel kutime, ankaŭ tiun tagon portis sian ametisto-broĉon en la preĝejo. Marila ĉiam surportis ĝin en la preĝejo. Por ŝi estus kvazaŭ sakrilegio, ne surporti ĝin – tiel malbone kiel forgesi sian Biblion aŭ sian kolekto-dekcendon. Tiu ametistobroĉo estis la plej amata posedaĵo de Marila. Iu onklo, maristo, iam donis ĝin al ŝia patrino, kiu siavice ĝin heredigis al Marila. Estis malnova ovalo enhavanta plektaĵon de la hararo de ŝia patrino kaj ĉirkaŭita per bordo el tre fajnaj ametistoj. Marila sciis tro malmulte pri valoraj ŝtonoj por konstati kiel fajnaj efektive estis la ametistoj; sed ŝi konsideris ilin tre belaj kaj ĉiam plezure konsciiĝis pri ilia viola brilo ĉe sia gorĝo, super sia bona bruna satena robo, eĉ kiam ŝi ne povis vidi ĝin.

Anna estis frapita de ravega admiro, kiam ŝi la unuan fojon vidis la broĉon.

"Ho, Marila, ĝi estas perfekte eleganta broĉo. Mi ne scias kiel vi povas atenti la predikon aŭ la preĝojn, kiam vi ĝin surportas. Mi ne povus, mi scias. Mi opinias, ke ametistoj estas ĉarmaj. Ili estas tiaj, kiajn mi antaŭe kredis la diamantojn. Antaŭlonge, antaŭ ol mi vidis diamanton, mi legis pri ili kaj mi provis imagi, kion ili similas. Mi pensis, ke ili estas belaj brilantaj violaj ŝtonoj. Kiam, iun tagon, mi vidis veran diamanton sur la ringo de virino, mi estis tiel elreviĝita, ke mi ekploris. Kompreneble ĝi estis tre bela, sed ĝi ne estis mia ideo pri diamanto. Ĉu vi permesas, ke mi tenu la broĉon unu minuton, Marila? Ĉi vi opinias, ke ametistoj povas esti la animoj de bonaj violoj?"

ĈAPITRO 14
LA KONFESO DE ANNA

LUNDON vespere, antaŭ la pikniko, Marila malsupreniris el sia ĉambro kun maltrankvila mieno.

"Anna", ŝi diris al tiu malgranda persono elŝeliganta pizojn ĉe la senmakula tablo kaj kantanta *Neli en la Avel-Valeto* per vigoro kaj esprimo kiuj honoris la instruadon de Diana, "ĉu vi vidis mian ametistan broĉon? Mi pensis, ke mi ŝovis ĝin en mian pinglokuseneton, kiam mi revenis hejmen el la preĝejo hieraŭ vespere, sed mi ne kapablas trovi ĝin ie ajn."

"Mi – mi ĝin vidis ĉi-posttagmeze, kiam vi forestis ĉe la Help-Societo", diris Anna, iom malrapide. "Mi preterpasis vian pordon, kiam mi vidis ĝin sur la kuseno, do mi eniris por rigardi ĝin."

"Ĉu vi tuŝis ĝin?" Marila severe demandis.

"J-e-e-s", konfesis Anna. "Mi ĝin prenis kaj alpinglis ĝin ĉe mia brusto, nur por vidi kiel ĝi aspektus."

"Vi ne rajtis fari ion tian. Estas tre malĝuste por knabineto enmiksiĝi. Unue, vi ne rajtis eniri mian ĉambron, kaj due, vi ne rajtis tuŝi broĉon kiu ne apartenas al vi. Kien vi ĝin metis?"

"Ho, mi remetis ĝin sur la komodon. Mi ĝin surportis unu minuton. Vere, mi ne intencis enmiksiĝi, Marila. Mi ne pensis, ke estis malĝuste eniri kaj provi la broĉon; sed mi vidas nun, ke ja estis, kaj mi neniam plu faros tion. Jen unu bona afero pri mi: Mi neniam faras la saman miskondutan aferon duan fojon."

"Vi ne remetis ĝin", diris Marila. "Tiu broĉo nenie estas sur la komodo. Vi forprenis ĝin aŭ faris ion alian pri ĝi, Anna."

"Mi *ja* remetis ĝin", Anna rapide diris – impertinente, pensis Marila. "Mi nur ne memoras, ĉu mi ŝovis ĝin sur la kusenon aŭ metis ĝin en la fajencan pleton. Sed mi estas tute certa, ke mi remetis ĝin."

"Mi iros por denove serĉi", diris Marila, intencante esti justa. "Se vi remetis tiun broĉon, ĝi ankoraŭ estas tie. Se ĝi ne estas, mi scios, ke vi ne remetis ĝin, jen ĉio!"

Marila iris al sia ĉambro kaj ĝisfunde serĉis, ne nur sur la komodo, sed en ĉiu alia loko, kie ŝi pensis ke la broĉo povus esti. Ĝi ne estis trovebla kaj ŝi revenis al la kuirejo.

"Anna, la broĉo ne estas tie. Per via propra konfeso, vi estis la lasta persono kiu tuŝis ĝin. Nu, kion vi faris per ĝi? Diru al mi la veron, tuj. Ĉu vi forprenis kaj perdis ĝin?"

"Ne, mi ne forprenis nek perdis ĝin", Anna solene diris, rekte rigardante la koleran mienon de Marila. "Mi neniam portis la broĉon ekster vian ĉambron kaj tio estas la vero, eĉ se mi devus esti kondukata al la bloko pro tio – kvankam mi ne vere certas, kio estas bloko. Jen tio, Marila!"

La "jen tio" de Anna nur intencis emfazi ŝian aserton, sed Marila prenis ĝin kiel manifeston de defio.

"Mi kredas, ke vi diras al mi falsaĵon, Anna", ŝi severe diris. "Mi scias, ke vi diras tion. Nu, ne diru plu, krom se vi estas preparita diri la tutan veron. Iru al via ĉambro kaj restu tie, ĝis vi estos preta konfesi."

"Ĉu mi prenos la pizojn kun mi?", Anna humile demandis.

"Ne, mi mem finos elŝeligi ilin. Faru kion mi petas de vi."

Kiam foriris Anna, Marila reiris al siaj vesperaj taskoj kun tre maltrankvila menso. Ŝi maltrankviliĝis pri sia valora broĉo. Kio, se Anna perdis ĝin? Kaj kia malicaĵo de la infano nei ke ŝi prenis ĝin, kiam iu ajn povas vidi, ke ŝi ja faris tion! Ankaŭ kun tia senkulpa vizaĝo!

"Mi ne scias, kiun version de okazintaĵo mi preferas", pensis Marila, dum ŝi nervoze elŝeligis la pizojn. "Komprenebie mi ne supozas, ke ŝi intencis ŝteli ĝin aŭ faris ion ajn similan. Ŝi nur prenis ĝin por ludi per ĝi aŭ helpi ŝian imagopovon. Ŝi ja prenis ĝin, tio klaras, ĉar ne estis animo en tiu ĉambro, post kiam ŝi estis en ĝi, laŭ ŝia rakonto, ĝis mi supreniris ĉi-vespere. Kaj la broĉo malaperis, nenio estas pli certa. Mi supozas, ke ŝi perdis ĝin kaj timas konfesi pro timo esti punata. Estas terura afero pensi, ke ŝi diras falsaĵojn. Estas multe pli malbona afero ol ŝia humoro-krizo. Estas timiga respondeco havi infanon en via domo, kiun vi ne povas fidi. Ruzeco kaj nevereco – jen kion ŝi manifestis. Mi asertas ke mi sentas min pli malbone pri tio ol pri la broĉo. Se ŝi nur dirus la veron pri ĝi, mi ne sentus min tiel malbone."

Marila fojfoje iris al sia ĉambro dum la tuta vespero kaj serĉis la broĉon, sen trovi ĝin. Vizito al la orienta gablo je la enlitiĝa horo produktis nenian rezulton. Anna daŭre neis, ke ŝi scias ion pri la broĉo, sed Marila estis nur pli firme konvinkita, ke ŝi sciis.

La sekvan matenon ŝi rakontis la aferon al Mateo. Mateo estis konfuzita kaj perpleksa; li ne povis tiel rapide perdi fidon en Anna, sed li devis konfesi, ke la cirkonstancoj estas kontraŭ ŝi.

"Vi certas, ke ĝi ne falis malantaŭ la komodon?" estis la sola sugesto, kiun li povis fari.

"Mi movis la komodon kaj mi elprenis la tirkestojn kaj mi rigardis en ĉiun breĉeton kaj anguleton", estis la pozitiva respondo de Marila. "La broĉo malaperis, kaj tiu infano prenis ĝin kaj mensogis pri ĝi. Tio estas la simpla, malbela vero, Mateo Cuthbert, kaj ni simple rigardu ĝin rekte."

"Nu, kion vi faros pri tio?" Mateo senespere demandis, sekrete sentante dankemon, ke Marila kaj ne li devis prizorgi la situacion. Li sentis nenian deziron ĉi-foje enmiksiĝi.

"Ŝi restos en sia ĉambro, ĝis ŝi konfesos", Marila serioze diris, memorante la sukceson de tiu metodo en la antaŭa kazo. "Poste ni vidos. Eble ni povos trovi la broĉon, se ŝi nur diros al ni, kien ŝi portis ĝin; ĉiuokaze ŝi devos esti severe punita, Mateo."

"Nu, vi devos puni ŝin", diris Mateo etendante la manon al sia ĉapelo. "Mi havas nenion por fari pri tio, memoru. Vi foravertis min vi mem."

Marila sentis sin forlasita de ĉiuj. Ŝi eĉ ne povis iri al s-rino Lynde por konsilo. Ŝi supreniris al la orienta gablo kun tre serioza mieno kaj forlasis ĝin kun mieno ankoraŭ pli serioza. Anna firme rifuzis konfesi. Ŝi persistis aserti, ke ŝi ne prenis la broĉon. La infano evidente ploris, kaj Marila eksentis doloron de kompato, kiun ŝi repuŝis. Vespere ŝi estis, kiel ŝi esprimis tion, "senfortigita".

"Vi restos en via ĉambro ĝis vi konfesos, Anna. Vi povas decidiĝi pri tio", diris ŝi firme.

"Sed la pikniko estas morgaŭ, Marila", ploris Anna. "Vi ne malhelpos min iri al ĝi, ĉu ne? Vi lasos min eliri nur por la posttagmezo, ĉu ne? Poste mi restos ĉi tie tiel longe kiel vi volas, *gaje*. Sed mi devas iri al la pikniko."

"Vi ne iros al piknikoj aŭ ien ajn alien, ĝis vi konfesos, Anna."

"Ho, Marila", anhelis Anna.

Sed Marila jam eliris kaj fermis la pordon.

La merkreda mateno tagiĝis tiel brila kaj bela kvazaŭ nepre laŭmendita por la pikniko. Birdoj kantis ĉirkaŭ Verdaj Gabloj; la madono-lilioj en la ĝardeno sendis odoretojn de parfumo, kiuj eniris sur nevideblaj ventoj tra ĉiu pordo kaj fenestro, kaj vagadis tra koridoroj kaj ĉambroj kiel beno-spiritoj. La betuloj en la kavo kvazaŭ mansvingis per siaj branĉoj, atendante la kutiman matenan saluton de Anna el la orienta gablo. Sed Anna ne estis ĉe sia fenestro. Kiam Marila suprenportis ŝian matenmanĝon, ŝi trovis la infanon rigide sidanta sur sia lito, pala kaj rezoluta, kun lipoj streĉe fermitaj kaj kun brilaj okuloj.

"Marila, mi pretas konfesi."

"Ha!" Marila sin liberiĝis de sia pleto. Plian fojon ŝia metodo sukcesis; sed ŝia sukceso estis tre amara al ŝi. "Mi aŭdu, kion vi havas por diri, Anna."

"Mi prenis la ametistan broĉon", diris Anna, kvazaŭ ripetanta lecionon kiun ŝi lernis. "Mi ĝin prenis ĝuste kiel vi diris. Mi ne intencis preni ĝin, kiam mi eniris la ĉambron. Sed ĝi ja aspektis tiel bela, Marila, kiam mi per la pinglo fiksis ĝin ĉe mia brusto, tiel ke mi estis venkita de nerezistebla tento. Mi imagis, kiel perfekte ekscitige estus preni ĝin al Idlevildo kaj ludi, ke mi estus Damo Kordelia Fitzgerald. Estus tiel pli facile imagi, ke mi estas Damo Kordelia, se mi havus veran ametistan broĉon sur mi. Diana kaj mi faris kolierojn per eglanterioj, sed kio estas eglanterioj kompare kun ametistoj? Do mi prenis la broĉon. Mi pensis, ke mi povus remeti ĝin antaŭ ol vi revenas hejmen. Mi ĉirkaŭiris la tutan vojon por plilongigi la tempon. Kiam mi transiris la ponton super la Lago de Brilaj Akvoj, mi demetis la broĉon por ĝin rigardi denove. Ho, kiel ĝi brilis en la sunlumo! Kaj poste, kiam mi kliniĝis sur la ponto, ĝi simple glitis el miaj fingroj – tiel – kaj malsupreniris – malsupren – malsupren, tute violscintila, kaj plusinkis en la Lagon de Brilaj Akvoj. Kaj tio estas la plej bona maniero, kiel mi povas konfesi, Marila."

Marila denove sentis koleregon ekesti en sia koro. Ĉi-infano prenis kaj perdis ŝian ŝategatan ametistan broĉon kaj nun kviete sidis recitanta ties detalojn sen la malplej videbla pentosento aŭ rimorso.

"Anna, ĉi tio estas terura", ŝi diris, klopodante paroli kalme. "Vi estas la plej malica knabino pri kiu mi iam ajn aŭdis."

"Jes, mi supozas, ke mi estas", Anna trankvile konsentis. "Kaj mi scias, ke mi devos esti punita. Estos via devo puni min, Marila. Ĉu vi povus, mi petas, fini ĝin tuj ĉar mi ŝatus iri al la pikniko kun nenia maltrankvilo."

"Pikniko, ja! Vi iros al neniu pikniko hodiaŭ, Anna Shirley. Tio estos via puno. Kaj ĝi estas eĉ ne duone sufiĉe severa por tio kion vi faris!"

"Ne iri al la pikniko!", Anna ekstaris kaj kaptis la manon de Marila. "Sed vi ja *promesis* al mi, ke mi povas! Ho, Marila, mi devas iri al la pikniko. Estas pro tio, ke mi konfesis. Punu min kiel ajn vi deziras, krom tio. Ho, Marila, mi petas, mi petas, lasu min iri al la pikniko. Pensu pri la glaciaĵo! Mi eble neniam plu havos okazon gustumi glaciaĵon."

Marila senemocie liberigis la alkroĉitajn manojn de Anna.

"Vi ne bezonas pledi, Anna. Vi ne iros al la pikniko, kaj tio estas definitiva. Ne, neniun vorton."

Anna komprenis, ke Marila ne estis movebla. Ŝi kunpremis siajn manojn, ŝrikis, kaj poste ĵetis sin sur la liton, kun la vizaĝo en ĝi, ploris kaj baraktis en kompleta desaponto kaj malespero.

"Sankta Dio!", anhelis Marila, hastante el la ĉambro. "Mi kredas, ke la infano estas freneza. Neniu bonsenca infano kondutus, kiel ŝi faras. Aŭ ŝi estas komplete malbona. Ho, Dio mia, mi timas ke Raĉela pravis de la komenco. Sed mi metis mian manon sur la plugilon kaj mi ne retrorigardos."

Tio estis malgaja mateno. Marila arde laboris kaj per broso lavis la porĉo-plankon kaj la laktejo-bretojn, kiam ŝi ne povis trovi alian aferon por fari. Nek la bretoj nek la porĉo bezonis tion – sed Marila tion bezonis. Poste ŝi eliris kaj rastis la korton.

Kiam la tagmanĝo estis preta, ŝi iris al la ŝtuparo kaj vokis Annan. Vizaĝo makulita per larmoj aperis kaj tragike rigardis super la balustrado.

"Venu al via tagmanĝo, Anna."

"Mi ne volas tagmanĝon, Marila", Anna plorsingultante diris. "Mi ne povus manĝi ion ajn. Mia koro estas rompita. Iun tagon vi sentos rimorson de konscienco, mi antaŭvidas, ĉar vi rompis ĝin, Marila, sed mi pardonas vin. Memoru, kiam la momento venos, ke mi pardonas vin. Sed mi petas, ne petu ke mi manĝu ion ajn, precipe bolitan porkaĵon kaj legomojn. Bolita porkaĵo kaj legomoj estas tiel neromantikaj, kiam oni estas en aflikto."

Kolere Marila reiris al la kuirejo kaj verŝis sian rakonton de ĉagreno al Mateo, kiu, inter sia senco de justeco kaj sia kontraŭleĝa simpatio por Anna, estis mizera viro.

"Nu, ŝi devis ne preni la broĉon, Marila, aŭ diri historiojn pri ĝi", li agnoskis, morne rigardante sian pladon de neromantikaj porkaĵo kaj legomoj, kvazaŭ, kiel Anna, li pensis ke tio estas nekonvena manĝaĵo dum krizoj de sentoj, "sed ŝi estas tia etulino – tiel interesa etulino. Ĉu vi ne opinias, ke estas tre severe ne lasi ŝin iri al la pikniko, kiam ŝi tiel deziras tion?"

"Mateo Cuthbert, vi mirigas min. Mi opinias, ke mi punis ŝin ege tro milde. Kaj ŝi tute ne ŝajnas konsciiĝi, kiel malica ŝi estis – estas tio, kio plej maltrankviligas min. Se ŝi vere bedaŭrus, ne estus tiel malbone. Kaj nek vi ŝajnas konsciiĝi pri tio; vi mem faras ekskuzojn por ŝi la tutan tempon – mi povas vidi tion."

"Nu, ŝi estas nur tia etulino", feble ripetis Mateo. "Kaj devus esti faritaj pardonoj, Marila. Vi scias, ke ŝi neniam ricevis edukadon."

"Nu, ŝi ĝin ricevas nun", replikis Marila.

La repliko silentigis Mateon, kvankam ĝi ne konvinkis lin. Tiu tagmanĝo estis tre malgaja. La sola gaja afero pri ĝi estis Ĵerio Buote, la dungita knabo, kaj Marila indignis pri lia gajeco kiel persona insulto.

Kiam la teleroj estis lavitaj kaj la spongopano firmiĝis kaj la kokinoj estis nutritaj, Marila memoris, ke ŝi jam rimarkis malgrandan ŝiron en sia plej bona nigra punta ŝalo, kiam ŝi demetis ĝin lundon posttagmeze, reveninte de la Virina Help-Societo. Ŝi ekiris ripari ĝin.

La ŝalo estis en kesto en ŝia kofro. Kiam Marila levis ĝin, la sunlumo, enirante tra la grimpoplantoj, kiuj dike amasiĝis ĉe la fenestro, trafis ion alkroĉitan en la ŝalo – io, kio brilis kaj scintilis en facetoj de viola lumo. Marila ekkaptis ĝin anhelante. Estis la ametista broĉo, pendanta de fadeno de la punto per ĝia kroĉo!

"Kara vivo kaj koro!" Marila kun mirego ekdiris, "kion signifas ĉi tio? Jen mia broĉo sekura kaj bonstata, kiun mi kredis en la fundo de la Lageto de Barry. Kion celis tiu knabino dirante ke ŝi ĝin prenis kaj ĝin perdis? Kia surprizo! Mi kredas, ke Verdaj Gabloj estas sorĉitaj. Mi memoras nun, ke kiam mi demetis mian ŝalon lundon posttagmeze, mi metis ĝin sur la komodon. Mi supozas ke la broĉo iel alkroĉiĝis al ĝi. Nu!"

Marila ekiris al la orienta gablo, la broĉo en la mano. Anna finplorinte kaj deprime sidis ĉe la fenestro.

"Anna Shirley", Marila solene diris, "mi ĵus trovis mian broĉon pendantan de mia nigra punta ŝalo. Nun mi deziras scii, kion tiu galimatio, kiun vi rakontis al mi ĉi-matene, signifas."

"Nu, vi diris, ke vi gardas min ĉi tie, ĝis mi konfesas", tede respondis Anna, "kaj do mi decidis konfesi, ĉar mi volis iri al la pikniko. Mi elpensis konfeson la lastan nokton post enlitiĝi, kaj ĝin faris tiel interesa kiel mi povis. Kaj mi diris ĝin ree kaj ree, por ke mi ĝin ne forgesu. Sed vi tamen ne lasis min iri al la pikniko, do mia tuta penado estis vana."

Marila devis ridi spite ŝin mem. Sed ŝia konscienco pikis ŝin.

"Anna, vi ja superas ĉiujn! Sed mi eraris – mi vidas tion nun. Mi ne rajtis pridubi vian parolon, kaj devus scii, ke vi povas rakonti historiojn. Komprenenble ne estis ĝuste, ke vi konfesis ion, kion vi ne faris – estis ege malĝuste fari tion. Sed mi puŝis vin al tio. Do, se vi pardonos min, Anna, mi pardonos vin, kaj ni kvite rekomencos. Kaj nun preparu vin por la pikniko."

Anna "ekflugis" kiel rakedo.

"Ho, Marila, ĉu ne estas tro malfrue?"

"Ne, estas nur la dua horo. Ili ĝis nun nur bone amasiĝis, kaj estos plia horo antaŭ ol ili havos teon. Lavu vian vizaĝon kaj kombu vian hararon kaj metu vian gingamon. Mi plenigos korbon por vi. Estas multaj aĵoj jam bakitaj en la domo. Kaj mi petos, ke Ĵerio jungu la ruĝbrunetan kaj veturigu vin al la piknikejo."

"Ho, Marila", ekkriis Anna, "flugante" al la lavsoklo. "Antaŭ kvin minutoj mi estis tiel mizera, ke mi deziris, ke mi neniam naskiĝis, kaj nun mi ne ŝanĝus lokon kun anĝelo!"

Tiun vesperon, ĝisoste feliĉa, komplete laca, Anna reiris al Verdaj Gabloj en nepriskribebla stato de beateco.

"Ho, Marila, mi havis perfekte bongustegan tempon. Bongustega estas nova vorto, kiun mi lernis hodiaŭ. Mi aŭdis Marian Alican Bell uzi ĝin. Ĉu ĝi ne estas tre esprimema? Ĉio estis rava. Ni havis ravan teon kaj poste s-ro Harmono Andrews venigis nin ĉiujn por rem-promenado sur la Lago de Brilaj Akvoj – ses el ni ĉiufoje. Kaj Johana Andrews preskaŭ falis el la boato. Ŝi kliniĝis por pluki nimfeojn, kaj se s-ro Andrews ne kaptis ŝin per ŝia balteo en la ĝusta momento, ŝi enfalus kaj probable dronus. Mi deziras, ke estus mi. Tio estus tiel romantika spert,o esti preskaŭ droninta. Tio estus tiel ekscita rakonto por fari. Kaj ni havis la glaciaĵon. Vortoj mankas al mi por priskribi tiun glaciaĵoj. Marila, mi certigas al vi, ke ĝi estis sublima."

Tiun vesperon Marila rakontis la tutan historion al Mateo ĉe sia ŝrumpo-korbo.

"Mi pretas konfesi, ke mi faris eraron", ŝi honeste konkludis, "sed mi lernis lecionon. Mi devas ridi, kiam mi pensas pri la 'konfeso' de Anna, kvankam mi supozas, ke mi ne rajtus, ĉar ĝi vere estis falsaĵo. Sed ĝi ne ŝajnas esti tiel malbona, kiel la alia estus, iele, kaj ĉiuokaze mi responsas pri ĝi. Tiu infano estas malfacile komprenebla, iurilate. Sed mi kredas, ke ŝi fine bone elturniĝos. Kaj unu afero certas: Neniu domo, kiun ŝi enestas, iam estos enua."

TEMPESTO EN LA LERNEJA TEUJO

"KIA BELEGA tago!" diris Anna, longe enspirante. "Ĉu ne estas bone vivi dum tago kiel ĉi tiu? Mi kompatas la homojn, kiuj ankoraŭ ne naskiĝis, ke ili maltrafas ĝin. Ili povas havi bonajn tagojn, ja vere, sed ili neniam povas havi ĉi tiun. Kaj estas ankoraŭ pli belege havi tiel ravan vojon por iri al la lernejo, ĉu ne?"

"Estas multe pli agrable ol iri per la vojo; ĝi estas tiel polva kaj varmega", praktikeme diris Diana, gvatante en sian tagmanĝan korbon kaj mense kalkulante, kiom da mordaĵoj ĉiu knabino ricevus, se la tri sukaj, frandaj, frambo-tortetoj kuŝantaj tie estus dividitaj inter dek el ili.

La knabinetoj de la lernejo de Avonleo ĉiam komunigis siajn lunĉojn, kaj sole manĝi tri frambo-tortetojn aŭ eĉ dividi ilin nur kun sia plej bona amikino por ĉiam brulmarkus kiel "terure avara" la knabinon, kiu faris tion. Sed ja, kiam la tortetoj estas dividitaj inter dek knabinoj, oni nur ricevas sufiĉe por tantaligi sin.

La maniero, laŭ kiu Anna kaj Diana iris al la lernejo, ja *estis* beleta maniero. Anna pensis, ke tiuj marŝoj al kaj de la lernejo kun Diana ne povas esti pli bonaj, eĉ per imagopovo. Iri laŭ la ĉefa vojo estus tiel neromantike; sed iri laŭ la Irejo de Geamantoj kaj Ŭilomero kaj Viola Valo kaj la Betula Pado estas romantike, se entute iam io ajn estas tia.

La Irejo de Geamantoj malfermiĝis malsupre de la horto ĉe Verdaj Gabloj kaj foretendiĝis supren en la arbaron ĝis la fino de la farmbieno de la Cuthbert-familio. Temis pri la vojo, laŭ kiu la bovinoj estis kondukataj al la malantaŭa paŝtejo kaj dumvintre la ligno estas haŭlata hejmen. Anna nomis ĝin Irejo de Geamantoj antaŭ ol ŝi estis unu monaton ĉe Verdaj Gabloj.

"Geamantoj ne vere promenis tie", ŝi klarigis al Marila, "sed Diana kaj mi legas perfekte grandiozan libron, kaj en ĝi troviĝas Irejo de Geamantoj. Do ankaŭ ni volas havi ĝin. Kaj tio estas tre bela nomo, ĉu ne? Tiel romantika! Ni povas imagi la geamantojn en ĝi, vi scias. Mi ŝatas tiun padon, ĉar oni povas laŭte elparoli siajn pensojn tie, sen ke homoj nomas onin freneza."

Anna, sola elirante dum la mateno, malsupreniris la Irejon de Geamantoj ĝis la rojo. Diana renkontis ŝin tie, kaj la du knabinetoj supreniris la padon sub la folia arko de aceroj – "aceroj estas tiel sociaj arboj" diris Anna; "ili ĉiam susuras kaj flustras al vi" – ĝis ili alvenis al rustika ponto. Poste ili forlasis la padon kaj marŝis tra la malantaŭa kampo de s-ro Barry kaj preter Ŭilomero. Malantaŭ Ŭilomero venis Viola Valo – eta verda kaveto en la ombro de la granda arbaro de s-ro Andreo Bell. "Komprenebla ne plu estas violoj tie", Anna diris al Marila, "sed Diana diras, ke printempe estas milionoj da ili. Ho, Marila, ĉu vi ne povas imagi, ke vi vidas ilin? Tio fakte senspirigas min. Mi nomis ĝin Viola Valo. Diana diris, ke ŝi neniam renkontis personon kiel min, kiu trafe elpensas ekstravagancajn nomojn por lokoj. Estas agrable esti lerta pri io, ĉu ne? Sed Diana nomis la Betulan Padon. Ŝi volis fari tion, do mi lasis ŝin; sed mi certas, ke mi povus trovi ion pli poezian ol simple Betula Pado. Iu ajn povas pensi pri nomo kiel tiu. Sed la Betula Pado estas unu el la plej belaj lokoj en la mondo, Marila."

Ĝi ja estis tia. Ne nur Anna tion opiniis, eĉ aliaj, kiam ili hazarde renkontis ĝin. Ĝi estis malgranda, mallarĝa, serpentanta pado, sinuanta malsupren trans longa deklivo rekte tra la arbaro de s-ro Bell, kien falis la lumo kribrita tra tiom da smeraldaj ekranoj, ke la pado aperis tiel sendifekta kiel la koro de diamanto. Ĝi estis franĝita sur ĝia tuta longeco per sveltaj junaj betuloj, kun blankaj tigoj kaj suplaj branĉoj; filikoj kaj stelfloroj kaj sovaĝaj majfloroj kaj skarlataj tufoj el fitolakoj dense kreskis laŭlonge de ĝi; kaj ĉiam rimarkeblis delica spica aromo en la aero, kaj muziko de birdo-vokoj kaj susuro kaj rido de la ventoj en la supraj arboj. De tempo al tempo oni povas vidi kuniklon saltetantan sur la irejo, se oni kvietis – kio, kun Anna kaj Diana, okazis tre malofte. Malsupre en la valo la pado finatingis la ĉefan vojon, kiu poste kondukis nur supren laŭ la picea deklivo al la lernejo.

La lernejo de Avonleo estis kalkolaktita konstruaĵo, kun malaltaj aleroj kaj larĝaj fenestroj, interne provizita per komfortaj fortikaj malnovstilaj pupitroj, kiuj malfermiĝis kaj fermiĝis kaj havis klapojn tute kovritajn per enĉizitaj parafoj kaj hieroglifoj fare de tri generacioj de lernejanoj. La lernejo troviĝis iom for de la vojo, kaj malantaŭ ĝi estis krepuska abio-arbaro – kaj rojo, kien matene ĉiuj infanoj metis siajn lakto-botelojn por teni la lakton freŝa kaj dolĉa ĝis la tagmanĝo.

La unuan tagon de septembro, Marila vidis Annan ekiri al la lernejo kun pluraj sekretaj skrupuloj. Anna estis tiel stranga knabino. Kiel ŝi akordiĝus kun la aliaj geinfanoj? Kaj kiel diable ŝi sukcesus reteni sian langon dum la lernejaj horoj?

Tamen, ĉio iris pli bone ol Marila timis. Tiun vesperon, Anna bonhumore revenis hejmen.

"Mi pensas, ke mi ŝatos la lernejon ĉi tie", ŝi anoncis. "Mi tamen ne havas tre altan opinion pri la ĉefinstruisto. La tutan tempon li volvadas siajn lipharojn kaj okulumas al Prisia Andrews. Prisia estas plenkreska, vi scias. Ŝi estas deksesjara kaj ŝi studas por la akcepta ekzameno en la Reĝina Akademio en Ĉarlotaŭno la venontan jaron. Tilia Boulter diras, ke la ĉefinstruisto ĝismorte amas ŝin. Ŝi havas belan vizaĝkoloron kaj buklan, brunan hararon, kiun ŝi aranĝas tiel elegante. Ŝi sidas sur la longa seĝo en la malantaŭo, kaj ankaŭ li sidas tie, plejparte de la tempo – por klarigi al ŝi la lecionojn, li diras. Sed Rubena Gillis diras, ke ŝi vidis lin skribi ion sur ŝia tabelo, kaj kiam Prisia legis tion, ŝi tiel ruĝiĝis kiel ruĝa beto kaj subridis; kaj Rubena Gillis diras, ke ŝi ne kredas, ke tio rilatis al la leciono."

"Anna Shirley, ne denove lasu min aŭdi vin tiamaniere paroli pri via instruisto", diris Marila severe. "Vi ne iras al la lernejo por kritiki la ĉefinstruiston. Mi supozas, ke li povas instrui ion al *vi*, kaj estas via afero lerni. Kaj mi volas, ke vi komprenu ekde nun, ke vi ne rajtas reveni hejmen por rakonti historiojn pri li. Tio estas io, kion mi ne kuraĝigos. Mi esperas ke vi estis bona knabino."

"Mi ja estis", Anna komforte diris. "Tio ne estis tiel malfacila, kiel vi eble imagas. Mi sidas kun Diana. Nia seĝo estas ĉe la fenestro, kaj ni povas rigardi la Lagon de Brilaj Akvoj. Estas multaj agrablaj knabinoj en la lernejo, kaj ni havis delican plezuron ludi dum la tagmanĝo. Estas tiel agrable havi multajn knabinetojn kun kiuj ludi. Sed kompreneble mi pleje ŝatas Dianan, kaj tiel estos por ĉiam. Mi *adoras* Dianan. Mi estas treege post la ceteraj. Ili ĉiuj estas kun la kvina libro, kaj mi estas nur kun la kvara. Mi sentas, ke tio estas kvazaŭ malhonoro. Sed ne estas iu el ili kun tia imagopovo kiel mia, kaj mi rapide malkovris tion. Ni havis legadon kaj geografion kaj kanadan historion kaj diktadon hodiaŭ. S-ro Phillips diris, ke mia literumado estas hontinda, kaj li alte tenis mian tabelon, por ke ĉiuj povu vidi ĝin, tute planan de markoj. Mi sentis min tiel humiligita, Marila; li povis esti pli ĝentila al fremdulo, mi opinias. Rubena Gillis donis pomon al mi, kaj Sofia Sloane pruntedonis al mi beletan rozkoloran karton kun 'Ĉu mi povas akompani vin hejmen?' sur ĝi. Mi devas re-doni ĝin al ŝi morgaŭ. Kaj Tilia Boulter lasis min surporti sian bidoringon la tutan posttagmezon. Ĉu mi povas havi kelkajn el tiuj perlobidoj el la malnova pinglokuseno en la subtegmento por fari al mi ringon? Kaj, ho Marila, Johana Andrews diris al mi, ke Minia MacPherson diris al ŝi, ke ŝi aŭdis Prisia Andrews diri al Sara Gillis, ke mi havas tre belan nazon. Marila, tio estas la unua komplimento, kiun mi iam havis en mia vivo, kaj vi ne kapablas imagi, kian strangan senton tio donis al mi. Marila, ĉu mi vere havas beletan nazon? Mi scias, ke vi diros la veron."

"Via nazo estas sufiĉe bona", Marila lakone respondis. Sekrete ŝi pensis, ke la nazo de Anna estas rimarkinde beleta; sed ŝi ne intencis diri tion al ŝi.

Tio estis antaŭ tri semajnoj, kaj ĉio iris bone ĝis nun. Kaj nun, ĉi tiun freŝan septembran matenon, Anna kaj Diana senzorge kaj kapriole malsupreniĝis laŭ la Betula Pado, du el la plej feliĉaj knabinoj en Avonleo.

"Mi supozas, ke Gilberto Blythe estos en la lernejo hodiaŭ", diris Diana. "Li vizitis siajn gekuzojn en Nov-Brunsviko la tutan someron, kaj li nur sabaton vespere revenis hejmen. Li estas *terure* bonaspekta, Anna. Kaj li terure incitetas la knabinojn. Li simple turmentas nin."

La voĉo de Diana indikis ke ŝi pli preferus havi sin turmentita ol ne.

"Gilberto Blythe?" diris Anna. "Ĉu ne estas ĝuste lia nomo, kiu estas skribita sur la muro de la porĉo kun tiu de Julia Bell, kaj granda 'Bonvolu noti' super ili?"

"Jes", diris Diana, skuanta sian kapon, "sed mi certas, ke li ne ŝatas Julian Bell tiel multe. Mi aŭdis lin diri, ke li studis la multiplikan tabelon per ŝiaj efelidoj."

"Ho, ne parolu pri efelidoj al mi", petegis Anna. "Tio ne estas ĝentila, ĉar mi havas tiom da ili. Sed mi ja opinias, ke skribi 'notu'-avizojn sur la muron, pri knaboj kaj knabinoj, estas la plej stulta afero, kiun mi iam ajn aŭdis. Mi ŝatus vidi iun aŭdaci skribi mian nomon apud tiun de knabo. Sed, kompreneble", ŝi hastis aldoni, "kiu volus fari tion."

Anna suspiris. Ŝi ne volis havi sian nomon tiel skribitan. Sed estis iom humilige scii, ke ne estis danĝero ke tio okazu.

"Sensencaĵo" diris Diana, kies nigraj okuloj kaj brilaj bukloj tiom ĥaosigis la korojn de la avonleaj lernejanoj, ke ŝia nomo aperis sur la porĉaj muroj en duondekduo da 'bonvolu notu'-avizoj'. "Tio estas intencita nur kiel ŝerco. Kaj vi ne estu tro certa, ke via nomo neniam estos skribita. Karlĉĵo Sloane ĝismorte amas vin. Li diris al sia patrino – sia *patrino*, sciu – ke vi estas la plej inteligenta knabino en la lernejo. Tio estas pli bona ol esti bon-aspekta."

"Ne, ne estas", diris Anna, ĝisoste virineca. "Mi preferas esti beleta ol inteligenta. Kaj mi malamas Karlĉĵon Sloane. Mi ne kapablas toleri knabon kun elorbitigitaj okuloj. Se iu skribus mian nomon apud sian, mi *neniam* povus retrankviliĝi, Diana Barry. Sed ja *estas* agrable esti la unua de sia klaso."

"Vi havos Gilberton en via klaso post nun", diris Diana, "kaj li alkutimiĝis esti la unua de sia klaso, mi povas aserti tion. Li nur estas ĉe la kvara libro, kvankam li havas preskaŭ dek kvar jarojn. Antaŭ kvar jaroj, lia patro estis malsana kaj devis iri al Alberto pro sia sano, kaj Gilberto akompanis lin. Ili estis tie tri jarojn, kaj Gilĉĵo apenaŭ iris al lernejo, ĝis ili revenis. Vi ne trovos tion tiel facila esti la unua post nun, Anna."

"Mi ĝojas", Anna rapide diris. "Mi ne povus vere fieri superi malgrandajn knabojn kaj knabinojn nur naŭ aŭ dek jarojn aĝajn. Mi elltiĝis hieraŭ literumante 'ekboliĝado'. Ĵozia Pye estis la unua kaj, sciu, ŝi gvatis en sian libron. S-ro Phillips ne vidis tion – li rigardis al Prisia Andrews – sed mi vidis tion. Mi nur ĵetis al ŝi rigardon de frostiga malestimo, kaj ŝi ruĝiĝis kiel ruĝa beto, kaj finfine malĝuste literumis ĝin."

"Tiuj knabinoj Pye estas veraj friponoj", Diana indigne diris dum ili surgrimpis la barilon de la ĉefa vojo. "Hieraŭ Gertia Pye efektive metis sian botelon de lakto en mian lokon en la rojo. Ĉu vi farus tion? Nun mi ne plu parolas al ŝi."

Kiam s-ro Phillips estis en la malantaŭo de la ĉambro aŭskultante la latinan ekzercon de Prisia Andrews, Diana flustris al Anna:

"Tiu sidanta ĝuste trans via trairejo, Anna, estas Gilberto Blythe. Nur rigardu lin por vidi ĉu vi ne pensas ke li estas bonaspekta."

Anna do rigardis. Ŝi havis bonan okazon fari tion, ĉar la menciita Gilberto Blythe estis absorbita per tio, ke li diskrete provis alpingli la longan flavan harplektaĵon de Rubena Gillis – kiu sidis antaŭ li – al la malantaŭo de ŝia seĝo. Li estis alta knabo kun bukla bruna hararo, kanajlaj avelkoloraj okuloj kaj buŝo tordita en incitetan rideton. Tiumomente Rubena Gillis stariĝis por porti la rezulton de adicio al la ĉefinstruisto; ŝi tuj refalis sur sian seĝon kun eta ŝriko, kredante ke ŝia hararo estis eltirita kun la radikoj. Ĉiuj rigardis ŝin, kaj s-ro Phillips tiel severe kolere alrigardis ŝin, ke Rubena ekploris. Gilberto jam forigis la pinglon for de la vido kaj studis sian historion per la plej sobra mieno en la mondo; sed kiam la brukonfuzo kvietiĝis, li rigardis Annan kaj palpebrumis per neesprimebla amuziĝo.

"Mi pensas ke via Gilberto Blythe ja *estas* bonaspekta", konfidencis Anna al Diana, "sed mi pensas ke li estas tre aŭdaca. Ne estas bonkonduta palpebrumi al nekonata knabino."

Sed ne estis ĝis la posttagmezo, kiam aferoj vere komenciĝis.

S-ro Phillips estis denove en la angulo kaj klarigis problemon pri algebro al Prisia Andrews, kaj la ceteraj lernejanoj faris preskaŭ nur kio plaĉis al ili: manĝis verdajn pomojn, flustris, desegnis bildojn sur siaj tabeloj, kaj kondukis grilojn, jungitajn al fadenoj, tien kaj reen sur la trairejo. Gilberto Blythe klopodis altiri la atenton de Anna Shirley al si kaj komplete fiaskis, ĉar Anna estis en tiu momento tute nekonscia, ne nur pri la ĝusta ekzisto de Gilberto Blythe, sed pri ĉiu alia lernejano en la lernejo de Avonleo kaj pri la lernejo de Avonleo mem. Kun sia mentono subtenata per siaj manoj, kaj kun siaj okuloj fiksitaj sur la blua ekvido de la Lago de Brilaj Akvoj, kio eblis tra la okcidenta fenestro, ŝi troviĝis for en iu rava revlando, aŭdante kaj vidante nenion ol siajn proprajn mirigajn viziojn.

Gilberto Blythe ne kutimis antaŭeniĝi, por ke knabino rigardu lin, kaj malsukcesi. Ŝi ja *devas* rigardi lin, tiu ruĝharara knabino Shirley kun la eta pinta mentono kaj la grandaj okuloj, kiuj ne aspektis kiel la okuloj de iu el la aliaj knabinoj en la lernejo de Avonleo.

Gilberto etendis manon trans la trairejon, ekprenis la ekstremon de la longa rufa plektaĵo de Anna, tenis ĝin alten kaj diris per akra flustro:

"Karotoj! Karotoj!"

Tiumomente Anna ekrigardis lin kun sento de venĝemo!

Ŝi faris pli ol rigardi. Ŝi ekstaris, ŝia brila revado falinta en nekorekteblan ruinon. Ŝi ĵetis indignan ekrigardon al Gilberto el okuloj, en kiuj koleraj fajreroj rapide estingiĝis kaj fariĝis same koleraj larmoj.

"Vi, malica, malaminda knabo!" ŝi pasie ekkriis. Kiel vi rajtas aŭdaci?!"

Kaj poste – krak! Anna forte klakigis sian tabelon sur la kapo de Gilberto kaj komplete fendis ĝin – la tabelon, ne la kapon.

La lernejo de Avonleo ĉiam ĝuis perturbon. Ĉi tiu estis aparte ĝuinda. Ĉiuj diris "Ho!" kun hororigita ĝuo. Diana anhelis. Rubena Gillis, kiu emadis esti histeria, ekploris. Tomasĉjo Sloane lasis sian teamon de griloj tute eskapi, dum li fiksrigardis siajn okulojn al la sceno, kun malfermita buŝo.

S-ro Phillips firme paŝis laŭ la trairejo kaj forte premis sian manon sur la ŝultron de Anna.

"Anna Shirley, kion signifas tio?" li kolere diris.

Anna ne respondis. Estis kvazaŭ postuli tro da karno kaj sango el ŝi, kaj do oni ne atendu, ke ŝi diru antaŭ la tuta lernejo, ke oni nomis ŝin 'karotoj'. Estis Gilberto, kiu kuraĝe parolis.

"Estis mia kulpo, s-ro Phillips. Mi incitetis ŝin."

S-ro Phillips ne atentis Gilberton.

"Mi bedaŭras vidi unu el miaj lernejanoj manifesti tian koleron kaj tian venĝeman spiriton", li diris kun solena tono, kvazaŭ la simpla fakto esti lia lernejano devas elradikigi ĉiujn malicajn pasiojn el la koroj de malgrandaj neperfektaj mortemuloj. "Anna, iru kaj staru sur la platformo fronte al la nigra tabulo dum la resto de la posttagmezo."

Anna senlime preferus vipadon ol ĉi tiun punon, sub kiu ŝia sentema spirito tremetis kvazaŭ pro vipiĝo. Kun blanka kaj decidema vizaĝo ŝi obeis. S-ro Phillips prenis kreton kaj ekskribis sur la nigran tabulon super ŝia kapo.

"Ann Shirley havas malbonegan temperamenton. Ann Shirley devas lerni regi sian temperamenton", kaj poste li laŭtlegis tion, por ke eĉ la unuagrada klaso, kiu ne kapablis legi skribaĵon, povu kompreni ĝin.

Anna staris tie la ceteron de la posttagmezo kun tiu teksto super ŝi. Ŝi nek ploris nek pendigis sian kapon. La kolero estis ankoraŭ tro varma en ŝia koro por atingi tion, kaj ĝi tenis ŝin tra sia tuta agonio de humiliĝo. Kun rankoraj okuloj kaj pasi-ruĝaj vangoj ŝi same alfrontis la simpatian rigardon de Diana kaj la indignajn kapsignojn de Karlĉjo Sloane kaj la malicajn ridetojn de Ĵozia Pye. Rilate Gilberton Blythe ŝi eĉ ne rigardis lin. Ŝi ja *neniam* plu rigardos lin! Ŝi neniam plu parolos al li!!

Kiam la lernejanoj estis permesitaj foriri, Anna eliris, alte tenante sian rufan kapon. Gilberto Blythe provis alparoli ŝin ĉe la porĉa pordo.

"Mi terure bedaŭras, ke mi mokis vian hararon, Anna", li penteme flustris. "Sincere, mi bedaŭras. Ne estu kolera por ĉiam, nu."

Anna disdegne preterpaŝis, sen rigardi lin aŭ montri ke ŝi aŭdis lin. "Ho, kiel povis vi, Anna?", Diana survoje suspiris, duonriproĉe, duonadmire. Diana sentis ke *ŝi* ja neniam povus rezisti la peton de Gilberto.

"Mi neniam pardonos Gilberton Blythe", Anna firme diris. "Kaj s-ro Phillips ankaŭ literumis mian nomon sen la fina *a*. Fero penetris mian animon, Diana."

Diana ne havis la minimuman ideon kion celis Anna, sed ŝi komprenis ke temas pri io terura.

Krak! Anna forte klakigis sian tabelon sur la kapo de Gilberto...

"Vi ne devas priatenti Gilberton mokantan vian hararon", ŝi kompate diris. "Nu, li mokas ĉiujn knabinojn. Li mokridas pri la mia, ĉar ĝi estas tiel nigra. Li nomis min korvo dekduon da fojoj; kaj mi neniam antaŭe aŭdis lin pardonpeti pro io ajn."

"Estas grandega diferenco inter esti nomata korvo kaj esti nomata karotoj", Anna digne diris. "Gilberto Blythe dolorige *turmentis* miajn sentojn, Diana."

Estis eble ke la afero povus malaperi sen plia turmento, se nenio alia okazus. Sed kiam aferoj ekas, ili emas daŭri.

La lernejanoj de Avonleo ofte pasigis la tagmanĝan horon plukante gumon en la piceo-bosko de s-ro Bell super la deklivo kaj preter lia granda paŝtejo. El tiu loko ili povis gvati la domon de Ebeno Wright, kie pensionis la ĉefinstruisto. Kiam ili vidis s-ron Phillips ekaperi el tiu loko, ili kuris al la lernejo; sed ĉar la distanco estis proksimume tri fojojn pli longa ol la vojeto de s-ro Wright, ili ofte alvenis senspire kaj anhelante, kaj proksimume tri minutojn tro malfrue.

La sekvan tagon, s-ro Phillips estis kaptita de unu el siaj spasmaj atakoj de reformo kaj anoncis, antaŭ ol iri hejmen por la tagmanĝo, ke li atendas trovi ĉiujn lernejanojn sur la seĝoj, kiam li revenos. Kiu alvenis malfrue estos punita.

Ĉiuj knaboj kaj kelkaj el la knabinoj kiel kutime iris al la piceo-bosko de s-ro Bell, tute celante resti tie nur tiel longe por 'pluki sufiĉon por maĉi'. Sed piceo-boskoj estas tentaj, kaj flavaj gumnuksoj allogaj; ili plukis kaj lantis kaj forvagis; kaj kiel kutime, la unua afero revokanta ilin al la senco de la flugo de tempo estis Jaĉjo Glover krianta el la pinto de patriarka maljuna piceo, "La ĉefinstruisto alvenas."

La knabinoj, kiuj estis sur la grundo, ekis la unuaj kaj sukcesis atingi la lernejon ĝustatempe, sed sen sekundon plia. La knaboj, kiuj devis rapide tordiĝi por malsupreniĝi el la arboj, malfruis; kaj Anna, kiu tute ne plukis gumon, sed ĝoje vagis en la fora ekstremo de la bosko, enprofundiĝinte ĝis la talio inter la pteridoj, dolĉe kantante al si mem, kun krono de rizlilioj sur sia hararo kvazaŭ ŝi estus ia sovaĝa diaĵo el ombraj lokoj, estis la lasta el ĉiuj. Anna tamen povis kuri kiel cervo; ŝi efektive kuris kun la petolema rezulto ke ŝi preterpasis la knabojn ĉe la pordo kaj estis kuntirita en la lernejon inter ili ĝuste kiam s-ro Phillips alkroĉis sian ĉapelon.

La malmulta reform-energio de s-ro Phillips jam elĉerpiĝis; li ne volis fari al si la ĝenon puni dekduon da lernejanoj; sed estis necese fari ion por ne embarasiĝi, do li ĉirkaŭrserĉis iun propekan kapron kaj trovis ĝin en Anna, kiu anhelante sidiĝis, kun la forgesita lilio-krono oblikve pendanta super unu orelo kaj donanta al ŝi aparte petoleman kaj taŭzitan aspekton.

"Anna Shirley, ĉar vi ŝajnas tiom ŝati la ĉeeston de knaboj, ni dorlotos vian guston por tio ĉi-posttagmeze", li sarkasme diris. "Elprenu tiujn florojn el via hararo kaj sidiĝu kun Gilberto Blythe."

La aliaj knaboj rikanis. Diana, paliĝante pro kompato, plukis la kronon el la hararo de Anna kaj premis ŝian manon. Anna fiksrigardis la ĉefinstruiston kvazaŭ ŝtoniĝinte.

"Ĉu vi aŭdis kion mi diris, Anna?", severe demandis s-ro Phillips.

"Jes, sinjoro", Anna lante diris, "sed mi ne supozis, ke vi vere intencas kion vi diris."

"Mi certigas vin, ke mi tion intencis" – daŭre kun la sarkasma modulado, kiun ĉiuj geinfanoj, kaj Anna aparte, malamis. Ĝi frapegis la sensojn. "Obeu min tuj."

Dum momento ŝajnis, ke Anna intencis neobei. Poste, konsciante ke ne estis alternativo, ŝi fieraĉe stariĝis, paŝis trans la trairejo, sidiĝis apud Gilberto Blythe, kaj enterigis sian vizaĝon en siajn brakojn sur la pupitro. Rubena Gillis, kiu vidis ĉion dum ĝi okazis, survoje hejmen el la lernejo diris al la ceteraj lernejanoj, ke ŝi "*efekscive* neniam vidis ion similan – ŝi estis tiel blanka, kun teruraj etaj ruĝaj makuloj sur si."

Por Anna ĉi tio estis kvazaŭ la fino de ĉio. Estis sufiĉe malbone esti elektita por puno el inter dekduo da egale kulpaj uloj; estis ankoraŭ pli malbone esti sendita sidi kun knabo; sed ke tiu knabo devis esti Gilberto Blythe, tio estis giganta insulto absolute ne eltenebla. Anna sentis ke ŝi ne povas elteni tion kaj ke estas vane klopodi. Ŝia tuta estaĵo bolis de honto kaj kolero kaj humiligo.

Komence la ceteraj lernejanoj rigardis kaj flustris kaj subridis kaj kubutpuŝetis. Sed ĉar Anna neniam levis sian kapon, kaj ĉar Gilberto prilaboris frakciojn kvazaŭ lia tuta animo estis sorbita per tio kaj nur tio, ili baldaŭ reiris al siaj propraj taskoj kaj Anna estis forgesita. Kiam s-ro Phillips forsendis la klason de historio, Anna devis eliri; sed Anna ne moviĝis, kaj s-ro Phillips, kiu skribis kelkajn versojn 'Al Prisila' antaŭ ol li forsendis la klason, daŭre pensis pri obstina rimo kaj Anna neniam mankis al li. Foje, kiam neniu rigardis, Gilberto prenis el sia pupitro etan rozkoloran koron kun ora moto sur ĝi, 'Vi estas dolĉa', kaj glitigis ĝin sub la kurbo de la brako de Anna. Ĉe tio Anna stariĝis, zorge prenis la rozkoloran koron inter la pintoj de siaj fingroj, faligis ĝin sur la plankon, muelis ĝin ĝis polvo sub sia kalkanumo, kaj reprenis sian pozicion sen degni ĵeti rigardon al Gilberto.

Kiam la lernejanoj estis for, Anna paŝis al sia pupitro, arogante elprenis ĉion en ĝi, librojn kaj paperblokon, plumon kaj inkon, testamenton kaj aritmetikon, kaj orde amasigis ilin sur sian fenditan tabelon.

"Kial vi kunportas ĉiujn tiujn aĵojn hejmen, Anna?", Diana volis scii, tuj kiam ili estis sur la vojo. Ŝi ne aŭdacis fari la demandon antaŭe.

"Mi ne plu reiros al la lernejo", diris Anna.

Diana anhelis kaj fiksrigardis Annan por vidi ĉu ŝi estas serioza.

"Ĉu Marila permesos, ke vi restu hejme?" demandis ŝi.

"Ŝi devos", diris Anna. "Mi *neniam* plu reiros al la lernejo de tiu viro."

"Ho, Anna!" Diana ŝajnis esti preta plori. "Mi ja pensas ke vi estas malica. Kion faros mi? S-ro Phillips devigos min sidi kun tiu abomena Gertia Pye – mi scias, ke li faros tion, ĉar ŝi sidas sola. Revenu, Anna."

"Mi farus preskaŭ ĉion en la mondo por vi, Diana", Anna malĝoje diris. "Mi lasus min disŝiri, membron el membro, se tio farus al vi ajnan bonon. Sed mi ne kapablas fari ĉi tion, do mi petas, ne petu ĝin. Vi erpas mian animon."

"Nur pensu pri la tuta plezuro, kiun vi maltrafos", lamentis Diana. "Ni konstruos la plej belan novan domon malsupre apud la rojo; kaj ni ludos per pilko la venontan semajnon – kaj vi neniam ludis per pilko, Anna. Estas ege ekscite. Kaj ni lernos novan kanton – Johana Andrews ekzercas ĝuste nun; kaj Alica Andrews kunportos novan violego-libron la venontan semajnon kaj ni ĉiuj legos ĝin laŭte, proksimume unu ĉapitron, malsupre ĉe la rojo. Kaj vi scias, ke vi tiom ŝatas laŭtlegi, Anna."

Tute nenio movis Annan. Ŝia menso estis decidita. Ŝi ne plu iros al la lernejo de s-ro Phillips; ŝi tion diris al Marila kiam ŝi alvenis hejmen.

"Sensencaĵo", diris Marila.

"Tute ne estas sensencaĵo", diris Anna, fiksrigardante Marilan per solenaj, riproĉaj okuloj. "Ĉu vi ne komprenas, Marila? Mi estis insultita."

"Insultita, stultaĵo! Vi iros al la lernejo morgaŭ, kiel kultime."

"Ho, ne." Anna dolĉmiene skuis sian kapon. "Mi ne reiros, Marila. Mi lernos miajn lecionojn hejme, kaj mi estos tiel bona kiel mi povos kaj retenos mian langon la tutan tempon, se tio tute eblas. Sed mi ne reiros al la lernejo, mi certigas vin."

Marila vidis ion rimarkinde necedeman kaj obstinecan sur la eta vizaĝo de Anna. Ŝi komprenis ke ŝi havos malfacilaĵon superi ĝin; sed ŝi saĝe decidis diri en tiu momento nenion plu.

"Mi iros al Raĉela ĉi-vespere pro tio", ŝi pensis. "Ne utilas rezoni kun Anna nun. Ŝi estas tro incitita, kaj mi havas la impreson, ke ŝi povas esti terure obstina se ŝi decidas tion. Laŭ mia kompreno el ŝia historio, s-ro Phillips aranĝis la aferon sufiĉe severe. Sed ne helpos diri tion al ŝi. Mi nur pridiskutos tion kun Raĉela. Ŝi sendis dek geinfanojn al la lernejo kaj ŝi devas scii ion pri tio. Ŝi certe ankaŭ aŭdis la tutan historion ĝis nun."

Marila trovis s-inon Lynde trikante peplomojn tiel diligente kaj gaje kiel kutime.

"Mi supozas, ke vi scias pro kio mi venis", ŝi diris, per iom honta vizaĝo.

S-ino Lynde kapjesis.

"Pri la kverelo de Anna en la lernejo, mi supozas", ŝi respondis. "Tilia Boulter haltis survoje el la lernejo kaj rakontis al mi."

"Mi ne scias, kion fari pri ŝi", diris Marila. "Ŝi deklaras, ke ŝi ne reiros al la lernejo. Mi neniam vidis infanon tiel incititan.

Mi atendis ĉagrenon ekde kiam ŝi komencis la lernejon. Mi sciis, ke ĉio iris tro glate por daŭri. Ŝi estas tiel ekscitiĝema. Kion vi konsilus, Raĉela?"

"Nu, ĉar vi petis mian konsilon, Marila", s-ino Lynde amike diris – s-ino Lynde ŝategis ke oni petu ŝian konsilon – "mi nur komence indulgus ŝin iom, estas tio, kion mi farus. Estas mia konvinko, ke s-ro Phillips malpravis. Kompreneble, ne konvenas diri tion al la geinfanoj, vi scias. Kaj kompreneble li pravis puni ŝin hieraŭ, ĉar ŝi cedis al sia temperamento. Sed hodiaŭ estis malsame. La ceteraj kiuj malfruis devis esti punitaj kiel Anna, jen tio. Kaj mi ne samopinias ke oni sidigu knabinojn kun knaboj kiel puno. Tio ne estas pudora. Tilia Boulter vere indignis. Ŝi tute prenis la pozicion de Anna kaj diris, ke ĉiuj lernejanoj faris la samon. Anna ŝajnas vere populara inter ili, iamaniere. Mi neniam pensis, ke ŝi estus akceptita tiel bone.

"Do vi vere opinias, ke mi prefere permesu al ŝi resti hejme", diris Marila mirigita.

"Jes. Tio estas, ke mi ne remencius la lernejon al ŝi, ĝis ŝi mem mencios ĝin. Fidu tion, Marila, ŝi malvarmiĝos post proksimume semajno kaj estos sufiĉe preta reiri propravole, jen; dume, se vi devigus ŝin reiri tuj, Dio scias kiun kapricon aŭ koleroŝtormon ŝi okazigus, kaj tio kaŭzus pli da problemoj ol iam ajn. Ju malpli da kverelo farita, des pli bone, miaopinie. Ŝi ne maltrafos multe ne ĉeestante la lernejon, *tiu*rilate. S-ro Phillips tute ne taŭgas kiel instruisto. La ordo kiun li sukcesas gardi estas skandala, jen tio, kaj li neglektas la junajn kaj dediĉas sian tutan tempon al la pli aĝaj kiujn li pretigas por Queen's. Li nur ricevis la taskon en la lernejo por plia jaro, ĉar lia onklo estas komisiito – *la* komisiito, ĉar li sukcesas konduki la du aliajn per la nazo, jen tio. Mi deklaras, ke mi ne scias kio okazadis al la edukado sur tiu ĉi Insulo."

S-ino Raĉela skuis sian kapon, kiel por diri ke, se ŝi estrus la edukan sistemon de la Provinco, la situacio estus multe pli bone estrita.

Marila akceptis la konsilon de Raĉela kaj nenia alia vorto estis dirita al Anna pri reiro al la lernejo. Ŝi lernis siajn lecionojn hejme, faris siajn taskojn, kaj ludis kun Diana en la friskaj violaj aŭtunaj krepuskoj; sed kiam ŝi renkontis Gilberton Blythe sur la vojo aŭ en la dimanĉa lernejo, ŝi preterpasis lin kun rigardo de glacia malestimo, kiu eĉ ne joton degelis pro lia evidenta deziro trankviligi ŝin. Eĉ la penado de Diana kiel akordiganto estis vana. Anna evidente decidis malami Gilberton Blythe ĝis la fino de la vivo.

Kvankam ŝi tiel malamis Gilberton, tamen ŝi ja amis Dianan, per la tuta amo de sia pasia eta koro, kiu same intensis pri ŝatoj kaj malŝatoj. Iun vesperon, Marila, reveninte el la horto kun korbo de pomoj, trovis Annan sidanta sola ĉe la orienta fenestro en la krepusko, amare plorante.

"Kio estas la problemo nun, Anna?", demandis ŝi.

"Estas pri Diana", respondis Anna, abunde plorsingultante. "Mi tiom amas Dianan, Marila. Mi neniam povus vivi sen ŝi. Sed mi tre bone scias ke, kiam ni plenkreskos, Diana edziniĝos kaj foriros kaj forlasos min. Kaj, ho, kion faros mi? Mi malamas ŝian edzon – mi tute furioze malamas lin. Mi ĉion imagis – la nupton kaj ĉion – Dianan vestitan en neĝaj vestaĵoj, kun vualo, kaj aspektanta tiel bela kaj reĝeca kiel reĝino; kaj mi la honorfraŭlino, ankaŭ kun bela robo, kaj pufaj manikoj, sed kun rompiĝanta koro kaŝita sub mia ridetanta vizaĝo. Kaj poste adiaŭi al Diana." Ĉi tie Anna tute kolapsis kaj ploris kun kreskanta amareco.

Marila rapide turnis sin por kaŝi sian kontrahiĝantan vizaĝon; sed estis vane; ŝi kolapse falis sur la plej proksiman seĝon kaj eksplodis en tiel vervan kaj nekutiman sonoradon de rido, ke Mateo, trapasanta la korton ekstere, haltis pro mirego. Kiam antaŭe li aŭdis Marilan tiel ridi?

"Nu, Anna Shirley", Marila diris tuj kam ŝi povis paroli, "se vi tiel volas serĉi problemojn, je dio, serĉu ilin plej oportune ĉi tie, hejme. Mi ja opinias, ke vi havas imagopovon, certe ja!"

ĈAPITRO 16
DIANA ESTAS INVITITA AL TEO KUN TRAGIKAJ REZULTOJ

OKTOBRO estis bela monato ĉe Verdaj Gabloj, kiam la betuloj en la kavo iĝis tiel oraj kiel sunlumo kaj la aceroj malantaŭ la horto estis reĝ-karmezinaj kaj la sovaĝaj ĉerizujoj laŭlonge de la vojeto surmetis la plej belajn kolorojn de malhela ruĝo kaj bronzeca verdo, dum la kampoj sunumis en postefikoj.

Anna festis en la mondo de koloroj ĉirkaŭ si.

"Ho, Marila", ŝi ekkriis iun sabatan matenon, alvenanta dancante kun siaj brakoj plenaj de ravaj branĉoj, "mi estas tiel feliĉa vivi en mondo kie estas oktobroj. Estus terure se ni nur pasus de septembro al novembro, ĉu ne? Rigardu ĉi tiujn acerbranĉojn. Ĉu ili ne donas al vi ekscitiĝon – plurajn ekscitiĝojn? Mi dekoros mian ĉambron per ili."

"Ĥaosaj aferoj", diris Marila, kies estetika senso ne estis notinde evoluinta. "Vi malordigas vian ĉambron multe tro per eksterdomaj aferoj, Anna. Dormoĉambroj estas faritaj por dormi en ili."

"Ho, kaj sonĝi en ili ankaŭ, Marila. Kaj vi scias, oni povas sonĝi tiel pli bone en ĉambro, kie estas belaj aferoj. Mi metos ĉi tiujn branĉojn en la malnovan bluan vazon kaj instalos ilin sur mian tablon."

"Ĉi-kaze, zorgu ke vi ne lasas foliojn fali ĉien sur la ŝtupojn. Mi iros al renkontiĝo de la Help-Societo en Karmodo ĉi-posttagmeze, Anna, kaj mi verŝajne ne revenos hejmen antaŭ la nokto.Vi devos prepari la vespermanĝon por Mateo kaj Ĵerio, do atentu ne forgesi infuzi la teon antaŭ ol vi altabliĝos kiel vi faris la lastan fojon."

"Estis terure, ke mi forgesis", Anna pardonpete diris, "sed tio estis la posttagmezo, kiam mi klopodis trovi nomon por Viola Valo, kaj tio forpremis aliajn aferojn de la menso. Mateo estis tiel bona. Li neniel skoldis min. Li mem infuzis la teon kaj diris, ke ne gravas, ĉu ni devas atendi iom aŭ ne. Kaj mi rakontis al li belan feinfabelon dum ni atendis, tiel ke li tute ne trovis la tempon longa. Estis bela feinfabelo, Marila. Mi forgesis la finon de ĝi, do mi mem faris la finon, kaj Mateo diris ke li ne povis diri kiumomente venis la transiro."

"Mateo ja konsente opinius, Anna, se vi havus la ideon ellitiĝi kaj tagmanĝi meze de la nokto. Sed vi restu vigla ĉi-foje. Kaj – mi vere ne scias ĉu mi prave agas – tio povus fari vin pli konfuzkapa ol vi jam estas – sed vi povas peti, ke Diana venu pasigi la posttagmezon kun vi kaj havi teon ĉi tien."

"Ho, Marila!" Anna premis siajn manojn. "Kiel perfekte rave! Vi ja *kapablas* imagi aferojn malgraŭ ĉio, aŭ alie vi neniam komprenus, kiom mi sopiris pri ĝuste ĉi tiu afero. Tio aspektos tiel bela kaj plenkreskuleca. Ne timu, ke mi forgesos infuzi la teon kiam mi havos invititojn. Ho, Marila, ĉu mi povas uzi la rozbur-ĝonan teoservicon?"

"Certe ne! La rozburĝona teoservico! Nu, kion poste? Vi scias ke mi neniam uzas tion escepte por la pastro aŭ la Help-Societo. Vi uzos la malnovan brunan teoservicon. Sed vi povas malfermi la etan flavan argilaĵon kun ĉeriza konfitaĵo. Ĉiuokaze estas tempo ke ĝi estu uzata – mi kredas, ke ĝi komencis ŝanĝi sian guston. Kaj vi povas tranĉi el la frukto-kuko kaj havi kelkajn biskvitojn kaj zingibro-biskvitojn."

"Mi povas jam imagi min – sidanta ĉe la kapo de la tablo kaj verŝanta teon", diris Anna, ekstaze fermante siajn okulojn. "Kaj demandanta al Diana, ĉu ŝi prenas sukeron! Mi scias, ke ŝi ne prenas sukeron, sed kompreneble mi demandos ŝin kvazaŭ mi ne scius. Kaj poste insistanta ke ŝi prenu alian pecon de la frukto-kuko kaj alian porcion da konfitaĵo. Ho, Marila, estas rava sensacio nur pensi pri tio. Ĉu mi povas konduki ŝin al la ekstra ĉambro por demeti ŝian ĉapelon, kiam ŝi alvenos? Kaj poste al la salono por sidiĝi?"

"Ne. La sidĉambro konvenos al vi kaj al via gasto. Sed mi havas duonplenan botelon da frambo-kordialo, kiu restis de la preĝ-eja vespera festeto antaŭ nelonge. Ĝi estas sur la dua breto de la vivoĉambra kamero, kaj vi kaj Diana povas ĝin havi, se vi deziras, kaj biskviton por manĝi kun ĝi dum la posttagmezo, ĉar mi supozas, ke Mateo alvenos malfrue por la teo, ĉar li transportas terpomojn al la ŝipo."

Anna "flugis" malsupren al la kavo, preter la Bobelo de la Driado, kaj supren laŭ la piceo-pado al la Horta Deklivo, por peti

Dianan al teo. Rezulte, tuj post kiam Marila veturis al Karmodo, Diana alvenis, vestita per sia dua plej bona robo kaj aspektanta ĝuste kiel estas dece aspekti kiam invitita al teo. En aliaj okazoj ŝi kutimis kuri en la kuirejon sen frapi; sed nun ŝi formaleme frapis ĉe la fronta pordo. Kaj kiam Anna, vestita per *ŝia* dua plej bona robo, tiel formaleme malfermis ĝin, ambaŭ knabinetoj manpremis tiel serioze kvazaŭ ili neniam antaŭe renkontiĝis. Ĉi tiu nenatura solenaĵo daŭris ĝis Diana estis kondukita al la orienta gablo por demeti sian ĉapelon kaj poste sidis jam dek minutojn en la sidĉambro, la piedfingroj en pozicio.

"Kiel fartas via patrino?" demandis Anna ĝentile, ĝuste kvazaŭ ŝi ne estus vidinta s-inon Barry plukantan pomojn tiun matenon en bonega sano kaj spirito.

"Ŝi bonege fartas, dankon. Mi supozas ke s-ro Cuthbert haŭlas terpomojn al la Liliaj Sabloj ĉi-posttagmeze, ĉu ne?" diris Diana, kiu veturis malsupren al s-ro Harmono Andrews tiun matenon en la ŝarĝoĉaro de Mateo.

"Jes. Nia terpoma rikolto estas tre bona ĉi-jare. Mi esperas, ke la terpoma rikolto de via patro ankaŭ estas bona."

"Ĝi estas sufiĉe bona, dankon. Ĉu vi plukis multajn el viaj pomoj ĝis nun?"

"Ho, tiel multajn", diris Anna, forgesante esti digna kaj rapide eksaltante. "Ni iru al la horto por havigi kelkajn el la Red Sweetings, Diana. Marila diras, ke ni povas havi ĉiujn, kiuj restas sur la arbo. Marila estas tre malavara virino. Ŝi diris, ke ni povas havi frukto-kukon kaj ĉerizan konfitaĵon por la teo. Sed ne estas bona etiketo diri al siaj gastoj kion oni donos al ili por manĝi, do mi ne diros al vi, kion ŝi diris, ke ni povas havi por trinki. Nur ke tio ekas per *f* kaj *k* kaj ke tio estas brila ruĝa koloro. Mi ŝatas brilajn ruĝajn trinkaĵojn, ĉu ne vi? Ili gustas dufoje pli bone ol iu alia koloro."

La horto kun siaj grandaj etenditaj branĉoj, kiuj kliniĝis ĝis la grundo pro la fruktoj, riveliĝis tiel interesa, ke la knabinoj pasigis la plejparton de la posttagmezo en ĝi, sidante en iu herba angulo, kie la frosto savis la verdon kaj la dolĉa aŭtuna sunbrilo persistis varme, manĝante pomojn kaj parolante tiel multe kiel ili povis. Diana havis multon por diri al Anna pri tio, kio okazis en la lernejo. Ŝi devis sidi kun Gertia Pye kaj ŝi malŝatis tion; Gertia grincigis sian krajonon la tutan tempon, kaj tio glaciigas ŝian sangon; Rubena Gillis forĉarmis ĉiujn siajn verukojn – tio tiel vere kiel vi vivas – per magia ŝtoneto, kiun donis al ŝi la maljuna Maria Joe el la rivereto. Oni devas froti la verukojn per la ŝtoneto kaj poste ĵeti ĝin super vian maldekstran ŝultron je la tempo de la nova luno kaj la verukoj ĉiuj malaperas. La nomo de Karlĉjo Sloane estis skribita kun tiu de Ema White sur la muro de la porĉo kaj Ema White *terure koleriĝis* pri tio; Samĉjo Boulter replikaĉis al s-ro Phillips en la klaso kaj s-ro Phillips vipis lin, kaj la patro de Samĉjo venis al la lernejo kaj avertis s-ron Phillips, ke li ne denove metu la manon sur iun el siaj geinfanoj; kaj Matia Andrews havis novan ruĝan kapuĉon kaj bluan veŝton kun kvastoj sur ĝi, kaj la mienoj ŝi montris pro ĝi estis perfekte naŭzaj; kaj Lizia Wright ne parolis al Mamia Wilson pro tio, ke la plenkreskiĝinta fratino de Mamia Wilson forpelis la plenkreskiĝintan fratinon de Lizia Wright kun ŝia koramiko; kaj Anna tiom mankis al ĉiuj, kaj ili deziris ke ŝi revenu al la lernejo; kaj Gilberto Blythe –

Sed Anna ne volis aŭdi pri Gilberto Blythe. Ŝi rapide eksaltis kaj diris, ke ili eniru kaj prenu iom da frambo-kordialo.

Anna rigardis al la dua breto de la eja manĝoŝranko, sed ne troviĝis botelo de frambo-kordialo tie. La serĉado rivelis ĝin sur la supra breto. Anna metis ĝin sur pleton kaj poste kun glaso sur la tablon.

"Nun bonvolu servi vin, Diana", ŝi ĝentile diris. "Mi ne pensas, ke mi prenos da ĝi ĝuste nun. Mi ne sentas, ke mi volas da ĝi post ĉiuj tiuj pomoj."

Diana verŝis al si plenglason, rigardis ĝian brile ruĝan koloron, kaj poste gracie trinketis.

"Tio estas terure bongusta frambo-kordialo, Anna", diris ŝi. Mi ne sciis, ke frambo-kordialo estas tiel bongusta."

"Mi ja ĝojas, ke vi ŝatas ĝin. Prenu tiom kiom vi deziras. Mi rapide iros por vigligi la fajron. Estas tiom da respondecoj en la menso de iu kiu, prizorgas domon, ĉu ne?"

Kiam Anna revenis el la kuirejo, Diana jam trinkis sian duan plenglason da kordialo; kaj, post kuraĝigo de Anna, ŝi ne vidis apartan kontraŭan kialon trinki trian. La plenglasoj estis grandetaj glasoj kaj la frambo-kordialo ja estis bongusta.

"La plej bongusta, kiun mi iam ajn trinkis", diris Diana. "Ĝi ja estas pli bongusta ol tiu de s-ino Lynde, kvankam ŝi fanfaronas tiom pri la sia. Ĉi tiu neniel gustas kiel la ŝia."

"Mi ja pensus ke la frambo-kordialo de Marila probable gustas multe pli bone ol tiu de s-ino Lynde", lojale diris Anna. "Marila estas fama kuiristino. Ŝi provas instrui al mi kuiri, sed mi certigas vin, Diana, estas peniga laboro. Estas tiom malmultaj eblecoj fantazii en la kuirarto. Vi nur bezonas sekvi la regulojn. La lastan fojon, kiam mi faris kuko,n mi forgesis meti la farunon en ĝin. Mi elpensadis la plej belan rakonton pri vi kaj mi, Diana. Mi pensis ke vi estis senesperige malsana pro variolo kaj ke ĉiuj forlasis vin, sed mi rezolute iris al via litflanko kaj flegis vin ĝis la reviviĝo; kaj poste mi estis trafita de la variolo kaj mortis kaj mi estis enterigita sub tiuj poploj en la tombejo kaj vi plantis rozujon ĉe mia tombo kaj akvumis ĝin per viaj larmoj; kaj vi neniam, neniam forgesis la amikinon de via junaĝo kiu oferis sian vivon por vi. Ho, estis tiel mizera rakonto, Diana. La larmoj nur pluvis malsupren sur miaj vangoj dum mi miksis la kukon. Sed mi forgesis la farunon kaj la kuko estis morna fiasko. La faruno estas tiel esenca por kukoj, vi scias. Marila estis vere kolera kaj mi ne estas surprizita. Mi estas granda defio por ŝi. Ŝi estis terure ĉagrenita pri la pudingo-saŭco la lastan semajnon. Ni havis prun-pudingon por la tagmanĝo mardon, kaj restis duona pudingo kaj plenkruĉo da saŭco. Marila diris ke estis sufiĉe por alia tagmanĝo kaj diris al mi meti ĝin sur la breton de la manĝoŝranko kaj kovri ĝin. Mi intencis kovri ĝin ĝuste tiom kiom eblis, Diana, sed kiam mi enportis ĝin mi fantaziis, ke mi estas religiulino – komprenedle mi estas protestantino, sed mi fantaziis, ke mi estas katolika – portadas la vualon pro rompita koro, en enklostrigita izoleco; kaj mi tute forgesis kovri la pudingo-saŭcon. Mi pensis pri tio la sekvan matenon kaj kuris al la manĝoŝranko. Diana, imagu, se vi povas, mian ekstreman hororon, kiam mi trovis muson dronintan en tiu pudingo-saŭcon! Mi levis la muson per kulero kaj forĵetis ĝin en la korton kaj poste mi lavis la kuleron en tri akvoj. Marila forestis melkante, kaj mi tute intencis demandi al ŝi, kiam ŝi eniros, ĉu mi donu la saŭcon al la porkoj; sed kiam ŝi efektive eniris, mi fantaziadis, ke mi estas frostofeino iranta tra la arbaro ruĝigante kaj flavigante la arbojn, laŭ tio kion ili volis esti, do mi neniam pensis denove pri la pudingo-saŭco, kaj Marila sendis min eksteren por pluki pomojn. Nu, s-ro kaj s-ino Ĉestero Ross el Spencervalo venis ĉi tien tiun matenon. Vi scias, ke ili estas tre laŭmodaj homoj, aparte s-ino Ĉestero Ross. Kiam Marila vokis min en la domon, la tagmanĝo estis tute preta kaj ĉiuj estis ĉe la tablo. Mi provis esti tiel ĝentila kaj digna kiel mi povis, ĉar mi volis ke s-ino Ĉestero Ross pensu ke mi estas dameca knabino, eĉ se mi ne estas bela. Ĉio iris glate ĝis mi vidis Marilan eniri kun la pruno-pudingo en unu mano kaj la kruĉo de pudingo-saŭco, *varmigita*, en la alia. Diana, tio estis terura momento. Mi rememoris ĉion kaj mi nur ekstariĝis en mia loko kaj ŝirkriis, 'Marila, vi ne devas uzi tiun pudingo-saŭcon. Muso dronis en ĝi. Mi forgesis antaŭe diri tion al vi.' Ho, Diana, mi neniam forgesos tiun teruran momenton, eĉ se mi vivos ĝis cent. S-ino Ĉestero Ross nur *rigardis* min, kaj mi pensis ke mi sinkos tra la plankon pro humiliĝo. Ŝi estas tiel perfekta dommastrino, kaj imagu kion ŝi pensis pri ni. Marila ruĝiĝis kiel fajro, sed neniam diris vorton – tiam. Ŝi nur elportis tiun saŭcon kaj pudingon kaj enportis frago-konfitaĵon. Ŝi eĉ proponis da ĝi al mi, sed mi ne kapablis gluti plenbuŝon. Estis kvazaŭ amasoj da braĝo sur mia kapo. Post la foriro de s-ino Ĉestero Ross, Marila donis al mi teruran skoldon. Do, Diana, kio misas?"

Diana staris tre malstabile; poste ŝi sidiĝis denove, metante siajn manojn al sia kapo.

"Mi – mi estas terure malsana", diris ŝi, iom hezite. "Mi – mi – devas iri rekte hejmen."

"Ho, vi ne devas revi iri hejmen sen via teo", kriis Anna ĉagrenite. Mi ĝin preparos tuj – mi iros prepari la teon tuj."

"Mi devas iri hejmen", ripetis Diana, stulte sed rezolute.

"Permesu ke mi havigu al vi lunĉon ĉiuokaze", petegis Anna. "Lasu min doni al vi iom da frukto-kuko kaj iom da ĉeriza konfitaĵo. Kuŝiĝu sur la sofon iom da tempo kaj vi fartos pli bone. Kie sentas vi doloron?"

"Mi devas iri hejmen", diris Diana, kaj tio estas ĉio kion ŝi diris. Anna vane petegis.

"Mi neniam aŭdis pri gastoj, kiuj iras hejmen sen teo", lamentis ŝi. "Ho, Diana, ĉu vi supozas, ke estas eble, ke vi vere trafiĝas de la variolo? Se estas vere, mi flegos vin, vi povas kalkuli pri tio. Mi neniam forlasos vin. Sed mi ja ŝatus, ke vi restu ĝis post la teo. Kie sentas vi doloron?"

"Mi terure kapturniĝas" diris Diana.

Kaj efektive ŝi paŝis tre kapturniĝe. Anna, kun larmoj de desaponto en siaj okuloj, alportis la ĉapelon de Diana kaj akompanis ŝin ĝis la barilo de la korto de la Barry-familio. Poste ŝi ploris la tutan vojon reen al Verdaj Gabloj, kie ŝi malgaje remetis la reston de la frambo-kordialo en la manĝo-ŝrankon kaj preparis teon por Mateo kaj Ĵerio, kun la tuta vervo for el ŝia agado.

La sekva tago estis dimanĉo, kaj dum la pluvo falis en torentoj de la tagiĝo ĝis la krepusko, Anna ne iris ekster Verdaj Gabloj. Lundon posttagmeze Marila sendis ŝin al s-ino Lynde pro komisio. Post tre mallonga tempo, Anna revenis rapide supren sur la vojeto, kun larmoj rulantaj malsupren laŭ ŝiaj vangoj. Ŝi kuris en la kuirejon kaj agonie ĵetis sin, kun la vizaĝo malsupren, sur la sofon.

"Kio malbona okazis nun, Anna?", demandis Marila en dubo kaj konsterno. "Mi ja esperas, ke vi ne estis denove malrespekta al s-ino Lynde."

Neniu respondo de Anna, krom pliaj larmoj kaj pli ŝtormaj plorsingultoj!

"Anna Shirley, kiam mi metas demandon antaŭ vin, mi volas ricevi respondon. Tuj sidiĝu rekte kaj diru al mi, pro kio vi ploras."

Anna sidiĝis, aspektante kiel la tragiko en persono.

"S-ino Lynde vizitis s-inon Barry hodiaŭ, kaj s-ino Barry estis en terura stato", ŝi ploregis. "Ŝi diras, ke mi ebriigis Dianan sabaton kaj sendis ŝin hejmen en hontinda kondiĉo. Kaj ŝi diris, ke mi devas esti tute malbona, malica knabineto, kaj ke ŝi neniam, neniam plu permesos, ke Diana ludu denove kun mi. Ho, Marila, mi nur estas superita de aflikto."

Marila fiksrigardis ŝin kun senesprima miro.

"Ebriigis Dianan!" diris ŝi kiam ŝi retrovis sian voĉon. "Anna, ĉu vi aŭ s-ino Barry estas freneza? Kion, Dio mia, donis vi al ŝi?"

"Nenion krom frambo-kordialon", plorsingultis Anna. "Mi neniam pensis, ke frambo-kordialo ebriigas homojn, Marila – eĉ ne, se ili trinkus tri plenglasojn kiel Diana faris. Ho, tio sonas tiel – tiel – kiel la edzo de s-ino Thomas! Sed mi ne intencis ebriigi ŝin."

"Ebria, frenezaĵo!" diris Marila, paŝante al la manĝo-ŝranko de la sidĉambro. Tie sur la breto estis botelo, kiun ŝi tuj rekonis kiel tiu enhavanta unu el ŝia trijara hejmfarita ribo-vino pri, kiu ŝi estas fama en Avonleo, kvankam kelkaj el la plej striktaj homoj, s-ino Barry inter ili, forte malkonsentis pri ĝi. Kaj samtempe Marila memoris, ke ŝi metis la botelon de frambo-kordialo malsupren en la kelon anstataŭ en la manĝo-ŝrankon, kiel ŝi diris al Anna.

Ŝi reiris al la kuirejo kun la botelo da vino en sia mano. Ŝia vizaĝo pretervole tikis.

"Anna, vi certe havas talenton por embarasiĝi. Vi donis al Diana la ribo-vinon anstataŭ la frambo-kordialon. Ĉu vi ne mem konas la diferencon?"

"Mi neniam gustumis ĝin" diris Anna." "Mi pensis, ke estis la kordialo. Mi volis estis tiel – tiel – gastema. Diana terure malsaniĝis kaj devis iri hejmen. S-ro Barry diris al s-ino Lynde, ke ŝi simple estis tute ebria. Ŝi nur stulte ridis, kiam ŝia patrino demandis al ŝi, kio estas la problemo, kaj enlitiĝis kaj dormis dum horoj. Ŝia patrino flaris ŝian spiron kaj sciis, ke ŝi estis ebria. Ŝi havis teruran kapdoloron la tutan tagon hieraŭ. S-ino Barry tiel indignis. Ŝi neniam kredos, ke mi faris tion senintence."

"Mi ja pensas, ke ŝi devus puni Dianan por esti tiel avida trinki tri plenglasojn da io ajn", Marila abrupte diris. "Nu, tri el tiuj grandaj glasoj malsanigus eĉ se tio estus nur kordialo. Nu, tiu historio estos bela okazo por tiuj homoj, kiuj tiel mallaŭdas min ĉar mi faras ribo-vinon, kvankam mi ne faris iun dum tri jaroj, ekde kiam mi aŭdis, ke la pastro ne konsentas pri ĝi. Mi nur konservis tiun botelon por malsanoj. Nu, nu, infano, ne ploru. Mi ne kapablas kulpigi vin, kvankam mi bedaŭras, ke tio okazis tiel."

"Mi devas plori", diris Anna. "Mia koro estas rompita. La steloj en siaj iradoj batalas kontraŭ mi, Marila. Diana kaj mi disiĝas por ĉiam. Ho, Marila, mi malmulte revis pri io tia, kiam ni unue ĵuris pri nia amikeco."

"Ne estu stulta, Anna. S-ino Barry pensos pli bone pri tio, kiam ŝi aŭdos, ke vi ne vere estas respondeca. Mi supozas, ke ŝi pensas, ke vi faris tion kiel stultan ŝercon aŭ ion similan. Estus pli bone, ke vi iru tien ĉi-vespere kaj diru, kiel tio okazis."

"Mankas al mi kuraĝo je la penso alfronti la ofenditan patrinon de Diana", suspiris Anna. "Mi ŝatus, ke vi iru, Marila. Vi estas tiel multe pli digna ol mi. Verŝajne ŝi pli rapide konsentos aŭskulti vin ol min."

"Nu, mi iros", diris Marila, pensante ke estas probable la pli saĝa maniero. "Ne plu ploru, Anna. Ĉio bonos."

Marila ŝanĝis sian komprenon pri kio estas bona, kiam ŝi re-venis de Horta Deklivo. Anna observis ŝian revenon kaj kuris al la porĉa pordo por renkonti ŝin.

"Ho, Marila, mi scias per via vizaĝo ke estis senutile", ŝi mal-ĝoje diris. "S-ino Barry ne pardonos min?"

"S-ino Barry, ja!" bruske parolis Marila. "El ĉiuj malbonsencaj virinoj, kiujn mi iam vidis, ŝi estas la plej malbona. Mi diris al ŝi ke estis eraro, kaj ke vi ne estis respondeca, sed ŝi simple ne kredis min. Kaj ŝi insistegis pri mia ribo-vino kaj kiel mi ĉiam diris, ke ĝi ne povas havi la plej malgrandan efikon sur iun ajn. Mi simple diris al ŝi, ke oni ne trinku tri plenglasojn da ribo-vino samtempe, kaj ke, se iu infano kiun mi devus prizorgi, estus tiel avida, mi malebriigus ŝin per bona postaĵbatado."

Marila rapidis en la kuirejon, lamentinde maltrankvila, post-lasante ege malklar-mensan animeton en la porĉo. Iom poste el-paŝis Anna, nudkapa en la friska aŭtuna krepusko; tre rezolute kaj firme ŝi malsupreniris trans la sekigitan trifolian kampon, preter la ŝtipo-ponto kaj supren tra la picejo lumigita per tre pala eta luno pendanta malsupre super la okcidenta arbaro. S-ino Barry, alvenanta al la pordo responde al timida frapo, trovis petantinon kun blankaj lipoj kaj avidaj okuloj sur la pordoŝtupo.

Ŝia vizaĝo malmoliĝis. S-ino Barry estis virino kun fortaj antaŭjuĝoj kaj malŝatoj, kaj ŝia kolero estis de la malvarma paŭta tipo, tiu, kiu ĉiam estas plej malfacile venkebla. Verdire, ŝi honeste kredis, ke Anna ebriigis Dianan pro pura malica antaŭpenso, kaj ŝi estis sincere avida protekti sian etan filinon kontraŭ la infektado de plua intimeco kun tia infano.

"Kion volas vi?" ŝi severe diris.

Anna kunpremis siajn manojn.

"Ho, s-ino Barry, mi petas, ke vi pardonu min. Mi ne intencis e... ebriigi Dianan. Kiel povus mi? Nur imagu, ke vi estus povra eta orfino, kiun bonkoraj homoj adoptis kaj ke vi havus nur unu intiman amikinon en la tuta mondo. Ĉu vi pensas, ke vi intence ebriigus ŝin? Mi pensis, ke temis nur pri frambo-kordialo. Mi estis firme konvinkita, ke estis frambo-kordialo. Ho, mi petas, ne diru, ke vi ne plu lasos Dianan ludi kun mi. Se vi faras tion, vi kovros mian vivon per malluma nubo de aflikto."

Tiu prelego, kiu mildigus la koron de la bona s-ino Lynde en sekundo, havis nenian efikon sur s-ino Barry, krom inciti ŝin pli. Ŝi malfidis la grandajn vortojn kaj dramajn gestojn de Anna kaj imagis, ke la infano primokis ŝin. Do ŝi diris, malvarme kaj kruele:

"Mi ne opinias, ke vi estas konvena knabineto por frekventi Dianan. Estus pli bone, se vi irus hejmen kaj bone kondutus."

La lipo de Anna tremetis.

"Ĉu vi ne permesos, ke mi vidu Dianan nur unu fojon por adiaŭi?" ŝi petegis.

"Diana iris al Karmodo kun sia patro", diris s-ino Barry, en-irante kaj fermante la pordon.

Anna reiris al Verdaj Gabloj kviete kaj senespere.

"Mia lasta espero malaperis", diris ŝi al Marila. "Mi mem iris kaj vidis s-inon Barry kaj ŝi tre insulte traktis min. Marila, mi *ne* pensas, ke ŝi estas bone edukita virino. Estas nenio plu por fari, escepte preĝi, kaj mi ne havas multan esperon, ke tio helpos, ĉar, Marila, mi ne kredas, ke Dio mem povas fari multon pri tiel obstina persono kiel s-ino Barry."

"Anna, vi ne diru tiajn aferojn", riproĉis Marila, strebante superi sian nesanktan emon ridi, kiun ŝi, kun konsterniĝo, trovis kreski en si. Kaj efektive, kiam ŝi rakontis la tutan historion al Mateo tiun vesperon, ŝi ja verve ridis pri la afliktoj de Anna.

Sed kiam ŝi eniris la orientan gablon antaŭ ol enlitiĝi kaj trovis, ke Anna ploris ĝis la endormiĝo, nekutima mildeco invadis ŝian vizaĝon.

"Povra eta animo", ŝi flustris, levante malfiksan buklon de ŝia hararo el la vizaĝo makulita per larmoj. Poste ŝi kliniĝis kaj kisis la ruĝiĝintan vangon sur la kapkuseno.

ĈAPITRO 17
NOVA INTERESO EN LA VIVO

LA SEKVAN posttagmezon Anna, kliniĝante super sia pecoverko ĉe la kuireja fenestro, hazarde ekrigardis eksteren kaj vidis Dianan, mistere gestantan, ĉe la Bobelo de la Driado. Ene de unu momento Anna estis ekster la domo kaj rapidis malsupren al la kavo, dum miro kaj espero baraktis en ŝiaj esprimoplenaj okuloj. Sed la espero velkiĝis, kiam ŝi ekvidis la deprimitan mienon de Diana.

"Via patrino ne mildiĝis?" anhelis ŝi.

Diana malgaje kapneis.

"Ne, kaj ho, Anna, ŝi diras, ke mi neniam reludu kun vi. Mi ploris kaj ploris kaj diris al ŝi, ke ne estis via kulpo, sed tio neniel helpis. Estis ege malfacile konvinki ŝin, ke mi venu por adiaŭi vin. Ŝi diris, ke mi restu nur dek minutojn, kaj ŝi kontrolas la tempon per la horloĝo."

"Dek minutoj ne estas multe por adiaŭi poreterne", diris Anna kun larmoj. "Ho, Diana, ĉu vi fidele promesos neniam forgesi min, la amikinon de via juneco, malgraŭ tio, kion pli karaj amikoj karese okazigos al vi?"

"Ja certe", plorsingultis Diana, "kaj mi neniam havos intiman amikinon – kaj mi ne volas havi. Mi ne povus ami iun ajn kiel mi amas vin."

"Ho, Diana", kriis Anna, premante ŝiajn manojn, "ĉu vi ja *amas* min?"

"Nu, certe mi amas vin. Ĉu vi ne sciis tion?"

"Ne". Anna longe enspiris. "Mi pensis, ke vi *ŝatas* min, kompreneble, sed mi neniam esperis, ke vi *amas* min. Nu, Diana, mi ne pensis, ke iu ajn povus ami min. Neniu amis min de kiam mi povas memori. Ho, ĉi tio estas miriga! Estas radio de lumo, kiu ĉiam brilos sur la mallumo de pado tranĉita de vi, Diana. Ho, nur diru tion plian fojon."

"Mi sindone amas vin, Anna", Diana firme diris, "kaj mi ĉiam amos vin, vi povas esti certa pri tio".

"Kaj mi ĉiam amos vin, Diana", diris Anna, solene etendante sian manon. "En la venontaj jaroj via memoro brilos kiel stelo super mia soleca vivo, kiel diras la lasta rakonto, kiun ni kune legis. Diana, ĉu vi donos al mi buklon el via gagato-nigra hararo dum ĉi tiu adiaŭo, por ke mi tenu ĝin kiel trezoron por ĉiam?"

"Ĉu vi havas ion por tranĉi ĝin?" demandis Diana, forviŝante la larmojn, kiujn la afekciaj paroloj de Anna fluigis denove, kaj revenante al praktikaĵoj.

"Jes, mi havas la tondilon de miaj pecoverkoj en la poŝo de mia antaŭtuko, bonŝance", diris Anna. Ŝi solene fortranĉis unu el la bukloj de Diana. "Adiaŭ, mia kara amikino. Ekde nun ni devas esti kiel fremdulinoj, kvankam ni vivas flankon ĉe flanko. Sed mia koro por ĉiam estos fidela al vi."

Anna stariĝis kaj rigardis Dianan malaperi, malgaje svingante sian manon al ĉi tiu, ĉiufoje kiam ŝi turnis sin por rigardi mal-antaŭen. Poste ŝi reiris al la domo, eĉ ne iom konsolita, kaj eĉ ne portempe, post ĉi tiu romantika apartiĝo.

"Ĉio estas finita" informis ŝi Marilan. "Mi neniam plu havos alian amikinon. Mia situacio estas pli malbona ol iam ajn antaŭe, ĉar mi ne havas Katjan Maurice kaj Violetan nun. Kaj eĉ se mi havus ilin, ne estus same. Iel, revknabinetoj ne kapablas kontentiĝi post vera amikino. Diana kaj mi havis tian afektan adiaŭon malsupre ĉe la rojo. Ĝi estos sankta en mia memoro por ĉiam. Mi uzis la plej korŝiran lingvaĵon, kiun mi povis elpensi, kaj diris ci kaj cin. Ci kaj cin ŝajnas tiom pli romantikaj ol vi. Diana donis al mi buklon el sia hararo kaj mi kudros ĝin en saketon kaj surportos ĝin ĉirkaŭ mia kolo mian tutan vivon. Bonvolu certigi, ke ĝi estos enterigita kun mi, ĉar mi ne pensas, ke mi vivos tre longe. Eble kiam ŝi vidas min sternita, malvarma kaj morta, antaŭ si, s-ino Barry povos senti rimorson pro tio, kion ŝi faris, kaj permesos al Diana veni al mia funebraĵo."

"Mi ne opinias, ke oni timu, ke vi mortos pro aflikto dum vi povos paroli, Anna", Marila senkompate diris.

La sekvan lundon, Anna surprizis Marilan malsuprenirante el sia ĉambro, kun sia kesto de libroj sur sia brako kaj kun siaj lipoj rigidaj en mieno de rezoluteco.

"Mi reiras al la lernejo", ŝi anoncis. "Estas ĉio, kio restas en la vivo por mi, nun ke mia amikino estis senkompate ŝirita de mi. En la lernejo mi povas rigardi ŝin kaj mediti pri la pasintaj tagoj."

"Estus pli bone mediti pri viaj lecionoj kaj adicioj", diris Marila kaŝante sian ĝojon pri tiu disvolviĝo de la situacio. "Se vi reiras al la lernejo, mi esperas, ke ni ne plu aŭdos pri rompado de tabeloj sur la kapon de homoj kaj tiaj aferoj. Kondutu bone kaj faru nur, kion via instruisto diros al vi."

"Mi provos esti modela lernantino", Anna malgaje konsentis. "Ne estos multe da plezuro en tio, laŭ mi. S-ro Phillips diris, ke Minia Andrews estas modela lernantino, kaj ne estas fajrero de imagopovo aŭ vivo en ŝi. Ŝi nur estas malsprita kaj lanta kaj neniam ŝajnas amuziĝi. Sed mi sentas min tiel deprimita, ke eble tio alvenos facile al mi nun. Mi iros laŭ la vojo. Mi ne povus elteni sola iri laŭ la Betula Pado. Mi elplorus amarajn larmojn, se mi farus tion."

Ree en la lernejo, Anna estis varme bonvenigita. Ŝia imagopovo ja tre mankis dum la ludoj, same ŝia voĉo dum la kantado, kaj ŝia drama lerteco dum la laŭtlegado de libroj en la tagmanĝa horo. Rubena Gillis kaŝ-enportis tri bluajn prunojn al ŝi dum la Testamento-legado; Ela Maja MacPherson donis al ŝi enorman flavan violegon eltranĉitan el la kovriloj de florkatalogo – speco de skribtablo-dekoraĵo tre alte taksita en la lernejo de Avonleo. Sofia Sloane proponis al ŝi instrui perfekte elegantan novan motivon de trikpunto, *tiel* bela por garni antaŭtukojn. Katja Boulter donis al ŝi parfum-botelon por konservi akvon por la tabulo en ĝi, kaj Julia Bell zorge kopiis sur pecon de hela rozkolora papero, kurbrandaĵa ĉe la bordoj, la sekvan emocian tekston:

"AL ANNA

"Kiam krepusko faligas sian kurtenon,
kaj alpinglas al ĝi stelon,
memoru vian amikinon,
eĉ se ŝi vagas for."

"Estas tiel bele esti aprezata", rave suspiris Anna al Marila tiun vesperon.

La knabinoj ne estis la solaj lernantoj kiuj "aprezis" ŝin. Kiam Anna iris al sia seĝo post la tagmanĝa horo – s-ro Phillips diris al ŝi sidiĝi kun la modela Minia Andrews – ŝi trovis sur sia skribotablo dikan bongustegan "fragan pomon". Anna prenis ĝin, tute preta mordi en ĝin, kiam ŝi memoris, ke la sola loko en Avonleo, kie kreskis fragaj pomoj, estis en la malnova horto Blythe ĉe la alia flanko de la Lago de Brilaj Akvoj. Anna lasis la pomon fali, kvazaŭ ĝi estas ruĝarda braĝo, kaj videble por ĉiuj viŝis siajn fingrojn sur sia naztuko. La pomo restis netuŝita sur sia skribotablo ĝis la sekva mateno, kiam eta Timoteo Andrews, kiu balais la lernejon kaj ardigis la fajron, konsideris ĝin kiel unu el siaj kromprivilegioj. La tabula krajono de Karlĉjo Sloane, rave ornamita per striita ruĝa kaj flava papero, kiu kostas du cendojn dum ordinaraj krajonoj kostas nur unu, kiun li sendis al ŝi post la tagmanĝa horo, ricevis pli favoran akcepton. Anna estis afable kontenta akcepti ĝin kaj rekompencis la donanton per rideto, kiu tuj ekzaltis kaj sendis la junulon al la sepa ĉielo de ravo kaj kaŭzis ĉe li tiel terurajn erarojn dum la skribado de la diktaĵo, tiel ke s-ro Phillips retenis lin post la lernejo, por ke li reskribu ĝin.

Sed kiel,

"La pomp' Cezara senigita de la bust' de Bruto
Pli memorigis ŝin pri la plej bona fil' de Romo,"

tiel la rimarkita manko de iu ajn tributo aŭ rekono el Diana Barry, kiu sidis kun Gertia Pye, amarigis la triumfeton de Anna.

"Diana povus rideti al mi unu fojon, mi opinias", ŝi lamentis al Marila tiun vesperon. Sed la sekvan matenon, noto plej terure kaj mirige tordita kaj faldita, kaj malgranda pakaĵo, estis transdonita al Anna.

"Kara Anna", skribis la menciita knabino, "Patrino diras, ke mi ne ludu kun vi aŭ parolu al vi eĉ en la lernejo. Ne estas mia kulpo kaj ne koleriĝu kontraŭ mi, ĉar mi amas vin tiom kiom antaŭe. Vi terure mankas al mi por diri ĉiujn miajn sekretojn al vi kaj mi neniom ŝatas Gertian Pye. Mi faris por vi unu el la novaj legosignoj el ruĝa silkopapero.

Ili nun estas terure popularaj kaj nur tri knabinoj en la lernejo scias kiel fari ilin. Kiam vi rigardos ĝin, memoru

vian veran amikinon,

DIANA BARRY."

Anna legis la noton, kisis la legosignon, kaj sendis senprokrastan respondon al la alia flanko de la lernejo.

"MIA SAME KARA DIANA:–
Kompreneble mi ne koleras kontraŭ vi, ĉar vi devas obei vian patrinon. Niaj spiritoj povas komuniki. Mi konservos por ĉiam vian belan donacon. Minia Andrews estas tre ĉarma knabineto – kvankam ŝi havas neniun imagopovon – sed post kiam mi estis la intima amikino de Diana, mi ne povas esti tiu de Minia. Bonvolu pardoni erarojn, ĉar mia literumado ankoraŭ ne estas tre bona, kvankam multe plibonigita.
Via ĝis la morto apartigos nin,

ANNA AŬ KORDELIA SHIRLEY.

P. S. Mi dormos kun via letero sub mia kapkuseno ĉi-nokte.

A. aŭ K.S."

Marila pesimisme atendis pli da problemoj, kiam Anna reiris al la lernejo. Sed neniu disvolviĝis. Eble Anna kaptis ion el la "modela" spirito de Minia Andrews; almenaŭ de nun ŝi akordiĝis tre bone kun s-ro Phillips. Ŝi tutkore ĵetis sin en siajn studojn, rezoluta ne esti preterpasita de Gilberto Blythe en iu ajn klaso. La rivaleco inter ili baldaŭ estis videbla; Gilberto ja estis tute kompleza; sed oni povas sendube timi, ke la samon oni ne povas diri pri Anna, kiu certe estis nelaŭdinde tenaca kaj rankorema. Ŝi estis tiel intensa en siaj malamoj kiel en siaj amoj. Ŝi ne degnis konfesi, ke ŝi volas rivali kun Gilberto en la lernejaj taskoj, ĉar tio signifus agnoski lian ekziston, kiun Anna persiste ignoris; sed la rivaleco ja estis tie, kaj la honoraj mencioj saltis de unu al la alia kaj retro.

Jen Gilberto estris la literumadon; jen Anna, per skuo de siaj longaj rufaj plektaĵoj, venkis lin pri literumado. Iun matenon, Gilberto faris ĉiujn siajn sumojn korekte, kaj lia nomo estis skribata sur la nigran tabulon en la honorlisto; la sekvan matenon, Anna, post kiam ŝi sovaĝe luktis kun decimaloj la tutan antaŭan vesperon, estis la unua. Iun teruran tagon, ili estis same bonaj, kaj iliaj nomoj estis skribataj kune. Tio estis tiel malbona kiel simpla "bonvolu noti", kaj la humiliĝo de Anna estis tiel evidenta kiel la kontenteco de Gilberto. Kiam la skribaj ekzamenoj je la fino de ĉiu monato okazis, la suspenso estis terura. La unuan monaton Gilberto ricevis tri pliajn markojn. En la dua Anna superis lin per kvin. Sed ŝia triumfo estis difektita pro la fakto ke Gilberto varme gratulis ŝin antaŭ la tuta lernejo. Estus multe pli dolĉe al ŝi, se li sentus la pikon de sia malvenko.

S-ro Phillips eble ne estas tre bona instruisto; sed lernantino tiel neflekseble rezoluta pri lernado kiel Anna malfacile povis ne fari progreson sub ia ajn instruisto. Je la fino de la periodo Anna kaj Gilberto ambaŭ estis promociitaj al la kvina klaso kaj permesitaj ekstudi la elementojn de la "branĉoj"– kio signifis: la latinan, geometrion, francan kaj algebron. En geometrio Anna renkontis sian Vaterlon.

"Estas perfekte terura temo, Marila" ŝi grumblis. "Mi certas ke mi neniam povos kompreni ĝin. Estas absolute neebla fantazii en ĝi. S-ro Phillips diras, ke mi estas la plej granda stultulo kiun li iam ajn vidis pri ĝi. Kaj Gil... – mi volas diri, kelkaj el la aliaj estas tiel lertaj pri ĝi. Estas terure humilige, Marila. Eĉ Diana sukcesas pli facile ol mi. Sed ne ĝenas min esti superita de Diana. Eĉ se ni nun renkontiĝas kvazaŭ fremduloj, mi daŭre amas ŝin per *neestingebla* amo. Mi estas kelkfoje tre malgaja pensi pri ŝi. Sed vere, Marila, neniu povas resti malgaja tre longe en tiel interesa mondo, ĉu ne?"

ĈAPITRO 18
ANNA SAVAS

ĈIUJ AFEROJ grandaj estas konektitaj kun ĉiuj aferoj malgrandaj. Je la unua ekrigardo, povus ne ŝajni ke la decido de iu kanada ĉefministro inkluzivi Insulon Princo Eduardo en politikan turneon povas havi multon aŭ ion ajn komunan kun la fortunoj de la eta Anna Shirley ĉe Verdaj Gabloj. Tamen tio estis la kazo.

En januaro venis la ĉefministro por alparoli siajn fidelajn subtenantojn kaj tiujn nesubtenantojn kiuj decidis ĉeesti la gigantan popolamason konvenintan en Ĉarlotaŭno. La plimulto de la homoj de Avonleo estis ĉe la politika flanko de la ĉefministro; sekve, je la vespero de la amasiĝo preskaŭ ĉiuj viroj kaj bona parto de la virinaro iris al la urbo, tridek mejlojn[22] for. Ankaŭ s-ino Raĉela Lynde iris. S-ino Raĉela Lynde estis arda politikistino kaj ne povis kredi, ke la politika amasiĝo povus okazi sen ŝi, kvankam ŝi estis ĉe la kontraŭa flanko de politiko. Do ŝi iris urben kaj venigis kun si sian edzon – Tomaso estos utila por prizorgi la ĉevalon – kaj Marilan Cuthbert. Marila mem havis sekretan intereson en politikoj, kaj ĉar ŝi pensis, ke eble estos ŝia unika okazo vidi veran vivantan ĉefministron, ŝi senhezite kaptis ĝin, kaj lasis Mateon kaj Annan prizorgi la domon, ĝis ŝi revenos la sekvan tagon.

Tial, dum Marila kaj s-ino Raĉela forte amuziĝis je la amasa kunveniĝo, Anna kaj Mateo havis la gajan kuirejon ĉe Verdaj Gabloj tute por si mem. Vigla fajro brilis en la malnovstila Vaterlofornelo kaj blu-blankaj frostkristaloj brilis sur la fenestro-glacoj. Mateo dormetis super la gazeto *Farmer's Advocate*[23] sur la sofo kaj Anna ĉe la tablo studis siajn lecionojn per serioza rezoluteco, malgraŭ okazaj sopiraj ekrigardoj al la horloĝo-breto, kie kuŝis la nova libro kiun Johana Andrews pruntedonis tiun tagon. Johana certigis al ŝi, ke ĝi garantios ekscitiĝojn, aŭ ion similan, kaj la scivolemo piketis la fingrojn de Anna, kiu volis ekpreni ĝin. Sed tio signifus la triumfon de Gilberto Blythe la sekvan tagon. Anna

---

22 48 km
23 Farmista Advokato

turnis la dorson al la horloĝo-breto kaj provis imagi, ke ĝi ne estis tie.

"Mateo, ĉu vi iam studis geometrion kiam vi iris al la lernejo?"

"Nu, ne, mi ne studis tion", diris Mateo, eliĝante el sia somnolo per eksalto.

"Se vi konus la fakon", suspiris Anna, "vi povus kompati min. Oni ne kapablas konvene kompati, se oni neniam studis ĝin. Tio ĵetos nubojn super mian tutan vivon. Mi estas tia stultulino pri ĝi, Mateo."

"Nu, mi ne scias", Mateo trankvilige diris. "Mi pensas ke vi bonas pri io ajn. S-ro Phillips diris al mi la lastan semajnon en la vendejo de Blair en Karmodo, ke vi estas la plej lerta lernejano en la lernejo kaj faras rapidan progreson. 'Rapida progreso' estis liaj ĝustaj vortoj. Estas aliaj, kiuj kritikas Teĉjon Phillips kaj diras ke li ne estas bona instruisto; sed mi supozas ke li estas bona."

Mateo pensis, ke iu ajn kiu laŭdas Annan estas "bona".

"Mi certas, ke mi komprenus geometrion pli bone, se li nur ne ŝanĝus la literojn", plendis Anna. "Mi lernas la propozicion parkere, kaj poste li desegnas ĝin sur la nigran tabulon kaj metas malsamajn literojn ol tiuj en la libro, kaj mi tute konfuziĝas. Mi ne pensas ke instruisto havu tian malican avantaĝon, ĉu ne? Ni nun studas agrikulturon, kaj mi fine eltrovis, kio faras la vojojn ruĝaj. Tio multe konsolas. Mi demandas min, kiel amuziĝas Marila kaj s-ino Lynde. S-ino Lynde diras, ke Kanado ruiniĝas pro la maniero kiel oni estras en Otavo, kaj ke tio estas terura averto al la elektantoj. Ŝi diras ke, se oni permesus al la virinoj voĉdoni, ni baldaŭ vidus benitan ŝanĝon. Kiamaniere voĉdonas vi, Mateo?"

"Konservative", Mateo senhezite diris. Voĉdoni konservative estis parto de la religio de Mateo.

"Do ankaŭ mi estas konservativa", Anna rezolute diris. "Mi ĝojas, ĉar Gil... – ĉar iuj el la knaboj en la lernejo estas liberalaj. Mi supozas ke ankaŭ s-ro Phillips estas liberala, ĉar la patro de Prisia Andrews estas, kaj Rubena Gillis diras ke, kiam viro amindumas, li ĉiam devas akordiĝi kun la patrino de la knabino en religio kaj kun ŝia patro en politiko. Ĉu tio estas vera, Mateo?"

"Nu, mi ne scias", diris Mateo.

"Ĉi vi iam amindumis, Mateo?"

"Nu, ne, mi ne scias ĉu mi faris tion", diris Mateo kiu, neniam pensis pri tia afero en sia tuta ekzistado.

Anna pensis kun sia mentono en siaj manoj.

"Tio devas esti sufiĉe interesa, ĉu vi ne pensas, Mateo? Rubena Gillis diras ke, kiam ŝi plenkreskos, ŝi havos tiom da amatoj disponeblaj kaj ŝi frenezigos ilin ĉiujn pri si; sed mi opinias, ke tio estus tro ekscita. Mi preferus havi nur unu mense sanan. Sed Rubena Gillis scias multon pri tiaj aferoj, ĉar ŝi havas tiom da pli aĝajn fratinojn, kaj s-ino Lynde diras, ke la Gillis-knabinoj estis prenitaj kvazaŭ ili estas varmaj brioĉoj. S-ro Phillips vizitas Prisian Andrews preskaŭ ĉiun vesperon. Li diras ke estas por helpi ŝin pri ŝiaj lecionoj, sed Miranda Sloane ankaŭ studas por Queen's, kaj mi opinias, ke ŝi bezonas helpon multe pli ol Prisia, ĉar ŝi estas multe pli stulta, sed li neniam iras al ŝi por vespere helpi ŝin. Estas multegaj aferoj en ĉi tiu mondo kiujn, mi ne kapablas tre bone kompreni, Mateo."

"Nu, mi ne scias ĉu mi mem komprenas ilin ĉiujn", agnoskis Mateo.

"Nu, mi supozas ke mi devas fini miajn lecionojn. Mi ne permesos al mi malfermi tiun novan libron kiun pruntedonis Johana al mi, antaŭ ol mi finos. Sed estas terura tento, Mateo. Eĉ kiam mi turnas la dorson al ĝi, mi povas vidi ĝin tie tiel klare. Johana diris ke ŝi ploris ĝis malsaniĝo pro ĝi. Mi ŝatas libron kiu plorigas min. Sed mi pensas, ke mi transportos tiun libron al la sidĉambro kaj ŝlosos ĝin en la konfitaĵo-ŝrankon kaj donos al vi la ŝlosilon. Kaj vi devas *ne* doni ĝin al mi, Mateo, ĝis miaj lecionoj estos finitaj, eĉ ne se mi surgenue petegas vin. Estas tre bone diri: rezistu tentadon; sed estas tiel multe pli facile rezisti ĝin se vi ne povas havigi la ŝlosilon. Kaj poste, ĉu mi rapidu al la kelo kaj prenu kelkajn renedojn, Mateo? Ĉu vi ne ŝatus kelkajn renedojn?"

"Nu, mi ne scias, ĉu mi ŝatus", diris Mateo kiu neniam manĝis renedojn, sed konis la malrezistemon de Anna pri ili.

Ĝuste kiam Anna triumfe eliĝis el la kelo kun sia plentelero da renedoj, venis sono de rapidegaj paŝoj sur la glacia tabul-trotuaro ekstere, kaj la sekvan momenton la kuireja pordo ekmalfermiĝis kaj rapide eniris Diana Berry, blankvizaĝa kaj senspira, kun ŝalo haste volvita ĉirkaŭ sia kapo. Anna senhezite faligis sian kandelon kaj teleron en sia surprizo, kaj la telero, la kandelo kaj la pomoj koliziis kaj ruliĝis malsupren laŭ la kela ŝtuparo kaj estis trovitaj de Marila la sekvan tagon sur la planko en fandita graso; ŝi kolektis ilin kaj dankis Dion, ke la domo ne estis fajrigita.

"Kio misas, Diana?" kriis Anna. "Ĉu via patrino fine mildiĝis?"

"Ho, Anna, venu rapide", petegis Diana nervoze. "Minia Maja estas terure malsana – ŝi havas krupon, Juna Maria Ĝoa diras – kaj la patro kaj la patrino foriris al la urbo kaj estas neniu por venigi la kuraciston. Minia Maja estas terure malsana kaj Juna Maria Ĝoa ne scias kion fari – kaj ho, Anna, mi tiom timas!"

Mateo senvorte etendis la manon por kaskedo kaj mantelo, preterpasis Dianan kaj foriris en la mallumon de la korto.

"Li jungos la ruĝbrunetan ĉevalinon por iri al Karmado por la kuracisto", diris Anna, kiu rapide surmetis kapuĉon kaj jakon. "Mi konas tion tiel bone, kvazaŭ li diras tion. Mateo kaj mi estas tiel akordaj spiritoj, ke mi povas legi liajn pensojn tute sen vortoj."

"Mi ne kredas ke li trovos la kuraciston en Karmodo", plorsingultis Diana. "Mi scias, ke Doktoro Blair iris al la urbo kaj mi supozas, ke ankaŭ Doktoro Spencer iris. Juna Maria Ĝoa neniam vidis iun ajn kun krupo, kaj s-ino Lynde forestas. Ho, Anna!"

"Ne ploru, Di", Anna gaje diris. "Mi scias ekzakte kion fari por krupo. Vi forgesas, ke s-ino Hammond havis ĝemelojn tri fojojn. Kiam vi prizorgas tri parojn da ĝemeloj, vi nature akiras multan sperton. Ili ĉiuj regule havis krupon. Nur atendu, ĝis mi prenis la botelon da ipeko – eble vi ne havas ĝin en via hejmo. Venu nun."

La du knabinetoj ekforiris man-en-mane kaj rapidis tra la Irejo de Geamantoj kaj preter la krustan kampon, ĉar la neĝo estis tro profunda por iri laŭ la pli mallonga arbara vojo. Anna, kvankam ŝi sincere bedaŭris Minian Maja, tute ne estis nesentema pri la romantikeco de la situacio kaj pri la feliĉo plian fojon dividi tiun romantikecon kun samsenta spirito.

La nokto estis klara kaj frosta, la ombroj aspektis kiel ebono kaj la neĝa deklivo kiel arĝento; dikaj steloj brilis super la silentaj kampoj; jen kaj jen mallumaj pintaj abioj ie staris, kun neĝo polva sur la branĉoj kaj la vento siblanta tra ilin. Anna pensis, ke estis vere rave tanĝi ĉi-tutan misteron kaj belecon kun intima amikino, kiu tiel longe ŝajnis kvazaŭ fremda.

Minia Maja, trijara, vere estis tre malsana. Ŝi kuŝis sur la kuireja sofo, febra kaj maltrankvila, dum ŝia raŭka spirado povis esti aŭdata ĉie en la domo. Juna Maria Ĝoa, dika, larĝvizaĝa franca knabino de la rivereto, kiun s-ino Barry dungis por prizorgi la infanojn dum sia foresto, estis senhelpa kaj perpleksa, tute nekapabla elpensi kion fari, aŭ fari ion, se ŝi ja pensus pri ĝi.

Anna eklaboris kun lerteco kaj rapideco.

"Minia Maja evidente havas krupon; ŝi estas sufiĉe malsana, sed mi jam vidis pli malbonajn kazojn. Unue, ni bezonas multe da varma akvo. Nu, Diana, ne estas pli ol taspleno en la kaldrono! Jen, mi plenigis ĝin, kaj, Maria Ĝoa, vi metu lignon en la fornelon. Mi ne volas dolorigi viajn sentojn, sed ŝajnas al mi, ke vi povus antaŭe pensi pri tio se vi havus ian imagopovon. Nun, mi malvestigos Minian Majan kaj enlitigos ŝin, kaj vi provu trovi dolĉajn flanelajn ŝtofojn, Diana. Mi donos al ŝi dozon da ipeko por komenci."

Minia Maja ne facile akceptis la ipekon, sed Anna ne edukis tri parojn da ĝemeloj por nenio. Malsupreniris tiu ipeko, ne nur unu fojon, sed plurajn fojojn dum la longa anksia nokto, dum kiu la du knabinetoj pacience laboris por la suferanta Minia Maja, kaj Juna Maria Ĝoa, honeste deziranta fari ĉion kion ŝi povis, vivtenis la viglan fajron kaj varmigis pli da akvo ol estus necese por hospitalo da beboj kun krupo.

Estis la tria horo, kiam alvenis Mateo kun la kuracisto, ĉar li devis iri ĝis Spencervalo por trovi unu. Sed la urĝa bezono de helpo estis pasinta. Minia Maja sentis sin multe pli bona kaj profunde dormis.

"Mi preskaŭ rezignis pro malespero", klarigis Anna. "Ŝi pli kaj pli malboniĝis ĝis ŝi estis pli malsana ol la ĝemeloj Hammond neniam estis, eĉ la lasta paro. Mi fakte pensis, ke ŝi sufokiĝos ĝismorte. Mi donis al ŝi ĉiun guton da ipeko en tiu botelo, kaj kiam la lasta dozo malsupreniris mi diris al mi – ne al Diana aŭ Juna Maria Ĝoa, ĉar mi ne volis maltrankviligi ilin pli ol ili estis jam maltrankvilaj, sed mi devis diri tion al mi nur por trankviligi miajn sentojn: 'Ĉi tiu estas la lasta ne jam estingiĝinta espero, kaj mi timas, ke ĝi estas vana.' Sed post tri minutoj ŝi eltusis la mukon kaj tuj ekpliboniĝis. Vi povas imagi mian trankviliĝon, doktoro, ĉar mi ne kapablas esprimi ĝin per vortoj. Vi scias, ke estas aferoj kiujn oni ne povas esprimi per vortoj."

"Jes, mi scias", kapjesis la kuracisto. Li rigardis Annan kvazaŭ li pensis pri aferoj rilate ŝin, kiujn li ne povis esprimi per vortoj. Pli poste, tamen, li esprimis ilin al ges-roj Barry.

"Tiu rufkapa knabineto, kiun ili havas ĉe la Cuthbert-familio, estas tiel inteligenta, kiel oni faras ilin. Mi diras al vi, ke ŝi savis la vivon de tiu bebo, ĉar estis tro malfrue, kiam mi alvenis ĉi tien. Ŝi ŝajnas havi lertecon kaj spiritviglecon perfekte mirindajn por infano tiuaĝa. Mi neniam vidis ion kiel ŝiajn okulojn, kiam ŝi klarigis la kazon al mi."

Anna jam iris hejmen tra la mirinda, blankfrosta vintra mateno, kun pezaj okuloj pro manko de dormo, sed daŭre senlace parolanta al Mateo, dum ili transiris la longan blankan kampon kaj marŝis sub la scintilanta feina arko de aceroj de la Irejo de Geamantoj.

"Ho, Mateo, ĉu ne estas mirinda mateno? La mondo aspektas kiel io, kion Dio ĵus imagis por Sia propra plezuro, ĉu ne? Tiuj arboj aspektas kvazaŭ mi povas forblovi ilin per spiro – puf! Mi estas tiel kontenta, ke mi vivas en mondo, kie estas blankaj frostoj, ĉu ne vi? Kaj finfine mi estas tiel kontenta, ke s-ino Hammond havis tri parojn da ĝemeloj. Se ŝi ne havus ilin, mi eble ne scius kion fari por Minia Maja. Mi vere bedaŭras, ke mi iam koleriĝis kontraŭ s-ino Hammond pri tio, ke ŝi havas ĝemelojn. Sed, ho, Mateo, mi estas tiel dormema. Mi ne povas iri al la lernejo. Mi certas ke mi ne povus teni miajn okulojn malfermaj kaj ke mi estus tiel stulta. Sed mi malamas resti hejme ĉar Gil... – iuj el la ceteraj atingos la kapon de la klaso, kaj estas tiel malfacile superi denove – kvankam tamen ju pli malfacile estas des pli da kontentiĝo oni havas, kiam vi fakte superas, ĉu ne vi?"

"Nu, mi supozas, ke vi bone elturniĝos" diris Mateo, rigardanta la etan blankan vizaĝon de Anna kaj la malhelajn ombrojn sub ŝiaj okuloj. "Vi iru rekte al la lito kaj havu bonan dormon. Mi plenumos ĉiujn taskojn."

Anna do enlitiĝis kaj dormis tiel longe kaj profunde, ke estis jam blanka kaj rozkolora, vintra posttagmezo, kiam ŝi vekiĝis kaj malsupreniris al la kuirejo, kie Marila, kiu dume alvenis hejmen, sidis trikanta.

"Ho, ĉu vi vidis la Ĉefministron?" Anna tuj ekkriis. "Kiel li aspektis, Marila?"

"Nu, li ne fariĝis Ĉefministro pro sia aspekto", diris Marila. "Kian nazon tiu viro havis! Sed li kapablas paroli. Mi fieris esti konservativulo. Raĉela Lynde, kompreneble, estante liberala, ne bezonis lin. Via tagmanĝo estas en la bakujo, Anna; kaj vi povas havigi al vi bluprun-konfitaĵon el la manĝoŝranko. Mi supozas, ke vi malsatas. Mateo rakontis al mi pri la lasta nokto. Mi devas diri, ke estis bonŝance ke vi sciis kion fari. Mi mem ne havus ideon, ĉar mi neniam vidis kazon de krupo. Nu, vi ne parolu, ĝis vi tagmanĝis. Mi povas vidi laŭ via mieno, ke vi estas plenplena de paroladoj, sed ili atendu."

Marila havis ion por diri al Anna, sed ŝi ne diris ĝin en tiu momento, ĉar ŝi sciis ke, se ŝi dirus, la konsekvenca ekscitiĝo de Anna forlevus ŝin tute el la valoj de tiaj materiaj aferoj kiel apetito aŭ tagmanĝo. Nur kiam Anna finis sian pladeton da bluaj prunoj Marila diris:

"S-ino Barry estis ĉi tie ĉi-posttagmeze, Anna. Ŝi volis vidi vin, sed mi ne volis veki vin. Ŝi diras, ke vi savis la vivon de Minia Maja, kaj ke ŝi multe bedaŭras tion, kiel ŝi agis en tiu afero de la ribo-vino. Ŝi diras, ke ŝi nun scias, ke vi ne intencis ebriigi Dianan, kaj ŝi esperas, ke vi pardonos ŝin kaj estos bonaj amikinoj kun Diana denove. Vi iru ĉi-vespere, se vi deziras, ĉar Diana ne povas iri eksteren pro malbona malvarmumo, kiu trafis ŝin la lastan vesperon. Nun, Anna Shirley, je l' ĉielo, ne 'flugu' rekten en la aeron."

La averto ŝajnis tute necesa, tiel levita kaj aera estis la esprimo kaj sinteno de Anna dum ŝi ekstariĝis, kun radianta vizaĝo pro la ekflamiĝo de sia spirito.

"Ho, Marila, ĉu mi rajtas tuj iri – sen lavi miajn telerojn? Mi lavos ilin kiam mi revenos, sed mi ne kapablas ligi min al io ajn tiel neromantika kiel lavi telerojn je ĉi tiu ekscita momento."

"Jes, jes, foriru", Marila indulge diris. "Anna Shirley – ĉu vi freneziĝas? Revenu tuj kaj metu ion sur vin. Mi povus same bone paroli al la vento: Ŝi foriris sen ĉapo aŭ jako! Rigardu ŝin trairi la horton kun fluganta hararo. Estos beno, se ŝi ne estos trafita de mortiga malvarmumo."

Anna venis hejmen, dancante, en la purpura vintra krepusko tra la neĝaj lokoj. Fore, en la sudokciento, videblis granda brilanta perleca scintilo de vespera stelo en ĉielo, kiu estis pale ora kaj etere roza super brilaj blankaj spacoj kaj malhelaj valetoj de piceoj. La tintilado de sledo-soniloj inter la neĝaj deklivoj sonis kiel elfaj soniloj tra la frosta aero, sed ilia muziko ne estis pli dolĉa ol la kanto en la koro de Anna kaj sur ŝiaj lipoj.

"Vi vidas antaŭ vi perfekte feliĉan personon, Marila", anoncis ŝi. "Mi estas perfekte feliĉa – jes, spite mian rufan hararon. Ĝuste nun mi havas animon kiu superas rufan hararon. S-ino Barry kisis min kaj ploris kaj diris, ke ŝi multe bedaŭris kaj ke ŝi neniam povus repagi min. Mi sentis min terure embarasita, Marila, sed mi nur diris tiel ĝentile kiel mi povis, 'mi ne koleras kontraŭ vi, s-ino Barry. Mi certigas vin unu fojon por ĉiam, ke mi ne intencis ebriigi Dianan, kaj ekde nun mi kovros la pasintecon per mantelo de forgeso.' Tio estis sufiĉe digna maniero paroli, ĉu ne, Marila? Mi sentis, kvazaŭ mi verŝis fajrobraĝon sur la kapon de s-ino Barry. Kaj Diana kaj mi havis ravan posttagmezon. Diana montris al mi novan fantazian kroĉeto-maŝon, kiun ŝia onklino en Karmodo instruis al ŝi. Neniu animo en Avonleo scias pri tio, krom ni, kaj ni solene ĵuris neniam riveli ĝin al iu ajn alia. Diana donis al mi belan karton kun rozkrono sur ĝi kaj verson de poezio:

'Se vi amas min kiel mi amas vin,
Nenio krom morto disigos nin.'

Kaj tio estas vera, Marila. Ni petos de s-ro Phillips, ke li permesu ke ni denove sidu kune en la lernejo, kaj Gertia Pye povas iri kun

Minia Andrews. Ni havis elegantan te-horeton. S-ino Barry uzis sian plej bonan fajencon, Marila, kvazaŭ mi estas vera gasto. Mi ne kapablas diri, kian ekscitiĝon tio sentigis al mi. Neniu antaŭe uzis sian plej bonan fajencon pro mi. Kaj ni havis frukto-kukon kaj funto-kukon kaj pastoringojn kaj du specojn de konfitaĵoj, Marila. Kaj s-ino Barry demandis al mi, ĉu mi prenas teon kaj diris, 'Paĉjo, kial vi ne proponas la biskvitojn al Anna?' Devas esti rave esti prenkreskulo, Marila, kiam esti traktata kvazaŭ vi estas tia, jam estas tiel agrable."

"Mi ne scias pri tio", diris Marila kun mallonga suspiro.

"Nu, ĉiuokaze, kiam mi estos plenaĝa", Anna rezolute diris, "mi ĉiam parolos al knabinetoj, kvazaŭ ankaŭ ili estas tiaj, kaj mi neniam ridos, kiam ili uzos grandajn vortojn. Mi scias pro aflikta sperto, kiel tio vundas la sentojn. Post la teo Diana kaj mi faris tofeon. La tofeo ne estis tre bongusta, mi supozas ĉar nek Diana nek mi iam antaŭe faris ĝin. Diana lasis min kirli ĝin dum ŝi buteris la telerojn, kaj mi forgesis kaj lasis ĝin bruli; kaj kiam ni metis ĝin sur la breton por ke ĝi malvarmiĝu, la kato paŝis sur unu teleron kaj oni devis forĵeti ĝin. Sed fari ĝin estis tre amuze. Poste, kiam mi ekiris hejmen, s-ino Barry petis, ke mi venu tiel ofte kiel mi povas, kaj Diana staris ĉe la fenestro kaj blovis kisojn al mi la tutan vojon ĝis la Irejo de Geamantoj. Mi certigas vin, Marila, ke mi sentas la bezonon preĝi ĉi-vespere, kaj mi elpensos specialan, tute novan preĝon honore al la okazo."

ĈAPITRO 19
KONCERTO, KATASTROFO KAJ KONFESO

"Marila, ĉu mi rajtas viziti Dianan nur unu minuton?" demandis Anna iun februaran vesperon, senspire kurante malsupren de la orienta gablo.

"Mi ne komprenas, pro kio vi deziras vagi post noktiĝo", Marila mallonge diris. "Vi kaj Diana kune marŝis hejmen el la lernejo kaj poste staris tie en la neĝo dum plia duonhoro, viaj langoj moviĝantaj la tutan benitan tempon, klik-klak. Do mi ne opinias, ke vi bezonas revidi ŝin."

"Sed ŝi deziras vidi min", insiste petis Anna. "Ŝi havas ion tre gravan por diri al mi."

"Kiel vi scias tion?"

"Ĉar ŝi ĵus signalis al mi el sia fenestro. Ni organizis manieron signali per niaj kandeloj kaj kartonoj. Ni instalas la kandelon sur la fenestrobreton kaj faras blinkojn pasante la kartonon tien kaj reen. Tiom da blinkoj signifas certan aferon. Estis mia ideo, Marila."

"Mi certas, ke estis vi", diris Marila emfaze. "Kaj la sekva afero estos, ke vi bruligos la kurtenojn per via signala sensencaĵo."

"Ho, ni estas tre zorgemaj, Marila. Kaj estas tiel interese. Du blinkoj signifas, 'Ĉu vi estas tie?' Tri signifas 'jes' kaj kvar 'ne'. Kvin signifas 'venu kiel eble plej frue, ĉar mi havas ion gravan por riveli'. Diana ĵus signalis kvin blinkojn, kaj mi vere suferas pro scivolo pri kio temas."

"Nu, vi ne bezonas suferi plu", Marila sarkasme diris. "Vi rajtas iri, sed vi devas reveni ĉi tien post nur dek minutoj, ne forgesu tion."

Anna fakte ne forgesis tion kaj revenis en la ordonita tempo, kvankam probable neniu mortalo iam ajn scios, ĝuste kiom kostis al ŝi limigi la diskutadon de la grava komunikaĵo de Diana ene de la limo de dek minutoj. Sed almenaŭ ŝi bone uzis ilin.

"Ho, Marila, kion pensas vi? Vi scias, ke morgaŭ estas la naskiĝdatreveno de Diana. Nu, ŝia patrino diris al ŝi, ke ŝi povas peti, ke mi iru hejmen kun ŝi el la lernejo kaj restu la tutan nokton kun ŝi. Kaj ŝiaj kuzinoj venos el Novponto en granda sledo por iri al la koncerto de la Debata Klubo ĉe la halo, morgaŭ vespere. Kaj ili venigos Dianan kaj min al la koncerto – se vi permesos, ke mi iru, kompreneble. Vi permesos, ĉu ne, Marila? Ho, mi sentas min tiel ekscitita."

"Vi do povas kvietiĝi, ĉar vi ne iros. Estas pli bone por vi resti hejme en via propra lito, kaj pri tiu Kluba koncerto, estas nur sensencaĵo, kaj knabinetoj tute ne devus esti permesataj iri al tiaj lokoj."

"Mi certas, ke la Debata Klubo estas plej respektinda afero", petegis Anna.

"Mi ne diras, ke ĝi ne estas. Sed vi ne komencos ĉirkaŭvagadi al koncertoj kaj resti ekstere dum ĉiuj horoj de la nokto. Belaj aktivecoj por infanoj! Surprizas min, ke s-ino Barry permesas al Diana iri."

"Sed estas tiel tre speciala okazaĵo", lamentis Anna, plorema. "Diana havas nur unu naskiĝdatrevenon jare. Ne estas tiel, ke naskiĝdatrevenoj estas ordinaraj aferoj, Marila. Prisia Andrews recitos 'Elirmalpermeso ne devas okazi ĉi-vespere'. Tio estas tiel bona morala peco, Marila. Mi certas, ke ĝi farus multan bonon al mi aŭdi ĝin. Kaj la koruso kantos kvar ravajn korŝirajn kantojn, kiuj estas preskaŭ tiel bonaj kiel himnoj. Kaj, ho, Marila, la pastro partoprenos; jes, ja, li ĉeestos; li prelegos. Tio estos preskaŭ la sama afero kiel prediko. Mi petas, ĉu mi ne povas iri, Marila?"

"Vi aŭdis, kion mi diris, Anna, ĉu ne? Nun demetu viajn botojn kaj enlitiĝu. Estas post la oka."

"Estas nur unu plia afero, Marila", diris Anna, kies mieno malkaŝis, ke ŝi provis ĵeti la lastan pafon de sia provizo. "S-ino Barry diris al Diana, ke ni povus dormi en la lito de la ekstra ĉambro. Pensu pri la honoro por via eta Anna, ke ŝi estas metita en la liton de la ekstra ĉambro."

"Estas honoro pri kiu vi devos rezigni. Enlitiĝu, Anna, kaj ne lasu min aŭdi plian vorton de vi."

Kiam Anna, kun larmoj ruliĝantaj sur la vangoj, malgaje supreniris, Mateo, kiu ŝajne profunde dormis sur la sofo dum la tuta dialogo, malfermis siajn okulojn kaj rezolute diris:

"Nu, Marila, mi opinias, ke vi devas lasi Annan iri."

"Mi ne tion opinias", replikis Marila. "Kiu edukas tiun infanon, Mateo, vi aŭ mi?"

"Nu, vi", agnoskis Mateo.

"Do ne intervenu."

"Nu, mi ne intervenas. Oni ne intervenas, se oni nur havas propran opinion. Kaj mia opinio estas, ke vi permesu al Anna iri."

"Vi povas opinii, ke mi permesu al Anna iri sur la lunon, se ŝi tion deziras, mi havas neniun dubon", estis la kompleza repliko de Marila. "Mi povus lasi ŝin pasigi la nokton ĉe Diana, se tio estus ĉio. Sed mi ne konsentas pri tiu koncerta plano. Ŝi irus tien kaj tre probable malvarmumiĝus, kaj plenigus sian kapon per sensensaĵoj kaj ekscitiĝo. Tio maltrankviligus ŝin por semajno. Mi komprenas pli bone ol vi, Mateo, la dispozicion de tiu infano kaj kio estas bona por ŝi."

"Mi opinias, ke vi permesu al Anna iri", firme ripetis Mateo. Argumenti ne estis lia forto, sed firme seni lian opinion certe estis. Marila senhelpe anhelis kaj rifuĝis en silenton. La sekvan matenon, kiam Anna lavis la matenmanĝajn telerojn en la apudkuireja kamero, Mateo haltis survoje al la stalo por diri al Marila denove:

"Mi opinias ke vi lasu Annan iri, Marila."

Dum momento Marila preskaŭ eldiris nelaŭleĝajn vortojn. Poste ŝi cedis al la neeviteblo kaj akre diris:

"Bonege, ŝi rajtas iri, ĉar nenio alia plaĉos al vi."

Anna "flugis" el la kamero, gutantan telerlavtukon enmane.

"Ho, Marila, Marila, denove diru tiujn benitajn vortojn."

"Mi supozas, ke unu fojo sufiĉas por ilin diri. Estas la ideo de Mateo, kaj mi restas senkulpa pri tio. Se vi malsaniĝas de pneŭmonio dormante en stranga lito aŭ elirante el tiu varmega halo meze de la nokto, ne kulpigu min, kulpigu Mateon. Anna Shirley, vi gutigas grasan akvon sur la tutan plankon. Mi neniam vidis tiel senzorgan infanon."

"Ho, mi scias, mi estas granda aflikto por vi, Marila", Anna pente diris. "Mi faras tiom da eraroj. Sed tamen, pensu pri ĉiuj eraroj, kiujn mi ne faras, kvankam mi povus. Mi prenos sablon kaj frotos la makulojn antaŭ ol iri al la lernejo. Ho, Marila, mia koro tiom deziris iri al tiu koncerto. Mi neniam iris al koncerto en mia vivo, kaj kiam la ceteraj knabinoj parolas pri ili en la lernejo, mi sentas min tiom aparta. Vi ne sciis, kiel mi sentis pri tio, sed vi vidas, Mateo ja sciis. Mateo komprenas min, kaj estas tiel agrable esti komprenata, Marila."

Anna estis tro ekscitita por dece trakti la lecionojn en la lernejo tiun matenon. Gilberto Blythe gajnis la literumadon en la klaso kaj lasis ŝin tute malantaŭ si kiam temis pri mensa aritmetiko. La sekva humiligo de Anna estis tamen malpli granda ol ĝi povus esti, pro la koncerto kaj la lito en la ekstra ĉambro. Ŝi kaj Diana tiom parolis pri tio, konstante, la tutan tagon, tiel ke ĉe pli severa instruisto ol s-ro Phillips, terura, neevitebla hontigo certe estus ilia puno.

Anna sentis, ke ŝi ne povus elteni, se ŝi ne irus al la koncerto, ĉar nenio alia estis diskutata tiun tagon en la lernejo. La Debata Klubo de Avonleo, kiu renkontiĝis ĉiun duan semajnon dum la tuta vintro, havis multajn pli malgrandajn senpagajn distraĵojn; sed ĉi tiu estis granda okazaĵo, enirprezo 10 cendoj, helpe al la biblioteko. La junularo de Avonleo sin preparis dum semajnoj, kaj ĉiuj lernantoj informiĝis pri ĝi helpe de pli aĝaj fratoj kaj fratinoj, kiuj partoprenos. Ĉiu pli ol naŭjara en la lernejo anticipis partoprenon, escepte de Karia Sloane, kies patro dividis la opiniojn de Marila pri knabinetoj ĉeestantaj noktajn koncertojn. Karia Sloane ploris en sian gramatiko-libron la tutan posttagmezon kaj sentis ke la vivo ne meritis esti vivata.

Por Anna la vera ekscitiĝo komenciĝis ĉe la fino de la lernotago kaj pliiĝis de tiam kresĉende ĝis ŝi atingis la plej pozitivan ekstazon dum la koncerto mem. Ili havis "perfekte elegantan tehoreton"; kaj poste venis la delica okupiĝo vestiĝi en la ĉambreto de Diana supre. Diana preparis la frontajn harojn de Anna en la nova pompadura stilo, kaj Anna ligis la harnodojn de Diana per la speciala lerteco, kiun ŝi posedis; kaj ili eksperimentis kun almenaŭ duon-dekduo da manieroj aranĝi siajn malantaŭajn harojn. Fine ili estis pretaj, la vangoj skarlataj kaj la okuloj ardantaj pro ekscitiĝo.

Estas vere, ke Anna ne povis malhelpi ekdoloron, kiam ŝi rimarkis la kontraston inter siaj ordinara nigra bereto kaj senforma hejmfarita griza ŝtof-mantelo kun premitaj manikoj, kaj la gaja pelto-ĉapo kaj eleganta jaketo de Diana. Sed ŝi ĝustatempe memoris, ke ŝi havas imagopovon kaj povas uzi ĝin.

Poste venis la kuzoj de Diana, el la Murray-familio de Novponto; ili ĉiuj amasiĝis sur la granda sledo, inter pajlo kaj peltkovriloj. Anna ĝojis dum la veturado al la halo, glitante sur satenglataj vojoj kun la neĝo krispiĝanta sub la glitiloj. Estis rava sunsubiro, kaj la neĝaj deklivoj kaj malhelblua akvo de la Golfo Sankt-Laŭrenco ŝajnis emfazi la grandiozon kvazaŭ grandega bovlo da perloj kaj safiroj plenplena de vino kaj fajro. Tintado de sledo-sonoriloj kaj defora ridado, kiuj ŝajnis kiel la gajeco de arbaraj elfoj, alvenis el ĉiuj anguloj.

"Ho, Diana", elspiris Anna, premante la mufon de Diana sub la peltkovrilo, "ĉu ĉio ne estas kiel bela sonĝo? Ĉu mi vere aspektas sama kiel kutime? Mi sentas min tiel malsama, ke ŝajnas al mi ke tio devas vidiĝi en mia aspekto."

"Vi aspektas terure bela", diris Diana, kiu, post ricevi komplimenton de unu el siaj kuzoj, sentis, ke ŝi devas transdoni ĝin. "Vi havas la plej ravan koloron."

La programo tiun vesperon estis serio da "ekscitoj" por almenaŭ unu aŭskultanto en la ĉeestantaro, kaj, kiel Anna certigis Dianan, ĉiu sekva ekscitiĝo estis pli ekscita ol la lasta. Kiam Prisia Andrews, vestita en nova rozkolora silka jako kun vico da perloj ĉirkaŭ sia glata blanka gorĝo kaj veraj kariofildiantoj en sia hararo – laŭ la flustritaj onidiroj la ĉefinstruisto venigis ilin el la urbo por ŝi – "surgrimpis la ŝliman eskalon, malhelan, sen radio de lumo", Anna tremetis en luksa simpatio; kiam la koruso kantis "For super la delikataj lekantoj", Anna rigardadis la plafonon kvazaŭ ĝi estas freskita per anĝeloj; kiam Samĉjo Sloane ekklarigis kaj ilustris "Kiel Sokero metis ovojn sub kokinon", Anna ridis ĝis homoj sidantaj apud ŝi ankaŭ ridis, pli pro simpatio kun ŝi ol pro amuziĝo pri ero kiu estis sufiĉe eluzita eĉ en Avonleo; kaj kiam s-ro Phillips prezentis la oratoraĵon de Marko Antonio super la mortinta korpo de Cezaro en la tonoj plej emociaj – rigardanta al Prisia fine de ĉiu frazo – Anna sentis, ke ŝi povus stariĝi kaj surloke ribeli, se eĉ nur unu romia civitano indikus la vojon.

Nur unu ero el la programo ne interesis ŝin. Kiam Gilberto Blythe recitis "Bingeno ĉe la Rejno", Anna prenis la bibliotekan libron de Roda Murray kaj ĝin legis ĝis li finis, kaj ŝi sidis rigide kaj senmove, dum Diana aplaŭdis ĝis ŝiaj manoj doloretis.

Estis la dekunua, kiam ili alvenis hejmen, satiĝintaj per disipiĝo, sed kun la dolĉega plezuro povi reparoli pri ĉio. Ĉiuj ŝajnis dormantaj kaj la domo estis malluma kaj silenta. Anna kaj Diana piedpinte paŝis en la salonon, longa mallarĝa ĉambro, kiu kondukis al la ekstra ĉambro. Ĝi estis agrable varma kaj duonhele lumigita per la braĝo en la forno.

"Ni malvestiĝu ĉi tie", diris Diana. "Estas tiel komforte kaj varme."

"Ĉu ne estis ĝojinda tempo?", Anna ekstaze suspiris. "Devas esti rave stariĝi kaj reciti tie. Ĉu vi supozas, ke iam oni petos al ni fari tion, Diana?"

"Jes, kompreneble, iun tagon. Ili ĉiam deziras, ke la pli aĝaj lernantoj recitu. Gilberto Blythe recitas ofte, kaj li estas nur du jarojn pli aĝa ol ni. Ho, Anna, kiel vi povus ŝajnigi ne aŭskulti lin? Kiam li alvenis al la linio,

'Estas alia, *ne* fratino',

li rigardis suben rekte al vi."

"Diana", Anna kun digno diris, "vi estas mia intima amikino, sed mi ne povas permesi eĉ al vi paroli pri tiu persono. Ĉu vi pretas enlitiĝi? Ni kuru por vidi kiu atingos la liton la unua."

La sugesto plaĉis al Diana. La du etaj, blanke vestitaj figuroj "flugis" trans la longan ĉambron, tra la pordo de la ekstra ĉambro, kaj sammomente "surteriĝis" sur la liton. Kaj poste – io – moviĝis sub ili, estis anhelo kaj ekkrio – kaj iu diris en dampitaj akcentoj:

"Havu kompaton, je Dio!"

Anna kaj Diana neniam povis diri, ĝuste kiel ili eligis sin el tiu lito kaj ekster la ĉambron. Ili nur sciis, ke post tiu furioza impeto ili trovis sin piedpinte paŝantaj kaj tremetantaj iri supren.

"Ho, kiu estis – *kio* estis?" flustris Anna, ŝiaj dentoj klakantaj pro malvarmo kaj timo.

"Estis onklino Jozefina", diris Diana, anhelante pro rido. "Ho, Anna, estis Onklino Jozefina, kiel ajn ŝi troviĝis tie. Ho, kaj mi scias, ke ŝi furiozos. Estas terure – estas vere terure – sed ĉu vi iam sciis pri io tiel ridinda, Anna?"

"Kiu estas via onklino Jozefina?"

"Ŝi estas la onklino de patro kaj ŝi loĝas en Ĉarlotaŭno. Ŝi estas terure maljuna – deksep ĉiuokaze – kaj mi ne kredas ke ŝi *iam* estis knabineto. Ni atendis ŝian viziton, sed ne tiel frue. Ŝi estas terure formalema kaj strikta kaj ŝi terure skoldos pri tio ĉi, mi scias. Nu, ni devos tranokti kun Minia Maja – kaj vi ne povas imagi, kiel ŝi piedbatas."

F-ino Jozefina Barry ne aperis je la frua matenmanĝo la sekvan matenon. S-ino Barry ridetis afable al la du knabinetoj.

"Ĉu vi havis agrablan tempon hieraŭ vespere? Mi strebis resti veka ĝis vi alvenis hejmen, ĉar mi volis diri al vi, ke onklino Jozefina alvenis kaj ke vi finfine iru supren, sed mi estis tiel laca, ke mi ekdormis. Mi esperas, ke vi ne ĝenis vian onklinon, Diana."

Diana konservis diskretan silenton, sed ŝi kaj Anna ŝtele interŝanĝis ridetojn de kulpa amuziĝo trans la tablo. Anna rapidis hejmen post la matenmanĝo kaj tiel restis en feliĉega senscio pri la ĝeno, kiu nun rezultis en la Barry-familio ĝis la malfrua posttagmezo, kiam ŝi iris al s-ino Lynde pri irtasko por Marila.

"Do vi kaj Diana preskaŭ ĝismorte timigis la povran maljunan f-inon Barry la lastan nokton?", diris s-ino Lynde severe, sed kun scintilo en sia okulo. "S-ino Barry estis ĉi tie antaŭ kelkaj minutoj survoje al Karmodo. Ŝi sentas sin tre maltrankvila pri tio. La maljuna f-ino Barry estis en terura humoro, kiam ŝi ellitiĝis ĉi-matene – kaj la humoro de Jozefina Barry ne estas ŝerco, mi povas diri tion al vi. Ŝi tute ne volis alparoli Dianan."

"Ne estis la kulpo de Diana", Anna pentoplene diris. "Estis la mia. Mi sugestis kuri por vidi, kiu enlitiĝas la unua."

"Aha, mi scias tion!", diris s-ino Lynde kun la ĝojego de ĝusta diveninto. "Mi scias, ke tiu ideo venis de via kapo. Nu, tio kaŭzis belan ĉagrenon, jen! La maljuna f-ino Barry venis por resti unu monaton, sed ŝi asertas, ke ŝi ne restos plian tagon kaj ke ŝi reiros rekte al la urbo morgaŭ, malgraŭ tio, ke estos dimanĉo. Ŝi irus hodiaŭ, se oni povas preni ŝin. Ŝi iam promesis pagi trimestron da muziko-lecionoj por Diana, sed nun ŝi decidis fari nenion por tia knabulino. Ho, mi supozas, ke ili havis ŝtorman tempon pri tio ĉi-matene. La Barry-familio devas senti sin disŝirita. La maljuna f-ino Barry estas riĉa kaj ili ŝatus resti ĉe ŝia bona flanko. Komprenable, s-ino Barry ne diris ĝuste tion al mi, sed mi estas sufiĉe bona juĝisto pri la homa naturo, jen tio."

"Mi estas tiel malbonŝanca knabino", lamentis Anna. "Mi ĉiam embarasiĝas kaj igas miajn plej bonajn amikinojn – homoj por kiuj mi verŝus la sangon de mia koro – ankaŭ embarasiĝi. Ĉu vi povas diri al mi, kial estas tiel, s-ino Lynde?"

"Estas ĉar vi estas tro senatenta kaj impulsiĝema, infano, jen tio. Vi neniam haltas por pensi – io ajn kio eniras vian kapon por diri aŭ fari, vi diras aŭ faras ĝin sen momenta pripensado."

"Ho, sed tio estas la plej bona parto", protestis Anna. "Io nur ekbrilas en la menso, tiel ekscita, kaj oni devas eligi ĝin. Se oni haltas por ĝin pripensi, oni ruinas ĉion. Ĉu vi neniam sentis tion, s-ino Lynde?"

Ne, s-ino Lynde ne sentis tion. Ŝi saĝe skuetis sian kapon.

"Vi devas lerni pripensi iom, Anna, jen tio. La proverbo kiun vi bezonas sekvi estas 'Rigardu antaŭ ol vi saltas' – aparte en litojn de ekstraj ĉambroj."

S-ino Lynde komforte ridis pri sia milda ŝerco, sed Anna restis pensema. Ŝi vidis nenion por priridi en la situacio, kiu laŭ ŝia sento ŝajnas tre serioza. Kiam ŝi forlasis la domon de s-ino Lynde, ŝi trairis la krustitajn kampojn ĝis Horta Deklivo. Diana renkontis ŝin ĉe la kuireja pordo.

"Via Onklino Jozefina estis tre kolera pri tio, ĉu ne?", flustris Anna.

"Jes", respondis Diana sufokanta subridon, kun anksia ek-rigardo super sia ŝultro al la fermita pordo de la sidĉambro. "Ŝi sufiĉe 'dancis' pro kolerego, Anna. Ho, kiom ŝi skoldis! Ŝi diris ke mi estas la plej malbon-konduta knabino, kiun ŝi iam vidis kaj ke miaj gepatroj devus honti pri la maniero laŭ kiu ili edukis min. Ŝi diras, ke ŝi ne restos, kaj mi certas, ke tio ne gravas al mi. Sed patro kaj patrino ja ĉagreniĝas."

"Kial vi ne diris al ili, ke estas mia kulpo?" demandis Anna.

"Estas verŝajne, ke mi farus tion, ĉu ne?!" diris Diana kun justa indigno. "Mi ne estas denuncantino, Anna Shirley, kaj ĉiuokaze mi estas same kulpa kiel vi."

"Nu, mi mem diros al ŝi", Anna rezolute diris.

Diana fiksrigardis ŝin.

"Anna Shirley, vi neniam faru tion! Nu – ŝi manĝos vin viva!"

"Ne timigu min pli ol mi estas timigita", petegis Anna. "Mi preferus paŝi antaŭ la buŝon de kanono. Sed mi devas ĝin fari, Diana. Estis mia kulpo kaj mi devas konfesi. Mi bonŝance havas sperton pri konfesado."

"Nu, ŝi estas en la ĉambro", diris Diana. "Vi povas eniri, se vi deziras. Mi ne aŭdacus. Kaj mi ne kredas, ke vi faros iometan bonon."

Kun tiu kuraĝigo Anna alfrontis la leonon en ĝia kuŝejo – tio estas, ŝi rezolute paŝis al la pordo de la sidĉambro kaj frapis ĝin feble. Akra "Envenu" sekvis.

F-ino Jozefina Barry, maldika, formalema kaj rigida, vigle trikis ĉe la fajro, ŝia kolero ankoraŭ ne malaperinta kaj ŝiaj okuloj scintilantaj tra ŝiaj or-muntitaj okulvitroj. Ŝi returniĝis en sia seĝo, atendante vidi Dianan, kaj malkovris blankvizaĝan knabinon, kies grandaj okuloj plenplenis de miksaĵo el senesperiga kuraĝo kaj ŝrumpanta teruro.

"Kiu estas vi?" f-ino Jozefa Barry senceremonie demandis.

"Mi estas Anna de Verdaj Gabloj", la eta vizitantino tremete respondis, premante siajn manojn per sia karakteriza gesto, "kaj mi venis konfesi, mi petas".

"Konfesi kion?"

"Ke estis sole mia kulpo salti sur la liton kaj sur vin lastnokte. Mi sugestis tion. Diana neniam elpensus tian aferon, mi certas. Diana estas tre sinjorineca knabino, f-ino Barry. Do vi devas vidi, kiel maljuste estas kulpigi ŝin."

"Ho, mi devas, ĉu? Mi prefere pensas, ke Diana faris almenaŭ sian parton de la salto. Tiaj miskondutoj en respektinda domo!"

"Sed ni nur amuziĝis", persistis Anna. "Mi opinias, ke vi devus pardoni nin, f-ino Barry, nun ke ni pardonpetis. Kaj ĉiuokaze bonvolu pardoni Dianan kaj lasi ŝin ricevi siajn muziklecionojn. Diana sopiras pri siaj muziklecionoj, f-ino Barry, kaj mi tro bone scias, kion signifas sopiri je io kaj ne ĝin ricevi. Se vi devas koleri pri iu ajn, koleru pri mi. Mi tiel kutimiĝis en miaj junaj jaroj havi personojn prikoleri min, ke mi povas toleri tion multe pli facile ol Diana."

Multo de la scintilado jam malaperis el la okuloj de la mal-junulino kaj estis anstataŭita de scintilo de amuza intereso. Sed ŝi plu severe parolis:

"Mi ne opinias, ke estas nenia ekskuzo por vi, ke vi nur amuz-iĝis. Knabinetoj neniam permesis al si tiun specon de amuzo, kiam mi estis juna. Vi ne konas la senton esti vekita el profunda dormo, post longa kaj laciga veturado, de du grandaj knabinoj kiuj saltas sur vin."

"Mi ne *scias*, sed mi povas *imagi*", Anna rapide diris. "Mi cer-tas, ke tio devis esti tre maltrankviliga. Sed tamen, estas ankaŭ nia vidpunkto. Ĉu vi ne havas imagopovon, f-ino Barry? Se jes, nur metu vin en nian lokon. Ni ne sciis, ke iu estis en tiu lito kaj vi preskaŭ ĝismorte timigis nin. Estis simple terure, kiel ni sentis nin. Kaj ni ne povis dormi en la ekstra ĉambro, kiel promesite al ni. Mi supozas, ke vi alkutimiĝis dormi en ekstraj ĉambroj. Sed imagu, kion vi sentus, se vi estus eta orfa knabino, kiu neniam havis tian honoron."

Nun ĉia scintilado malaperis. F-ino Barry efektive ridis – sono kiu kaŭzis al Diana, kiu atendis en senparola angoro ekstere en la kuirejo, eligi grandan, malpezigan anhelon.

"Mi timas, ke mia imagopovo estas iom rustita – de longa tempo mi ne ĝin uzis" ŝi diris. "Mi aŭdacas diri, ke via postulo al simpatio estas tiel forta kiel la mia. Ĉio dependas de la maniero, laŭ kiu ni rigardas tion. Sidiĝu ĉi tien kaj rakontu al mi pri vi."

"Mi multe bedaŭras, ke mi ne povas", Anna firme diris. "Mi ŝatus fari tion, ĉar vi ŝajnas esti interesa sinjorino, kaj vi eĉ eble estos intima amikino, kvankam vi ne multe aspektas tia. Sed estas mia devo iri hejmen al f-ino Marila Cuthbert. F-ino Marila Cuthbert estas tre bonkora virino, kiu akceptis min por korekte eduki min. Ŝi faras sian eblon, sed estas tre malkuraĝiga laboro.

Vi ne devas kulpigi ŝin pro tio, ke mi saltis sur la liton. Sed antaŭ ol mi foriru, mi ja ŝatus, ke vi diru al mi, ĉu vi pardonos Dianan kaj restos en Avonleo tiel longe kiel vi intencis.

"Mi pensas, ke eble mi faros tion, se vi venos paroli al mi de tempo al tempo", diris f-ino Barry.

Tiun vesperon f-ino Barry donis al Diana arĝentan braceleton kaj diris al la pliaĝa domanaro, ke ŝi elpakis sian valizon.

"Mi decidis resti simple por pli bone konatiĝi kun tiu Anna-knabino" ŝi honeste diris. "Ŝi amuzas min, kaj en mia fazo de la vivo amuza persono estas maloftaĵo."

La sola komento de Marila, kiam ŝi aŭdis la historion, estis "Mi diris tion al vi". Tio estis por la avantaĝo de Mateo.

F-ino Barry restis sian monaton kaj pli. Ŝi estis pli agrabla gasto ol kutime, ĉar Anna gardis ŝin bonhumora. Ili fariĝis firmaj amikinoj.

Kiam f-ino Barry foriris, ŝi diris:

"Memoru, vi, Anna-knabino, kiam vi venos al la urbo, vi vizitos min, kaj mi metos vin en mian plej ekstran ekstra-ĉambron por dormi."

"F-ino Barry estas intima amikino, finfine", konfidis Anna al Marila. "Oni ne kredus tion rigardante ŝin, sed ŝi estas. Oni ne malkovras tion tuj, kiel en la kazo de Mateo, sed post ioma tempo oni ekvidas tion. La akordaj spiritoj ne estas tiel maloftaj kiel mi iam pensis. Estas ĝojige malkovri, ke estas tiom da ili en la mondo."

ĈAPITRO 20
BONA IMAGOPOVO KIU MISIĜIS

La PRINTEMPO denove revenis al Verdaj Gabloj – la rava, kaprica, hezitema kanada printempo, daŭranta tra aprilo kaj majo en sinsekvo de delicaj, friskaj tagoj, kun rozkoloraj sunsubiroj kaj mirakloj de resurekto kaj kreskado. La aceroj en Irejo de Geamantoj havis ruĝajn burĝonojn, kaj etaj buklaj filikoj stariĝis ĉirkaŭ Bobelo de la Driado. Malproksime en la erikejoj malantaŭ la loko de s-ro Silaso Sloane la majfloroj[24] ekfloris, rozaj kaj blankaj steloj de mildeco sub la brunaj folioj. Ĉiuj lernejaninoj kaj lernejanoj havis unu oran posttagmezon por kolekti ilin, poste hejmirante en la klara, eĥanta krepusko kun brakoj kaj korboj plenaj je floraj trofeoj.

"Mi tiom kompatas la homojn kiuj loĝas en landoj, kie ne estas majfloroj", diris Anna. "Diana diras, ke eble ili havas ion pli bonan, sed ne povas esti io pli bona ol majfloroj, ĉu ne, Marila? Kaj Diana diras ke, se ili ne scias kiel ili aspektas, ili ne sentas ilian mankon. Sed mi opinias, ke tio estas la plej trista afero el ĉiuj. Mi opinias ke estus *tragike*, Marila, ne scii kiel aspektas la majfloroj kaj *ne* senti ilian mankon. Ĉu vi scias, kion mi opinias kio majfloroj estas, Marila? Mi opinias, ke ili devas esti la animoj de la floroj, kiuj mortis lastan someron, kaj ĉi tio estas ilia ĉielo. Sed ni havis grandiozan tempon hodiaŭ, Marila. Ni havis nian lunĉon malsupre en granda muska kavo apud malnova puto – tiel *romantika* loko. Karlêjo Sloane defiis Artêjon Gillis salti super ĝin, kaj Artêjo tion faris, ĉar li ne akceptus malvenkon. Neniu tion farus en la lernejo. Estas tre *laŭmode* defii. S-ro Phillips donis ĉiujn majflorojn, kiujn li trovis, al Prisia Andrews, kaj mi aŭdis lin diri 'dolĉaĵojn al la dolĉa'. Li ĉerpis tion el libro, mi scias; sed tio montras, ke li havas iom da imagopovo. Oni proponis ankaŭ al mi iujn majflorojn, sed mi malestime rifuzis ilin. Mi ne povas diri al vi la nomon de la persono, ĉar mi ĵuris neniam permesi al ĝi transpasi miajn lipojn. Ni faris kronojn el la majfloroj kaj metis

---

24 Konvaloj

ilin sur niajn ĉapelojn; kaj kiam venis la momento iri hejmen, ni marŝis en procesio sur la vojo, duope, kun niaj bukedoj kaj kronoj, kantantaj 'Mia hejmo sur la holmo'. Ho, estis tiel ekscite, Marila. La tuta familio de s-ro Silaso Sloane rapidis eksteren por nin vidi, kaj ĉiuj, kiujn ni renkontis survoje, haltis kaj fiksrigardis nin. Ni kreis veran sensacion."

"Ne mirindas! Tiaj stultaĵoj!" estis la respondo de Marila.

Post la majfloroj venis la violoj, kaj Viola Valo estis purpuriĝinta per ili. Anna paŝis tra ĝi survoje al la lernejo kun respektemaj paŝoj kaj adorantaj okuloj, kvazaŭ ŝi trapaŝis sanktan grundon.

"Iamaniere", diris ŝi al Diana, "kiam mi trairas ĉi tien, ne vere gravas al mi ke Gil... – ke iu ajn alia antaŭu min en la klaso aŭ ne. Sed kiam mi estas en la lernejo, estas tute malsame, kaj gravas al mi, kiel antaŭe. Estas tiom da malsamaj Annaj en mi. Mi kelkfoje pensas, ke estas pro tio, ke mi estas tiel singĝena persono. Se mi estus nur la unusola Anna, estus tiel multe pli facile, sed tiam ne estus duone tiel interese."

Iun junian vesperon, kiam la hortoj denove rozkolore floris, kiam la ranoj arĝente dolĉe kantis en la marŝoj ĉirkaŭ la pinto de la Lago de Brilaj Akvoj, kaj la aero estis plena de la odoro de trifoliaj kampoj kaj balzamaj abio-boskoj, Anna sidis ĉe sia gablofenestro. Ŝi studis siajn lecionojn, sed ekstere jam tro mallumiĝis, tiel ke ŝi ne povis vidi la libron, do ŝi falis en larĝokulan revadon, rigardante preter la branĉojn de la Neĝa Reĝino, denove ornamita per ĝiaj flortufoj.

En ĉiuj esencaj aspektoj, la eta gabla ĉambro restis neŝanĝita. La muroj estis tiel blankaj, la kuseneto tiel malmola, la seĝoj tiel rigidaj kaj flavece rektaj kiel ĉiam. Tamen la tuta karaktero de la ĉambro estis ŝanĝita. Ĝi estis plena de nova vitala, pulsanta personeco, kiu ŝajnis trapenetri ĝin kaj esti sufiĉe sendependa de lernejaninaj libroj kaj roboj kaj rubandoj, kaj eĉ de la fendita blua vazo plena de pomfloroj sur la tablo. Estis kvazaŭ ĉiuj sonĝoj, dormantaj kaj vekaj, de ĝia viveca okupanto jam prenis videblan, tamen nematerian formon kaj dekoraciis la nudan ĉambron per grandiozaj nebulecaj silkopaperoj ĉielarkaj kaj lunlumaj. Marila nun vigle envenis kun kelkaj el la ĵus gladitaj lernejaj antaŭtukoj de Anna. Ŝi pendigis ilin sur seĝon kaj sidiĝis kun eksuspiro. Ŝi havis unu el siaj kapdoloroj tiun posttagmezon, kaj kvankam la doloro nun malaperis, ŝi sentis sin malforta kaj "forkonsumita", kiel ŝi esprimis sin. Anna rigardis ŝin per klaraj okuloj de simpatio.

"Mi ja sincere deziras, ke mi povus havi la kapdoloron anstataŭ vi, Marila. Mi ĝoje eltenus ĝin por vi."

"Mi supozas, ke vi faris vian parton prizorgante la laboron kaj lasante min ripozi", diris Marila. "Vi ŝajnas sukcesi sufiĉe bone kaj faris malpli da eraroj ol kutime. Kompreneble ne estis tute necese ameli la naztukojn de Mateo! Kaj la plimulto de la homoj, kiam ili metas torton en la bakujon por ĝin varmigi por la tagmanĝo, elprenas ĝin kaj ĝin manĝas, kiam ĝi estas varma, anstataŭ lasi ĝin bruli ĝiskrispe. Sed tio videble ne ŝajnas esti via maniero."

Kapdoloroj ĉiam postlasis Marilan iom sarkasma.

"Ho, mi tiom bedaŭras", diris Anna pente. "Mi ne plu pensis pri tiu torto de la momento, en kiu mi ĝin metis en la bakujon, ĝis nun, kvankam mi *instinkte* sentis, ke io mankis sur la tagmanĝa tablo. Mi estis firme decidita, kiam vi lasis min estri ĉi-matene, fantazii pri nenio, sed teni miajn pensojn sur la faktoj. Mi sufiĉe bone sukcesis, ĝis mi enmetis la torton, kaj poste nerezistebla tento venis al mi, mi ekfantaziis, ke mi estas ĉarma princino enfermita en soleca turo kun rava prodo rajdanta al mia savo sur karbonigra ĉevalo. Do okazis tiel, ke mi forgesis la torton. Mi ne sciis, ke mi amelis la naztukojn. La tutan tempon, kiam mi gladis, mi provis pensi pri nomo por nova insulo, kiun Diana kaj mi malkovris supre en la rojo. Estas la plej mirinda loko, Marila. Estas du acerarboj sur ĝi kaj la rojo fluas ĉirkaŭ ĝi. Fine trafis min la ideo, ke estus rave nomi ĝin Insulo Viktorino, ĉar ni malkovris ĝin la naskiĝdatrevenon de la Reĝino. Ni ambaŭ, Diana kaj mi, estas tre lojalaj. Sed mi multe bedaŭras tiun torton kaj la naztukojn. Mi volis esti ekstre bona hodiaŭ, ĉar estas datreveno. Ĉu vi memoras kio okazis pasintjare en tiu tago, Marila?"

"Ne, mi ne povas pensi pri io speciala."

"Ho, Marila, estis la tago, en kiu mi alvenis al Verdaj Gabloj. Mi neniam forgesos ĝin. Tio estis la turnopunkto en mia vivo.

Kompreneble tio ne sajnus tiel grava por vi. Mi estas ĉi tie de unu jaro, kaj mi estis tiel feliĉa. Kompreneble mi havis miajn problemojn, sed oni kapablas transvivi problemojn. Ĉu vi bedaŭras, ke vi prenis min, Marila?"

"Ne, mi ne povas diri, ke mi bedaŭras tion", diris Marila, kiu kelkfoje demandis sin, kiel ŝi povis vivi antaŭ ol Anna venis al Verdaj Gabloj, "ne, ne ĝuste bedaŭri. Se vi finis viajn lecionojn, Anna, mi volas ke vi iru al s-ino Barry por demandi, ĉu ŝi pruntedonos al mi la modelon de la antaŭtuko de Diana."

"Ho – estas – estas tro mallume", kriis Anna.

"Tro mallume? Nu, estas nur krepusko. Kaj Dio scias, ke vi iris tien sufiĉe ofte post la mallumo."

"Mi iros frumatene", Anna rapide diris. "Mi ellitiĝos je sunleviĝo kaj iros tien, Marila."

"Kio nun eniris vian kapon, Anna Shirley? Mi volas tiun modelon por eltranĉi vian novan antaŭtukon ĉi-vespere. Iru tuj kaj estu ankaŭ lerta."

"Do mi devos iri laŭ la vojo", diris Anna, malvolonte prenante sian ĉapelon.

"Iri laŭ la vojo kaj misuzi duonhoron?! Mi ŝatus vidi vin fari tion!"

"Mi ne povas iri tra la Hantita Arbaro, Marila", Anna senespere kriis.

Marila fiksrigardis ŝin.

"La Hantita Arbaro! Ĉu vi estas freneza? Kio, je ĉiuj sanktuloj, estas la Hantita Arbaro?"

"La picea arbaro super la rojo", flustris Anna.

"Frenezaĵo! Estas neniu tia afero, kiel hantita arbaro, nenie. Kiu diris al vi tiajn aferojn?"

"Neniu" konfesis Anna. "Diana kaj mi nur fantaziis, ke la arbaro estas hantita. Ĉiuj lokoj ĉirkaŭ ĉi tie estas tiel – tiel – ordinaraj. Ni nur elpensis tion por nia propra amuzo. Ni komencis tion en aprilo. Hantita arbaro estas tiel tre romantika, Marila. Ni elektis la picean boskon, ĉar ĝi estas tiel tenebra. Ho, ni elpensis la plej har-hirtigajn aferojn. Ekzistas blanka virino, kiu marŝas laŭlonge de la rojo proksimume je ĉi tiu horo de la nokto kaj tordas siajn manojn kaj eligas ploregajn kriojn. Ŝi aperas, kiam estos morto en la familio. Kaj la fantomo de murdita infaneto hantas la angulon supre ĉe Idlevildo; ĝi rampas malantaŭ vin kaj metas siajn malvarmajn fingrojn sur vian manon – tiel. Ho, Marila, donas al mi tremeton nur pensi pri tio. Kaj estas senkapa viro, kiu terurpaŝas supren kaj malsupren sur la pado, kaj skeletoj kolergrimacas al vi el inter la branĉoj. Ho, Marila, mi nun ne volas iri tra la Hantita Arbaro, post mallumiĝo, por nenio en la mondo. Mi certas, ke blankaj estaĵoj etendiĝos el malantaŭ la arboj kaj ekkaptos min."

"Ĉu iu jam aŭdis tiajn aferojn!" ekkriis Marila, kiu aŭskultis en muta miro. "Anna Shirley, ĉu vi volas diri al mi, ke vi kredas tiun tutan fian sensencaĵon de via propra fantazio?"

"Ne kredi, ĝuste", hezitis Anna. "Almenaŭ mi ne kredas ĝin dum taglumo. Sed post la mallumiĝo, Marila, estas malsame. Estas tiam, kiam marŝas la fantomoj."

"Ne ekzistas aĵoj, kiel tiuj fantomoj, Anna."

"Ho, sed ja ekzistas, Marila", Anna rapide kriis. "Mi konas homojn, kiuj vidis ilin. Kaj ili estas respektindaj homoj. Karlĉjo Sloane diras, ke lia avino vidis lian avon alkondukantan la bovinojn hejmen iun nokton, post kiam li estis enterigita jam unu jaron. Vi scias, ke la avino de Karlĉjo Sloane ne rakontus ion tian por nenio. Ŝi estas tre religiema virino. Kaj la patro de s-ino Thomas estis postkurita iun nokton de fajra ŝafido kun distranĉita kapo pendanta nur per strio de haŭto. Li diris, ke li sciis, ke temis pri la spirito de lia frato, kaj ke tio estis averto, ke li mortos ene de naŭ tagoj. Tio ne okazis, sed li mortis du jarojn poste, do vi vidas ke estis la ver-vero. Kaj Rubena Gillis diras –"

"Anna Shirley", Marila firme interrompis, "mi neniam plu volas aŭdi vin paroli tiumaniere. Mi havis la tutan tempon miajn dubojn pri via fantaziado, kaj se tio estos la rezulto de ĝi, mi ne aprobos tiajn faraĵojn. Vi iros rekte al la domo de la Barry-familio kaj vi trairos tiun picean boskon, nur kiel leciono kaj averto al vi. Kaj neniam lasu min plu aŭdi vorton el via kapo pri hantitaj arbaroj."

Anna povis petegi kaj plori laŭ ŝia eblo – kaj tion faris, ĉar ŝia teruro estis ver-vera. Ŝia fantaziado jam tute transprenis ŝin kaj do ŝi timegis la picean boskon post noktiĝo. Sed Marila estis nedeturnebla. Ŝi marŝigis la ŝrumpiĝintan fantomvidantinon al la rojo kaj ordonis, ke ŝi daŭrigu rekte preter la ponto kaj en la krepuskajn rifuĝejojn de ululantaj virinoj kaj senkapaj fantomoj.

"Ho, Marila, kiel vi povas esti tiel kruela?" plorsingultis Anna.

"Kiel vi sentus vin, se blanka aĵo vere ekkaptus kaj forportus min?"

"Mi tion riskos", Marila senkompate diris. "Vi scias, ke mi ĉiam intencas, kion mi diras. Mi resanigos vin el via fantaziado pri fantomoj en tiuj lokoj. Marŝu nun."

Anna marŝis. Tio estas, ŝi stumblis sur la ponton kaj tremante laŭiris la duonluman padon. Anna neniam forgesis tiun marŝon. Amare ŝi pentis la permesojn, kiujn ŝi donis al sia imagopovo. La koboldoj de ŝia fantazio kaŭris en ĉiu ombro ĉirkaŭ ŝi, etendantaj siajn malvarmajn senkarnajn manojn por ekkapti la terurigitan knabineton kiu elvokis ilin. Strio de blanka betula ŝelo blovanta el la kavo super la brunan grundon de la bosko haltigis ŝian koron. La longa kriĉo de du malnovaj branĉoj frotiĝantaj unu kontraŭ la alia elpelis ŝvitglobetojn sur ŝian frunton. La falflugado de vespertoj en la mallumo super ŝi estis kiel la flugiloj de eksteraj estaĵoj. Kiam ŝi atingis la kampon de s-ro Vilhelmo Bell, ŝi fuĝis trans ĝin kvazaŭ postkurita de armeo de blankaj estaĵoj, kaj alvenis al la pordo de la Barry-kuirejo tiel senspira, ke ŝi, anhele, apenaŭ povis eldiri sian peton pri la ŝablono de la antaŭtuko. Diana forestis, do ŝi havis neniun ekskuzon por resti. La terura reiro devis esti alfrontita. Anna reiris la vojon kun fermitaj okuloj, preferante preni la riskon, ke io frakasu sian kapon inter la branĉoj, ol vidi blankan estaĵon. Kiam ŝi fine stumblis sur la ŝtipoponton, ŝi enspiris longan, tremetantan spiron de trankviliĝo.

"Nu, do nenio kaptis vin?", Marila malsimpatie diris.

"Ho, Mar... – Marila", Anna respondis kun klakantaj dentoj, "mi k-kon-ten-ti-ĝos pri or-ordinaraj lokoj post tio ĉi."

ĈAPITRO 21
NOVA AVENTURO PRI AROMAĴOJ

"Ho ve! estas nenio krom kunvenoj kaj ĝisrevidoj en ĉi tiu mondo, kiel diras s-ino Lynde", Anna melankolie rimarkigis, metante siajn tabelon kaj librojn, la lastan tagon de junio, sur la kuirejan tablon kaj viŝis siajn ruĝajn okulojn per tre malseka naztuko. "Ĉu ne estis bonŝance, Marila, ke hodiaŭ mi prenis ekstran naztukon al la lernejo? Mi havis antaŭsenton, ke ĝi estos bezonata."

"Mi neniam pensis, ke vi tiom ŝatis s-ron Phillips, ke vi bezonas du naztukojn por sekigi viajn larmojn, nur pro tio ke li foriras", diris Marila.

"Mi ne pensas, ke mi ploris ĉar mi vere tiom ŝatis lin", pensis Anna. "Mi nur ploris, ĉar ĉiuj aliaj ploris. Estis Rubena Gillis kiu komencis tion. Rubena Gillis ĉiam deklaris, ke ŝi malamis s-ron Phillips, sed ĝuste tuj kiam li stariĝis por fari sian adiaŭan paroladon, ŝi eksplodis en larmojn. Poste ĉiuj knabinoj ekploris, unu post la alia. Mi penis rezisti, Marila. Mi provis memori pri la tago, en kiu s-ro Phillips sidigis min kun Gil... – kun knabo; kaj pri la fojo, kiam li literumis mian nomon sen duobla *n* sur la nigra tabulo; kaj kiam li diris, ke mi estas la plej aĉa stultulo li iam vidis en geometrio kaj primokis mian literumadon; kaj ĉiujn fojojn kiam li estis tiel abomena kaj sarkasma; sed iel mi ne povis, Marila, kaj ankaŭ mi devis plori. Johana Andrews parolis dum monato pri tio, kiel ĝoja ŝi estos, kiam s-ro Phillips foriros, kaj ŝi deklaris, ke ŝi neniam verŝos larmon. Nu, ŝi estis pli malbona ol iu ajn el ni kaj devis pruntepreni naztukon de sia frato – komprenable la knaboj ne ploris – ĉar ŝi ne kunportis unu el siaj, pensante ke ŝi ne bezonos ĝin. Ho, Marila, estis korŝire. S-ro Phillips faris tiel belan adiaŭan paroladon, komencante per 'La tempo venis por ni apartiĝi'. Estis tre emocie. Kaj ankaŭ li havis larmojn en siaj okuloj, Marila. Ho, mi terure bedaŭris kaj sentis rimorson pro ĉiuj fojoj, kiam mi parolis en la lernejo kaj desegnis bildojn pri li sur mia tabulo kaj primokis lin kaj Prisian. Mi povas diri al vi ke mi deziris ke mi estus modela lernejanino kiel Minia Andrews. *Ŝi* havis nenion sur sia konscienco. La knabinoj ploris la tutan vojon hejmen el la lernejo. Karia Sloane diradis denove kaj denove: 'La tempo venis por ni apartiĝi', kaj tio refoje komenciĝis, tuj kiam ni fariĝis ĝojaj. Mi ja sentas min terure trista, Marila. Sed oni ne tute povas esti en la profundoj de malespero, kun du monatoj da libertempo antaŭ si, ĉu ne, Marila? Kaj krome, ni renkontis la novan pastron kaj lian edzinon alvenantajn de la stacio. Malgraŭ tio, ke mi sentis min malbona pri la foriro de s-ro Phillips, mi ne povis malhelpi ioman interesiĝon pri la nova pastro, ĉu ne? Lia edzino estas tre bela. Ne ĝuste reĝe bela, komprenble – ne konvenus, mi supozas, al pastro havi reĝe belan edizinon, ĉar tio povus doni malbonan ekzemplon. S-ino Lynde diras, ke la edzino de la pastro en Novponto donas tre malbonan ekzemplon, ĉar ŝi vestiĝas tiel laŭmode. La edzino de nia nova pastro estis vestita en blua muslino kun belaj pufaj manikoj, kaj kun ĉapelo garnita per rozoj. Johana Andrews pensis, ke pufaj manikoj estas tro mondumaj por edzino de pastro, sed mi ne faris tian malkaritatan rimarkon, Marila, ĉar mi scias, kion signifas sopiri pri pufaj manikoj. Krome ŝi estas la edzino de pastro nur dum mallonga tempo, do oni devas esti tolerema, ĉu ne? Ili loĝos ĉe s-ino Lynde, ĝis la pastra domo estos preta."

Se Marilan, irante al s-ino Lynde tiun vesperon, puŝis motivo kiu havis nenion komunan kun ŝia elpensita motivo redoni la peplom-kadrojn, kiujn ŝi prunteprenis la antaŭan vintron, temis pri afableta malforto dividita de la plimulto de la loĝantaro de Avonleo. Pluraj aĵoj, kiujn s-ino Lynde pruntedonis, kelkfoje neniam atendante revidi ilin, venis hejmen tiun vesperon en la manoj de siaj prunteprenantoj. Nova pastro, kaj krome pastro kun edzino, estis socie akceptebla objekto de scivolemo en malgranda kvieta kamparana loĝloko, kie da sensacioj estis malmulte kaj malofte.

La maljuna s-ro Bentley, la pastro kiun Anna trovis sen imago-povo, estis pastro de Avonleo dek ok jarojn. Li estis vidvo kiam li alvenis, kaj vidvo li restis, spite la fakton, ke klaĉoj regule edz-igis lin jen al tiu ĉi, jen al tiu, ĉiun jaron de lia restado. Dum la antaŭa februaro li rezignis sian respondecon kaj foriris inter la bedaŭrosentoj de siaj parokanoj, kies plimulto sentis korinklinon naskiĝintan el la longa rilato kun tiu bona, maljuna pastro, malgraŭ liaj mankoj kiel oratoro. De tiam, la avonlea preĝejo spertis diversajn religiajn okazaĵojn, dum kiuj ili aŭskultis la multnombrajn kaj variajn kandidatojn kaj 'provizojn', kiuj venis dimanĉon post dimanĉo por prove preĝi. Ili staris aŭ falis laŭ la juĝo de la patroj kaj patrinoj en Izraelo; sed certa eta rufhara knabino, kiu kviete sidis en la angulo de la malnova benko de la Cuthbert-familio, ankaŭ havis siajn opiniojn pri ili kaj detaleme pridiskutis ilin kun Mateo, dum Marila ĉiam rifuzis partopreni pro sia principo neniam kritiki pastrojn en iu ajn formo.

"Mi ne opinias, ke s-ro Smith taŭgas, Mateo", estis la lasta resumo de Anna. "S-ino Lynde diras, ke lia prediko estis tiel malbona, sed mi opinias, ke lia plej malbona misaĵo estis ĝuste la sama kiel tiu de s-ro Bentley – li havis nenian impagopovon. Kaj s-ro Terry havis tro; li permesis al ĝi forkuri kun li, kiel mi faris kun la mia en la Hantita Arbaro. Krome, s-ino Lynde diras, ke lia teologio ne estis prava. S-ro Gresham estis bonega viro, kaj tre religia viro, sed li rakontis tro da ridindaj historioj kaj ridigis la homojn en la preĝejo; li estis nedigna, kaj oni devas trovi iom da digno en pastro, ĉu ne, Mateo? Mi opiniis, ke s-ro Marshall estis definitive alloga; sed s-ino Lynde diras, ke li ne estas edziĝinta, aŭ eĉ fianĉiĝinta, ĉar ŝi faris specialajn enketojn pri li, kaj ŝi diras ke neniam taŭgus havi junan needziĝintan pastron en Avonleo, ĉar li povus trovi edzinon el inter la preĝejanaro, kaj tio kaŭzus problemojn. S-ino Lynde estas tre antaŭzorgema virino, ĉu ne, Mateo? Mi estas tre kontenta, ke ili vokis s-ron Allan. Mi ŝatis lin, ĉar lia prediko estis interesa, kaj li preĝis kun intenco, kaj ne nur, ĉar li kutimiĝis al preĝado. S-ino Lynde diras, ke li ne estas perfekta, sed ŝi diras, ke ŝi supozas, ke ni ne povus atendi perfektan pastron por sepcent kvinkek dolaroj jare, kaj ĉiuokaze lia teologio estas prava, ĉar ŝi ĝisfunde pridemandis lin pri ĉiuj punktoj de la doktrino. Kaj ŝi konas la helpantojn de lia edzino, kaj ili estas tre respektindaj – tiuj virinoj estas ĉiuj bonaj mastrumantinoj. S-ino Lynde diras, ke prava doktrino en la viro kaj bona mastrumado en la virino faras idealan kombinon por la familio de pastro."

La nova pastro kaj lia edzino estis juna paro kun agrablaj vizaĝoj, en sia mielmonato, kaj plenaj de ĉiaj kaj belaj entuziasmoj por sia elektita vivo-laboro. Avonleo malfermis sian koron al ili, de la komenco. Maljunuloj kaj junuloj same ŝatis la sinceran, gajan junulon kun altaj idealoj, kaj la inteligentan, mildan virineton, kiu ŝarĝis sin per la mastrumado de la pastra domo. Anna amikiĝis tuj kaj tutkore kun s-ino Allan. Ŝi malkovris alian akordan spiriton.

"S-ino Allan estas perfekte rava", anoncis ŝi iun dimanĉan post-tagmezon. "Ŝi alprenis nian klason kaj ŝi estas grandioza instru-istino. Ŝi tuj diris, ke ŝi ne opinias, ke estas juste por instruistino starigi ĉiujn demandojn, kaj vi scias, Marila, tio estas ĝuste kion mi ĉiam pensis. Ŝi diris, ke ni povas starigi iun ajn demandon kiun ni ŝatas, kaj mi starigis tiom da ili. Mi bone kapablas starigi demandojn, Marila."

"Mi kredas vin", estis la emfaza komento de Marila.

"Neniu alia starigis demandojn, escepte de Rubena Gillis, kaj ŝi demandis, ĉu okazos la pikniko de la dimanĉa lernejo ĉi-jare. Mi ne opiniis, ke tio estis tre taŭga demando, ĉar tio ne havis ligon al la leciono – la leciono estis pri Danielo en la kuŝejo de la leonoj – sed s-ino Allan nur ridetis kaj diris, ke ŝi opinias ke ĝi okazos. S-ino Allan havas ravan rideton; ŝi havas tiel ĉarmajn kavetojn en siaj vangoj. Mi ŝatus havi kavetojn en miaj vangoj, Marila. Mi ne estas duone tiel malgrasa, kiel mi estis kiam mi alvenis ĉi tien, sed mi ankoraŭ ne havas kavetojn. Se mi havus, eble mi povus influi homojn pliboniĝi. S-ino Allan diris ke ni devus ĉiam strebi influi aliajn homojn pliboniĝi. Ŝi parolis tiel bele pri ĉio. Mi antaŭe ne sciis, ke religio estas tiel gaja afero. Mi ĉiam pensis, ke ĝi estas iom melankolia, sed la vizito de s-ino Allan ne estis, kaj mi ŝatus esti kristanino, se mi povas esti kiel ŝi. Mi ne ŝatus esti kiel s-ro Intendanto Bell."

"Estas tre miskondute de vi, paroli tiel pri s-ro Bell", Marila severe diris. "S-ro Bell estas vere bona viro."

"Ho, kompreneble, li estas bona", konsentis Anna, "sed li ŝaj-nas ne eltiri komforton el tio. Se mi povus esti bona, mi dancus kaj kantus la tutan tagon, ĉar mi kontentus pri tio. S-ino Allan estas tro maljuna por danci kaj kanti, kaj kompreneble ne estus digne por edzino de pastro. Sed mi ja povas senti, ke ŝi kontentas esti kristana, kaj ke ŝi estus tia, eĉ se ŝi povus iri al la ĉielo sen religio."

"Mi supozas ke ni devas inviti s-ron kaj s-inon Allan por teo iun baldaŭan tagon", Marila penseme diris. "Ili iris preskaŭ ĉien krom ĉi tien. Mi vidu. La venonta merkredo estus bona momento inviti ilin. Sed ne diru ion ajn al Mateo pri tio, ĉar se li scius, ke ili venos, li trovus iun pretekston foresti tiun tagon. Li kutimiĝis al s-ro Bentley, kiu ne ĝenis lin, sed li trovos malfacile konatiĝi kun nova pastro, kaj la edzino de nova pastro ĝismorte timigos lin."

"Mi estos tiel sekreta kiel la mortintoj", certigis Anna. "Sed, ho, Marila, ĉu vi lasos min fari kukon por la okazo? Mi ŝatus fari ion por s-ino Allan, kaj vi scias, ke mi nun kapablas fari sufiĉe bonan kukon."

"Vi rajtas fari tavolkukon", promesis Marila.

Lundon kaj mardon grandaj preparoj okazis ĉe Verdaj Gabloj. Havi la pastron kaj lian edzinon por teo estis serioza kaj grava entrepreno, kaj Marila firme decidis ne esti eklipsita de iu ajn el la mastrumantinoj de Avonleo. Anna estis ege ekscitita kaj ravita. Ŝi priparolis tion kun Diana mardon vespere en la krepusko, dum ili sidis sur la grandaj ruĝaj ŝtonoj ĉe Bobelo de la Driado kaj kreis ĉielarkojn en la akvo, per branĉetoj mergitaj en abia balzamo.

"Ĉio pretas, Diana, krom mia kuko, kiun mi faros dum la mateno, kaj la biskvitoj el gistopulvoro, kiujn faros Marila nur en la horo antaŭ la teo. Mi certigas al vi, Diana, ke Marila kaj mi havis du okupitajn tagojn pro tio. Estas tia respondeco inviti la familion de pastro por teo. Mi neniam antaŭe trairis tian sperton. Vi devus nur vidi nian manĝoŝrankon. Jen io por rigardi. Ni havos gelateniĝintan kokinaĵon kaj malvarman bovlangon. Ni havos du specojn de ĵeleo, ruĝan kaj flavan, kaj kirlitan kremon kaj citronan torton, kaj ĉerizan torton, kaj tri specojn de keksoj, kaj frukto-kukon, kaj la faman flavprunan konfitaĵon de Marila, kiun ŝi konservas speciale por pastroj, kaj funto-kukon kaj tavolkukon, kaj biskvitojn kiel antaŭe dirite; kaj freŝan kaj malnovan panon, ambaŭ, okaze ke la pastro estas dispepsia kaj ne povas manĝi freŝan. S-ino Lynde diras, ke la plejmultaj pastroj estas dispepsiaj, sed mi ne pensas, ke s-ro Allan estas pastro jam sufiĉe longe, por ke tio havis malbonan efikon sur li. Mi nur frostiĝas, kiam mi pensas pri mia tavolkuko. Ho, Diana, kio se ĝi ne estos bongusta! Mi sonĝis la lastan nokton, ke mi estis pelita ĉien de timinda koboldo kun granda tavolkuko kiel kapo."

"Ĝi estos bongusta", certigis Diana, kiu estis tre konsola amikino. "Mi scias, ke tiu, kiun vi faris kaj de kiu ni havis pecon por la lunĉo en Idlevildo antaŭ du semajnoj, estis perfekta."

"Jes; sed kukoj havas la teruran kutimon malboniĝi ĝuste kiam vi speciale deziras, ke ili estu bonaj" suspiris Anna, flosigante aparte bone balzamitan brançeton. "Tamen mi supozas, ke mi devos fidi la Providencon kaj esti atenta enmeti la farunon. Ho, rigardu, Diana, tiel bela ĉielarko! Ĉu vi supozas, ke la driado elvenos post nia foriro kaj uzos ĝin kiel skarpon?"

"Vi scias, ke ne ekzistas driadoj", diris Diana. La patrino de Diana aŭdis pri la Hantita Arbaro kaj estis kolerega pri ĝi. Konsekvence, Diana sin detenis de ĉiaj pliaj similaj flugoj de la fantazio, kaj ne opiniis prudente kulturi spiriton de kredo eĉ pri sendanĝeraj driadoj.

"Sed estas tiel facile fantazii ke ili ja ekzistas", diris Anna. "Ĉiunokte, antaŭ ol mi enlitiĝas, mi rigardas tra mia fenestro kaj demandas min, ĉu la driado vere sidas tie, kombante siajn buklojn, kun la rojo kiel spegulo. Kelkfoje mi serĉas ŝiajn piedospurojn en la roso en la mateno. Ho, Diana, ne perdu vian fidon al la driado!"

Alvenis merkredo matene. Anna ellitiĝis je la sunleviĝo, ĉar ŝi estis tro ekscitita por pludormi. Ŝi severe malvarmumiĝis pro sia trempiĝeto en la rojo la antaŭan vesperon; sed nenio krom kompleta pneŭmonito povis estingi ŝian intereson pri kuirejaj aferoj tiun matenon. Post la matenmanĝo ŝi ekfaris sian kukon. Kiam ŝi fine fermis la bakujan pordon, ŝi longe enspiris.

"Mi certas, ke mi nenion forgesis, ĉi-foje, Marila. Sed ĉu vi pensas, ke ĝi leviĝos? Nur supozu, ke eble la gistopulvoro ne estas bona? Mi uzis tiun el la nova ladskatolo. Kaj s-ino Lynde diras, ke oni neniam certas havi bonan gistopulvoron ĉi tiujn tagojn, ĉar nun ĉio estas tiom adulterita. S-ino Lynde diras, ke la registaro devus prizorgi la aferon, sed ŝi diras, ke ni neniam vidos la tagon, en kiu konservativa registaro tion faros. Marila, kion fari se la kuko ne leviĝas?"

"Ni havos multon sen ĝi", estis la senarda maniero por Marila konsideri la aferon.

La kuko tamen ja leviĝis, kaj elvenis el la bakujo tiel leĝera kaj plumeca kiel ora ŝaŭmo. Anna ruĝiĝis pro ravo, tavoligis ĝin helpe de rubena ĵeleo kaj, en sia fantazio, vidis s-inon Allan manĝi ĝin kaj eble peti alian pecon!

"Vi uzos la plej bonan te-servicon, kompreneble, Marila", diris ŝi. "Ĉu mi povas aranĝi la tablon per filikoj kaj eglanterioj?"

"Mi opinias, ke ĉio ĉi estas sensencaĵo", Marila snufe respondis. "Miaopinie estas la manĝaĵo, kiu gravas, kaj ne la senutilaj ornamoj."

"S-ino Barry ornamigis *sian* tablon", diris Anna, kiu ne estis tute sen la saĝeco de la serpento, "kaj la pastro donis al ŝi elegantan komplimenton. Li diris, ke estas festeno por la okuloj samkiel por la palato."

"Nu, faru kiel vi deziras", diris Marila, kiu estis sufiĉe rezoluta ne esti superita de s-ino Barry aŭ iu ajn alia. "Nur zorgu, ke vi lasas sufiĉan spacon por la pladoj kaj manĝaĵo."

Anna penegis ornami laŭ maniero kaj stilo, kiuj certe postlasos tiujn de s-ino Barry. Havante abunde da rozoj kaj filikoj kaj tre propran artistan guston, ŝi faris el tiu te-tablo tiel belan aferon ke, kiam la pastro kaj lia edzino sidiĝis ĉe ĝi, ili kune ekkriis pri ĝia beleco.

"Estas la maniero de Anna", diris Marila, sen ĝojo, sed juste; kaj la aproba rideto de s-ino Allan estis preskaŭ troa feliĉo por ĉi tiu mondo.

Mateo estis tie, estinte logita al la festo – nur Dio kaj Anna sciis kiel. Li estis en tia stato de timideco kaj nervozeco, ke Marila senesperis pri li, sed Anna okupiĝis tiel sukcese pri li, ke li nun sidis ĉe la tablo en siaj plej bonaj vestaĵoj kaj blanka kolumo kaj parolis kun la pastro ne seninterese. Li neniam diris vorton al s-ino Allan, sed tio eble ne estis atendebla.

Ĉio estis tiel gaja kiel edziĝa sonorilo, ĝis oni pasigis la tavolkukon de Anna. S-ino Allan, al kiu oni jam proponis perpleksigan sortimenton, malakceptis ĝin. Sed Marila, vidante la desaponton sur la vizaĝo de Anna, ridetante diris:

"Ho, vi devas preni pecon da ĉi tio, s-ino Allan. Anna faris ĝin speciale por vi."

"En tiu kazo mi devas provi ĝin", ridis s-ino Allan, servante sin per dika triangulaĵo, kiel ankaŭ faris la pastro kaj Marila.

S-ino Allan prenis plenbuŝon da sia, kaj plej stranga esprimo trairis ŝian vizaĝon; ŝi tamen diris neniun vorton, sed firmmiene manĝis ĝin. Marila vidis la esprimon kaj haste gustumis la kukon.

"Anna Shirley!" ŝi ekkriis, "kion, diable, vi metis en tiun kukon?"

"Nenion escepte kion diris la recepto, Marila", kriis Anna kun mieno de angoro."Ho, ĉu ĝi ne estas bonĝusta?"

"Bongusta! Ĝi simple estas horora. S-ino Allan, ne provu manĝi ĝin. Anna, gustumu ĝin vi mem. Kiun spicon vi uzis?"

"Vanilon", diris Anna, ŝia vizaĝo skarlata pro honto, post kiam ŝi gustumis la kukon. "Nur vanilon. Ho, Marila, devis esti la gistopulvoro. Mi havis dubojn pri tiu gist...– ".

"Gistopulvoro, frenezaĵo! Alportu al mi la botelon de vanilo kiun vi uzis."

Anna rapidis al la manĝoŝranko kaj revenis kun malgranda botelo parte plenigita de bruna likvido kaj flave etikedita, "Plej bona vanilo".

Marila prenis ĝin, malkorkis ĝin, flaris ĝin.

"Dio mia, Anna, vi spicis tiun kukon per sendoloriga linimento. Mi rompis la linimento-botelon la lastan semajnon kaj verŝis tion, kio restis, en malnovan malplenan vanilo-botelon. Mi supozas, ke estas parte mia kulpo – mi devis averti vin – sed, je Dio, kial vi ne flaris ĝin?"

Anna dissolviĝis en larmojn sub tiu duobla hontigo.

"Mi ne povis – mi havis tian kataron!" Kaj per tio ŝi sufiĉe rapide iris al la gabla ĉambro, kie ŝi ĵetis sin sur la liton kaj ploris kiel iu, kiu rifuzas esti konsolata.

Post nelonge malpeza paŝo aŭdiĝis sur la ŝtuparo kaj iu eniris la ĉambron.

"Ho, Marila", plorsingultis Anna sen rigardi supren, "mi estas hontigita por ĉiam. Mi neniam povos travivi ĉi tion. Ĝi konatiĝos – la okazaĵoj ĉiam konatiĝas en Avonleo. Diana demandos min kiel mia kuko rezultis, kaj mi devos diri al ŝi la veron. Mi ĉiam estos la knabino, kiu spicis kukon per sendoloriga linimento. Gil... – la knaboj en la lernejo neniam finos primoki tiun aferon. Ho, Marila, se vi havas sparkon da kristana kompato, ne diru al mi, ke mi malsupreniru kaj lavu la telerojn post ĉi tio. Mi lavos ilin, kiam la pastro kaj lia edzino foriris, sed mi neniam plu kapablos rigardi s-inon Allan al la vizaĝo. Eble ŝi pensos, ke mi provis veneni ŝin. S-ino Lynde diras, ke ŝi konas orfinon, kiu provis veneni sian bonfaranton. Sed la linimento ne estas venena. Ĝi devas esti prenita por la interno – kvankam ne en kukoj. Ĉu vi ne diros tion al s-ino Allan, Marila?"

"Ni supozu, ke vi eksaltu kaj diru al ŝi vi mem", diris gaja voĉo.

Anna eksaltis kaj vidis s-inon Allan stari ĉe sia lito, rigardante ŝin per ridantaj okuloj.

"Mia kara knabineto, vi ne devas tiel plori", diris ŝi, sincere maltrankviligita de la tragika vizaĝo de Anna. "Nu, ĉio estas nur amuza misaĵo, kiun iu ajn povus fari."

"Ho, ne, necesas mi, por fari tian misaĵon", Anna mizermiene diris. "Kaj mi volis havi tiun kukon tiel bela por vi, s-ino Allan."

"Jes, mi scias, kara. Kaj mi certigas vin, ke mi aprezas vian afablecon kaj servopretecon tute same, kiel mi aprezas, kiam ĝi rezultas bonega. Nun, vi devas ne plu plori, sed malsuprenvenu kun mi kaj montru al mi vian florĝardenon. F-ino Cuthbert diras al mi, ke vi havas propran malgrandan bedon. Mi deziras vidi ĝin, ĉar mi multe interesiĝas pri floroj."

Anna lasis sin konduki malsupren kaj esti konsolita, pensante ke estis vere kvazaŭ Providenco, ke s-ino Allan estas akorda spirito. Nenio plu estis dirita pri la linimento-kuko, kaj kiam la gastoj foriris, Anna trovis, ke ŝi ĝuis la vesperon pli ol oni povus atendi, konsiderante tiun teruran incidenton. Spite al tio, ŝi profunde suspiris.

"Marila, ĉu ne estas agrable pensi, ke morgaŭ estos nova tago kun nenia eraro jam en ĝi?"

"Mi garantios, ke vi faros multajn en ĝi", diris Marila. "Neniu similas vin, kiam temas pri eraroj, Anna."

"Jes, kaj mi bone scias tion", agnoskis Anna malgaje. "Sed ĉu vi jam rimarkis kuraĝigan aferon pri mi, Marila? Mi neniam faras la saman eraron dufoje."

"Mi ne scias, ĉu tio estas avantaĝo, se vi faras novajn denove kaj denove."

"Ho, ĉu vi ne komprenas, Marila? *Devas* esti limo al la nombro de eraroj, kiujn persono povas fari, kaj kiam mi ĉiujn faris, tiam mi alvenis al la fino de ili. Tio estas tre konsola penso."

"Nu, estus pli bone, ke vi nun donu tiun kukon al la porkoj", diris Marila. "Ĝi ne konvenas al homo por manĝi, eĉ ne al Ĵerio Buote."

ĈAPITRO 22
ANNA ESTAS INVITITA AL TEO

"Kaj pro kio viaj okuloj elfalas el via kapo nun?" Marila deman-dis, kiam Anna reenvenis post komisio al la poŝtoficejo. "Ĉu vi malkovris alian akordan spiriton?"

Ekscitiĝo pendis ĉirkaŭ Anna kvazaŭ vestaĵo, io brilis en ŝiaj okuloj kaj ardis en ĉiu trajto. Ŝi venis, dancante, supren sur la vojeto, kiel elfo blovita de la vento, tra la milda sunbrilo kaj pigraj ombroj de la aŭgusta vespero.

"Ne, Marila, sed ho, kion vi opinias? Mi estas invitita al teo ĉe la pastra domo morgaŭ posttagmeze! S-ino Allan lasis la leteron por mi en la poŝtoficejo. Rigardu ĝin, Marila. 'F-ino Anna Shirley, Verdaj Gabloj'. Estas la unua fojo, ke mi estas nomita 'Fraŭlino'. Tio tiel ekscitas min ! Tio troviĝos por ĉiam inter miaj preferataj trezoroj."

"S-ino Allan diris al mi, ke ŝi intencis ricevi, laŭvice, ĉiujn membrojn de la dimanĉa lernejo-klaso por teo" diris Marila, konsiderante la ravan eventon en tre malarda maniero. "Vi ne bezonas tiel ekscitiĝi pri tio. Lernu kviete akcepti la okazaĵojn, infano."

Por Anna, kviete akcepti la okazaĵojn signifus ŝanĝi sian natu-ron. Tute "spirito kaj fajro kaj roso" kiel ŝi estas, la plezuroj kaj doloroj de la vivo venis al ŝi trioble intense. Marila sentis tion kaj estis svage maltrankvila pri ĝi, komprenante ke la sortoŝanĝoj de la vivo probable havos duran efikon sur tiu impulsa animo, sed ne sufiĉe komprenante ke la samgranda kapablo esti ravata povas pli ol kompensi. Konsekvence Marila ekpensis, ke estas ŝia devo trejni Annan al kvieta unuformeco de dispozicio, kvankam tio estis al la knabino neebla kaj fremda, samkiel ĝi estus neebla al dancanta sunradio en unu el la malprofundaĵoj de la rojo. Ŝi ne multe progresis, kiel ŝi bedaŭrinde agnoskis al si. La falo de iu kara espero aŭ plano ĵetis Annan en "profundaĵojn de aflikto". La plenumo de ĝi ekzaltis ŝin ĝis kapturnaj regnoj de ravo. Marila preskaŭ komencis malesperi iam povi eduki ĉi tiun senhejmul-inon de la mondo en sian modelan knabineton kun modestaj manieroj kaj formalema konduto. Ŝi ankaŭ ne kredis, ke ŝi vere tiel ŝatus Annan pli bone ol kiel ŝi nun estas.

Anna enlitiĝis tiun vesperon senparole pro mizero, ĉar Mateo diris, ke la vento venis de la nordoriento kaj ke li timas, ke estos pluva tago morgaŭ. La susuro de la poplaj folioj ĉirkaŭ la domo maltrankviligis ŝin, ili sonis kiel plaŭdantaj pluvgutoj, kaj la obtuza fora rorado de la golfo, kiun ŝi rave aŭskultis aliajn fojojn, ŝatanta ties strangan, sonoran, hantan ritmon, nun ŝajnis kiel profetaĵo de ŝtormo kaj katastrofo al eta junulino, kiu aparte deziris belan tagon. Anna pensis, ke neniam venos la mateno.

Sed ĉio havas finon, eĉ la noktoj antaŭ tago, en kiu vi estas invitita akcepti teon en la pastra domo. La mateno, malgraŭ la prognozoj de Mateo, estis bela, kaj la vervo de Anna atingis sian pinton.

"Ho, Marila, estas io en mi hodiaŭ, kio igas min ami ĉiujn kiujn mi vidas", ekkriis ŝi dum ŝi lavis la matenmanĝajn telerojn. "Vi ne scias, kiel bone mi sentas min! Ĉu ne estus agrable, se tio povus daŭri? Mi kredas, ke mi povus esti modela infanon se oni nur invitus min ĉiutage al teo. Sed ho, Marila, tio estas solena okazaĵo. Mi sentas min tiel maltrankvila. Kio, se mi ne konvene kondutos? Vi scias, ke mi neniam antaŭe havis teon en pastra domo, kaj mi ne certas, ĉu mi konas ĉiujn regulojn pri etiketo, kvankam mi studis la regulojn en la Etiketa Departemento de *Familia Heroldo*[25] ekde kiam mi alvenis ĉi tien. Mi tiel timas fari ion stultan aŭ forgesi fari ion kion mi devas fari. Ĉu ekzistas bonaj manieroj preni duan porcion de io, kion oni *multege* deziras?"

"La problemo ĉe vi, Anna, estas, ke vi pensas tro pri vi mem. Vi devas nur pensi pri s-ino Allan kaj kio estas plej bona kaj agrabla por ŝi", diris Marila, trafante por la unu fojo en sia vivo tre pravan kaj koncizan konsilon. Anna tuj konsciis tion.

"Vi pravas, Marila. Mi provos tute ne pensi pri mi."

Anna evidente travivis sian viziton sen serioza miso de "etiketo", ĉar ŝi venis hejmen en la krepusko – sub granda, alta ĉielo glorita de spuroj de safran- kaj rozkoloraj nuboj – en rava spirito-stato kaj ĝoje rakontis ĉion al Marila, sidante sur la granda ruĝa

---

25 Family Herald

grejsoŝtona slabo ĉe la kuireja pordo, kun sia laca buklahara kapo sur la gingamkovrita sino de Marila.

Malvarmeta vento blovis el la longaj fekundaj kampoj ĉe la bordoj de la abiaj okcidentaj altaĵoj kaj siblis tra la poploj. Unu klara stelo pendis super la horto, kaj la lampiroj flirtis en la Irejo de Geamantoj, enirantaj kaj elirantaj inter la filikoj kaj la susurantaj branĉoj. Anna rigardis ĉion dum ŝi parolis kaj iel sentis, ke vento kaj steloj kaj lampiroj estis ĉiuj kunmetitaj al io neeldireble dolĉa kaj ĉarma.

"Ho, Marila, mi havis la plej *fascinan* tempon. Mi sentas, ke mi ne vivis vane kaj ke mi ĉiam sentos min tiel, eĉ se mi neniam plu estos invitita al teo en pastra domo. Kiam mi alvenis tien, s-ino Allan renkontis min ĉe la pordo. Ŝi estis vestita en la plej dolĉa robo de palroza organdio, kun dekduoj da krispoj kaj kubutaj manikoj, kaj ŝi aspektis ĝuste kiel serafo. Mi vere opinias, ke mi ŝatus esti la edzino de pastro, kiam mi plenkreskos, Marila. Pastro eble ne malŝatos mian rufan hararon, ĉar li ne pensos pri tiaj mondaj aferoj. Sed tamen, kompreneble, oni devus esti nature bona, kaj mi neniam estos tia, do mi supozas, ke ne utilas pensi pri tio. Iuj homoj estas nature bonaj, vi scias, kaj aliaj ne estas. Mi estas unu el la aliaj. S-ino Lynde diras, ke mi estas plena de origina peko. Ne gravas, kiel forte mi strebas, mi ne povos sukcesi samkiel tiuj kiuj estas nature bonaj. Estas tre simile al geometrio, mi supozas. Sed ĉu vi ne opinias, ke strebi tiel forte devus valori ion? S-ino Allan estas unu el la nature bonaj homoj. Mi pasie amas ŝin. Vi scias, ke estas homoj, kiel Mateo kaj s-ino Allan, kiujn vi povas ami tuj kaj senprobleme. Kaj estas aliaj, kiel s-ino Lynde, pri kiuj vi devas strebi tre forte por trovi amon. Vi scias, ke vi *devus* ami ilin, ĉar ili scias tiom kaj estas tiel aktivaj laborantoj en la preĝejo, sed vi devas memorigi vin pri tio la tutan tempon, alie vi forgesas. Estis alia knabineto ĉe la pastra domo por la teo, el la dimanĉa lernejo de Blankaj Sabloj. Ŝia nomo estis Laŭreta Bradley, kaj ŝi estis tre agrabla knabineto. Ne ĝuste akorda spirito, vi scias, sed tamen tre agrabla. Ni havis elegantan te-horon kaj mi pensas, ke mi sufiĉe bone respektis ĉiujn regulojn de etiketo. Post la teo s-ino Allan ludis kaj kantis kaj ŝi ankaŭ kantigis Laŭretan kaj min. S-ino Allan diras, ke mi havas bonan voĉon, kaj ŝi diras, ke mi devas kanti en la ĥoro de la dimanĉa lernejo post ĉi tio. Vi ne povas imagi, kiom ekscitita mi estis nur pensante pri tio. Mi tiom sopiris kanti en la ĥoro de la dimanĉa lernejo, kiel Diana faras, sed mi timis, ke tio estas honoro, al kiu mi neniam povus sopiri. Laŭreta devis iri hejmen frue, ĉar estas granda koncerto en la hotelo de Blankaj Sabloj ĉi-vespere, kaj ŝia fratino devas reciti en ĝi. Laŭreta diras, ke la usonanoj en la hotelo donas koncerton ĉiun duan semajnon por helpi la hospitalon de Ĉarlotaŭno, kaj ili petas recitaĵojn de multaj homoj de Blankaj Sabloj. Laŭreta diris, ke ŝi atendas, ke oni petos ŝin iun tagon. Mi nur mire rigardadis ŝin. Post ŝia foriro s-ino Allan kaj mi parolis de koro al koro. Mi diris ĉion al ŝi – pri s-ino Thomas kaj la ĝemeloj kaj Katja Maurice kaj Violeta kaj la alveno al Verdaj Gabloj kaj miaj problemoj pri geometrio. Kaj ĉu vi kredas tion, Marila? S-ino Allan diris al mi, ke ankaŭ ŝi estis stultulino pri geometrio. Vi ne scias, kiel tio kuraĝigis min. S-ino Lynde venis al la pastra domo ĝuste antaŭ ol mi foriris, kaj kion vi pensas, Marila? La komisiitoj dungis novan instruiston – kaj temas pri virino. Ŝia nomo estas Muriela Stacy. Ĉu tio ne estas romantika nomo? S-ino Lynde diris, ke ili neniam antaŭe havis instruistinon en Avonleo, kaj ŝi opinias, ke estas danĝera nova enkonduko. Sed mi opinias, ke estos belege havi instruistinon, kaj mi vere ne povas vidi, kiel mi vivos tra la du semajnoj antaŭ ol la lernejo ekos. Mi tiel malpaciencas vidi ŝin."

ĈAPITRO 23
ANNA FIASKAS PRI AFERO DE HONORO

ANNA devis travivi pli ol du semajnojn, kiel okazis. Preskaŭ monato pasis de post la epizodo de la linimenta kuko, ja estis tempo por ŝi denove iel embarasiĝi, do fari eraretojn, ekzemple malatente malplenigi poton de senkrema lakto en korbon de fadenaj buloj en la manĝoŝranko anstataŭ en la sitelon por la porkoj, kaj paŝi trans la bordo de la ŝtipo-ponto en la rojon dum esti envolvita en fantazia revado – sed tiuj ne vere meritis esti kalkulataj.

Semajnon post la teo en la pastra domo, Diana Barry donis feston.

"Malgranda kaj elektita", Anna certigis Marilan. "Nur la knabinoj en nia klaso."

Ili plene amuziĝis kaj nenio malfavora okazis ĝis post la teo, kiam ili troviĝis en la Barry-ĝardeno, iom lacaj pro ĉiuj siaj ludoj kaj pretaj por ĉiu speco de loga petolaĵo, kiu povus prezentiĝi. Tio prenis la formon de "defio".

Defii estis la laŭmoda amuziĝo de la tiama etularo de Avonleo. Ĝi ekis inter la knaboj, sed baldaŭ etendiĝis al la knabinoj; kaj ĉiuj stultaĵoj kiujn oni faris en Avonleo tiun someron – ĉar la agantoj estis "defiitaj" fari ilin – povus plenigi tutan libron.

Unue Karia Sloane defiis Rubenan Gillis grimpi ĝis certa punkto en la grandega maljuna saliko antaŭ la fronta pordo, kion Rubena Gillis – kvankam kun morta timo pri la dikaj verdaj raŭpoj per kiu la menciita arbo estis infestita kaj kun la timo pri sia patrino antaŭ siaj okuloj, se ŝi ŝirus sian novan muslinan robon – lertmove plenumis, je la frustriĝo de la jam menciita Karia Sloane.

Poste Ĵozia Pye defiis Johanan Andrews hopi sur sia maldekstra gambo ĉirkaŭ la ĝardeno sen halti unu fojon kaj sen meti ŝian dekstran piedon sur la grundon; kion Johana Andrews brave provis fari sed ĉesis ĉe la tria angulo kaj devis konfesi sin venkita.

La triumfo de Ĵozia estis pli fanfarone montrita ol la bongusto permesas, tial Anna Shirley defiis ŝin marŝi laŭlonge de la supro de la barilo, kiu limigis la ĝardenon en la oriento. Nu, "marŝi sur ebeneto de barilo" postulas pli da lerteco kaj stabileco de kapo kaj kalkano ol povas supozi tiu, kiu neniam provis tion. Sed Ĵozia Pye, se neadekvata rilate certajn kvalitojn kiuj kontribuas al populareco, almenaŭ havis naturan kaj denaskan talenton, taŭge kulturitan, kaj marŝis sur la ebeneto de la bariloj. Ĵozia marŝis sur la Barry-barilo kun mieno de aera senzorgo kiu ŝajnis sugesti, ke eta afero kiel tiu ne meritis "defion". Hezitema admiro salutis ŝian bravaĵon, ĉar la plimulto de la ceteraj knabinoj povis aprezi ĝin, jam mem suferintaj multajn aferojn en siaj klopodoj marŝi sur bariloj. Ĵozia malsupreniris de la alto, ruĝiĝinte pro la venko, kaj ĵetis defian rigardon al Anna.

Anna skuis siajn rufajn plektaĵojn.

"Mi ne pensas, ke estas tiel rava afero marŝi sur eta, malalta ebeneto de barilo", diris ŝi. "Mi konis knabinon en Mariaurbo kiu povis marŝi sur la firstotrabo de tegmento."

"Mi ne kredas tion", Ĵozia kategorie diris. "Mi ne kredas, ke iu ajn povos marŝi sur firstotrabo. *Vi* ne povus, ĉiamaniere."

"Mi ne povus, ĉu?" Anna temerare kriis.

"Do, mi defias vin fari tion", Ĵozia defie diris. "Mi defias vin grimpi supren kaj marŝi sur la firstotrabo de la kuireja tegmento de s-ro Barry."

Anna paliĝis, sed estis klare, ke nur unu afero estas farebla. Ŝi marŝis al la domo, kie eskalo apogis sin kontraŭ la kuireja tegmento. Ĉiuj knabinoj de la kvina klaso diris "Ho!" – parte pro ekscitiĝo, parte pro konsterniĝo.

"Ne faru tion, Anna", petegis Diana. "Vi falos kaj estos mortigita. Ne priatentu Ĵozian Pye. Ne estas juste defii iun fari ion tiel danĝeran."

"Mi devas fari tion. Mia honoro estas riskata", Anna solene diris. "Mi marŝos sur tiu firstotrabo, Diana, aŭ pereos en la klopodo. Se mi estos mortigita, vi havu mian perlobidan ringon."

Anna suprengrimpis sur la eskalo inter senspira silento, atingis la firstotrabon, rektkorpe ekvilibris sur tiu nesekura starejo, kaj ekmarŝis laŭlonge de ĝi, kapturniĝe konscia, ke ŝi estis nekomforte alta en la mondo kaj ke marŝi sur firstotraboj ne estis afero, en kiu via imagopovo helpas vin multe. Tamen, ŝi sukcesis fari plurajn pasojn antaŭ ol la katastrofo okazis. Ŝi subite ŝanceliĝis, perdis sian ekvilibron, stumblis, ŝanceliĝis kaj falis, glitis malsupren sur la sunbakita tegmento kaj kun krako falis de ĝi, en la retojn de la partenociso malsupre – ĉio antaŭ ol la konsternita cirklo sur la tero povis eligi simultanan, teruritan ŝrikon.

Se ŝia falo de la tegmento okazus ĉe la flanko, kie ŝi suprengrimpis, Diana probable heredos la perlobidan ringon, tiam kaj tie. Feliĉe ŝi falis ĉe la alia flanko, kie la tegmento etendiĝas malsupren, super la porĉo, tiel proksima de la grundo ke falo tie estis multe malpli serioza afero. Tamen, kiam Diana kaj la ceteraj knabinoj freneze hastis ĉirkaŭ la domo – escepte de Rubena Gillis, kiu restis kvazaŭ enradikiĝinta en la grundo kaj fariĝis histeria – ili trovis Annan kuŝantan tute blanka kaj malrigida inter la fuŝita kaj ruinita partenociso.

"Anna, ĉu vi estas morta?" ŝrikriis Diana, kiu ĵetis sin sur la genuojn apud sia amikino. "Ho, Anna, kara Anna, diru nur vorton al mi kaj informu min, ĉu vi estas morta."

Je la grandega senpeziĝo de ĉiuj el la knabinoj – kaj aparte de Jozia, kiu, malgraŭ manko de imagopovo, kaptiĝis de la teruraj vizioj de estonteco esti markita kiel la knabino, kiu kaŭzis la fruan kaj tragikan morton de Anna Shirley – Anna kapturniĝe rekte eksidis kaj necerte respondis:

"Ne, Diana, mi ne estas morta, sed mi pensas, ke mi perdis la konscion."

"Kie?" plorsingultis Karia Sloane. "Ho, kie, Anna?"

Antaŭ ol Anna povis respondi, s-ino Barry alvenis. Je la ekvido de ŝi, Anna provis rapide stariĝi, sed refoje malleviĝis kun akra krieto de doloro.

"Kio misas? Kie vi vundis vin?" postulis s-ino Barry.

"Mia maleolo," anhele respondis Anna. "Ho, Diana, bonvolu trovi vian patron kaj peti lin preni min hejmen. Mi scias, ke mi neniel povus piediri tien. Kaj mi certas, ke mi ne povos hopi tiom for sur unu piedo, se Johana ne povis hopi eĉ ĉirkaŭ la ĝardenon."

Marila estis ekstere en la horto plukanta plenan kaserolon da someraj pomoj, kiam ŝi vidis s-ron Barry venanta laŭ la ŝtipoponto kaj supren sur la deklivo, kun s-ino Barry apud li kaj tuta procesio

Anna... rektkorpe ekvilibris sur tiu nesekura starejo.

de knabinetoj kiuj sekvis lin. En siaj brakoj li portis Annan, kies kapo malrigide kuŝis apud lia ŝultro.

En tiu momento Marila havis revelacion. Kiam subite ponardo de timo pikis ŝian koron, ŝi ekkonsciis pri tio, kiom Anna signifas al ŝi. Ŝi ĝenerale konfesis, ke ŝi ŝatas Annan – ne, ke ŝi sentas grandan korinklinon al Anna. Sed nun ŝi eksciis – kiam ŝi ŝtorme rapidis malsupren de la deklivo – ke Anna estas pli kara al ŝi ol io ajn alia sur la tero.

"S-ro Barry, kio okazis al ŝi?" ŝi anhele demandis; pli pala kaj tremanta ol iam dum multaj jaroj estis la memfida, prudenta Marila.

Anna mem respondis, levante la kapon.

"Ne tro timu, Marila. Mi marŝis laŭ la firstotrabo kaj mi falis. Mi supozas, ke mi tordis la maleolon. Sed, Marila, mi ne rompis la kolon. Ni rigardu la gajan flankon de aferoj."

"Mi devis scii, ke vi faros tiajn aferojn, kiam mi lasis vin iri al tiu festo", diris Marila, akre kaj sagace, trankviliĝante. "Venigu ŝin internen, s-ro Barry, kaj kuŝigu ŝin sur la sofon. Je dio, la infano ja svenis!"

Estis la vero. Superita de la doloro el la vundo, plia deziro de Anna estis plenumita: ŝi tute svenis.

Mateo, haste venigita de la rikolta kampo, estis tuj sendita al la kuracisto, kiu ĝustatempe alvenis, por malkovri, ke la vundo estas pli grava ol ili supozis. La maleolo de Anna estis rompita.

Tiun vesperon, kiam Marila iris supren al la orienta gablo, kie la blankvizaĝa knabino kuŝis, melankolia voĉo salutis ŝin el la lito.

"Ĉu vi ne multe kompatas min, Marila?"

"Estis via propra kulpo", diris Marila, malaltigante la rulkurtenon kaj ŝaltanta lampon.

"Kaj tio ĝuste estas, kial vi devas kompati min", diris Anna, "ĉar la penso, ke tio *estas* tute mia propra kulpo, estas tio, kio tiel malfacilas. Se mi povus kulpigi iun ajn, mi sentus min tiel pli bone. Sed kion vi farus, Marila, se oni defiis vin marŝi sur firstotrabo?"

"Mi restus sur bona firma grundo kaj lasus ilin defii. Tia absurdaĵo!" diris Marila.

Anna suspiris.

"Sed vi havas tiel fortan spiriton, Marila. Mi ne havas tion. Mi nur sentis, ke mi ne povus elteni la malestimon de Ĵozia Pye. Ŝi aroge fanfaronus pri tio dum mi vivas. Kaj mi opinias, ke mi jam tiom estas punita, ke vi ne bezonas tro koleri kontraŭ mi, Marila. Tute ne estas agrable sveni, post ĉio. Kaj la kuracisto terure dolorigis min, kiam li fiksis mian maleolon. Mi ne povos vagi dum ses aŭ sep semajnoj kaj mi mistrafos la novan instruistinon. Ŝi ne plu estos nova, kiam mi povos iri al la lernejo. Kaj Gil... – ĉiuj antaŭos min en la klaso. Ho, mi estas afliktita mortalo. Sed mi provos brave elteni la tuton, se vi nur ne koleros kontraŭ mi, Marila."

"Nu, nu, mi ne koleras", diris Marila. "Vi estas malbonŝanca infano, ne estas dubo pri tio; sed, kiel vi diras, vi suferos pro tio. Nun provu iom vespermanĝi."

"Ĉu ne estas bonŝance ke mi havas tian imagopovon?" diris Anna. "Tio grandioze helpos min travivi tion, mi kredas. Kion faras homoj, kiuj ne havas imagopovon, kiam ili rompas siajn ostojn, kion vi supozas, Marila?"

Anna havis bonan motivon por multfoje kaj ofte beni sian imagopovon dum la tedaj sep semajnoj kiuj sekvis. Sed ŝi ne dependis nur de ĝi. Ŝi havis plurajn vizitantojn, kaj neniu tago pasis sen ke unu aŭ pliaj el la lernejaninoj vizitis ŝin por alporti florojn kaj librojn kaj rakonti ĉiujn okazintaĵojn en la mondo de junuloj de Avonleo.

"Ĉiuj estis tiel bonaj kaj afablaj, Marila", Anna feliĉe suspiris, la tagon kiam ŝi povis la unuan fojon lami sur la planko. "Ne estas tre agrable esti enlitiĝinta; sed *estas* brila flanko pri tio, Marila. Vi malkovras, kiom da amikoj vi havas. Nu, eĉ Intendanto Bell venis viziti min, kaj li vere estas tre brava viro. Ne akorda spirito, kompreneble; sed tamen mi ŝatas lin kaj mi terure bedaŭras, ke mi iam kritikis liajn preĝojn. Mi nun kredas, ke li vere intencas ilin, nur ke li alkutimiĝis diri ilin kvazaŭ li ne intencas ilin. Li povus superi tion, se li iomete strebus al tio. Mi donis al li bonan sugeston. Mi diris al li, kiel forte mi klopodis fari miajn etajn privatajn preĝojn interesaj. Li rakontis al mi ĉion pri la tempo kiam li rompis sian maleolon, kiam li estis knabo. Ŝajnas tiel strange pensi pri Intendanto Bell esti iam knabo. Eĉ mia imagopovo havas sian limon, ĉar mi ne kapablas imagi *tion*. Kiam mi provas imagi lin kiel knabon, mi vidas lin kun grizaj vangoharoj kaj okulvitroj, ĝuste kiel li aspektas en la dimanĉa lernejo, sed malgranda. Nun, estas tiel facile imagi s-inon Allan kiel knabineton. S-ino Allan venis viziti min dek kvar fojojn. Ĉu tio ne estas io fierinda, Marila? Kiam la edzino de pastro havas tiom da aferoj por fari! Ŝi ankaŭ estas tiel gajiga persono kiam ŝi vizitas. Ŝi neniam diras, ke estas ies propra kulpo kaj esperas, ke oni estas pli bona knabino post tio. S-ino Lynde ĉiam diris tion al mi, kiam ŝi venis viziti min; kaj ŝi diris tion en maniero, kiu sentigis min ke ŝi eble esperas, ke mi estos pli bona knabino, sed ne vere kredis, ke mi estos. Eĉ Ĵozia Pye venis viziti min. Mi ricevis ŝin tiel ĝentile kiel mi povis, ĉar mi pensas, ke ŝi tre bedaŭris, ke ŝi defiis min marŝi sur firstotrabo. Se mi estus mortigita, ŝi devus suferi malluman ŝarĝon de rimorso sian tutan vivon. Diana estis fidela amikino. Ŝi venis ĉiutage por gajigi min sur mia soleca kapkuseno. Sed, ho, mi estos tiel kontenta kiam mi povos iri al la lernejo, ĉar mi aŭdis tiel ekscitajn aferojn pri la nova instruistino. La knabinoj ĉiuj opinias, ke ŝi estas perfekte dolĉa. Diana diras, ke ŝi havas la plej ravan blondan buklan hararon kaj tiel fascinajn okulojn. Ŝi vestas sin bele, kaj ŝiaj kubutaj pufoj estas pli grandaj ol ies ajn en Avonleo. Ĉiun duan vendredan posttagmezon ŝi organizas recitadon kaj ĉiuj devas diri pecon aŭ partopreni en dialogo. Ho, estas glore pensi pri tio. Ĵozia Pye diras, ke ŝi malamas tion, sed tio estas nur ĉar Ĵozia havas tiel etan imagopovon. Diana kaj Rubena Gillis kaj Johana Andrews preparas dialogon nomitan 'Matena Vizito' por la venonta vendredo. Kaj la vendredajn posttagmezojn, kiam ili ne havas recitadon, f-ino Stacy venigas ilin ĉiujn al la arbaro por ekskursa tago kaj ili studas filikojn kaj florojn kaj birdojn. Kaj ili havas fiziko-kulturajn ekzercojn ĉiujn matenojn kaj vesperojn. S-ino Lynde diras, ke ŝi neniam aŭdis pri tiaj aktivecoj kaj ke ĉio tio okazas pro la instruistino. Sed mi opinias, ke tio devas esti grandioza kaj mi kredas, ke mi trovos ke f-ino Stacy estas akorda spirito."

"Estas unu afero klare videbla, Anna", diris Marila, "kaj tio estas ke via falo de la Barry-tegmento neniel vundis vian langon."

ĈAPITRO 24
F-INO STACY KAJ ŜIAJ GELERNANTOJ
ORGANIZAS KONCERTON

ESTIS DENOVE oktobro, kiam Anna estis preta reiri al la lernejo – glora oktobro, tute ruĝa kaj ora, kun mildaj matenoj, dum kiuj la valoj plenis de delikataj nebuletoj, kvazaŭ la spirito de aŭtuno verŝis ilin kaj poste lasis la sunon sekigi ilin – ametistaj, perlaj, arĝentaj, rozaj, kaj fumobluaj. La roso estis tiel peza ke la kampoj scintilis kiel arĝenta ŝtofo kaj estis tiom da amasoj da susurantaj folioj en la kavetoj plenaj de plurtigaj boskoj, ke siblis, kiam oni trakuris ilin. La Betula Pado estis baldakeno el flavo, kaj la filikoj estis velkintaj kaj brunaj tute laŭlonge de ĝi. Estis akra odoro en la aero, kiu inspiris la korojn de etaj junulinoj kapriolantaj, kiuj malkiel helikoj, rapide kaj voleme kuris al la lernejo; kaj ja *estis* gaje reiri denove al la malgranda bruna pupitro apud Diana, kun Rubena Gillis kapsignanta trans la trairejo kaj Karia Sloane sendanta notojn kaj Julia Bell pasiganta maĉgumon el la malantaŭa seĝo. Anna longe enspiris pro feliĉo, dum ŝi akrigis sian krajonon kaj ordigis siajn bildkartojn. La vivo ja estis tre interesa.

En la nova instruistino ŝi trovis alian veran kaj helpeman ami-kinon. F-ino Stacy estis inteligenta, simpatia juna virino kun la feliĉa talento logi kaj teni la afektojn de siaj gelernejanoj kaj eligi la plej bonajn kvalitojn el ili, mensajn kaj moralajn. Anna floris kiel floro sub ĉi tiu saniga influo kaj alportis hejmen al la admir-anta Mateo kaj analizema Marila laŭdajn raportojn de la lernejaj laboro kaj celoj.

"Mi amas f-inon Stacy per mia tuta koro, Marila. Ŝi estas tiel sinjorineca kaj ŝi havas tiel dolĉan voĉon. Kiam ŝi prononcas mian nomon, mi *instinkte* sentas, ke ŝi literumas ĝin kun du *n*. Ni havis recitaĵojn ĉi-posttagmeze. Mi nur esperis, ke vi povus esti tie por aŭdi min reciti 'Maria, Reĝino de la Skotoj'. Mi simple metis mian tutan koron en ĝin. Rubena Gillis diris al mi, revenante hejmen, ke la maniero laŭ kiu mi diris la linion 'Nun por la brako de mia patro, diris ŝi, mia virina koro – adiaŭ' igis ŝian sangon fridiĝi."

"Nu, vi povos reciti ĝin por mi iun tagon, tie en la garbejo", sugestis Mateo.

"Kompreneble mi faros tion", Anna mediteme diris, "sed mi ne povos fari tion tiel bone, mi scias. Tio ne estos tiel ekscita, kiel kiam estas plena lernejo antaŭ vi pendanta senspire je viaj vortoj. Mi scias, ke mi ne povos fridigi vian sangon."

"S-ino Lynde diras, ke ŝia sango fridiĝis, kiam ŝi vidis la knabojn grimpi ĝis la pintoj de tiuj grandaj arboj sur la deklivo de Bell, serĉantajn nestojn de korvoj la lastan vendredon", diris Marila. "Mi miras pro kio f-ino Stacy kuraĝigis tion."

"Sed ni volis havi neston de korvo, por studi la naturon", klarigis Anna. "Tio estis dum nia ekskursa posttagmezo. Ekskursaj posttagmezoj estas ravaj, Marila. Kaj f-ino Stacy klarigas ĉion tiel bele. Ni devas fari verkaĵojn pri niaj ekskursaj posttagmezoj kaj mi verkas la plej bonajn."

"Estas tre orgojle de vi diri tion. Vi devas lasi vian instruistinon diri tion."

"Sed ŝi ja diris tion, Marila. Kaj mi ne vere estas orgojla pri tio. Kiel mi povus esti, kiam mi estas tia stultulino pri geometrio? Kvankam mi ankaŭ vere komencas travidi ĝin, iomete. F-ino Stacy faras ĝin tiel klara. Mi tamen neniam estos bona pri ĝi kaj mi certigas vin, ke tio estas humiliga revelacio. Sed mi ŝatas verki. Plej ofte f-ino Stacy lasas nin elekti niajn proprajn temojn; sed la venontan semajnon ni devas verki tekston pri iu rimarkinda persono. Estas malfacile elekti inter tiom da rimarkindaj personoj kiuj vivis. Ĉu ne estas rave esti rimarkinda kaj havi verkaĵojn faritajn post via morto? Ho, mi multe ŝatus esti rimarkinda. Mi pensas ke, kiam mi estos plenaĝulino, mi estos diplomita flegistino kaj iros kun la Ruĝa Kruco al la batalkampoj kiel mesaĝisto de kompato. Tio estas, se mi ne fariĝos misiisto. Tio estus tre romantika, sed iu devas esti tre bona por esti misiisto, kaj tio estus obstaklo. Ni ankaŭ ĉiutage havas fizikajn kulturajn ekzercojn. Ili faras vin gracia kaj helpas digestadon."

"Helpas, frenezaĵo!" diris Marila, kiu honeste opiniis, ke ĉio ĉi estis sensencaĵo.

Sed ĉiuj ekskursaj posttagmezoj kaj vendredaj recitaĵoj kaj fizikkulturaj tordaĵoj paliĝis antaŭ projekto, kiun proponis f-ino

Stacy en novembro. Tio estis, ke la lernejanoj de Avonleo organizu koncerton kaj prezentu ĝin en la halo la antaŭkristnaskan vesperon, por la laŭdinda celo helpi pagi por lerneja flago. Ĉiuj lernejanoj entuziasme akceptantis tiun planon, kaj oni tuj komencis prepari la programon. Kaj inter ĉiuj ekscititaj elektitaj prezentantoj neniu estis pli ekscitita ol Anna Shirley, kiu ĵetis sin tuta en la projekton, eĉ malhelpata de la malaprobo de Marila. Marila opiniis, ke ĉio estis kompleta stultaĵo.

"Tio nur plenigas vian kapon per sensenco kaj rabas tempon, kiu devus esti dediĉita al viaj lecionoj", ŝi grumblis. "Mi ne aprobas, ke geinfanoj organizu koncertojn kaj ĉirkaŭkuru al provludoj. Tio igas ilin vanaj kaj arogantaj kaj ŝatantaj vagadi."

"Sed pensu pri la valora celo", petegis Anna. "Flago kulturos spiriton de patriotismo, Marila."

"Falsaĵo! Estas malmulta patriotismo en la pensoj de iu ajn el vi. Ĉio kion vi volas estas amuziĝi."

"Nu, kiam vi povas kombini patriotismon kaj amuziĝon, ĉu tio ne estas bona? Kompreneble estas vere agrable organizi koncerton. Ni havos ses ĥorojn kaj Diana kantos solon. Mi estas en du dialogoj – 'La Societo por la Forigo de Klaĉado' kaj 'La Feinreĝino'. La knaboj ankaŭ havos dialogon. Kaj mi havos du recitaĵojn, Marila. Mi nur tremas, kiam mi pensas pri tio, sed estas bela ekscita speco de tremo. Kaj ni havos vivantan bildon ĉe la fino – 'Fido, Espero kaj Karitato'. Diana kaj Rubena kaj mi estos en ĝi, ĉiuj drapiritaj per blanko kun fluantaj hararoj. Mi estos Espero, kun miaj manoj kunpremitaj – do – kaj miaj okuloj supren. Mi ekzercos min pri miaj recitaĵoj en la mansardo. Ne timu, kiam vi aŭdas min ĝemi. Mi devas ĝemi korŝire en unu el ili, kaj estas vere malfacile fari bonan artistan ĝemon, Marila. Ĵozia Pye paŭtas, ĉar ŝi ne ricevis la rolon, kiun ŝi volis en la dialogo. Ŝi volis estis la reĝina feino. Tio estus ridinda, ĉar kiu iam aŭdis pri reĝina feino tiel dika kiel Ĵozia? Reĝinaj feinoj devas esti sveltaj. Johana Andrews devas esti la reĝino kaj mi devas esti unu el ŝiaj honorfraŭlinoj. Ĵozia opinias, ke rufhara feino estas tiel ridinda kiel dika feino, sed mi ne lasas min maltrankviligi pro tio, kion diras Ĵozia. Mi devas havi kronon el blankaj rozoj sur mia hararo kaj Rubena Gillis pruntedonos al mi siajn pantoflojn ĉar mi ne havas proprajn. Necesas ke feinoj havu pantoflojn, vi scias. Oni ne povas imagi feinon surportanta botojn, ĉu ne? Ĉefe ne kun kupraj antaŭuoj! Ni ornamos la halon per rampo-piceo kaj la abio-sloganojn per rozkolora silkopapero kun rozoj en ili. Kaj ni ĉiuj devas enpaŝi duope, post kiam la ĉeestantaro sidiĝis, dum Ema White ludas marŝon sur la orgeno. Ho, Marila, mi scias ke vi ne estas tiel entuziasma pri ĝi kiel mi, sed ĉu vi ne esperas, ke via eta Anna distingos sin?"

"Mi nur esperas, ke vi kondutos bone. Mi estos plene kontenta kiam ĉi tiu tuta ekscitiĝo pasos kaj vi povos kvietiĝi. Vi estas bona por nenio, nun, kun via kapo plenŝtopita per dialogoj kaj ĝemoj kaj okulfrapaj scenoj. Pri via lango, estas mirinde ke ĝi ne estas tute eluzita."

Anna suspiris kaj iris al la malantaŭa korto, super kiu juna novluno brilis tra la senfoliaj poplo-branĉoj el pomverda okcidenta ĉielo, kaj kie Mateo fendis lignon. Anna sidiĝis sur bloko kaj denove priparolis la koncerton kun li, certa pri la aprezo kaj simpatio de la aŭdanto en almenaŭ ĉi tiu momento.

"Nu, mi supozas ke estos sufiĉe bona koncerto. Kaj mi antaŭvidas, ke vi bone plenumos vian parton", li ridetante diris en ŝian avidan, vivecan etan vizaĝon. Anna siavice ridetis al li. Tiuj du estis la plej bonaj amikoj, kaj Mateo ofte dankis siajn stelojn, ke li havis neniun taskon koncerne ŝian edukadon. Tio estis la ekskluziva tasko de Marila; se estus lia tasko, li maltrankviliĝus pri la oftaj konfliktoj inter inklino kaj la dirita tasko. Kiel nun estis, li estis libera por "dorloti Annan" – la esprimo de Marila – tiom kiom li ŝatis. Sed ĉio ĉi finfine ne estis tiel malbona aranĝo; iom da kelkfoja "aprezo" eble faras tiom da bono, kiom la tuta "edukado" de la konscienco povas atingi.

ĈAPITRO 25
MATEO POSTULAS PUFAJN MANIKOJN

Mateo pasigis malbonan dekminutan periodon. Li venis en la kuirejon, dum la krepusko de malvarma, griza decembra vespero, kaj sidiĝis sur la angulon de ligno-skatolo por depreni siajn pezajn botojn, nekonscia pri la fakto ke Anna kun aro de kunlernejanoj provludas "La Reĝinan Feinon" en la sidĉambro. Post nelonge ili venis marŝante tra la koridoro kaj en la kuirejon, ridante kaj gaje babilante. Ili ne vidis Mateon, kiu timide ŝrumpis, kliniĝante malantaŭen en la ombron apud la ligno-skatolo, kun boto en unu mano kaj bototirilo en la alia, kaj li timide gvatis ilin dum la menciitaj dek minutoj, dum ili surmetis kaskedojn kaj jakojn kaj parolis pri la dialogo kaj la koncerto. Anna staris inter ili, okulbrila kaj tiel viveca kiel ili; sed Mateo ekkonsciiĝis, ke estis io pri ŝi malsama, kompare kun ŝiaj kunuloj. Kaj kio maltrankviligis Mateon estis tio, ke la diferenco impresis lin kiel io, kio ne devus ekzisti. Anna havis pli brilan vizaĝon, kaj pli grandajn stelecajn okulojn, kaj pli delikatajn trajtojn ol la aliaj; eĉ la timida neobservanta Mateo jam eklernis noti tiujn aferojn; sed la diferenco, kiu maltrankviligis lin, ne konsistis en iu el tiuj aspektoj. Do en kio ĝi konsistis?

Mateo estis hantita de ĉi tiu demando, longe post kiam la knabinoj foriris, brak-en-brake, malsupren sur la longa, durfrostita vojeto, kaj Anna reiris al siaj libroj. Li ne povis mencii tion al Marila kiu, li supozis, certe malestime snufus kaj rimarkigus, ke la sola diferenco, kiun ŝi vidas inter Anna kaj la ceteraj knabinoj, estas ke ili kelkfoje tenas siajn langojn kvietaj, dum Anna neniam faras tion. Mateo opiniis, ke tio ne multe helpus.

Li turnis sin al sia pipo tiun vesperon por helpi lin pristudi la aferon, multe je la naŭzo de Marila. Post du horoj da fumado kaj intensa pensado, Mateo alvenis al solvo de sia problemo. Anna ne estis vestita kiel la ceteraj knabinoj!

Ju pli Mateo pensis pri la afero, des pli li konvinkiĝis, ke Anna neniam estis vestita kiel la ceteraj knabinoj – neniam, de sia alveno al Verdaj Gabloj. Marila gardis ŝin vestita en simplaj, malhelaj roboj, ĉiuj faritaj laŭ la sama, nevarianta modelo. Se Mateo sciis, ke ekzistas io kiel modo en vestaĵoj, jen ĉio, kion li sciis; sed li estis sufiĉe certa, ke la manikoj de Anna neniel aspektis kiel la manikoj, kiujn la ceteraj knabinoj surportis. Li memoris la aron da knabinetoj, kiujn li vidis ĉirkaŭ ŝi tiun vesperon – ĉiuj gajaj en talioj ruĝa kaj blua kaj roza kaj blanka – kaj li demandis sin, kial Marila ĉiam gardis ŝin tiel simple kaj sobre vestita.

Kompreneble devas esti bone. Marila plej bone sciis, kaj Marila edukadas ŝin. Probable iu saĝa, neesplorebla motivo devas esti servita tiele. Sed certe ke neniel malutilus lasi la infanon havi unu beletan robon – ion kiel Diana Barry ĉiam surportis. Mateo decidis, ke li donos unu al ŝi; tio certe ne povis signifi, ke li senrajte ŝovas sian nazon en la aferon. Kristnasko estis nur du semajnojn for. Beleta nova robo estus la ĝusta artiklo kiel donaco. Mateo, per suspiro de kontenteco, formetis sian pipon kaj enlitiĝis, dum Marila malfermis ĉiujn pordojn kaj aerumis la domon.

La sekvan vesperon Mateo iris al la Karmodo por aĉeti la robon, rezoluta tuj fini tiun aferon. Tio estas, pri tio li certis, neniu bagatela aflikto. Estis kelkaj varoj, kiujn Mateo povis aĉeti kaj neniel montri sin malbona negocanto; sed li sciis, ke li dependas de la kompato de la butikistoj, kiam temis pri aĉeto de knabina robo.

Post longa pripensado Mateo decidis iri al la vendejo de Samuelo Lawson anstataŭ al tiu de Vilhelmo Blair. Certe la Cuthbert-familio ĉiam iris al tiu de Vilhelmo Blair; estis preskaŭ sama afero de konscienco por ili kiel ĉeesti la presbiterianan preĝejon kaj voĉdoni por la konservativoj. Sed la du filinoj de Vilhelmo Blair ofte servis la klientojn tie, kaj Mateo terure timis ilin. Li povis imagi trakti kun ili, kiam li ekzakte sciis, kion li volas, kaj povis indiki ĝin; sed en afero kiel ĉi tiu, bezonante klarigon kaj konsulton, Mateo sentis, ke li devas esti certa pri viro malantaŭ la vendotablo. Do li planis iri al la vendejo de Lawson, kie Samuelo aŭ lia filo servus lin.

Ho ve! Mateo ne sciis, ke Samuelo, en la lastatempa ekspansio de sia komerco, ankaŭ aldonis dungitinon; ŝi estis nevino de lia edzino kaj ja superba juna persono, kun enorma falanta pompadur-stila hararanĝo, grandaj, ruliĝantaj brunaj okuloj, kaj plej larĝa kaj perpleksiga rideto. Ŝi estis belege vestita kaj surportis plurajn braceletojn kiuj brilis, klakadis kaj tintadis dum ĉiu movo de ŝiaj manoj. Mateo konfuziĝis malkovrante ŝin tie; kaj tiuj braceletoj tute frakasis lian intelekton ĉe la unua svingiĝo.

"Kion mi povas fari por vi ĉi-vespere, s-ro Cuthbert?", demandis f-ino Lucila Harris, abrupte kaj afable, dum ŝi per ambaŭ manoj tamburetis sur la vendotablo.

"Ĉu vi havas – havas – havas – nu, ni diru ĝardenajn rastilojn?", balbutis Mateo.

F-ino Harris ŝajnis iom surprizita, kompreneble, aŭdi viron pridemandi ĝardenajn rastilojn meze de decembro.

"Mi pensas, ke ni havas unu aŭ du restantajn", diris ŝi, "sed ili estas en la supra etaĝo en la ligno-ĉambro. Mi iros vidi."

Dum ŝia foresto Mateo kunigis siajn disigitajn sensojn cele al denova fortostreĉo.

Kiam F-ino Harris revenis kun la rastilo kaj gaje demandis: "Ĉu io ajn alia ĉi-vespere, s-ro Cuthbert?", Mateo prenis sian kuraĝon kvazaŭ per ambaŭ manoj kaj respondis: "Nu, ĉar vi sugestas tion, mi povus tiel bone – tio estas – preni – rigardi – aĉeti – fojno-semojn".

F-ino Harris jam aŭdis, ke Mateo Cuthbert estas stranga. Ŝi nun konkludis, ke li estas tute freneza.

"Ni tenas fojno-semojn nur en la printempo", ŝi arogante klarigis. Ni ne havas tion nun."

"Ho certe – certe – ĝuste kiel vi diras", balbutis la malfeliĉa Mateo, ekkaptante la rastilon kaj irante al la pordo. Ĉe la sojlo li memoris, ke li ne pagis por ĝi kaj li mizermiene returniĝis. Dum f-ino Harris kalkulis lian apunton, li kunigis siajn fortojn por fina senesperiga klopodo.

"Nu – se ne tro ĝenas – mi povus tiel bone – tio estas – mi ŝatus rigardi – sukeron."

"Blankan aŭ brunan?", f-ino Harris pacience demandis.

"Ho – nu – brunan", Mateo feble respondis.

Estas barelo da ĝi tie", diris f-ino Harris, skuante siajn braceletojn en lia direkto. "Estas la sola speco kiun ni havas."

"Mi – mi prenos dudek funtojn[26] da ĝi", diris Mateo, kun bidoj de ŝvito sur sia frunto.

Mateo veturis duonvoje al sia hejmo antaŭ ol li denove estis li mem. Estis horora sperto, sed tion li meritis, li pensis, pro la herezo iri al stranga vendejo. Kiam li alvenis hejmen, li kaŝis la rastilon en la ilarejo, sed la sukeron li portis al Marila.

"Bruna sukero!" ekkriis Marila. "Kio posedis vin preni tiom? Vi scias ke mi neniam uzas ĝin krom por la poriĝo de la dungito aŭ nigra fruktokuko. Ĵerio foriris kaj antaŭlonge mi faris mian kukon. Ankaŭ ne estas bona sukero – ĝi estas malfajna kaj malhela – Vilhelmo Blair ne kutime vendas tian sukeron."

"Mi – mi pensis, ke ĝi povus utili iun tagon", diris Mateo, sukcesante eskapi.

Kiam Mateo pripensis la aferon, li decidis, ke necesas virino por trakti la situacion. Demandi Marilan tute ne eblis. Mateo sentis, ke ŝi certe tuj malkuraĝigus lian projekton. Restis nur s-ino Lynde, ĉar Mateo ne aŭdacus peti konsilon de iu alia virino en Avonleo. Do li iris al s-ino Lynde, kaj tiu bona virino senhezite prenis la aferon el la manoj de la turmentita viro.

"Elekti robon por vi por doni al Anna? Certe mi faros. Mi iros morgaŭ al Karmodo kaj mi prizorgos tion. Ĉu vi havas ion apartan en la menso? Ne? Nu, mi do agos laŭ mia propra juĝo. Mi opinias, ke bela, riĉa bruno konvenos al Anna, kaj Vilhelmo Blair havas novan Glorian ŝtofon, kiu tre belas. Eble vi ŝatus, ke mi ankaŭ finfaru ĝin por vi, konsiderante ke, se Marila finkudrus ĝin, Anna probable aŭdus pri ĝi antaŭ la tempo, kaj tio nuligus la surprizon, ĉu ne? Nu, mi ĝin faros. Ne, neniel ĝenas. Mi ŝatas kudri. Mi ĝin faros, kaj sidos por mi mia nevino Ĵenia Gillis, ĉar ŝi kaj Anna estas similaj kiel du pizoj rilate la talion."

"Nu, mi estas tre dankema", diris Mateo, "kaj – kaj – mi ne scias – sed mi ŝatus – mi pensas, ke oni nun faras la manikojn malsame ol ili antaŭe estis. Se ne estas tro, mi petas... – mi ŝatus, ke ili estu faritaj laŭ la nova maniero."

"Pufoj? Komprenebl. Vi ne bezonas maltrankviliĝi plu pri tio, Mateo. Mi faros tion laŭ la plej nova modo", diris s-ino Lynde. Al si mem ŝi aldonis, post la foriro de Mateo:

---

26 9,7 kg

"Estos granda kontentiĝo vidi tiun povran infanon fine sur-havi ion decan. La maniero, laŭ kiu Marila vestas ŝin, estas ege ridinda, jen tio, kaj mi sopiris diri al ŝi tiel klare dekduon da fojoj. Tamen mi retenis mian langon, ĉar mi povas vidi, ke Marila ne volas konsilojn kaj ke ŝi opinias, ke ŝi scias pli pri edukado ol mi, eĉ se ŝi estas maljuna fraŭlino. Sed ĉiam estas tiel. Tiuj kiuj edukis infanojn scias, ke ne estas dura kaj rapida metodo en la mondo, kiu konvenus al ĉiu infano. Sed ili neniam pensis, ke ĉio estas simpla kaj facila kiel la Regulo de Tri – nur difinu viajn tri terminojn pri modo kaj la sumo rezultos korekta. Sed karno kaj sango ne difineblas pere de aritmetiko, kaj estas tie kie Marila Cuthbert faras sian eraron. Mi supozas, ke ŝi strebas kulturi spiri-ton de humileco al Anna vestante ŝin kiel ŝi faras; sed estas pli verŝajne, ke tiel ŝi kulturas envion kaj malkontentecon. Mi certas, ke tiu infano devas senti la diferencon inter siaj vestaĵoj kaj tiuj de la aliaj knabinoj. Sed pensu pri Mateo, kiu rimarkas tion! Tiu viro vekiĝas post sia dormo de pli ol sesdek jaroj."

Marila sciis dum la tutaj sekvaj du semajnon, ke Mateo havis ion en sia menso, sed pri kio temis, tion ŝi ne povis diveni – ĝis Antaŭkristnasko, kiam s-ino Lynde alvenis kun la nova robo. Marila ĝenerale kondutis sufiĉe bone, kvankam plej verŝajne ŝi malfidis la diplomatecan klarigon de s-ino Lynde, ke ŝi faris la robon, ĉar Mateo timis, ke Anna aŭdus pri ĝi, se Marila farus ĝin.

"Do estas pro tio, ke Mateo estis tiel mistera kaj larĝe ridetanta al si dum du semajnoj, ĉu ne?" diris ŝi iom rigide sed toléreme. "Mi sciis, ke li faras iun stultaĵon. Nu, mi devas diri, ke mi ne opinias, ke Anna bezonas pliajn robojn. Mi faris por ŝi tri bonajn, varmajn, utilajn robojn ĉi-aŭtune, kaj unu plia estas pura ekstravaganco. Jam nur en tiuj manikoj troviĝas sufiĉe da ŝtofo por fari talion, mi ja deklaras. Vi nur subtenas la vantecon de Anna, Mateo, kaj ŝi jam nun estas tiel vanta kiel pavo. Nu, mi esperas, ke ŝi fine estos kontenta, ĉar mi scias ke ŝi sopiradas al tiuj stultaj manikoj de kiam ili modiĝis, kvankam ŝi neniam diris plian vorton post la unua. La pufoj fariĝas pli grandaj kaj pli ridindaj la tutan tempon; ili nun estas tiel grandaj kiel balonoj. La venontan jaron ĉiu, kiu surportos ilin, devos trairi pordon flankenturnite."

Kristnasko mateniĝis en rava blanka mondo. Estis tre milda decembro kaj la homoj antaŭvidis verdan Kristnaskon; sed ĝuste sufiĉa neĝo dolĉe falis dum la nokto por transfiguri Avonleon. Anna gvatis el sia frostita gablo-fenestro per ravitaj okuloj. La abioj en la Hantita Arbaro aspektis ĉiuj plumecaj kaj mirindaj; la betuloj kaj sovaĝaj ĉerizujoj estis konturitaj per perloj; la plugitaj kampoj estis etendaĵoj de neĝaj kavetoj; kaj estis krispa odoro en la aero, tute glora. Anna kuris malsupren, kantante ĝis ŝia voĉo reeĥis tra Verdaj Gabloj.

"Feliĉan Kristnaskon, Marila! Feliĉan Kristnaskon, Mateo! Ĉu ne estas rava Kristnasko? Mi tiom ĝojas, ke ĝi estas blanka. Ali-speca Kristnasko ne ŝajnas vera, ĉu ne? Mi ne ŝatas verdajn Krist-naskojn. Ili *ne* estas verdaj – ili nur estas malpuregaj brunoj kaj grizoj. Kio igas homojn nomi ilin verdaj? Nu – nu – Mateo, ĉu tio estas por mi? Ho, Mateo!"

Mateo kun ŝafeca mieno malfaldis la robon el ĝia papera pak-aĵo kaj tenis ĝin kun pardonpeta ekrigardo al Marila, kiu ŝajnigis malestime plenigi la teujon, sed tamen gvatis la scenon el la angulo de sia okulo kun sufiĉe interesplena mieno.

Anna prenis la robon kaj ĝin rigardis kun respektega silento. Ho, kiel bela ĝi estis – linda, milde bruna Gloria-ŝtofo, kun la brilo de silko; jupo kun delikataj franĝoj kaj krispoj; talio ellaborita kaj pingle kuntirita laŭ la plej moda maniero, kun eta krispo de nebuleca punto ĉe la kolo. Sed la manikoj – ili estis la glora krono! Longaj kubutaj manumoj, kaj super ili du belaj pufoj apartigitaj per randoj de krispoj kaj nodoj el bruna silka rubando.

"Tio estas kristnaska donaco por vi, Anna", Mateo timide diris. "Nu – nu – Anna, ĉu vi ne ŝatas ĝin? Nu – nu."

Ĉar la okuloj de Anna subite pleniĝis je larmoj.

"*Ŝatas* ĝin! Ho, Mateo!" Anna metis la robon sur seĝon kaj kunpremis siajn manojn. "Mateo, ĝi estas perfekte belega. Ho, mi ne povos sufiĉe danki vin. Rigardu tiujn manikojn! Ŝajnas al mi, ke ĉi tio devas esti feliĉa sonĝo."

"Nu, nu, ni matenmanĝu", interrompis Marila. "Mi devas diri, Anna, mi ne opinias, ke vi bezonis la robon; sed ĉar Mateo akiris ĝin por vi, estu atenta kaj bone prizorgu ĝin. Estas harrubando, kiun s-ino Lynde lasis por vi. Ĝi estas bruna por harmonii kun la robo. Venu nun, sidiĝu."

"Mi ne scias, kiel mi povos matenmanĝi", Anna ekstaze diris. "Matenmanĝo ŝajnas tiel ordinara je tiel ekscita momento. Mi preferas regali miajn okulojn per tiu robo. Mi estas tiel kontenta, ke la pufaj manikoj daŭre estas modaj. Ja ŝajnis al mi, ke mi neniam retrankviliĝus, se ili eksmodiĝas antaŭ ol mi havas robon kun ili. Mi neniam sentus min min tute kontentigita, vi vidas. Estas belege, ke s-ino Lynde donis ankaŭ la rubandon. Mi ja sentas, ke mi devas esti tre bona knabino. Estas en momentoj kiel ĉi tiu, ke mi bedaŭras ne esti modela knabineto; kaj mi ĉiam firme intencas, ke mi estos en la estonteco. Sed iel estas malfacile plenumi planojn, kiam alvenas nerezisteblaj tentoj. Tamen, mi vere faros denovan klopodon post ĉi tio."

Kiam la ordinara matenmanĝo estis finita, Diana aperis, trapasanta la ponton el blankaj ŝtipoj en la kavo, gaja eta figuro en sia karmezina Ulster-mantelo. Anna rapidis malsupren sur la deklivo por renkonti ŝin.

"Feliĉan Kristnaskon, Diana! Kaj, ho, estas mirinda Kristnasko. Mi havas ion belegan por montri al vi. Mateo donis al mi la plej belan robon, kun *tiaj* manikoj. Mi ne povas imagi iun pli belan."

"Mi havas ion plian por vi", Diana senspire diris. "Jen – ĉi tiu skatolo. Onklino Jozefina sendis al ni grandan skatolon kun tiom da aĵoj en ĝi – kaj ĉi tio estas por vi. Mi volis kunporti ĝin la lastan vesperon, sed ĝi ne alvenis ĝis la mallumo, kaj nun mi neniam sentas min denove bone, ĉar mi venis tra la Hantita Arbaro en la mallumo."

Anna malfermis la skatolon kaj rigardis en ĝi. Unue karto kun "Por la Anna-knabino kaj Feliĉan Kristnaskon" skribita sur ĝi; kaj poste, paro de la plej delikataj etaj kaproledaj pantofloj, kun piedfingrujoj kun bidoj kaj satenaj nodoj kaj scintilantaj bukloj.

"Ho", diris Anna, "Diana, ĉi tio estas tro. Mi certe sonĝas."

"*Mi* nomas tion providenca", diris Diana. "Nun vi ne bezonos pruntepreni la pantoflojn de Rubena, kaj tio estas beno, ĉar ili estas du numerojn tro grandaj, kaj estus terure aŭdi feinon trenmarŝi. Ĵozia Pye estus ravita. Atentu, Robĉjo Wright iris hejmen kun

Gertia Pye post la ekzerco la antaŭhieraŭan vesperon. Ĉu vi iam aŭdis ion tian?"

Ĉiuj lernejanoj de Avonleo estis en ekscita febro tiun tagon, ĉar la halo devis esti dekorita kaj la lasta ĝenerala provkantado okazigita.

La koncerto okazis vespere kaj oni deklaris ĝin sukceso. La malgranda halo estis homplena; ĉiuj rolantoj estis bonegaj, sed Anna estis la aparte brila stelo de la evento, kion eĉ envio, en la formo de Ĵozia Pye, ne aŭdacis nei.

"Ho, ĉu ne estis brila vespero?", suspiris Anna, kiam ĉio estis finita kaj ŝi kaj Diana marŝis hejmen kune sub malluma, stelplena ĉielo.

"Ĉio rezultis tre bone", Diana praktike diris. "Mi supozas, ke ni enspezis proksimume dek dolarojn. Rimarku, s-ro Allan sendos raporton pri ĝi al la gazetoj de Ĉarlotaŭno."

"Ho, Diana, ĉu ni vere vidos niajn nomojn presitaj? Mi estas ekscitita pensante pri tio. Via solo estis perfekte eleganta, Diana. Mi sentis min pli fiera ol vi, kiam ĝi estis bisita. Mi nur diris al mi mem, 'Estas mia kara intima amikino, kiu estas tiel honorigita.'"

"Nu, viaj recitaĵoj instigis aplaŭdegon, Anna. Tiu malgaja recitaĵo estis simple grandioza."

"Ho, mi estis tiel nervoza, Diana. Kiam s-ro Allan vokis min, mi vere ne povis diri, kiel mi iris al tiu platformo. Mi sentis kvazaŭ miliono da okuloj rigardis min kaj tra min, kaj por unu terura momento mi estis certa, ke mi tute ne povos komenci. Poste mi pensis pri miaj belaj pufaj manikoj kaj kuraĝiĝis. Mi sciis, ke mi devos plenumi la esperojn de tiuj manikoj, Diana. Do mi komencis, kaj mia voĉo ŝajnis veni de tiel longa distanco. Mi nur sentis min kiel papago. Estas providence, ke mi ekzercis min pri tiuj recitajoj tiel ofte, supre en la mansardo, aŭ mi neniam povus travivi tion. Ĉu mi ĝemis sufiĉe bone?"

"Jes ja, vi belege ĝemis", certigis Diana.

"Mi vidis la maljunan s-inon Sloane forviŝi larmojn, kiam mi sidiĝis. Estis grandioze pensi, ke mi tuŝis la koron de iu. Estas tiel romantike partopreni en koncerto, ĉu ne? Ho, ja estis tre memorinda okazaĵo."

"Ĉu la dialogo de la knaboj ne estis bona?", diris Diana. "Gilberto Blythe estis simple grandioza. Anna, mi ja opinias, ke estas terure malice, kiel vi traktas Gilĉjon. Kiam vi kuris desur la platformo post la feina dialogo, unu el viaj rozoj falis el via hararo. Mi vidis Gilĉjon preni ĝin kaj meti ĝin en sian brustopoŝon. Jen. Vi estas tiel romantika, ke mi certas, ke vi devas esti kontenta pri tio."

"Kion tiu persono faras, tio signifas nenion al mi", Anna arogante diris. "Mi simple neniam malŝparas penson pri li, Diana."

Tiun vesperon Marila kaj Mateo, kiuj iris al koncerto la unuan fojon en dudek jaroj, dum momento sidis ĉe la kuireja fajro, post kiam Anna enlitiĝis.

"Nu, mi supozas, ke nia Anna sukcesis tiel bone, kiel iu ajn el la aliaj", Mateo fiere diris.

"Jes, ŝi ja sukcesis", agnoskis Marila. "Ŝi estas inteligenta infano, Mateo. Kaj ŝi ankaŭ aspektis tre bele. Mi estis iel kontraŭ tiu koncerta afero, sed mi supozas, ke finfine ne estas vera malutilo en ĝi. Iel ajn, mi fieris pri Anna ĉi-vespere, kvankam mi ne diros tion al ŝi."

"Nu, mi fieris pri ŝi kaj mi diris tion al ŝi antaŭ ol ŝi suprenriris", diris Mateo. "Ni devas baldaŭ vidi, kion ni povas fari por ŝi, Marila. Mi supozas, ke iom poste ŝi bezonos ion pli ol la lernejo de Avonleo."

"Restas sufiĉe da tempo por pensi pri tio", diris Marila. "Ŝi havos nur dek tri jarojn en marto. Kvankam ĉi-vespere mi havis la impreson, ke ŝi kreskadis al sufiĉe granda knabino. S-ino Lynde faris tiun robon iomete tro longa, kaj ĝi aspektigas Annan tiom alta. Ŝi lernas rapide, kaj mi supozas, ke la plej bona afero kiun ni povas fari por ŝi, estos sendi ŝin al Queen's-Universitato post ioma tempo. Sed ne necesas diri ion pri tio ankoraŭ dum unu aŭ du jaroj."

"Nu, ne malutilos pensi pri tio de tempo al tempo", diris Mateo. "Tiaj aferoj fariĝas pli bonaj, se oni pli longe pensas pri ili."

ĈAPITRO 26
FORMIĜAS LA RAKONTO-KLUBO

LA JUNALARO de Avonleo malfacile penis denove reiri al la mono-
tona ekzistado. Aparte por Anna la vivo ŝajnis terure malbrila,
banala, kaj senvalora post la pokalo da ekscitiĝoj, kiun ŝi trinketis
dum semajnoj. Ĉu ŝi povis reiri al la antaŭaj kvietaj plezuroj de
tiuj foraj tagoj antaŭ la koncerto? Komence, kiel ŝi diris al Diana,
ŝi ne povis vere kredi, ke ŝi povos.

"Mi ege certas, Diana, ke la vivo ne povas esti denove la
sama kiel ĝi estis en tiuj pratempoj", ŝi malgaje diris, aludante
al la periodo de almenaŭ kvindek pasintaj jaroj. "Eble post ioma
tempo mi alkutimiĝos al tio, sed mi timas, ke koncertoj estingas la
ĝojon de homoj por la ĉiutaga vivo. Mi supozas, ke pro tio Marila
malkonsentas pri ili. Marila estas tiel prudenta virino. Devas esti
multe pli bone esti prudenta; sed tamen, mi ne kredas, ke mi ŝatus
esti prudenta persono, ĉar tiaj homoj estas tiel neromantikaj. S-ino
Lynde diras, ke ne estas danĝero, ke mi estu tia, sed oni neniam
povas certi. Mi sentas ĝuste nun, ke eble mi fariĝos prudenta. Sed
eble tio estas nur pro tio, ke mi lacas. Mi simple ne povis dormi la
lastan nokton dum tiel longa tempo. Mi nur restis sendorma kaj
imagis la koncerton, ree kaj ree. Tio estas la belega afero pri tiaj
okazaĵoj – estas tiel agrable rerigardi al ili."

Fine, tamen, la avonlea lernejo refalis en sian malnovan rit-
mon kaj reprenis siajn malnovajn interesojn. La koncerto ja lasis
spurojn. Rubena Gillis kaj Ema White, kiuj kverelis pri io okazinta
sur siaj ebenaj seĝoj, ne plu sidis ĉe la sama skribotablo, kaj la
promesplena amikeco de tri jaroj rompiĝis. Ĵozia Pye kaj Julia Bell
ne "parolis" dum tri monatoj, ĉar Ĵozia Pye diris al Besia Wright,
ke la banto de Julia Bell, kiam ŝi stariĝis por kanti, memorigis ŝin
pri kokino skuanta sian kapon. Neniu el la Sloane-familianoj volis
trakti kun la Bell-familianoj, ĉar la Bell-familianoj deklaris, ke la
Sloane-familianoj havis tro da roloj en la programo, kaj la Sloane-
familianoj replikis, ke la Bell-familianoj ne kapablis plenumi
korekte la etan parton, kiun ili havis por plenumi. Fine, Karlĉjo

Sloane kverelis kontraŭ Mudio Spurgeon MacPherson, ĉar Mudio Spurgeon diris, ke Anna Shirley surmetis mienon de orgojlo pro siaj recitaĵoj, kaj Mudio Spurgeon estis venkita; konsekvence la fratino de Mudio Spurgeon, Ela Maja, ne parolis al Anna Shirley la tutan ceteron de la vintro. Krom tiuj bagatelaj malakordoj, la laboro en la eta regno de F-ino Stacy daŭris kun reguleco kaj glateco.

La vintraj semajnoj forpasis. Estis nekutime milda vintro, kun tiel malmulte da neĝo, ke Anna kaj Diana povis iri al la lernejo preskaŭ ĉiutage laŭ la Betula Pado. Je la naskiĝdatreveno de Anna ili leĝere saltetis sur ĝi, uzante siajn okulojn kaj orelojn por tre atenti dum la tuta babilado, ĉar f-ino Stacy diris al ili, ke ili baldaŭ devos verki tekston pri "Vintra promenado en la arbaro", kaj do endis, ke ili observu.

"Nur imagu, Diana, hodiaŭ mi havas dek tri jarojn", rimarkigis Anna per mira voĉo. "Mi apenaŭ povas konscii, ke mi estas adoleskantino. Kiam mi vekiĝis ĉi-matene, ŝajnis al mi, ke ĉio devos esti malsama. Vi havas dek tri, jam dum monato, do mi supozas, ke ne ŝajnas tiel nova por vi, kiel tio estas por mi. Tio faras la vivon tiel multe pli interesa. Post du pliaj jaroj mi estos vere plenaĝa. Konsolas min multe pensi, ke mi povos tiam uzi grandajn vortojn sen ke oni moku min."

"Rubena Gillis diras, ke ŝi intencas havi koramikon, tuj kiam ŝi estos dekkvinjara", diris Diana.

"Rubena Gillis pensas nur pri koramikoj", Anna disdegne diris. "Ŝi vere ĝojas, kiam iu skribas ŝian nomon sur 'noto-avizojn' malgraŭ la fakto, ke ŝi ŝajnigas esti tiel kolera. Sed mi timas, ke tio estas malĝentila eldiraĵo. S-ino Allan diras, ke ni devos neniam fari malĝentilajn eldirojn; sed ili tiel ofte elglitas antaŭ ol oni pensas, ĉu ne? Mi simple ne povas paroli pri Ĵozia Pye sen fari malĝentilan eldiraĵon, do mi tute neniam mencias ŝin. Vi eble rimarkis tion. Mi klopodas esti kiel s-ino Allan tiom, kiom mi povas, ĉar mi opinias, ke ŝi estas perfekta. S-ro Allan ankaŭ opinias tion. S-ino Lynde diras, ke li simple adoras la grundon kiun ŝi paŝas kaj ŝi ne vere opinias, ke estas ĝuste por pastro havi tiom da amemo por mortemulo. Sed tamen, Diana, eĉ pastroj estas homaj kaj havas siajn obstinajn pekojn kiel ĉiuj aliaj. Mi havis tiel interesan konversacion kun s-ino Allan pri obstinaj pekoj la lastan dimanĉan posttagmezon. Estas nur kelkaj aferoj, kiuj konvenas por priparoli dimanĉe, kaj tio estas unu el ili. Mia obstina peko estas tro fantazii kaj forgesi miajn taskojn. Mi penas tre forte por superi tion, kaj nun, kiam mi estas ja dektrijara, mi pli progresos."

"Post kvar pliaj jaroj ni povos suprenfiksi nian hararon", diris Diana. "Alica Bell estas nur deksesjara kaj ŝi suprenfiksas la sian, sed mi opinias, ke tio estas ridinda. Mi atendos ĝis dek sep."

"Se mi havus la malrektan nazon de Alica Bell", Anna rezolute diris, "mi ne farus tion – sed nu! Mi ne diros, kion mi volis diri, ĉar mi estis treege malĝentila. Krome, mi komparis ĝin kun mia propra nazo, kaj tio estas orgojla. Mi timas, ke mi tro pensas pri mia nazo, de kiam mi, antaŭlonge, aŭdis tiun komplimenton pri ĝi. Tio vere estas granda konsolo por mi. Ho, Diana, rigardu, jen kuniklo.Tio estas io por memori por nia teksto pri la arbaro. Mi vere opinias, ke arbaroj estas vintre kaj somere sambelaj. Ili estas tiel blankaj kaj kvietaj, kvazaŭ ili dormus kaj kreus belajn sonĝojn."

"Ne ĝenos min verki tiun tekston, kiam ĝia tempo alvenos", suspiris Diana. "Mi kapablas verki pri la arbaroj, sed tio, kion ni devas verki lundon estas terura. La ideo de f-ino Stacy, ke ni verku rakonton el niaj propraj kapoj!"

"Nu, tio estas tiel facila kiel palpebrumi", diris Anna.

"Estas facile por vi, ĉar vi havas imagopovon", replikis Diana, "sed kion vi farus, se vi naskiĝis sen ĝi? Mi supozas ke, vi havas vian tekston tute farita?"

Anna kapjesis, streĉe strebanta ne aspekti virte memkontenta, sed mizere malsukcesis.

"Mi verkis ĝin la lastan lundon vespere. Ĝi nomiĝas 'La ĵaluza rivalo; aŭ En morto ne dividita'. Mi laŭtlegis ĝin al Marila kaj ŝi diris, ĝi ke estas superfluaĵo kaj sensencaĵo. Poste mi ĝin laŭtlegis al Mateo kaj li diris, ke ĝi estas bona. Tio estas la tipo de kritikisto, kiun mi ŝatas. Estas malgaja, dolĉa rakonto. Mi ja ploris kiel infano dum mi verkis ĝin. Temas pri du belaj junulinoj nomitaj

Kordelia Montmorency kaj Ĝeraldina Seymour, kiuj loĝis en la sama vilaĝo kaj estis sindone ligitaj unu al la alia. Kordelia estis reĝeca brunharulino kun kroneto de noktomez-kolora hararo kaj krepuskaj flagraj okuloj. Ĝeraldina estis reĝina blondulino kun hararo kiel ŝpinita oro kaj veluraj purpuraj okuloj."

"Mi neniam vidis iun ajn kun purpuraj okuloj", diris Diana dubeme.

"Nek mi. Mi nur elpensis ilin. Mi volis ion ekster la ordinaro. Ĝeraldina ankaŭ havis alabastran brovon. Mi malkovris, kio estas alabastra brovo. Tio estas unu el la avantaĝoj esti dektrijara. Oni scias tiom pli, ol kiam oni estas nur dekdujara."

"Nu, kio okazis al Kordelia kaj Ĝeraldina?" demandis Diana, kiu sufiĉe ekinteresiĝis pri ilia sorto.

"Ili kreskis en beleco flankon ĉe flanko, ĝis ili estis deksesjaraj. Poste, Bertramo DeVere venis al ilia denaska vilaĝo kaj enamiĝis al la blonda Ĝeraldina. Li savis ŝian vivon kiam ŝia ĉevalo forkuris kun ŝi en kaleŝo, kaj ŝi svenis en liaj brakoj kaj li portis ŝin hejmen tri mejlojn; ĉar, vi komprenas, la kaleŝo estis tute frakasita. Mi trovis iom malfacile fantazii proponon, ĉar mi ne havis sperton por gvidi min. Mi demandis al Rubena Gillis, ĉu ŝi scias ion ajn pri kiel viroj proponas, ĉar mi pensis ke ŝi verŝajne estus aŭtoritato pri la temo, havante tiom da fratinoj edziniĝintaj. Rubena diris al mi, ke ŝi kaŝiĝis en la koridora manĝoŝranko, kiam Malkomo Andrews proponis al ŝia fratino Suzana. Ŝi diris, ke Malkomo diris al Suzano, ke lia paĉjo promesis al li la farmbienon kaj poste diris, 'Kion vi diras, karulino, se ni geedziĝos ĉi-aŭtune?' Kaj Suzana diris 'Jes – ne – mi ne scias – mi vidos' – sed jen ili gefianĉiĝis tute rapide. Sed mi ne opiniis, ke tiu propono estis tre romantika, do je la fino mi devis fantazii ĝin tiel bona kiel mi povis. Mi faris ĝin tre eleganta kaj poezia kaj Bertramo surgenuiĝis, kvankam Rubena Gillis diras, ke oni ne faras tion nuntempe. Ĝeraldina akceptis lin en parolado, unu paĝon longa. Mi povas diri al vi, ke mi multe penis pri tiu parolado. Mi reverkis ĝin kvin fojojn kaj mi konsideras ĝin kiel mian majstroverkon. Bertramo donis al ŝi diamantan ringon kaj rubenan saltieron kaj diris al ŝi, ke ili iros Eŭropon por geedza ekskurso, ĉar li estis ege riĉa. Sed

— 202 —

tiam, ho ve, ombroj ekmallumiĝis super ilia pado. Kordelia mem sekrete enamiĝis al Bertramo, kaj kiam Ĝeraldina parolis al ŝi pri la gefianĉiĝo, ŝi simple furioziĝis, aparte kiam ŝi vidis la saltieron kaj la diamantan ringon. Ŝia tuta afekto por Ĝeraldina turniĝis al amara malamo kaj ŝi ĵuris, ke ŝi neniam geedziĝos al Bertramo. Sed ŝi ŝajnigis esti la amikino de Ĝeraldina kiel antaŭe. Iun vesperon ili staris sur la ponto super impeta, turbulenta rojo kaj Kordelia, pensante ke ili estis solaj, puŝis Ĝeraldinan super la randon kun freneza, moka 'ha, ha, ha'. Sed Bertramo vidis ĉion kaj li tuj plonĝis en la fluon, ekkriante 'Mi savos vin, mia senkompara Ĝeraldina'. Sed ho ve, li forgesis, ke li ne povas naĝi, kaj ambaŭ, brak-en-brake interpremiĝintaj, dronis. Iliaj korpoj grundis sur la rojobordon baldaŭ poste. Ili estis enterigitaj en la sama tombo kaj ilia funebra ceremonio estis plej impona, Diana. Estas tiel multe pli romantike fini rakonton per funebraĵoj anstataŭ geedziĝo. Pri Kordelia, ŝi mense malsaniĝis pro rimorso kaj estis enfermita en frenezula azilo. Mi opiniis, ke tio estas poezia kaj meritita puno pro ŝia krimo."

"Kiel perfekte bela!" suspiris Diana, kiu pri kritikoj apartenis al la skolo de Mateo. "Mi ne komprenas, kiel vi povas krei tiajn ekscitajn aferojn el via propra kapo, Anna. Mi ŝatus, ke mia imago-povo estu tiel bona kiel la via."

"Ĝi estus, se vi kulturas ĝin", Anna gaje diris. "Mi ĵus elpensis planon, Diana. Ni havu, vi kaj mi, rakonto-klubon nur por ni kaj verku rakontojn por ekzerci nin. Mi helpos vin ĝis vi povos fari ilin per vi mem. Vi devas kulturi vian imagopovon, vi scias. F-ino Stacy diras tion. Ni nur devas fari ĉion laŭ bona maniero. Mi parolis al ŝi pri la Hantita Arbaro, sed ŝi diris, ke ni uzis la malbonan manieron por tio."

Jen kiel la rakonto-klubo naskiĝis. Ĝi komence estis limigita al Diana kaj Anna, sed baldaŭ ĝi estis etendita por inkluzivi Johanan Andrews kaj Rubenan Gillis kaj unu aŭ du aliajn kiuj opiniis, ke ilia imagopovo bezonas esti kulturita. Neniu knabo estis akceptita en ĝi – kvankam Rubena Gillis opiniis, ke ilia akceptado farus ĝin pli ekscita – kaj ĉiu membro devis produkti unu historion semajne.

"Estas ege interese", Anna diris al Marila. "Ĉiu knabino devas laŭtlegi sian historion kaj poste ni priparolas ĝin. Ni sankte konservos ĉiujn kaj havos ilin por niaj posteuloj. Ni ĉiuj verku laŭ pseŭdonimo. La mia estas Rozamonda Montmorency. Ĉiuj knabinoj sukcesas sufiĉe bone. Rubena Gillis estas iom sentimentala. Ŝi metas tro da amorado en siajn historiojn, kaj vi scias, ke tro estas pli malbone ol ne sufiĉe. Johana neniam enmetas tion, ĉar ŝi diras, ke tio sentigas ŝin tiel ridinda, kiam ŝi devas laŭtlegi ĝin. La historioj de Johana estas ege prudentaj. Kaj Diana metas tro da murdoj en la siajn. Ŝi diras, ke plej ofte ŝi ne scias kion fari pri la homoj, do ŝi mortigas ilin por liberiĝi de ili. Mi plej ofte devas diri al ili pri kio verki, sed tio ne estas malfacila, ĉar mi havas milionojn da ideoj."

"Mi opinias ke tiu rakonto-verkada afero estas la plej stulta afero ĝis nun", primokis Marila. "Vi metos amason da sensencaĵoj en viajn kapojn kaj perdos tempon, kiu devus esti uzata por viaj lecionoj. Legi rakontojn estas sufiĉe malbone, sed verki ilin estas ankoraŭ pli malbone."

"Sed ni tiom zorgas meti moralaĵon en ĉiujn el ili, Marila", klarigis Anna. Mi insistas pri tio. Ĉiuj bonaj homoj estas rekompencitaj kaj ĉiuj malbonaj estas konvene punitaj. Mi certas ke tio devas havi sanigan efikon. La moralaĵo estas la granda afero. S-ro Allan diras tion. Mi laŭtlegis unu el miaj historioj al li kaj al s-ino Allan kaj ili ambaŭ konsentis, ke la moralaĵo estis bonega. Ili nur ridis en la malĝustaj lokoj. Mi preferas, ke homoj ploru. Johana kaj Rubena preskaŭ ĉiam ploras, kiam mi alvenas al la korŝiraj partoj. Diana skribis al sia onklino Jozefina pri nia klubo kaj ŝia onklino Jozefina respondis, ke ni devas sendi al ŝi kelkajn el niaj historioj. Do ni kopiis kvar el niaj plej bonaj kaj sendis ilin. F-ino Jozefina Barry skribis denove, ke ŝi neniam legis ion tiel amuzan en sia vivo. Tio iom konfuzis nin, ĉar la rakontoj estis ĉiuj tre korŝiraj kaj preskaŭ ĉiuj homoj mortis. Sed mi ĝojas ke f-ino Barry ŝatis ilin. Tio montras, ke nia klubo faras ioman bonon en la mondo. S-ino Allan diras, ke tio devus esti nia celo en ĉio. Mi ja strebas fari tion mia celo en ĉio, sed mi tiel ofte forgesas, kiam mi amuziĝas. Mi esperas, ke mi estos iom kiel s-ino Allan, kiam mi estos plenaĝa. Ĉu vi opinias, ke tiu ŝanco ekzistas, Marila?"

"Mi ne dirus, ke tre", estis la kuraĝiga respondo de Marila. "Mi certas, ke s-ino Allan neniam estis fola, forgesema knabineto, kiel vi estas."

"Ne; sed ŝi nek estis ĉiam tiel bona, kiel ŝi nun estas", Anna serioze diris. Ŝi mem diris tion al mi – tio estas, ŝi diris, ke ŝi estis terura bubino, kiam ŝi estis knabino, kaj ke ŝi ĉiam embarasiĝis. Mi sentis min tiel kuraĝigita, kiam mi aŭdis tion. Ĉu estas tre malice de mi, Marila, senti min kuraĝigita, kiam mi aŭdas, ke aliaj homoj estis malbonaj dum siaj bubojaraj? S-ino Lynde diras, ke ja estas. S-ino Lynde diras, ke ŝi ĉiam sentas sin ŝokita, kiam ŝi aŭdas pri iu, kiu miskondutis, kiel ajn etaj ili estis. S-ino Lynde diras, ke ŝi foje aŭdis pastron konfesi ke, kiam li estis knabo, li ŝtelis fragotorton el la manĝoŝranko de sia onklino kaj ke ŝi neniam poste havis respekton por tiu pastro. Nu, mi ne sentus min laŭ tiu maniero. Mi opinias, ke estis tre noble de li konfesi tion, kaj mi pensas, kia kuraĝiga afero estus por la nuntempaj knabetoj, kiuj faras miskondutajn aferojn kaj bedaŭras ilin, se ili scius, ke post plenkreskiĝo ili povas fariĝi pastroj spite tion. Estas tiel, kiel mi sentus min, Marila."

"La maniero, laŭ kiu mi nun sentas min, Anna", diris Marila, "estas, ke urĝas ke vi lavu tiujn telerojn. Vi bezonis duonhoron pli ol necesas pro via babilado. Lernu labori unue, kaj paroli poste."

ĈAPITRO 27
ORGOJLO KAJ ĈAGRENO DE SPIRITO

MARILA, iun malfruan aprilan vesperon marŝante hejmen post la Help-Societo-kunveno, ekkonsciiĝis, ke la vintro jam pasis kaj foriris samtempe kun la alveno de ekscitiĝo kaj ravo, kiun printempo neniam malsukcesas alporti al la plej maljunaj kaj tristaj samkiel al la plej junaj kaj gajaj. Marila ne emis subjektive analizi siajn pensojn kaj sentojn. Ŝi probable imagis, ke ŝi pensis pri la Help-Societo kaj ĝia misiista skatolo kaj la nova tapiŝo por la sakristio, sed sub tiu pensado estis harmonia konsciiĝo pri ruĝaj kampoj fumantaj en pal-purpurecaj nebuletoj en la subiranta suno, pri longaj akre-pintaj abio-ombroj falantaj sur la herbejon preter la rojo, pri kvietaj, karmezine burĝonantaj aceroj ĉirkaŭ speguleca arbara lageto, pri vekiĝo en la mondo kaj ekmoviĝo de kaŝitaj pulsoj sub la griza gazono. La printempo disvastiĝis en la lando kaj la sobra, mezaĝa paŝado de Marila estis pli malpeza kaj rapida pro ĝia profunda, praa ĝojo.

Ŝiaj okuloj tenere rigardis Verdajn Gablojn, kiujn ŝi vidis tra ĝia reto de arboj kaj kiuj reflektis la sunlumon en siaj fenestroj kun multaj scintiletoj de gloro. Marila, dum ŝi paŝis laŭlonge de la malseka vojeto, pensis ke estis vera kontentiĝo scii, ke ŝi iras hejmen al viglea, knaletanta lignofajro kaj al tablo bele metita por la teo, anstataŭ al la malvarma komforto de antaŭaj Help-Societaj vesperoj, antaŭ ol Anna alvenis al Verdaj Gabloj.

Konsekvence, kiam Marila eniris sian kuirejon kaj malkovris la fajron tute estingita, kun neniu vido de Anna ie ajn, ŝi sentis sin prave desapontita kaj iritita. Ŝi diris al Anna esti certa prepari la teon por la kvina horo, sed nun ŝi devas haste demeti sian duan plej bonan robon kaj mem prepari la manĝon, antaŭ ol Mateo revenos de la plugado.

"Mi bele aranĝos f-inon Annan, kiam ŝi venos hejmen", diris Marila senĝoje, dum ŝi raspis ekbruligan lignon per tranĉilo kaj kun pli da energio ol strikte necesis. Mateo envenis kaj pacience atendis sian teon en sia angulo. "Ŝi ĉirkaŭvagas ie kun Diana, verkante historiojn aŭ ekzercante min pri dialogoj aŭ iu tia stultaĵo, neniam pensante eĉ fojon pri la horo aŭ siaj taskoj. Ŝi devas esti haltigita, kaj tuj, fari tiujn aferojn. Ne gravas al mi, ke s-ino Allan diras, ke ŝi estas la plej brila kaj dolĉa infano, kiun ŝi iam ajn konis. Ŝi povas efektive esti brila kaj dolĉa, sed ŝia kapo estas plena je sensencaĵoj, kaj oni neniam scias, kian formon ĉi tiuj poste alprenos. Tuj kiam ŝi forlasas iun strangaĵon, ŝi elpensas novan. Sed nu! Jen mi diras la saman aferon, kiu tiel agacis min, kiam Raĉela Lynde diris tion hodiaŭ ĉe la Help-Societo. Mi estis tre kontenta, kiam s-ino Allan favore parolis pri Anna, ĉar se ŝi ne farus tion, mi scias ke mi dirus ion tro akran al Raĉela antaŭ ĉiuj. Anna havas multajn difektojn, Dio scias, kaj mi certe ne povus nei tion. Sed estas mi, kiu edukas ŝin, kaj ne Raĉela Lynde, kiu trovus difektojn ĉe la Anĝelo Gabrielo mem, se li vivus en Avonleo. Tamen, Anna ne devas lasi la domon tiel, kiam mi diris al ŝi, ke ŝi devas resti hejme ĉi-posttagmeze kaj prizorgi aferojn. Mi devas diri ke, spite ĉiujn ŝiajn difektojn, mi neniam antaŭe trovis ŝin malobeema aŭ nefidinda, kaj mi tre bedaŭras trovi ŝin tia nun."

"Nu, mi ne scias", diris Mateo kiu, estante pacienca kaj saĝa kaj nun, precipe, malsata, konsideris prefere lasi Marilan elverŝi sian koleron, ĉar li lernis, el sperto, ke ŝi pli bone sukcesas kun siaj laboroj – kaj multe pli rapide – se ŝi ne estas prokrastita per maloportuna argumentado. "Eble vi juĝas ŝin tro rapide, Marila. Ne diru, ke ŝi estas nefidinda ĝis vi estos certa, ke ŝi malobeis vin. Eble ĉio povas esti klarigata – Anna ja kapablas klarigi."

"Ŝi ne estas ĉi tie, kvankam mi diris al ŝi resti", replikis Marila. "Mi supozas, ke ŝi trovos *tion* malfacila por klarigi je mia kontentiĝo. Kompreneble mi sciis, ke vi defendos ŝin, Mateo. Sed estas mi, kiu edukas ŝin, ne vi."

Estis mallume, kiam la vespermanĝo estis preta, kaj ankoraŭ neniu signo de Anna, verŝajne hastanta sur la ŝtipo-ponto aŭ supren al la Irejo de Geamantoj, senspira kaj pentanta kun senco de neglektitaj taskoj. Marila malgaje lavis kaj ordigis la telerojn. Poste, dezirante kandelon por lumigi sian vojon malsupren al la kelo, ŝi supreniris al la orienta gablo por preni tiun kiu kutime staris sur la tablo de Anna. Lumigante ĝin, ŝi turniĝis kaj vidis

Annan, kuŝantan sur la lito kun la vizaĝo malsupre inter la kap-kusenoj.

"Dio mia", diris Marila mirfrapite, "ĉu vi dormis, Anna?"

"Ne", estis la dampita respondo.

"Ĉu vi do malsanas?" Marila anksie demandis, irante al la lito.

Anna enfosiĝis pli profunden en siajn kapkusenojn kvazaŭ dezirante kaŝi sin por ĉiam de mortemulaj okluloj.

"Ne. Sed mi petas, Marila, foriru kaj ne rigardu min. Mi estas en la profundaĵo de malespero kaj ne plu gravas al mi, kiu supe-ras en la klaso aŭ verkas la plej bonan tekston aŭ kantas en la ĥoro de la dimanĉa lernejo. Etaj aferoj kiel tio ne havas gravecon por mi nun, ĉar mi ne supozas, ke mi iam denove povos iri ien ajn. Mia kariero estas finita. Mi petas, Marila, foriru kaj ne rigardu min."

"Ĉu iu jam aŭdis tian aferon?" la perpleksigita Marila volis scii. "Anna Shirley, kio okazas al vi? Kion faris vi? Leviĝu tuj kaj diru al mi. Ĉi-momente, mi diras. Nu, kio estas?"

Anna glitis al la planko kun malesperiga obeemo.

"Rigardu mian hararon, Marila", flustris ŝi.

Do, Marila levis sian kandelon kaj atente rigardis la hararon de Anna, kiu falis en dikaj tavoloj ĝis ŝia dorso. Ĝi efektive havis tre strangan aspekton.

"Anna Shirley, kion vi faris al via hararo? Nu, ĝi estas *verda*!"

Oni povus nomi ĝin verda, se ĝi estus iu ajn tera koloro – stran-ga, malhela, bronze verda, kun strioj, jen kaj jen, el la originale rufa, kio elstarigis la teruran efekton. Neniam en sia tuta vivo Marila vidis ion tiel groteskan kiel la hararon de Anna en tiu momento.

"Jes, ĝi estas verda", ĝemis Anna. "Mi pensis, ke nenio povas esti tiel malbona kiel rufa hararo. Sed nun mi scias, ke estas dekfoje pli malbone havi verdan hararon. Ho, Marila, vi ne scias kiel absolute mizera mi estas."

"Mi ne scias, kiel vi metis vin en tiun embarason, sed mi intencas trovi la klarigon", diris Marila. "Venu malsupren al la kuirejo – estas tro marvarme ĉi-supre – kaj diru al mi ekzakte kion vi faris. Mi atendis ion strangan de kelka tempo. Vi ne falis en iun ajn embarason dum du monatoj, kaj mi certis, ke denova estas atendebla. Nu, nu, kion vi faris al via hararo?"

"Mi ĝin tinkturis."

"Ĝin tinkuris! Tinkturis vian hararon! Anna Shirley, ĉu vi ne sciis, ke estas abomena afero por fari?"

"Jes, mi sciis, ke estas iom abomene", konfesis Anna. "Sed mi pensis, ke indus esti iom abomena por liberiĝi de rufa hararo. Mi kalkulis la koston, Marila. Krome, mi intencis esti alimaniere pli bona por kompensi tion."

"Nu", Marila sarkasme diris, "se mi decidus, ke indas tinkturi mian hararon, mi tinkturus ĝin dec-kolora. Mi ne tinkturis ĝin verda."

"Sed mi ne intencis tinkturi ĝin verda, Marila", Anna deprimite protestis. "Se mi estis malica, mi intencis esti malica por iu celo. Li diris, ke tio farus mian hararon bela, korake nigra – li firme certigis min, ke ĝi estos tia. Kiel mi povus dubi lian parolon, Marila? Mi scias, kion oni sentas, se la parolo estas dubita. Kaj s-ino Allan diras, ke ni neniam devas suspekti, ke iu ne diras la veron, krom se ni havas pruvon, ke li ne diras la veron. Mi havas pruvon nun – verda hararo estas sufiĉa pruvo por iu ajn. Sed mi ne havis tiam, kaj mi *implicite* kredis ĉiun vorton, kiun li diris."

"Kiu diris? Pri kiu vi parolas?"

"La kolportisto kiu estis ĉi tie ĉi-posttagmeze. Mi aĉetis la tinkturon de li."

"Anna Shirley, kiom da fojoj mi diris al vi ne lasi unu el tiuj italoj en la domon! Mi tute ne pensas, ke oni kuraĝigu ilin veni ĉi tien."

"Ho, mi ne lasis lin eniri la domon. Mi memoris, kion vi diris al mi kaj mi eliris, zorge fermis la pordon, kaj rigardis liajn varojn sur la ŝtupo. Krome, li ne estis italo – li estis germana judo. Li havis grandan skatolon plenan de tre interesaj objektoj, kaj li diris al mi, ke li streĉe laboras por fari sufiĉan monon por venigi siajn edzinon kaj infanojn el Germanio. Li parolis tiel senteme pri ili, ke tio tuŝis mian koron. Mi volis aĉeti ion de li por helpi lin en tiu tiel valora projekto. Kaj subite mi vidis la botelon de harara tinkturo. La kolportisto diris, ke ĝi garantias tinkturon de ĉia hararo al bela, korake nigra, kaj ne senkolorigus. Mi tuj vidis min kun bela, korake nigra hararo kaj la tento estis nerezistebla. Sed la prezo de la botelo estis sepdek kvin cendoj kaj mi havis nur kvindek cendojn el mia kokina mono. Mi opinias ke la kolportisto havis tre malavaran koron, ĉar li diris, ke pro tio ke estas mi, li vendos ĝin por kvindek cendoj, kaj ke tio estas kiel fordoni ĝin. Do mi ĝin aĉetis, kaj tuj kiam li foriris mi venis ĉi tien kaj aplikis ĝin per malnova harbroso laŭ la instrukcioj. Mi eluzis la tutan botelon, kaj ha!, Marila, kiam mi vidis la teruran koloron kiun ĝi donis al mia hararo, mi pentis pro la malico, mi povas diri al vi. Kaj mi pentadas ekde tiam."

"Nu, mi esperas, ke vi pentos ĝustacele", Marila severe diris, "kaj ke vi kun malfermitaj okuloj vidas, kien via orgojlo kondukis vin, Anna. Dio scias kion fari. Mi supozas, ke la unua afero estas doni al via hararo ĝisfundan lavon kaj vidi, ĉu tio faros iun bonon."

Do Anna lavis sian hararon, vigle frotante ĝin kun sapo kaj akvo, sed la rezulto ne estis pli diferenca ol se ŝi provus lavi la rufan koloron el sia origina hararo. La kolportisto ja diris la veron, kiam li deklaris, ke la tinkturo ne forlaviĝos, eĉ se lia honesteco povus esti kontestata koncerne aliajn aferojn.

"Ho, Marila, kion mi faros?" demandis Anna en larmoj. "Mi neniam povos transvivi tion. Oni sufiĉe bone forgesis miajn aliajn erarojn – la linimentan kukon kaj ebriigi Dianan kaj eksplodi en koleron kun s-ino Lynde. Sed ili neniam forgesos ĉi tion. Ili opinios, ke mi ne estas respektinda. Ho, Marila, 'kian implikan reton ni teksas, kiam ni nin unue pri trompado ekzercas'. Tio estas poezio, sed ĝi estas vera. Kaj ho, kiel Ĵozia Pye ridos! Marila, mi tute *ne kapablas* alfronti Ĵozian Pye. Mi estas la plej malfeliĉa knabino en Insulo Princo Eduardo."

La malfeliĉo de Anna daŭris unu semajnon. Dum tiu tempo ŝi iris nenien kaj ŝampuis sian hararon ĉiutage. Inter la eksteruloj, nur Diana konis la fatalan sekreton, sed ŝi solene promesis neniam diri ĝin, kaj oni povas aserti ĉi tie kaj nun, ke ŝi ne rompis sian promeson. Je la fino de la semajno Marila rezolute diris:

"Tio servas al nenio, Anna. Tio estas paliĝ-imuna tinkturo, se io tia ekzistas. Via hararo devas esti fortranĉita; ne estas alia rimedo. Vi ne povas eliri kun ĝi, tielaspekta."

La lipoj de Anna tremetis, sed ŝi konsciiĝis pri la amara vero de la rimarkoj de Marila. Per morna suspiro ŝi alportis la tondilon. "Bonvolu fortondi ĝin tuj, Marila, por ke tio finiĝu. Ho, mi sentas, ke mia koro estas rompita. Ĉi tio estas tiel neromantika aflikto. La knabinoj en libroj perdas sian hararon dum febroj aŭ vendas ĝin por kolekti monon por iu bona celo, kaj mi certas, ke ne duone ĝenus min perdi mian hararon en tiaj kondiĉoj. Sed estas nenio konsola havi sian hararon fortranĉita, ĉar vi tinkturis ĝin per terura koloro, ĉu ne? Mi ploros la tutan tempon, kiam vi eltondos ĝin, se tio ne ĝenos vin. Ŝajnas tiel tragika afero."

Anna ploris tiam, sed poste, kiam ŝi supreniris kaj rigardis en la spegulo, ŝi estis kalma kun malespero. Marila detaleme kompletigis sian laboron, kaj ja estis necese tondi la hararon kiel eble plej mallonga. La rezulto ne estis belaspekta, por esprimi tion tiel milde kiel eblas. Anna rapide turnis sian spegulon al la muro.

"Mi neniam, neniam rigardos min denove, ĝis mia hararo kres,kos", ŝi pasie ekkriis.

Poste ŝi subite returnis la spegulon.

"Jes ja, mi rigardos. Tiumaniere mi pentofaros pro la malico. Mi rigardos min ĉiufoje, kiam mi venas al mia ĉambro, kaj vidos, kiel malbela mi estas. Kaj mi nek provos forfantazii ĝin. Mi neniam pensis, ke mi estas orgojla pro mia hararo – la haroj, el ĉiuj aferoj! – sed nun mi scias, ke mi ja estis, spite la fakton, ke ĝi estas rufa, ĉar ĝi estis tiel longa kaj dika kaj bukla. Mi supozas, ke poste io okazos al mia nazo."

La tondita hararo de Anna faris sensacion en la lernejo la sekvan lundon, sed je ŝia senĉagreniĝo, neniu divenis la ĝustan motivon por tio, eĉ ne Jozia Pye, kiu, tamen ne maltrafis informi Annan, ke ŝi aspektas kiel perfekta birdotimigilo.

"Mi diris nenion, kiam Jozia diris tion al mi", Anna konfidis tiun vesperon al Marila, kiu kuŝis sur la sofo post unu el siaj kapdoloroj, "ĉar mi pensis, ke tio estis parto de mia puno kaj ke mi devas pacience elteni tion. Estas malfacile, kiam oni diras, ke vi aspektas kiel birdotimigilo, kaj mi iel volis respondi. Sed mi ne faris tion. Mi nur donis al ŝi malestiman rigardon, kaj poste mi pardonis ŝin. Kiam oni pardonas homojn, oni sentas sin tre virta, ĉu ne? Mi intencas dediĉi ĉiujn miajn energiojn por fariĝi bona post ĉi tio, kaj mi neniam denove provos esti bela. Kompreneble estas preferinde esti bona. Mi scias, ke estas, sed kelkfoje estas tiel malfacile kredi ion, eĉ kiam vi scias ĝin. Mi vere volas esti bona, Marila, kiel vi kaj s-ino Allan kaj f-ino Stacy, kaj maturiĝi por honori vin. Diana diras ke, kiam mia hararo ekkreskos, mi ligu nigran veluran rubandon ĉirkaŭ mia kapo, kun nodo ĉe unu flanko. Ŝi diras, ke ŝi opinias, ke tio estos tre belaspekta. Mi nomos ĝin har-neto – tio sonas tiel romantike. Sed ĉu mi tro parolas, Marila? Ĉu tio dolorigas vian kapon?"

"Mia kapo estas pli bona nun. Ĝi tamen estis terure malbona ĉi-posttagmeze. Tiuj miaj kapdoloroj pli kaj pli malboniĝas. Mi devos konsulti kuraciston pri ili. Pri via babilado, mi ne scias, ĉu ĝi ĝenas min – mi alkutimiĝis al ĝi."

Tio estis la maniero de Marila diri, ke ŝi ŝatas aŭdi ĝin.

ĈAPITRO 28
MALFELIĈA LILIO-FRAŬLINO

"KOMPRENEBLE vi devas esti Elejna, Anna", diris Diana. "Mi neniam povus havi la kuraĝon flosi tien malsupren."

"Nek mi", diris Rubena Gillis kun tremeto. "Ne ĝenas min flosi malsupren, kiam estas du aŭ tri el ni en la platboato kaj ni povas sidi rekte. Tiam estas amuze. Sed kuŝi kaj ŝajnigi, ke mi estas morta – mi simple ne povus. Mi vere mortus pro timo."

"Kompreneble estus romantike", koncedis Johana Andrews. "Sed mi scias, ke mi ne povus resti senmova. Mi levus la kapon preskaŭ ĉiuminute por vidi, kie mi estas, kaj ĉu mi drivis tro for. Kaj vi scias, Anna, tio difektus la efekton."

"Sed estas tiel ridinde havi rufkapan Elejnan", lamentis Anna. "Mi ne timas flosi malsupren kaj mi ja ŝategus esti Elejna. Sed estas ridinde ĉiuokaze. Rubena devus esti Elejna, ĉar ŝi estas tiel bela kaj havas tiel ravan longan oran hararon – Elejna havis 'sian tutan helan hararon fluantan malsupren', vi scias. Kaj Elejna estis la lilio-fraŭlino. Nu, rufharara persono ne povas esti lilio-fraŭlino."

"Via haŭto estas tiel bela kiel tiu de Rubena", Diana serioze diris, "kaj via hararo estas tiel pli malhela ol kiel ĝi estis antaŭ ol vi tondis ĝin."

"Ho, ĉu vi vere opinias tiel?" ekkriis Anna, senteme ruĝiĝanta pro ĝojo. "Mi mem kelkfoje pensis, ke ĝi estas – sed mi neniam aŭdacis demandi al iu ajn timante, ke oni diros al mi, ke ĝi ne estas. Ĉu vi opinias, ke oni nun povus nomi ĝin ruĝbruna, Diana?"

"Jes, kaj mi opinias, ke ĝi estas vere bela", diris Diana, rigardante la kurtajn, silkajn buklojn kiuj amasiĝis sur la kapo de Anna kaj kiuj estis fiksitaj per tre gaja, nigra velura rubando kun nodo.

Ili staris sur la bordo de la lageto, malsupre ĉe Horta Deklivo, kie eta kabo franĝita de betuloj eliris el la bordo; ĉe ĝia pinto estis malgranda ligna ebenaĵo konstruita sur la akvo, kiun fiŝkaptistoj kaj ĉasistoj de anasoj povas uzi. Rubena kaj Johana pasigis la mezsomeran posttagmezon kun Diana, kaj Anna venis ludi kun ili.

Anna kaj Diana pasigis la plimulton de sia ludtempo tiun someron sur kaj ĉirkaŭ la lageto. Idlevildo estis afero de la pasinteco, s-ro Bell senkompate tranĉis la etan cirklon de arboj en sia malantaŭa paŝtejo dum la printempo. Anna sidis inter la stumpoj kaj ploris, ne sen konsideri la romantikecon de tio; sed ŝi estis rapide konsolita, ĉar, kiel ŝi kaj Diana diris, grandaj knabinoj – dektrijaraj, preskaŭ dek kvar – estis tro maljunaj por tiaj infanaj distraĵoj kiel ludodomoj, kaj estis pli fascinaj sportoj troveblaj ĉirkaŭ la lageto. Estis grandioze fiŝkapti trutojn sur la ponto, kaj la du knabinoj lernis, kiel ĉirkaŭmovi sin mem per remilo en la eta platfunda doriso, kiun s-ro Barry tenis por ĉasi anasojn.

Estis la ideo de Anna, ke ili dramatigu Elejnan. Ili studis la poemon de Tennyson en la lernejo la antaŭan vintron, ĉar la intendanto de edukado preskribis tion por la angla kurso en la lernejoj de Insulo Princo Eduardo. Ili analizis kaj pritraktis ĝin kaj ĝenerale dispecigis ĝin, ĝis estis miraklo, ke restis iu ajn signifo en ĝi por ili; sed almenaŭ la bela lilio-fraŭlino kaj Lanceloto kaj Ginevra kaj Reĝo Arturo fariĝis vere aŭtentaj homoj por ili, kaj Anna konsumiĝis de sekreta bedaŭro, ke ŝi ne naskiĝis en Kameloto. Tiuj tagoj, ŝi diris, estis multe pli romantikaj ol la nuntempo.

Oni entuziasme aklamis la planon de Anna. La knabinoj malkovris, ke kiam la platboato estas puŝata el la albordiĝejo, ĝi drivas malsupren kun la fluo sub la ponton kaj fine haltas ĉe alia kabo pli malsupra, kiu eliris ĉe kurbo en la lageton. Ili ofte malsupreniris tiel, kaj nenio povus pli konveni por ludi Elejnan.

"Nu, mi estos Elejna", diris Anna, cedante tre malvolonte, ĉar – kvankam ŝi ĝojas ludi la ĉefan rolon – tamen ŝia arta senso postulis taŭgon por ĝi, kaj tion, ŝi opiniis, ŝiaj limigoj ne ebligis. "Rubena, vi devas estis Reĝo Arturo kaj Johana estos Ginevra kaj Diana devas esti Lanceloto. Sed unue vi devas esti la fratoj kaj la patro. Ni ne povas havi la maljunan stultan serviston, ĉar ne estas loko por du en la platboato, kiam unu kuŝas. Ni devas kovri per funebra tuko la tutan longon de la barĝo, per la plej nigra samito[27]. La malnova nigra ŝalo de via patrino estos la ideala aĵo, Diana."

_____

27 **samito:** speco de silkeca teksaĵo, uzita de la 4a ĝis la 16a jarcentoj.

Post kiam la nigra ŝalo estis alportita, Anna etendis ĝin sur la platboaton kaj poste kuŝiĝis sur la fundon, kun fermitaj okuloj kaj falditaj manoj sur sia brusto.

"Ho, ŝi ja ŝajnas morta", nervoze suspiris Rubena Gillis, rigardante la senmovan, blankan vizaĝeton sub la flagretantaj ombroj de la betuloj. "Tio timigas min, knabinoj. Ĉu vi supozas, ke estas vere agi ĝuste tiel? S-ino Lynde diras, ke ĉiu rolludo estas abomene malica."

"Rubena, vi ne parolu pri s-ino Lynde", Anna severe diris. "Tio difektas la efekton, ĉar ĉi tio estas centoj da jaroj antaŭ ol s-ino Lynde naskiĝis. Johana, vi aranĝu tion. Estas ridinde por Elejna paroli, kiam ŝi estas morta."

Johana akceptis la defion. Ŝtofon el oro kiel superkovrilon ili ne posedis, sed malnova pianoskarpo el flava japana krepo estis bonega substituaĵo. Blanka lilio ne estis havebla ĝuste tiam, sed la efekto de alta blua iriso lokigita en unu el la falditaj manoj de Anna estis ĉio, kion oni povis deziri.

"Nun, ŝi estas tute preta", diris Johana. "Ni devas kisi ŝiajn kvietajn brovojn kaj, Diana, vi diras 'fratino, adiaŭ por ĉiam', kaj Rubena, vi diras 'adiaŭ, dolĉa fratino', vi ambaŭ tiel ĉagrene kiel vi povas. Anna, je l' ĉielo!, ridetu iom. Vi scias, Elejna 'kuŝis kvazaŭ ŝi ridetis'. Pli bone. Nun forpuŝu la platboaton."

La platboato estis do forpuŝita, malglate skrapanta malnovan krustiĝintan palison dum la procezo. Diana kaj Johana kaj Rubena atendis nur sufiĉe longe por vidi ĝin kaptita en la fluo kaj survoje al la ponto, antaŭ ol kuri tra la bosko, trans la vojon, kaj plu al la malsupra kabo kie, kiel Lanceloto kaj Ginevra kaj la Reĝo, ili estos pretaj akcepti la lilio-fraŭlinon.

Dum kelkaj minutoj Anna, drivante lante malsupren, plene ĝuis la romantikecon de sia situacio. Poste io tute ne romantika okazis. La platboato eklikis. Post tre malmultaj momentoj estis necese, ke Elejna ekstariĝu, prenu sian ŝtofon de ora superkovrilo kaj ŝalon el plej nigra samito kaj fiksrigardu la grandan fendon en la fundo de sia barĝo, tra kiu la akvo ververe enverŝiĝis. Tiu akra paliso ĉe la albordiĝejo forŝiris la strion de vato najlitan sur la platboaton. Anna ne sciis tion, sed ne bezonis multan tempon por konstati, ke ŝi estas en malfeliĉa danĝero. Je ĉi tiu rapideco, la boato pleniĝos kaj sinkos, longe antaŭ ol ĝi povos drivi al la pli malalta kabo. Kie estis la remoj? Lasitaj ĉe la albordiĝejo!

Anna anhelante krietis, kion neniu aŭdis; ŝi havis blankajn lipojn, sed ŝi ne perdis sian memregon. Estis unu ŝanco – nur unu.

"Mi estis horore timigita", ŝi diris al s-ino Allan la sekvan tagon, "kaj ŝajnis kiel jaroj dum la platboato drivis malsupren al la ponto kaj la akvo senhalte altiĝis en ĝi. Mi preĝis, s-ino Allan, plej serioze, sed mi ne fermis miajn okulojn por preĝi, ĉar mi sciis, ke la sola maniero laŭ kiu Dio povus savi min, estis lasi la platboaton flosi sufiĉe proksimen al unu el la pilieroj de la ponto, por ke mi povu grimpi sur ĝin. Vi scias, ke la pilieroj estas nur malnovaj arbo-trunkoj kaj ke estas multaj nodoj kaj malnovaj branĉo-stumpoj sur ili. Estis ĝuste preĝi, sed mi devis fari mian parton kaj ne ĉesi rigardi, kaj mi bone sciis tion. Mi nur diris 'kara Dio, bonvolu alproksimigi la boaton al piliero kaj mi faros la reston' ree kaj ree. En tiaj cirkonstancoj oni ne multe zorgas pri ornamitaj preĝoj. Sed la mia estis respondita, ĉar la boato koliziis rekte kun piliero post minuto kaj mi ĵetis la skarpon kaj la ŝalon sur mian ŝultron kaj grimpis sur dikan stumpon senditan de la Providenco. Kaj tie mi estis, s-ino Allan, alkroĉiĝanta al tiu malnova glita piliero kun neniu eblo iri supren aŭ malsupren. Estis tre neromantika pozicio, sed tiam mi ne pensis pri tio. Oni ne pensas multe pri romantikeco, kiam oni ĵus eskapis akvan tombon. Mi tuj diris danko-preĝon kaj poste mi uzis mian tutan atenton firme alkroĉiĝi, ĉar mi sciis, ke mi probable devos dependi de homa helpo por reveni al la seka grundo."

La platboato drivis sub la ponton kaj poste rapide sinkis rivermeze. Rubena, Johana kaj Diana, jam atendantaj ĝin ĉe la pli malsupra kabo, vidis ĝin malaperi per siaj propraj okuloj kaj ne dubis, ke Anna dronis kun ĝi. Dum momento ili staris senmove, blankaj kiel litotukoj, horore frostiĝintaj pro la tragedio; poste ili plenvoĉe ŝrikis, ili kvazaŭ freneze ekkuris supren tra la boskon, ne haltante dum ili preterkuris la ĉefan vojon por ekrigardi la vojon al la ponto. Anna, senespere alkroĉiĝante al sia nestabila ankrejo, vidis iliajn rapidantajn figurojn kaj aŭdis iliajn ŝrikojn. Helpo venos baldaŭ, sed dume ŝia pozicio estis ege malkomforta.

La minutoj pasis – ĉiu minuto ŝajnis kiel horo al la malbonŝanca lilio-fraŭlino. Kial neniu venis? Kien iris la knabinoj? Supozu ke ili svenis, unu aŭ ĉiuj! Supozu ke neniu iam venos! Supozu ke ŝi tiel laciĝos kaj suferos kramfon, tiel ke ŝi ne plu povos elteni! Anna rigardis la malican verdan profundaĵon sube, ondantan kun longaj oleecaj ombroj, kaj tremetis. Ŝia imagopovo eksugestis ĉiajn makabrajn eblecojn al ŝi.

Tiam, ĝuste kiam ŝi pensis, ke ŝi vere ne plu povas elteni la doloron en siaj brakoj kaj pojnoj plian momenton, Gilberto Blythe alvenis, remante sub la ponto en la doriso de Harmono Andrews!

Giberto ekrigardis supren kaj, je sia miro, vidis etan malestiman vizaĝon rigardantan lin desupre, kun grandaj, timigitaj sed ja ankaŭ malestimaj grizaj okuloj.

"Anna Shirley! Kiel diable vi iris tien?" ekkriis li.

Sen atendi respondon li alproksimiĝis al la piliero kaj etendis sian manon. Ne estis alia ebleco; Anna, alkroĉiĝante al la mano de Gilberto Blythe, grimpis malsupren en la dorison, kie ŝi sidiĝis, malsekigite kaj furioze, en la malantaŭo, kun gutanta ŝalo kaj malsekigita krepo en siaj brakoj. Certe estis ege malfacile esti digna en tiuj cirkonstancoj!

"Kio okazis, Anna?" demandis Gilberto, prenante siajn remojn.

"Ni ludis Elejnan", Anna fride klarigis, sen eĉ rigardi sian savanton, "kaj mi devis drivi malsupren al Kameloto en la barĝo – mi volas diri platboato. La boato eklikis kaj mi eliris el ĝi kaj grimpis sur la pilieron. La knabinoj iris peti helpon. Ĉu vi estas sufiĉe bonkora por remi min ĝis la albordiĝejo?"

Gilberto bonvole remis ĝis la albordiĝejo, kaj Anna, disdegn-ante la asistadon, vigle saltis sur la bordon.

"Mi estas tre dankema al vi", ŝi fieraĉe diris dum ŝi forturniĝis. Sed Gilberto ankaŭ saltis el la boato kaj nun heziteme metis manon sur ŝian brakon.

"Anna", li haste diris, "aŭskultu. Ĉu ni ne povas esti bonaj ami-koj? Mi terure bedaŭras tiun fojon kiam mi mokis vian hararon. Mi ne intencis ĉagreni vin kaj mi nur intencis, ke tio estu ŝerco. Krome, tio estis antaŭ tiom da tempo. Mi opinias, ke via hararo nun estas terure bela – jes, sincere. Ni estu amikoj."

Anna dummomente hezitis. Ŝi havis kuriozan, freŝvekiĝintan konsciiĝon sub sia tute indignita sinteno, ke la duontimida, duonavida esprimo en la avelkoloraj okuloj de Gilberto estis io tre bona por vidi. Ŝia koro faris rapidan, strangan bateton. Sed la amareco de ŝia malnova ĉagreno rapide firmigis ŝian ŝanceleblan decidon. Tiu sceno de antaŭ du jaroj fulmis en ŝia memoro tiel klare, kvazaŭ ĝi okazis hieraŭ. Gilberto nomis ŝin "karotoj", kaj tio kaŭzis al ŝi hontigon antaŭ la tuta lernejo. Ŝia indigno, kiu al aliaj kaj pli maljunaj homoj povus ŝajni tiel ridinda kiel ĝia kaŭzo, evidente neniom mildiĝis kun la tempo. Ŝi malamis Gilberton Blythe! Ŝi neniam pardonus lin!

"Ne", ŝi fride diris, "mi neniam estos amiko de vi, Gilberto Blythe; kaj mi ne volas esti!"

"Bonege!" Gilberto saltis en sian boaton kun kolera koloro sur siaj vangoj. "Mi neniam plu petos de vi esti amikoj, Anna Shirley. Kaj nek gravas al mi!"

Li foriĝis per rapidaj defiaj remadoj, kaj Anna supreniris la krutan, filikoplenan padeton sub la acerujoj. Ŝi gardis sian kapon tre alte, sed ŝi konsciiĝis pri stranga sento de bedaŭro. Ŝi preskaŭ deziris, ke ŝi respondis Gilberton alimaniere. Komprenelbe, li terure insultis ŝin, sed tamen –! Entute, Anna pli ĝuste opiniis, ke estus trankviliĝo sidiĝi kaj ploregi. Ŝi vere estis sufiĉe maltrankviligita, ĉar la reago de ŝia timo kaj kramfoplena alkroĉiĝo sentiĝis.

Duonvoje al la supro de la pado ŝi renkontis Johanan kaj Dianan rapidantajn al la lageto en stato preskaŭ komplete freneza. Ili trovis neniun ĉe Horta Deklivo, s-ro kaj s-ino Barry ambaŭ forestis. Ĉi tie Rubena Gillis cedis al histerio kaj estis lasita por denove ekregi sin tiel bone kiel ŝi povis, dum Johana kaj Diana hastis tra la Hantita Arbaro kaj preter la rojo al Verdaj Gabloj. Ankaŭ tie ili trovis neniun, ĉar Marila jam iris al Karmodo kaj Mateo okupiĝis pri la fojno en la malantaŭa kampo.

"Ho, Anna", anhelis Diana, efektive falante sur ŝian kolon kaj plorante kun senŝarĝiĝo kaj ĝojo, "ho, Anna – ni pensis – ke vi – dronis – kaj ni sentis nin kiel murdistoj – ĉar ni devigis vin – esti – Elejna. Kaj Rubena estas en histerio – ho, Anna, kiel vi eskapis?"

Li alproksimiĝis al la piliero kaj etendis sian manon.

"Mi grimpis sur unu el la pilieroj", Anna lace klarigis, "kaj Gilberto Blythe alvenis en la doriso de s-ro Andrews kaj venigis min al la tero."

"Ho, Anna, kiel grandioze liaparte! Nu, estas tiel romantike!" diris Johana, fine trovanta sufiĉan spiron por paroli. "Kompreneble vi parolos al li post tio ĉi."

"Kompreneble mi ne faros tion", fulmis Anna kun momenta reveno de sia antaŭa spirito. "Kaj mi ne volas iam ajn aŭdi la vorton romantika, Johana Andrews. Mi terure bedaŭras, ke vi tiel timis, knabinoj. Estas tute mia kulpo. Mi ja sentas, ke mi naskiĝis sub malbonŝanca stelo. Ĉio, kion mi faras, metas min aŭ miajn plej karajn amikinojn en embarason. Ni ankaŭ perdis la platboaton de via patro, Diana, kaj mi havas antaŭsenton, ke ni ne plu estos permesataj remi sur la lageto."

La antaŭsento de Anna riveliĝis pli findinda ol antaŭsentoj ĝenerale estas. Granda estis la konsterniĝo en la domoj Barry kaj Cuthbert, kiam la okazintaĵoj de la posttagmezo sciiĝis.

"Ĉu vi *iam* havos sencon, Anna?", ĝemis Marila.

"Ho, jes, mi pensas, ke mi havos, Marila", Anna optimisme respondis. Bona plorado, dankeme dorlotita en la soleco de la orienta gablo, kvietigis ŝiajn nervojn kaj redonis al ŝi ŝian kutiman gajecon. "Mi opinias, ke miaj ŝancoj fariĝi bonsenca estas pli bonaj nun ol antaŭe."

"Mi ne vidas kiamaniere", diris Marila.

"Nu", klarigis Anna, "hodiaŭ mi lernis novan kaj valoran lecionon. De kiam mi venis al Verdaj Gabloj, mi faras erarojn, kaj ĉiu eraro helpis sanigi min de grava difekto. La afero de la ametista broĉo sanigis min de enmiksiĝo en aferojn, kiuj ne koncernas min. La eraro pri la Hantita Arbaro sanigis min tiurilate, ke mi scias, ke mi ne povas permesi al mia imagopovo forkuri kun mi. La eraro pri la linimento-kuko sanigis min de malzorgemo dum kuirado. Tinkturi mian hararon sanigis min de vanteco. Mi nun neniam pensas pri miaj hararo kaj nazo – almenaŭ, tre malofte. Kaj la eraro de hodiaŭ sanigos min de troa romantikeco. Mi konkludis, ke neutilas provi esti romantika en Avonleo. Eble estis sufiĉe facile en turplena Kameloto antaŭ centoj da jaroj, sed romantikeco ne estas alte aprezata nun. Mi sentas min sufiĉe certa, ke vi baldaŭ vidos grandan pliboniĝon ĉe mi tiurilate, Marila."

"Mi ja esperas, ke jes", diris Marila skeptike.

Sed Mateo, kiu mute sidis en sia angulo, metis manon sur la ŝultron de Anna, kiam Marila foriris.

"Ne perdu vian tutan romantikecon, Anna", li timide flustris, "iom da ĝi estas bona – ne tro, komprenebe – sed konservu iom da ĝi, Anna, konservu iom da ĝi."

ĈAPITRO 29
EPOKO EN LA VIVO DE ANNA

ANNA venigis la bovinojn hejmen el la malantaŭa paŝtejo, laŭ la Irejo de Geamantoj. Estis septembra vespero, kaj ĉiuj breĉoj kaj maldensejoj en la arbaroj pleniĝis de rubenkolora sunsubira lumo. Jen kaj jen eĉ la vojeto estis ŝpruĉita per ĝi, sed por la plejparto ĝi jam estis sufiĉe ombra sub la aceroj, kaj la spacoj sub la abioj estis jam plenaj de hela viola krepusko aspektante kiel aerumita vino. La ventoj estis sur iliaj pintoj, kaj ne ekzistas pli dolĉa muziko sur la tero ol tiu farata vespere de la vento en la abioj.

La bovinoj serene kaj svingiĝe laŭiris la vojeton, kaj Anna reve sekvis ilin, laŭtvoĉe ripetante la batalkanton el "Marmion" – kiu ankaŭ estis parto de ilia angla kurso la antaŭan vintron kaj kiun f-ino Stacy igis ilin parkerigi – kaj imagoplene ĝojegante pri ĝiaj priskriboj de sturmo kaj la kunfrapiĝantaj lancoj. Kiam ŝi alvenis al la linioj:

"La obstinaj lancistoj ankoraŭ kompensis
Ilian malluman nepenetreblan arbaron",

ŝi ekstaze haltis por fermi siajn okulojn, por ke ŝi povu fantazii esti unu el tiuj heroaj grupanoj. Kiam ŝi denove malfermis ilin, ŝi vidis Dianan venantan tra la barilo kiu kondukis al la kampo Barry, kun aspekto tiel grava, ke Anna tuj divenis, ke estis novaĵo por diri. Sed ŝi ne perfidos tro avidan scivolon.

"Ĉu ĉi tiu vespero ne estas kiel violplena revo, Diana? Ĝi tiel ĝojigas kaj vivigas min. Matene mi ĉiam pensas, ke matenoj estas la plej bona tempo; sed kiam alvenas la vespero, mi opinias, ke ĝi estas ankoraŭ pli bela."

"Estas tre bela vespero", diris Diana, "sed ho, mi havas tian novaĵon, Anna. Divenu. Vi rajtas je tri provoj."

"Ĉarlota Gillis finfine edziniĝos en la preĝejo, kaj s-ino Allan deziras ke ni dekoru ĝin", kriis Anna.

"Ne. La koramiko de Ĉarlota ne konsentos al tio, ĉar neniu geedziĝis en la preĝejo ĝis nun, kaj li opinias, ke tio ŝajnus tro

— 223 —

kiel funebra ceremonio. Estas tro malice, ĉar tio estus tiel amuza. Divenu denove."

"La patrino de Johana permesos al ŝi havi naskiĝdatrevenan feston?"

Diana kapneis, ŝiaj nigraj okuloj ĝoje dancantaj.

"Mi ne kapablas pensi, kio ĝi povas esti", diris Anna kun malespero, "krom se estas, ke Mudio Spurgeon MacPherson akompanis vin hejmen post la preĝo-renkontiĝo. Ĉu li faris tion?"

"Certe ne", Diana maldigne ekkriis. "Mi ne emus fanfaroni pri tio, se li farus tion, la horora estaĵo! Mi sciis, ke vi ne povas diveni tion. Patrino ricevis leteron de Onklino Jozefina hodiaŭ, kaj Onklino Jozefina deziras, ke vi kaj mi iru al la urbo la venontan mardon, kaj loĝu ĉe ŝi por la Ekspozicio. Jen!"

"Ho, Diana", flustris Anna, trovante necese apogi sin kontraŭ aceron por subteno, "ĉu tio estas la vero? Sed mi timas, ke Marila ne permesos, ke mi iros. Ŝi diros, ke ŝi ne povas kuraĝigi ĉirkaŭvagadon. Estas tio, kion ŝi diris la lastan semajnon, kiam Johana invitis min akompani ilin en ilia duseĝa kaleŝo al la usona koncerto en la Hotelo Blankaj Sabloj. Mi deziris iri, sed Marila diris, ke pli bone mi estu hejme por lerni miajn leciojn, kaj same por Johana. Mi estis amara kaj desapontita, Diana. Mi sentis min tiel korŝirita, ke mi ne volis reciti miajn preĝojn, kiam mi enlitiĝis. Sed mi pentis pri tio kaj ellitiĝis meze de la nokto kaj recitis ilin."

"Mi diros al vi", diris Diana, "ni petos, ke patrino petu de Marila. Ŝi tiam pli emos lasi vin iri; kaj se ŝi faros tion, ni havos la plej bonan tempon, Anna. Mi neniam iris al ekspozicio, kaj estis tiel ĉagrene aŭdi la ceterajn knabinojn paroli pri siaj vojaĝoj. Johana kaj Rubena iris dufoje, kaj ili reiros ĉi-jare."

"Mi tute ne pensos pri tio, ĝis mi scios ĉu mi rajtos iri aŭ ne", Anna rezolute diris. "Se mi pensus, ke mi eble povos iri, kaj poste estos desapontita, tio estus pli ol mi povas elteni. Sed se mi ja iros, mi tre ĝojos, ke mia nova mantelo estos tiam preta. Marila ne opiniis, ke mi bezonas novan mantelon. Ŝi diris, ke mia malnova tre bone konvenas por plia vintro kaj ke mi devas esti kontenta havi novan robon. La robo estas tre bela, Diana – marist-blua kaj konfekciita tiel laŭmode. Marila nun ĉiam faras miajn robojn laŭmodaj, ĉar ŝi ne deziras, ke Mateo iru al s-ino Lynde por farigi ilin. Mi tiom ĝojas. Estas tiel pli facile esti bona, se viaj vestaĵoj estas laŭmodaj. Almenaŭ, estas pli facile por mi. Mi supozas, ke tio ne faras tian diferencon al nature bonaj homoj. Sed Mateo diris, ke mi devas havi novan mantelon, do Marila aĉetis belan pecon de blua poplino, kaj ĝi estas kudrata de vera tajloro en Karmodo. Ĝi estos preta sabaton vespere, kaj mi klopodas ne imagi min marŝanta dimanĉon en la preĝeja flanknavo en mia nova ensemblo kaj ĉapo, ĉar mi timas, ke ne konvenas fantazii pri tiaj aferoj. Sed tio englitiĝas en mian menson malgraŭ mi. Mia ĉapo estas tiel beleta. Mateo ĝin aĉetis por mi la tagon, kiam ni estis en Karmodo. Estas unu el tiuj bluaj veluraj, kiuj estas plej laŭmodaj, kun oraj ŝnuro kaj kvastoj. Via nova ĉapelo estas eleganta, Diana, kaj tiel alloga. Kiam mi vidis vin eniri la preĝejon lastdimanĉe, mia koro ŝvelis pro fiero pensante, ke vi estas mia plej kara amikino. Ĉu vi supozas, ke estas malbone por ni tiom pensi pri niaj vestaĵoj? Marila diras, ke tio estas tre peka. Sed estas tiel interesa temo, ĉu ne?"

Marila konsentis lasi Annan iri al la urbo, kaj estis aranĝita, ke s-ro Barry veturigos la knabinojn la sekvantan mardon. Ĉar Ĉarlotaŭno estas tridek mejlojn[28] for kaj s-ro Barry deziris iri kaj reveni la saman tagon, estis necese foriri tre frue. Sed Anna konsideris ĉion ĝojo, kaj ellitiĝis antaŭ la sunleviĝo mardon matene. Ekvido tra la fenestro certigis ŝin, ke la tago estos bela, ĉar la orienta ĉielo malantaŭ la abioj de la Hantita Arbaro estis tute arĝenta kaj sennuba. Tra la breĉo en la arboj lumo brilis en la okcidenta gablo de la Horta Deklivo, indiko do, ke ankaŭ Diana ellitiĝis.

Anna estis vestita, kiam Mateo preparis la fajron, kaj jam pretigis la matenmanĝon, kiam Marila malsupreniris, sed ŝi mem estis tro ekscitita por manĝi. Post la matenmanĝo, la gaja nova ĉapo kaj jako estis surmetataj, kaj Anna rapidis al la rojo kaj supren tra la abioj al Horta Deklivo. S-ro Barry kaj Diana atendis ŝin, kaj ili baldaŭ estis survoje.

Estis longa veturado, sed Anna kaj Diana ĝuis ĉiun minuton de ĝi. Estis rave klakveturi sur la malsekaj vojoj en la frua ruĝa sunlumo, kiu rampis trans la tonditajn rikoltajn kampojn. La

---

28 48 km

aero estis freŝa kaj vigliga, kaj etaj fumobluaj nebuletoj flirtis tra la valoj kaj flosis el la montetoj. Kelkfoje la vojo trairis arbarojn, kie aceroj komencis ekpendigi skarlatajn standardojn; kelkfoje ĝi transiris riverojn sur pontoj, kio hirtigis la haŭtharojn de Anna pro la antaŭe spertita duonrava timo; kelkfoje ĝi sinuis laŭ iu havena bordo kaj preterpasis grupeton de veterŝlifitaj fiŝkaptistaj kabanoj; denove ĝi supreniris al montetoj, de kie oni povis vidi en la foro la vastojn de kurbiĝanta altejo aŭ la nebuletan bluan ĉielon; sed kien ajn ĝi kondukis, estis multaj interesaĵoj por diskuti. Estis preskaŭ tagmezo, kiam ili atingis la urbon kaj trovis sian vojon al "Fagoligno". Tio estis vere belega malnova domego, retirita de la strato en izolejo de verdaj ulmoj kaj etendiĝantaj fagobranĉoj. F-ino Barry renkontis ilin ĉe la pordo kun scintilantaj, akraj, nigraj okuloj.

"Do vi fine venis viziti min, vi, Anna-knabino", diris ŝi. "Dio mia, infano, kiel vi kreskis! Vi estas pli alta ol mi, mi deklaras. Kaj vi ankaŭ estas tiel pli belaspekta ol vi estis. Sed mi aŭdacas diri, ke vi scias tion, sen ke oni devas diri tion."

"Mi ja ne sciis", Anna radiante diris. "Mi estas malpli efelidita ol mi estis, do mi havas multon por esti dankema, sed mi vere ne aŭdacis esperi, ke videblas alia pribonigo. Mi tiel ĝojas, ke vi opinias, ke ja videblas,fF-ino Barry."

La domo de f-ino Barry estis meblita kun "supera grandioz-eco", kiel Anna poste diris al Marila. La du kamparaj knabinetoj estis sufiĉe embarasitaj pro la pompo de la salono, en kiu f-ino Barry postlasis ilin, kiam ŝi iris por prizorgi la tagmanĝon.

"Ĉu ne estas ĝuste kiel palaco?", flustris Diana. "Mi neniam antaŭe estis en la domo de Onklino Jozefina, kaj mi ne havis ideon, ke ŝi estas tiel grandioza. Mi nur dezirus, ke Julia Bell povas vidi tion ĉi – ŝi tiel afektas pro la salono de sia patrino."

"Velura tapiŝo", Anna ĝueme suspiris, "*kaj* silkaj kurtenoj! Mi revis pri tiaj aferoj, Diana. Sed sciu, mi ne kredas, ke mi finfine sentas min tre komforta kun ili. Estas tiom da aĵoj en ĉi tiu ĉambro, kaj ĉiuj tiel grandiozaj, ke ne ekzistas ebloj fantazii. Tio estas unu konsolo, kiam oni estas malriĉa – estas tiom pli da aĵoj, pri kiuj oni povas fantazii."

Ilia restado en la urbo estis io, kion Anna kaj Diana memoris dum jaroj. De la unua ĝis la lasta tago, ĝi estis plenplena de ravoj. Merkredon f-ino Barry venigis ilin al la ekspoziciejo kaj retenis ilin tie la tutan tagon. "Estis grandioze", poste rakontis Anna al Marila. "Mi neniam imagis ion ajn tiel interesa. Mi ne vere scias, kiu fako estis la plej interesa. Mi pensas, ke mi preferis la ĉevalojn kaj la florojn kaj la ellaboritajn metiojn. Ĵozia Pye gajnis la unuan premion pro la trikita punto. Mi tre ĝojis, ke ŝi faris tion. Kaj mi ĝojis, ke mi sentis min ĝoja, ĉar tio montras, ke mi progresas, ĉu ne, Marila, kiam mi kapablas ĝoji pri la sukceso de Ĵozia? S-ro Harmono Andrews gajnis la duan premion pro la pomoj Gravenstino, kaj s-ro Bell gajnis la unuan premion pro porko. Diana diris, ke ŝi opiniis, ke estis stulte por dimanĉ-lerneja intendanto ricevi premion pri porkoj, sed mi ne vidas kial. Ĉu vi? Ŝi diris, ke ŝi ĉiam pensos pri tio, kiam li solene preĝos. Klara Louise MacPherson gajnis premion pro pentroarto, kaj s-ino Lynde ricevis la unuan premion pro hejmfaritaj butero kaj fromaĝo. Do Avonleo estis sufiĉe bone reprezentita, ĉu ne? S-ino Lynde estis tie tiun tagon, kaj mi ne sciis, kiom mi vere ŝatas ŝin, ĝis mi vidis ŝian familiaran vizaĝon inter ĉiuj tiuj nekonatoj. Estis miloj da homoj tie, Marila. Tio sentigis min terure sensignifa. Kaj F-ino Barry venigis nin al la stadiono por vidi la ĉevalkurojn. S-ino Lynde ne volis iri; ŝi diris ke ĉevalkuroj estas abomenaĵo, kaj ŝi, kiel preĝejo-membro, pensis ke estis ŝia devo doni bonan ekzemplon kaj resti for. Sed estis tiom da ili tie, ke mi ne kredas, ke la neĉeesto de s-ino Lynde povus esti rimarkita. Mi ne pensas, tamen, ke mi devos iri ofte al ĉevalkuroj, ĉar ili ja *estas* terure fascinaj. Diana tiel ekscitiĝis, ke ŝi proponis veti dek cendojn kontraŭ mi, ke la ruĝa ĉevalo gajnos. Mi ne kredis, ke li gajnos, sed mi rifuzis veti, ĉar mi volis ĉion rakonti al s-ino Allan, mi sentis min certa, ke ne konvenas diri tion al ŝi. Ĉiam estas malbone fari ion, kion vi ne kapablas diri al la edzino de la pastro. Estas tiel bone, havi kiel ekstran konscion kaj amikinon la edzinon de pastro. Kaj mi tre ĝojas, ke mi ne vetis, ĉar la ruĝa ĉevalo *ja* gajnis, kaj mi perdus dek cendojn. Do vi vidas, ke virto kreas sian propran rekompencon. Ni vidis viron supreniri en balono. Mi ŝatus supreniri en balono, Marila; tio estus simple ekscita; kaj ni vidis viron antaŭdiri fortunojn. Oni pagas al li dek cendojn, kaj birdeto plukas vian fortunon por vi. F-ino Barry donis al Diana kaj mi po dek cendojn por ke ni ricevi niajn fortunojn. Mia estis, ke mi edziniĝos kun tre riĉa viro kun malhela haŭto, kaj ke mi loĝos ie trans akvo. Mi atente rigardis ĉiujn malhelajn virojn post tio, sed neniu el ili interesis min, kaj ĉiaokaze mi supozas, ke estas tro frue por serĉi lin. Ho, estis neforgesebla tago, Marila. Mi estis tiel laca, ke mi ne povis dormi dum la nokto. F-ino Barry donis al ni la ekstran ĉambron, kiel promesite. Ĝi estis eleganta ĉambro, Marila, tamen dormi en ekstra ĉambro ne estas tio kion mi antaŭe pensis. Tio estas la plej malbona afero pri kreskado, kaj mi komencas konsciiĝi pri ĝi. La aĵoj, kiujn vi tiel deziris, kiam vi estis infano, ne ŝajnas duone tiom mirigaj al vi, kiam vi akiras ilin."

Ĵaŭdon oni veturigis la knabinojn en la parkon, kaj dum la vespero f-ino Barry venigis ilin al koncerto ĉe la Akademio de Muziko, kie renoma primadono kantis. Por Anna la vespero estis brila vizio de ravo.

"Ho, Marila, estas neeble priskribi. Mi estis tiel ekscitita, ke mi eĉ ne povis paroli, do vi eble komprenas, kiel tio estis. Mi nur sidis en ekstazo kaj silento. Sinjorino Selitsky estis perfekte bela kaj surportis blankan satenon kaj diamantojn. Sed kiam ŝi ekkantis, mi ne povis pensis pri alia afero. Ho, mi ne kapablas diri al vi, kiel mi sentis min. Sed ŝajnis al mi, ke neniam plu povos esti malfacile esti bona. Mi sentis min, kiel mi sentas min, kiam mi rigardas supren al la steloj. Larmoj venis en miajn okulojn, sed, ho, ili estis tiel ĝojaj larmoj. Mi tiom bedaŭris, kiam ĉio estis finita, kaj mi diris al f-ino Barry, ke mi ne povas imagi, kiel mi iam povos reiri al la ordinara vivo. Ŝi diris ke, se ni iras al la restoracio trans la strato kaj havas glaciaĵon, tio eble helpos min. Tio sonis tiel ĉiutaga; sed miasurprize mi trovis tion vera. La glaciaĵo estis delica, Marila, kaj estis tiel rave kaj disipe sidi tie manĝante ĝin je la dekunua vespere. Diana diris, ke ŝi kredas sin naskita por la urba vivo. F-ino Barry demandis al mi, kio estis mia opinio, sed mi diris, ke mi devos pripensi tion seriozege, antaŭ ol mi povas diri al ŝi, kion mi vere opinias. Do mi pripensis tion post la enlitiĝo. Estas la plej bona tempo elpensi aferojn. Kaj mi alvenis al la konkludo, Marila, ke mi ne naskiĝis por la urba vivo, kaj ke mi ĝojas pri tio. Estas agrable manĝi glaciaĵon ĉe brilaj restoracioj je la dekunua vespere de tempo al tempo; sed kiel kutima afero mi preferas esti en la orienta gablo je la dekunua, profunde dormanta, sed iel scianta eĉ en mia dormo, ke la steloj brilas ekstere kaj ke la vento blovas en la abioj trans la rojo. Mi tion diris al f-ino Barry dum la sekva matenmanĝo kaj ŝi ekridis. F-ino Barry ĝenerale ridis pri io ajn, kion mi diris, eĉ kiam mi diris la plej solenajn aferojn. Mi ne pensas, ke mi ŝatis tion, Marila, ĉar mi ne strebis esti amuza. Sed ŝi estas plej gastama virino kaj ŝi reĝe traktis nin."

Vendredo venigis la tempon reiri hejmen, kaj s-ro Barry alveturis por la knabinoj.

"Nu, mi esperas, ke vi amuziĝis", diris f-ino Barry dum ŝi adiaŭis ilin.

"Ni ja amuziĝis", diris Diana.

"Kaj vi, Anna-knabino?"

"Mi ĝuis ĉiun minuton de la tempo", diris Anna, impulse ĵetante siajn brakojn ĉirkaŭ la kolon de la maljuna virino kaj kisante ŝian faltan vangon. Diana neniam aŭdacus fari ion tian, kaj sentis sin sufiĉe konsternita pro la libereco, kiun Anna permesis al si. Sed f-ino Barry estis feliĉa, kaj ŝi staris sur sia verando kaj rigardis la kaleŝon ĝis ekster la vido. Poste ŝi reeniris sian grandan domon kun suspiro. Ĝi ŝajnis tre soleca, senigita de tiuj freŝaj junaj vivoj. F-ino Barry estis sufiĉe sindorlota maljunulino, se oni devas diri la veron, kaj neniam multe zorgis pri iu alia ol si mem. Ŝi vidas valoron en homoj nur, kiam ili utilas al ŝi aŭ amuzas ŝin. Anna amuzis ŝin, kaj konsekvence staris alte en la favoro de la maljunulio. Sed f-ino Barry trovis sin pensante malpli pri la kuriozaj paroladoj de Anna ol pri ŝiaj freŝaj entuziasmoj, ŝiaj travideblaj emocioj, ŝiaj manieretoj venkantaj super aliaj homoj, kaj la dolĉeco de ŝiaj okuloj kaj lipoj.

"Mi pensis, ke Marila Cuthbert estas maljuna stultulino, kiam mi aŭdis, ke ŝi adoptis knabinon el orfejo", ŝi diris al si mem, "sed mi supozas ke ŝi finfine ne faris eraron. Se mi havus infanon kiel Annan en la domo, mi estus pli bona kaj pli feliĉa virino."

Anna kaj Diana trovis la veturadon hejmen tiel agrabla kiel la antaŭtagan veturadon – ja eĉ pli agrabla, ĉar estis la rava konscienciĝo pri la hejmo atendanta ĉe la fino. Estis sunsubiro kiam ili trapasis Blankajn Sablojn kaj turniĝis en la marbordan vojon. Pretere, la avonleaj montetoj aperis mallume kontraŭ la safrankolora ĉielo. Malantaŭ ili, la luno leviĝis el la maro, kiu fariĝis tute radia kaj transfigurita en ĝia lumo. Ĉiu golfeto laŭlonge de la sinuanta vojo estis miraklo el dancantaj ondetoj. La ondoj rompiĝis kun dolĉa susuro sur la rokoj sub ili, kaj la odoro de la maro konsistis en la forta, freŝa aero.

"Ho, estas bone vivi kaj reiri hejmen", elspiris Anna.

Kiam ŝi transiris la ŝtipo-ponton super la rojo, la kuireja lumo de Verdaj Gabloj palpebrume sendis amikan Bonvenon! al ŝi, kaj tra la malfermita pordo brilis la fajrejo, sendante sian varman ruĝan ardon tra la malvarmeta aŭtuna nokto. Anna gaje kuris supren laŭ la deklivo kaj en la kuirejon, kie varma vespermanĝo atendis sur la tablo.

"Do vi revenis?", diris Marila faldante sian trikaĵon.

"Jes, kaj estas tiel bone reveni", ĝoje diris Anna. "Mi povus kisi ĉion, eĉ la horloĝon. Marila, rostita kokino! Vi ne volas diri, ke vi kuiris tion por mi!"

"Jes, mi tion faris", diris Marila. "Mi pensis, ke vi malsatos post tia veturado kaj bezonos ion vere apetitvekan. Rapidu kaj demetu viajn vestaĵojn, kaj ni vespermanĝos tuj, kiam Mateo alvenos. Mi ĝojas, ke vi revenis, mi deklaras. Estis terure solece ĉi tie sen vi, kaj mi neniam spertis kvar pli longajn tagojn."

Post la vespermanĝo Anna sidis antaŭ la fajro inter Mateo kaj Marila, kaj plene rakontis sian viziton.

"Mi havis grandiozan tempon", ŝi feliĉe konkludis, "kaj mi sentas, ke tio markas epokon en mia vivo. Sed la plej bona aspekto de ĉio estis reveni hejmen."

ĈAPITRO 30
LA QUEEN'S-KLASO ESTAS ORGANIZITA

MARILA metis sian trikaĵon sur sian sinon kaj kliniĝis malantaŭen sur sia seĝo. Ŝiaj okuloj estis lacaj, kaj ŝi svage pensis, ke ŝi devas prizorgi ŝanĝi siajn okulvitrojn la sekvan fojon, kiam ŝi iros al la urbo, ĉar lastatempe ŝiaj okuloj tre ofte laciĝis.

Estis preskaŭ mallume, ĉar la senbrila novembra krepusko falis ĉirkaŭ Verdaj Gabloj, kaj la sola lumo en la kuirejo venis de la dancantaj ruĝaj flamoj en la fornelo.

Anna turkstile kuŝis, buliĝinte, sur la tapiŝeto antaŭ la forno, kaj rigardis en ĝojan ardaĵon, kie la sunbrilo de mil someroj estas distilata el la acera ligno. Ŝi legis, sed ŝia libro glitis al la planko, kaj nun ŝi sonĝis, kun rideto sur siaj apartigitaj lipoj. Brilantaj kasteloj en Hispanio formis sin el la nebuletoj kaj ĉielarkoj de ŝia vigla fantazio; aventuroj mirindaj kaj fascinaj okazis al ŝi en nubolando – aventuroj kiuj ĉiam rezultis triumfe kaj neniam implikis ŝin en embarasoj kiel tiuj de la reala vivo.

Marila rigardis ŝin kun tenereco, kiu neniam rivelus sin en alia lumo ol en tiu milda mikso de fajrobrilo kaj ombro. La leciono de amo, kiu devus montri sin en parolata vorto kaj malferma rigardo, ne estis io, kion Marila povus lerni. Sed ŝi lernis ami tiun maldikan, griz-okulan knabinon, pli kare, profunde kaj forte, ol se ŝi montrus sian internan senton. Ŝia amo faris ŝin timanta, ke ŝi nedece dorlotas. Ŝi havis malkomfortan senton, ke estis iom peka inklinigi la koron tiel intense al iu homa kreitaĵo kiel ŝi inklinigis la sian al Anna, kaj eble ŝi trairis specon de nekonscia pento pro ĉi tio estante pli severa kaj pli kritikema ol se la knabino estus mal-pli kara al ŝi. Anna mem certe havis neniun ideon pri tio, kiom Marila amis ŝin. Ŝi kelkfoje sopire pensis, ke estas tre malverŝajne, ke iu povus plaĉi al Marila, kaj ke klare mankis en ŝi simpatio kaj komprenemo. Sed ŝi ĉiam riproĉe bridis la penson, memorante kion ŝi ŝuldas al Marila.

"Anna", Marila subite diris, "f-ino Stacy estis ĉi tie ĉi-post-tagmeze kiam vi forestis kun Diana."

Anna revenis de sia alia mondo per eksalto kaj sopiro.

"Ĉu vere? Ho, mi tiel bedaŭras, ke mi ne estis ĉi tie. Kial vi ne vokis min, Marila? Diana kaj mi nur estis en la Hantita Arbaro. Estas bele nun en la arbaro. Ĉiuj etaj lignaj aĵoj – la filikoj kaj la satenaj folioj kaj la kornusoj – endormiĝis, kvazaŭ iu nestigis ilin ĝis la printempo. Mi pensas, ke estis eta griza feino kun ĉielarka skarpo, kiu venis piedpinte dum la lasta lunluma nokto kaj faris tion. Tamen, Diana ne diris multe pri tio. Diana neniam forgesis la riproĉadon, kiun ŝi ricevis de sia patrino, ĉar ŝi elpensis fantomojn en la Hantita Arbaro. Tio havis tre malbonan efekton sur la imagopovo de Diana. Tio velkigis ĝin. S-ino Lynde diras, ke Mirtoa Bell estas velkita estaĵo. Mi demandis al Rubena Gillis, kial Mirtoa estas velkita, kaj Rubena diris, ke ŝi konjektas, ke estas ĉar ŝia juna viro perfidis ŝin. Rubena Gillis pensas nur pri junaj viroj, kaj ju pli ŝi maljuniĝas des pli ŝi malboniĝas. Junaj viroj estas ĉiuj bonaj, kiam ili kondutas bone, sed ne konvenas impliki ilin en ĉion, ĉu ne? Diana kaj mi serioze pensas promesi unu la alian neniam edziniĝi, sed esti agrablaj maljunaj fraŭlinoj kaj vivi kune por ĉiam. Tamen Diana ankoraŭ ne tute decidiĝis, ĉar ŝi pensas, ke eble estus pli noble edziniĝi kun iu senbrida, bonaspekta, malica junulo kaj reformi lin. Diana kaj mi nun multe parolas pri seriozaj temoj, vi scias. Ni opinias, ke ni estas multe pli maljunaj ol ni iam estis, do ke ne decas paroli pri infanaj aferoj. Estas tiel solena afero esti preskaŭ dekkvarjara, Marila. F-ino Stacy kondukis ĉiujn knabinojn adoleskantajn al la rojo, la lastan merkredon, kaj parolis al ni pri tio. Ŝi diris, ke ni ne povas esti tro atentemaj pri la kutimoj, kiujn ni elformas, kaj pri la idealoj, kiujn ni akiras dum niaj adoleskantaj jaroj, ĉar kiam ni atingos la dudekan jaron, niaj karakteroj estos disvolviĝintaj kaj la fundamento establita por nia tuta estonta vivo. Kaj ŝi diris ke, se la fundamento ne estus firma, ni ne povus konstrui ion ajn vere valoran sur ĝin. Diana kaj mi priparolis la temon revenante de la lernejo. Ni sentis nin ege solenaj, Marila. Kaj ni decidis, ke ni ja provos esti tre atentemaj kaj formi respektindajn kutimojn kaj lerni ĉion, kion ni povas, kaj esti kiel eble plej prudentaj, tiel ke, kiam ni estos dudekjaraj, niaj karakteroj estos ĝuste disvolviĝintaj. Estas perfekte konsterne pensi esti dudekjara, Marila. Tio sonas tiel terure maljuna kaj plenaĝa. Sed pro kio f-ino Stacy estis ĉi tie, ĉi-postagmeze?"

"Jen kion mi volas diri, Anna, se vi iam donos al mi la ŝancon enigi vorton deflanke. Ŝi parolis pri vi."

"Pri mi?" Anna ŝajnis pli timigita. Poste ŝi ruĝiĝis kaj ekkriis: "Ho, mi scias, kion ŝi diris. Mi intencis diri al vi, Marila, mi sincere volis, sed mi forgesis. F-ino Stacy surprizis min leganta *Ben-Hur* en la lernejo hieraŭ posttagmeze, kiam mi devis studi mian kanadan historion. Johana Andrews pruntedonis ĝin al mi. Mi legis ĝin dum la tagmeza horo, kaj mi ĵus alvenis al la ĉaro-konkurso, kiam la gelernejanoj eniris. Mi simple estis freneze scivolema kaj volis scii kiel tio finiĝis – kvankam mi sentis min certa, ke Ben-Hur devas gajni, ĉar ne estus poezia justeco, se li ne gajnus – do mi kuŝigis la historio-libron malfermita sur mian skribotablo-kovrilon kaj poste ŝovis *Ben-Hur* inter la skribotablon kaj mian genuon. Ŝajnis, ke mi studas la kanadan historion, vi scias, dum kiam la tutan tempon mi ĝuis *Ben-Hur*. Mi estis tiel interesita pri ĝi, ke mi eĉ ne rimarkis f-inon Stacy veni en la trairejon, ĝis subite mi rigardis supren kaj tie ŝi estis, rigardanta malsupren al mi, tiel riproĉe. Mi ne povas diri kiel mi honti, Marila, aparte kiam mi aŭdis Ĵozian Pye subridi. F-ino Stacy forprenis *Ben-Hur*, sed post tiam ŝi neniam diris vorton. Ŝi retenis min en la paŭzo kaj parolis al mi. Ŝi diris, ke mi tre malbone kondutis tiurilate. Unue, mi perdis la tempon, kiun mi devis dediĉi al miaj studoj; kaj due, mi trompis mian instruistinon provante ŝajnigi, ke mi legas historion, kiam estas anstataŭe rakonto-libro. Mi neniam konsciis ĝis tiu momento, Marila, ke tio, kion mi faris, estis trompa. Mi estis skuita. Mi amare ploris, kaj petis al f-ino Stacy pardoni min kaj diris, ke mi neniam denove faros ion tian; kaj mi proponis pentofari kaj neniam eĉ rigardi al *Ben-Hur* dum tuta semajno, eĉ ne por vidi kiel finiĝis la ĉarokonkurso. Sed f-ino Stacy diris, ke ŝi ne postulas tion, kaj ŝi volonte pardonis min. Do mi opinias, ke finfine ne estis tre afable, ke ŝi venis ĉi tien al vi pri tio."

"F-ino Stacy neniam menciis tian aferon al mi, Anna, kaj estas nur via kulpa konscienco, kiu maltrankviligas vin. Vi ne bezonas kunporti rakonto-librojn al la lernejo. Vi legas tro da noveloj ĉiuokaze. Kiam mi estis knabino, mi eĉ ne havis permeson rigardi novelon."

"Ho, kiel povas vi nomi *Ben-Hur* novelon, kiam ĝi vere estas tiel religia libro?" protestis Anna. "Kompreneble ĝi estas iom tro interesega por esti taŭga legado por dimanĉo, kaj mi legas ĝin nur dum semajnaj tagoj. Kaj mi neniam legas *iun ajn* libron nun, krom se f-ino Stacy aŭ s-ino Allan opinias, ke estas taŭga libro por knabino kiu havas dek tri kaj tri kvaronajn jarojn. F-ino Stacy promesigis al mi tion. Ŝi trovis min iun tagon leganta libron nomitan *La sensacia mistero de la hantita halo*. Estis libro kiun pruntedonis Rubena Gillis al mi, kaj ho, Marila, ĝi estis tiel fascina kaj harhirtiga. Ĝi simple kazeigis la sangon en miaj vejnoj. Sed f-ino Stacy diris, ke ĝi estis tre stulta, malsaniga libro, kaj ŝi petis, ke mi ne plu legu en ĝi aŭ en iu simila. Ne ĝenis min promesi ne plu legi librojn kiel tiun, sed estis torturo redoni tiun libron sen scii, kiel ĝi finiĝas. Sed mia amo por f-ino Stacy plifortis ol la aflikto kaj mi redonis la libron. Estas vere mirinde, Marila, kion vi povas fari, kiam vi vere deziras plaĉi al iu persono."

"Nu, mi supozas, ke mi lumigos la lampon kaj eklaboros", diris Marila. Mi klare vidas, ke vi ne volas aŭdi, kion f-ino Stacy diris. Vi estas pli interesita pri la sono de via propra lango ol io ajn alia."

"Ho, jes ja, Marila, mi ja volas aŭdi ĝin", Anna penteme ek-kriis. "Mi ne diros plian vorton – eĉ ne unu. Mi scias, ke mi tro parolas, sed mi vere provas superi tion, kaj kvankam mi diras multe tro, tamen se vi nur scius, kiom da aferoj mi volas diri kaj ne diras, vi donus al mi iom da rekono por tio. Diru al mi, mi petas, Marila."

"Nu, f-ino Stacy deziras organizi klason inter siaj progresintaj lernantoj, kiuj deziras studi por la akcepta ekzameno ĉe Queen's. Ŝi intencas doni al ili ekstrajn lecionojn, dum unu horo post la lerneja tago. Kaj ŝi venis por demandi, ĉu Mateo kaj mi ŝatus, ke vi partoprenu ĝin. Kion vi mem opinias pri tio, Anna? Ĉu vi ŝatus iri al Queen's kaj akceptiĝi kiel instruistino?"

"Ho, Marila!" Anna rektiĝis sur siaj genuoj kaj kunpremis siajn manojn. "Estis la revo de mia vivo – tio estas, dum la lastaj ses monatoj, de kiam Rubena kaj Johana ekparolis pri studado por la enskribiĝo. Sed mi nenion diris pri tio, ĉar mi supozis, ke tio estus perfekte senutila. Mi ŝatus esti instruistino. Sed ĉu tio ne estus terure multekosta? S-ro Andrews diris, ke tio kostis al li cent kvindek dolarojn por enigi Prisian, kaj Prisia ne estis stultulino pri geometrio."

"Mi supozas, ke vi ne bezonas maltrankviliĝi pri tiu parto. Kiam Mateo kaj mi akceptis vin por eduki, ni decidis, ke ni faros nian plejeblon por vi kaj donos al vi bonan edukadon. Mi kredas je knabino, kiu estas preparita por gajni sian propran vivon, ĉu ŝi devas aŭ ne. Vi ĉiam havos hejmon ĉe Verdaj Gabloj, tiel longe kiel Mateo kaj mi estos ĉi tie, sed neniu scias, kio okazos en ĉi tiu necerta mondo, kaj estas pli bone esti preparita. Do vi povas aliĝi kun la klaso Queen's, se vi deziras tion, Anna."

"Ho, Marila, dankon." Anna ĵetis siajn brakojn ĉirkaŭ la talion de Marila kaj serioze rigardis supren al ŝia vizaĝo. "Mi estas ege dankema al vi kaj Mateo. Kaj mi studos tiel forte, kiel mi povas kaj faros mian plejeblon por honori vin. Mi avertas vin ne atendi tro en geometrio, sed mi opinias, ke mi povos elturniĝi rilate ion ajn alian, se mi streĉe laboros."

"Mi devas diri, ke vi elturniĝos sufiĉe bone. F-ino Stacy diras, ke vi estas brila kaj diligenta." Por nenio en la mondo Marila dirus al Anna, ĝuste kion diris f-ino Stacy pri ŝi; tio signifus kulturi ŝian vantecon. "Vi ne bezonas rapidi al iu ekstremo kaj mortigi vin super viaj libroj. Ne estas urĝeco. Vi ankoraŭ ne estas preta provi la akceptan ekzamenon, nur post unu jaro kaj duono. Sed estas bone ĝustatempe komenci kaj esti plene informita, diras f-ino Stacy."

"Mi nun interesiĝos pri miaj studoj pli ol iam ajn," Anna feliĉege diris, "ĉar mi havas celon en la vivo. S-ro Allan diras, ke ĉiuj devas havi celon en la vivo kaj sin fidele dediĉi al ĝi. Li tamen diras, ke ni devas esti certaj ke estas inda celo. Mi nomus tion inda celo, deziri esti instruistino kiel f-ino Stacy, ĉu ne vi, Marila? Mi opinias, ke estas tre nobla profesio."

La Queen's-klaso estis organizita ĝustatempe. Gilberto Blythe, Anna Shirley, Rubena Gillis, Johana Andrews, Ĵozia Pye, Karlêjo Sloane kaj Mudio Spurgeon MacPherson konsistigis ĝin. Ne

Diana Barry, ĉar ŝiaj gepatroj ne intencis sendi ŝin al Queen's. Ĉi tio ŝajnis nenio malpli ol katastrofo al Anna. Neniam, de post la nokto kiam Minia Maja havis la krupon, estis ŝi kaj Diana apartigitaj pro io ajn. Dum la vespero, kiam la Queen's-klaso restis en la lernejo la unuan fojon por la ekstraj lecionoj kaj Anna vidis Dianan eliri malrapide kun la ceteraj, por marŝi sola tra la Betula Pado kaj la Viola Valo, rigardi ŝin estis ĉio, kion Anna povis fari por resti sidanta kaj sin deteni de impulse hasti post sia amikino. Bulo eniris ŝian gorĝon, kaj ŝi rapide retiriĝis malantaŭ la paĝoj de sia latina gramatiko por kaŝi la larmojn en siaj okuloj. Por nenio en la mondo Anna permesus al Gilberton Blythe aŭ Ĵozian Pye vidi tiujn larmojn.

"Sed, ho Marila, mi vere sentis, ke mi gustumis la amarecon de la morto, kiel s-ro Allan diris en sia prediko lastan dimanĉon, kiam mi vidis Dianan eliri sola", ŝi malgaje diris tiun versperon. "Mi pensis, kiel belege estus, se Diana ankaŭ studus por la akcepta ekzameno. Sed ni ne povas havi perfektajn aferojn en ĉi tiu neperfekta mondo, kiel diras s-ino Lynde. Fojfoje s-ino Lynde ne estas ĝuste konsola persono, sed ne estas dubo, ke ŝi diras multegajn verajn aferojn. Kaj mi opinias, ke la Queen's-klaso estos ege interesa. Johana kaj Rubena volas studi nur por fariĝi instruistinoj. Estas la plejsupro de ilia ambicio. Rubena diras, ke ŝi instruos nur du jarojn, post kiam ŝi estos akceptita, kaj poste ŝi intencas edziniĝi. Johana diras, ke ŝi dediĉos sian tutan vivon al instruado, kaj neniam, neniam edziniĝos, ĉar oni pagas salajron al vi por instrui, sed edzo ne pagos ion ajn al vi, kaj graŭlas, se vi petas porcion de la mono por ovoj kaj butero. Mi supozas, ke Johana parolas el morna sperto, ĉar s-ino Lynde diras, ke ŝia patro estas tipa maljuna plendanto, kaj pli aĉa ol restaĵoj varmigitaj duan fojon. Ĵozia Pye diras, ke ŝi iros al kolegio nur pro la edukado, ĉar ŝi ne bezonos gajni sian propran vivon; ŝi diras, ke komprenebla estas malsame ĉe orfoj, kiuj vivas per karitato –ili devas ŝakri. Mudio Spurgeon estos pastro. S-ino Lynde diras, ke li ne povus esti alia afero, kun nomo kiel tiu, por plenumi la signifon. Mi esperas, ke ne estas malice de mi, Marila, sed vere, la penso pri Mudio Spurgeon esti pastro ridigas min. Li estas tiel ridinda knabo kun tiu granda dika vizaĝo kaj etaj bluaj okuloj, kun oreloj elstarantaj kiel klapoj. Sed eble li estos pli intelektulaspekta, kiam li plenaĝos. Karlĉjo Sloane diras, ke li interesiĝos pri politiko kaj fariĝos parlamentano, sed s-ino Lynde diras, ke li neniam sukcesos pri tio, ĉar la Sloane-familio estas ĉiuj honestuloj, kaj estas nur kanajloj, kiuj nuntempe sukcesas en politiko."

"Kio estos Gilberto Blythe?" demandis Marila vidante ke Anna malfermas sian Cezaro-libron.

"Mi absolute ne scias, kiun ambicion Gilberto Blythe havas en la vivo – se li havas iun ajn", Anna malestime diris.

Ekzistis nun malferma rivaleco inter Gilberto kaj Anna. Antaŭe la rivaleco estis pli ĝuste unuflanka, sed ne plu estis iu ajn dubo, ke Gilberto estis tiel rezoluta esti la unua en la klaso kiel estis Anna. Li estis adversulo inda je ŝi. La ceteraj membroj de la klaso silente agnoskis ilian superecon, kaj neniam revis provi konkuri kun ili.

Ekde la tago apud la lageto, kiam ŝi rifuzis aŭskulti lian pardonpeton, Gilberto, krom la jam menciitan rezolutan rivalecon, montris neniun rekonon de la ekzisto de Anna Shirley. Li parolis kaj ŝercis kun la ceteraj knabinoj, interŝanĝis librojn kaj enigmojn kun ili, diskutis lecionojn kaj planojn, kelkfoje marŝis hejmen kun unu aŭ alia el ili, de preĝo-kunveno aŭ la Debata Klubo. Sed Annan Shirley li simple ignoris, kaj Anna malkovris, ke ne estas agrable esti ignorata. Estis vane, ke ŝi diris al si mem – per skuo de sia kapo – ke ne gravis al ŝi. Profunde en sia obstina, ina koreto ŝi sciis, ke ja gravis al ŝi, kaj ke, se ŝi denove havus tiun ŝancon de la Lago de Brilaj Akvoj, ŝi respondus tre malsame. Subite, ŝajne, kaj je ŝia sekreta konsterniĝo, ŝi malkovris, ke la malnova rankoro kiun ŝi dorlotis kontraŭ li, malaperis – malaperis ĝuste kiam ŝi bezonis ĝian subtenantan potencon. Estis vane, ke ŝi memorigis ĉiun momenton kaj emocion de la memorinda okazo kaj provis senti la malnovan kontentigan koleron. Tiu tago ĉe la lageto atestis ĝian lastan spasman flagreton. Anna konsciiĝis, ke ŝi jam pardonis kaj forgesis sen scii tion. Sed estis tro malfrue.

Kaj almenaŭ nek Gilberto nek iu ajn alia, eĉ ne Diana, devos suspekti iam ajn, kiom ŝi bedaŭras tion kaj kiom ŝi deziras, ke ŝi ne estas tiel orgojla kaj terura! Ŝi decidis "vuali siajn sentojn kaj sendi ilin al la plej profunda forgeso", kaj oni povas diri ĉi tie kaj nun, ke ŝi sukcesis, tiel sukcesis, ke Gilberto, kiu eble ne estis tiel indiferenta kiel li ŝajnis, neniel povis konsoli sin mem, ke Anna sentas lian kontraŭatakan malestimon. La solan povran komforton, kiun li havis, estis ke ŝi malrekonis Karlêjon Sloane, senkompate, senĉese kaj nemeritite.

Alie la vintro forpasis en rondo de agrablaj taskoj kaj studoj. Por Anna la tagoj forpasis kiel oraj bidoj sur la kolĉeno de la jaro. Ŝi estis feliĉa, avida, interesita; estis lecionoj lernotaj kaj honoroj gajnotaj; ravaj libroj legotaj; novaj pecoj lernotaj por la ĥoro de la dimanĉa lernejo; estos agrablaj sabataj posttagmezoj en la pastra domo kun s-ino Allan; kaj poste, preskaŭ antaŭ ol Anna konsciiĝis pri tio, la printempo denove revenis al Verdaj Gabloj kaj la tuta mondo floris plian fojon.

La studoj tiam nur iomete tedis; la Queen's-klaso, restanta post la lerneja tago, dum la ceteraj disiĝis al verdaj vojetoj kaj foliaj arbaroj kaj duarangaj vojoj preter herbaj kampoj, sopire rigardis tra la fenestroj kaj malkovris, ke latinaj verboj kaj francaj ekzercoj iel perdis la odoron kaj guston, kiujn ili posedis dum la freŝaj vintraj monatoj. Eĉ Anna kaj Gilberto postiĝis kaj fariĝis indiferentaj. La instruistino kaj la instruatoj estis same ĝojaj, kiam la semestro finiĝis kaj la ĝojaj feriaj tagoj gaje etendiĝis antaŭ ili.

"Sed vi faris bonan laboron ĉi-lastan jaron," diris f-ino Stacy dum la lasta vespero, "kaj vi meritas bonan, gajan libertempon. Havu tempon kiel eble plej bonan en la subĉiela mondo kaj akiru bonan sanon kaj restu vigla kaj ambicia por trapasi la venontan jaron. Estos streĉa konkurso, vi sciu – la lasta jaro antaŭ la akcepta ekzameno."

"Ĉu vi revenos la venontan jaron, f-ino Stacy?", demandis Ĵozia Pye.

Ĵozia Pye neniam havis skrupulojn starigi demandojn; en tiu ĉi kazo la resto de la klaso estis dankema al ŝi; neniu el ili aŭdacus demandi tion al f-ino Stacy, sed ĉiuj volis fari tion, ĉar estis alarmaj onidiroj disvastiĝantaj tra la lernejo de kelka tempo, ke f-ino Stacy ne revenos la sekvan jaron – ke oni proponis al ŝi oficon en la baza lernejo de ŝia propra hejma distrikto kaj ke ŝi intencis akcepti ĝin. La Queen's-klaso atendis ŝian respondon en senspira suspenso.

"Jes, mi opinias, ke mi revenos", diris f-ino Stacy. "Mi volis iri al alia lernejo, sed mi decidis reveni al Avonleo. Verdire, mi tiom interesiĝis pri miaj lernejanoj ĉi tie, ke mi trovis, ke mi ne povas forlasi ilin. Do mi restos kaj vidos vin ĝisfine."

"Hura!" diris Mudio Spurgeon. Mudio Spurgeon antaŭe neniam estis tiel malferma per siaj sentoj, kaj li nekomforte ruĝiĝis ĉiufoje, kiam li pensis pri tio dum la sekva semajno.

"Ho, mi tiel ĝojas" diris Anna kun brilaj okuloj. "Kara f-ino Stacy, estus perfekte terure, se vi ne revenus. Mi ne kredas, ke finfine mi havus la kuraĝon daŭrigi miajn studojn, se alia instruisto venus ĉi tien."

Kiam Anna alvenis hejmen tiun nokton, ŝi stakigis ĉiujn siajn lernolibrojn en malnova kofro en la subtegmento, ŝlosis ĝin kaj ĵetis la ŝlosilon en la skatolon por litkovriloj.

"Mi eĉ ne rigardos lernolibron dum la ferioj", ŝi diris al Marila. Mi tiel forte studis dum la tuta semestro kaj mi atente studadis tiun geometrion ĝis mi sciis parkere ĉiun propozicion en la unua libro, eĉ kiam la literoj *estas* ŝanĝitaj. Mi nur sentas min laca de ĉio bonsenca kaj mi lasos mian imagopovon tumulti dum la somero. Ho, vi ne bezonas esti alarmita, Marila. Mi nur lasos ĝin tumulti ĝis bonsencaj limoj. Sed mi volas havi vere ĝojan tempon ĉi-somere, ĉar eble estas la lasta somero, kiam mi estos knabineto. S-ino Lynde diras ke, se mi daŭre plialtiĝos la venontan jaron, kiel mi tion faris, mi devos surmeti pli longajn jupojn. Ŝi diras, ke mi tiom altiĝas, ke homoj rigardas. Kaj kiam mi metos pli longajn jupojn, mi sentos ke mi devas plenumi la esperojn de ili kaj esti tre digna. Tiam eĉ ne konvenos kredi je feinoj, mi timas; do mi kredos je ili per mia tuta koro ĉi-somere. Mi pensas, ke ni havos tre gajan libertempon. Rubena Gillis baldaŭ havos naskiĝtagan feston kaj estas la pikniko de la dimanĉo-lernejo kaj la misiista koncerto la venontan monaton. Kaj s-ro Barry diras, ke iun vesperon li venigos Dianan kaj min al la Hotelo Blankaj Sabloj por vespermanĝi tie. Ili vespermanĝas tie, vi scias. Johana Andrews iris unu fojon la lastan someron kaj ŝi diras, ke estis mirige vidi la elektrajn lumojn kaj la florojn kaj ĉiujn inajn gastojn en tiel belaj roboj. Johana diras, ke estis ŝia unua ekvido de la alta societo kaj ke ŝi neniam forgesos ĝin ĝis sia morto."

S-ro Lynde venis la sekvan posttagmezon por scii, kial Marila ĵaŭdon ne ĉeestis la kunvenon de la Help-Societo. Kiam Marila ne estas ĉe la kunveno de la Help-Societo, oni scias, ke io malbonas ĉe Verdaj Gabloj.

"Ĵaŭdon Mateo havis sian malbonan korproblemon", klarigis Marila, "kaj mi ne volis lasi lin sola. Ho, jes, li denove fartas bone, sed li havas tiujn periodojn pli ofte ol li kutimis, kaj mi maltrankviliĝas pro li. La kuracisto diras, ke li devas prizorgi eviti ekscitaĵojn. Tio estas sufiĉe facila, ĉar Mateo neniel serĉas ekscitaĵojn kaj neniam faris tion, sed li ne devas fari tre pezan laboron kaj vi tiel bone povus diri al Mateo ne spiri kiel ne labori. Venu kaj demetu viajn aĵojn, Raĉela. Vi restos por la teo?"

"Nu, pro tio, ke vi tiel insistas, eble mi povas resti", diris s-ino Raĉela, kiu ne intencis fari ion ajn alian.

S-ino Raĉela kaj Marila komforte sidiĝis en la salono, dum Anna prizorgis la teon kaj bakis varmajn biskvitojn, kiuj rezultis sufiĉe leĝeraj kaj blankaj por defii eĉ la kritikon de s-ino Raĉela.

"Mi devas diri, ke Anna fariĝis vere inteligenta knabino", konfesis s-ino Raĉela, dum Marila akompanis ŝin ĝis la fino de la vojeto je la sunsubiro. "Ŝi verŝajne helpas vin multe."

"Jes ja", diris Marila, "kaj ŝi nun estas vere konstanta kaj fidinda. Mi kutimis timi, ke ŝi neniam superus siajn sencerbajn manierojn, sed ŝi sukcesis, kaj do mi ne timos fidi ŝin pri io ajn."

"Mi neniam pensis – la unuan tagon kiam mi estis ĉi tie antaŭ tri jaroj – ke ŝi tiel bone elturniĝos", diris s-ino Raĉela. "Dio mia, ĉu mi iam forgesos tiun ŝian koleroŝtormon! Kiam mi iris hejmen tiun nokton mi diris al Tomaso, do mi diris, 'memoru miajn vortojn, Tomaso, Marila Culthbert vivos por bedaŭri la paŝojn, kiujn ŝi faris.' Sed mi eraris kaj mi vere feliĉas pro tio. Mi ne estas unu el tiuj homoj, Marila, kiuj neniam povas agnoski, ke ili faris eraron. Ne, tio neniam estis mia maniero, dank' al Dio. Mi ja faris eraron juĝante Annan, sed ne estis mirige, ĉar neniam estis pli stranga, neatendita sorĉeca infano en ĉi tiu mondo, jen tio. Oni ne kapablis deĉifri ŝin laŭ la reguloj, kiuj funkciis kun aliaj infanoj. Estas nenio malpli ol miraklo, kiel ŝi progresis ĉi tiujn tri jarojn, sed precipe pri sia aspekto. Ŝi fariĝis vere beleta knabino, kvankam mi ne povas diri, ke mi mem ekscese ŝatas tiun palan, grandokulan stilon. Mi preferas pli da vigleco kaj koloro, kiel Diana Barry havas aŭ Rubena Gillis. La aspekto de Rubena Gillis estas tre efekta. Sed iamaniere – mi ne scias, kiel tio okazas – kiam Anna kaj ili estas kunaj, kvankam ŝi ne estas duone tiel bela, ŝi igas ilin aspekti iel ordinaraj kaj troaj – iel, kiel tiuj blankaj juniaj lilioj, kiujn ŝi nomas narcisoj, apud la grandaj ruĝaj peonioj, jen tio."

ĈAPITRO 31
KIE RENKONTIĜAS LA ROJO KAJ LA RIVERO

ANNA HAVIS sian "bonan" someron kaj plene ĝuis ĝin. Ŝi kaj Diana sufiĉe ofte vivis eksterdome, ĝojante pri ĉiuj delicoj oferataj de la Irejo de Geamantoj kaj la Bobelo de la Driado kaj Ŭilomero kaj Insulo Viktoria. Marila ne kontraŭis la vagadojn de Anna. La Spencervala kuracisto, kiu venis la nokton, kiam Minia May havis la krupon, renkontis Annan ĉe la domo de paciento iun fruan posttagmezon dum la ferioj, rigardis atente ŝin, tordis sian buŝon, skuis la kapon, kaj sendis mesaĝon al Marila Cuthbert tra alia persono. Jen ĝi:

"Tenu tiun rufkapan knabinon vian en libera aero, la tutan someron, kaj ne permesu, ke ŝi legu librojn, ĝis ŝi havos pli da salto en sia paŝado."

Tiu ĉi mesaĝo tre timigis Marilan. Ŝi legis ĝin, kvazaŭ ŝi ricevis garantion de la morto de Anna, pro ftizo, krom se la mesaĝo estas skrupule obeita. Kiel rezulto, Anna havis la oran someron de sia vivo, kiam temis pri libereco kaj petolado. Ŝi multe marŝis, remis, plukis berojn kaj revis; kaj kiam alvenis septembro, ŝi estis brilokula kaj vigla, kun paŝado, kiu kontentigus la kuraciston de Spencervalo, kaj kun koro denove plena de ambicio kaj vervo.

"Mi sentas min ema studi per mia tuta forto", deklaris ŝi, kiam ŝi malsuprenportis siajn librojn el la subtegmento. "Ho, vi malnovaj bonaj amikoj, mi ĝojas denove revidi viajn honestajn vizaĝojn – jes, eĉ vin, geometrion. Mi havis perfekte belan someron, Marila, kaj nun mi ĝojas kiel forta viro pri la venonta konkurso, kiel s-ro Allan diris lastan dimanĉon. Ĉu s-ro Allan ne faras belegajn predikojn? S-ino Lynde diras, ke li pliboniĝas ĉiutage, kaj ke je la unua ŝanco iu urba preĝejo kaptos lin kaj ni estos forlasitaj kaj devos turniĝi al alia sensperta predikanto kaj igi lin sperta. Sed mi ne vidas la utilon renkonti malagrablaĵon duonvoje, ĉu vi, Marila? Mi opinias, ke estus pli bone simple ĝui s-ron Allan, dum ni havas lin. Se mi estus viro, mi pensas ke mi fariĝus pastro. Ili povas havi tiom da influo je la bono, se ilia teologio estas prava; kaj devas esti ekscite fari grandiozajn predikojn kaj eksciti la korojn de viaj aŭskultantoj. Kial virinoj ne povas esti pastroj, Marila? Mi demandis tion al s-ino Lynde kaj ŝi estis skuita kaj diris, ke estus skandala afero. Ŝi diris, ke eble estas virinaj pastroj en Usono kaj kredis ke estas, sed dank' al Dio ni ankoraŭ ne alvenis al tiu stadio en Kanado, kaj ŝi esperis, ke ni neniam alvenos. Sed mi ne vidas kial ne. Mi opinias, ke virinoj estus bonegaj pastroj. Kiam socia aktiveco estas organizata aŭ preĝeja te-horo aŭ io alia por kolekti monon, la virinoj devas aperi kaj fari la laboron. Mi certas, ke s-ino Lynde kapablas preĝi tiel bone kiel intendanto Bell, kaj mi ne dubas, ke ŝi povas ankaŭ prediki post iom da ekzerco."

"Jes, mi kredas, ke ŝi povus", Marila seke diris. "Ŝi faras multe da neoficiala predikado jam nun. Neniu havas la eblecon fari mison en Avonleo, kiam Raĉela inspektas ilin."

"Marila", diris Anna en eksplodo de memfido, "mi deziras diri ion al vi kaj demandi vin, kion vi pensas pri ĝi. Tio terure maltrankviligis min – dimanĉe posttagmeze, tio estas, kiam mi aparte pripensas tiajn temojn. Mi vere deziras esti bona; kaj kiam mi estas kun vi aŭ s-ino Allan aŭ f-ino Stacy, mi volas tion pli ol iam ajn kaj mi volas fari ĝuste tion, kio plaĉos al vi kaj kion vi aprobos. Sed ĉefe kiam mi estas kun s-ino Lynde, mi sentas min senespere malica kaj kvazaŭ mi volas fari precize tion, kion ŝi diras al mi, ke mi ne faru. Mi sentas min nerezisteble tentita fari ĝin. Nu, kio, vi pensas, estas la motivo, pro kiu mi sentas min tiel? Ĉu vi opinias, ke estas pro tio, ke mi vere estas malbona kaj nerepentema?"

Marila momente ŝajnis dubema. Poste ŝi ridis.

"Se vi estas, mi supozas, ke ankaŭ mi estas, Anna, ĉar Raĉela ofte havas tiun saman efikon al mi. Mi kelkfoje pensas, ke ŝi havus pli da influo je la bono, kiel vi mem diras, se ŝi ne riproĉaĉus al homoj, ke ili ne faras bonon. Devus esti speciala Ordono kontraŭ riproĉaĉado. Nu, mi ne devus tiel paroli. Raĉela estas bona krist-anino kaj ŝi havas bonajn intencojn. Ne estas pli malavara animo en Avonleo ol ŝi, kaj ŝi neniam ruz-evitas sian parton de laboro."

"Mi ĝojegas, ke vi sentas vin same", Anna rezolute diris. "Tio estas tiel kuraĝiga. Post ĉi tio mi ne tiom maltrankviliĝos post ĉi tio. Sed mi devas diri, ke estas aliaj aferoj por maltrankviligi min. Ili daŭre alvenas la tutan tempon – aferoj kiuj konfuzas, vi scias. Oni solvas problemon kaj estas alia tuj poste. Estas tiom da aferoj por pripensi kaj decidi, kiam oni ekkreskas. Tio okupas min la tutan tempon kaj mi pripensas ĝin kaj decidas pri kio estas ĝusta. Estas serioza afero kreski, ĉu ne, Marila? Sed kiam mi havas tiel bonajn amikojn kiel vin kaj Mateon kaj s-inon Allan kaj f-inon Stacy, mi devas sukcese kreski, kaj mi certas, ke estos mia propra kulpo, se mi ne sukcesos. Mi sentas, ke estas granda respondeco, ĉar mi havas nur unu ŝancon. Se mi ne kreskos ĝuste, mi ne povos retroiri kaj rekomenci. Mi kreskis du colojn ĉi-somere, Marila. S-ro Gillis mezuris min dum la festo de Rubena. Mi tiel ĝojas, ke vi faris miajn novajn robojn pli longaj. Tiu malhelverda estas tiel bela kaj estis afable, ke vi metis la falbalon. Kompreneble mi scias, ke tio ne estis vere necesa, sed falbaloj estas tiel modaj ĉi-aŭtune kaj Ĵozia Pye havas falbalojn sur ĉiuj siaj roboj. Mi scias, ke mi povos studi pli bone pro la miaj. Mi havos tiel komfortan senton profunde en mia menso pi tiu falbalo."

"Indas io por havi tion", agnoskis Marila.

F-ino Stacy revenis al la lernejo de Avonleo kaj trovis ĉiujn siajn lernantojn avidaj labori plian fojon. La Queen's-klaso aparte prepariĝis por la batalo, ĉar je la fino de la venonta jaro, kiel malheleta ombra sur ilia pado, ŝvebis tiu fatala afero konata kiel "la Akcepta Ekzameno", je kies penso ĉiuj sentis sian koron sinki en siajn proprajn ŝuojn. Supozu ke ili ne sukcesos! Tiu penso estis kondamnita hanti Annan tra la vekaj horoj de tiu vintro, inkluzive de la dimanĉaj posttagmezoj, ĝis tio, ke moralaj kaj teologiaj problemoj preskaŭ komplete forestis el ŝia menso. Kiam Anna havis koŝmarojn, ŝi trovis sin mizere revirgardi la sukceslistojn de la akceptaj ekzamenoj, kie la nomo de Gilberto Blythe estis proklamita ĉe la supro kaj sur kiuj ŝia nomo tute ne aperis.

Sed estis gaja, feliĉa, rapide forfluganta vintro plena de laboro. La lerneja laboro estis tiel interesa, la klasrivaleco tiel sorba, kiel jam delonge. Novaj mondoj de pensoj, sentoj, kaj ambicio, freŝaj, fascinaj kampoj de neeksploritaj scioj ŝajnis malfermiĝi antaŭ la avidaj okuloj de Anna.

"Holmoj gvatis super holmo kaj Alpoj super Alpoj leviĝis."

La plimulto de ĉio tio estis kaŭzita de la taktoplena, atentema, larĝmensa gvidado de f-ino Stacy. Ŝi helpis sian klason mem pensi kaj esplori kaj malkovri kaj kuraĝigis forvagi el la malnovaj tretitaj padoj, ĝis grado, kiu sufiĉe konsternis s-inon Lynde kaj la lernejajn komisiitojn, kiuj konsideris ĉiujn novenkondukojn rilate la establitajn metodojn sufiĉe dubemaj.

Apud la studoj, Anna socie ekspansiis, ĉar Marila, konscia pri la diraĵo de la kuracisto de Spencervalo, ne plu vetois fojfojajn eksursojn. La Debata Klubo floris kaj donis plurajn koncertojn; estis unu aŭ du festoj preskaŭ similaj al plenkreskulaj aferoj; estis abundaj sledaj promenoj kaj sket-petolaĵoj.

Dume Anna kreskis, kreskadis tiel rapide, ke Marila surpriziĝis iun tagon, kiam ili staris flank-al-flanke, por malkovri, ke la knabino estis pli alta ol ŝi mem.

"Ho, Anna, kiom vi kreskiĝis!" diris ŝi, preskaŭ nekredeme. Suspiro sekvis la vortojn. Marila sentis strangan bedaŭron pri la coloj de Anna. La infano, kiun ŝi lernis ami, iel malaperis, kaj jen estas tiu alta, seriozokula knabino dekkvinjara, kun pensemaj brovoj kaj fiere ekvilibrita eta kapo, en ŝia loko. Marila amis la knabinon tiom, kiom ŝi amis la infanon, sed ŝi konsciiĝis pri stranga bedaŭrinda senso de perdo. Kaj tiun vesperon, post kiam Anna iris al preĝo-renkontiĝo kun Diana, Marila sidis sola en la vintra krepusko kaj sin indulgis en la malforto de ploro. Mateo, envenante kun lanterno, surprizis ŝin tiel, kaj fiksrigardis ŝin en tia konsterniĝo, ke Marila devis ridi tra siaj larmoj.

"Mi pensis pri Anna", klarigis ŝi. "Ŝi fariĝis tiel granda knabino – kaj ŝi probable estos for de ni la proksiman vintron. Ŝi terure mankos al mi."

"Ŝi povos ofte veni hejmen", konsolis Mateo, por kiu Anna estas ankoraŭ – kaj ĉiam estos – la eta, avida knabino, kiun li venigis hejmen el Brila Rivero tiun junian vesperon antaŭ kvar jaroj. "La branĉo de la fervojo al Karmodo estos konstruita tiam."

"Ne estos la sama afero, kiel havi ŝin ĉi tie la tutan tempon", malgaje suspiris Marila, rezoluta ĝui sian lukson de aflikto nekonsolita. "Sed nu – viroj ne kapablas kompreni tiujn aferojn!"

Estis aliaj ŝanĝoj ĉe Anna ne malpli veraj ol la fizika ŝanĝo. Unu afero estis, ke ŝi fariĝis pli kvieta. Eble ŝi pensis pli kaj revis tiom, kiom ĉiam, sed ŝi certe parolis malpli. Marila ankaŭ rimarkis tion kaj komentis pri tio.

"Vi ne babilas duone tiel multe, kiel vi kutimis fari, Anna, nek uzas la duonon de grandaj vortoj. Kio okazis al vi?"

Anna ruĝiĝis kaj iom ridis, dum ŝi lasis fali sian libron kaj reve rigardis tra la fenestro, kie grandaj dikaj ruĝaj burĝonoj eksplodis sur la ampelopso, responde al la logo de la printempa sunbrilo.

"Mi ne scias – mi ne volas tiom paroli", ŝi diris, penseme kavetigante sian mentonon per sia montrofingro. "Estas pli bele pensi karajn, beletajn pensojn kaj gardi ilin en sia koro, kiel trezorojn. Mi ne ŝatas, ke oni priridu ilin aŭ miru pri ili. Kaj iel mi ne plu volas uzi grandajn vortojn. Estas preskaŭ bedaŭro, ĉu ne, nun ke mi vere kreskis sufiĉe por diri ilin se mi volus. Iamaniere estas agrable esti preskaŭ plenaĝa, sed ne estas la tipo de plezuro, kiun mi atendis, Marila. Estas tiom da aferoj por lerni kaj fari kaj pensi, tiel ke ne restas tempo por grandaj vortoj. Krome, f-ino Stacy diras, ke la malgrandaj pensoj estas pli efikaj kaj pli bonaj. Ŝi igas nin ĉiujn verki niajn eseojn tiel simplaj kiel eblas. Estis malfacile, komence. Mi tiel kutimiĝis kunpremi ĉiujn belajn grandajn vortojn, pri kiuj mi povis pensi – kaj mi kapablis trovi multajn el ili. Sed mi nun kutimiĝis al tio kaj mi vidas ke ja estas pli bone."

"Kio okazis al via rakonto-klubo? Mi ne aŭdis vin paroli pri ĝi de longa tempo."

"La rakonto-klubo ne plu ekzistas. Ni ne havis tempon por ĝi – kaj ĉiaokaze mi pensas, ke ni laciĝis pri ĝi. Estis ridinde skribi pri amo kaj murdoj kaj kunforkuroj kaj misteroj. F-ino Stacy kelkfoje petas, ke ni skribu rakonton por ekzerci nin pri beletro, sed ŝi ne lasas nin skribi ion ajn krom tion, kio povus okazi en Avonleo en niaj propraj vivoj, kaj ŝi kritikas nin tre severe kaj igas nin kritiki ankaŭ nian propran. Mi neniam pensis, ke miaj komponaĵoj havas tiom da difektoj, ĝis mi mem ekserĉis ilin. Mi tiom hontis, ke mi volis entute rezigni pri tio, sed f-ino Stacy diris, ke mi povas lerni bone skribi, se nur mi ekzercas min esti mia propra severa kritikisto. Do mi klopodas esti."

"Vi havas nur du pliajn monatojn antaŭ la akceptaj ekzamenoj", diris Marila. "Ĉi vi pensas, ke vi povos trapasi tion?"

Anna tremetis.

"Mi ne scias. Kelkfoje mi pensas, ke mi sukcesos – kaj poste mi terure timas. Ni streĉe studis kaj f-ino Stacy plene ekzercis nin, sed spite ĉion ni eble ne sukcesos. Ni ĉiu havas obstaklon. La mia estas geometrio, komprenoble, kaj tiu de Johana estas la latina kaj tiu de Rubena kaj Karlĉjo estas algebro kaj tiu de Ĵozia estas aritmetiko. Mudio Spurgeon diras, ke li sentas en siaj ostoj, ke li malsukcesos en angla historio. F-ino Stacy donos al ni ekzamenojn en junio tiel malfacilajn, kiel ni havos ĉe la akceptaj ekzamenoj, kaj markos nin tiel severe, do ni havos iun imagon. Mi deziras, ke ĉio estu tute finita, Marila. Tio hantas min. Kelkfoje mi vekiĝas dum la nokto kaj demandas min, kion mi faros, se mi ne sukcesos."

"Nu, reiri al la lernejo la venontan jaron kaj provi denove", Marila senzorge diris.

"Ho, mi ne kredas, ke mi havus la kuraĝon por tio. Estus tia malhonoro malsukcesi, aparte se Gil... – se la ceteraj sukcesus. Kaj mi tiel nervoziĝas en ekzameno, ke mi verŝajne fuŝos ĝin. Mi deziras havi nervojn kiel Johana Andrews. Nenio skuas ŝin."

Anna suspiris kaj – trenante siajn okulojn el la sorĉaĵoj de la printempa mondo, el la loga tago de venteto kaj bluo, kaj el la verdaj aĵoj saltantaj supren en la ĝardeno – rezolute mergiĝis en sian libron. Estos aliaj printempoj, sed se ŝi ne sukcesos en la akceptaj ekzamenoj, Anna sentis sin konvinkita, ke ŝi neniam sufiĉe resaniĝos por ĝui ilin.

ĈAPITRO 32
LA SUKCESLISTO ESTAS PUBLIKIGITA

KUN LA FINO de junio venis la fino de la semestro kaj la fino de la regado de f-ino Stacy en la avonlea lernejo. Anna kaj Diana piediris hejmen tiun vesperon, kun sobraj sentoj. Ruĝaj okuloj kaj malseketaj naztukoj estis konvinkaj atestoj pri la fakto, ke la adiaŭaj vortoj de f-ino Stacy devis esti tiel kortuŝaj kiel tiuj de s-ro Phillips sub similaj cirkonstancoj antaŭ tri jaroj. Diana retrorigardis al la lernejo de la piedo de la picea holmo kaj profunde suspiris.

"Ja ŝajnas, ke estas kvazaŭ la fino de ĉio, ĉu ne?", ŝi malgaje demandis.

"Vi certe ne sentas vin duone tiel malbone kiel mi", diris Anna vane serĉante sekan lokon sur sia naztuko. "Vi denove revenos la venontan vintron, sed mi supozas, ke mi forlasos la karan malnovan lernejon por ĉiam – se mi estos bonŝanca, kompreneble."

"Ne estos eĉ iomete la sama. F-ino Stacy ne estos tie, nek vi nek Johana nek Rubena probable. Mi devos sidi tute sola, ĉar mi ne povus toleri havi alian skribotablo-amikinon post vi. Ho, ni ja havis agrablajn momentojn, ĉu ne, Anna? Estas terure, pensi ke ili ĉiuj forpasis."

Du dikaj larmoj ruliĝis malsupren preter la nazon de Diana.

"Se vi ĉesus plori, tiam mi povos", Anna plorpete diris. "Tuj kiam mi formetas mian naztukon, mi vidas viajn larmojn, kaj tio ploriges min denove. Kiel diras s-ino Lynde, 'Se vi ne povas esti gaja, estu tiel gaja kiel vi povas'. Post ĉio, mi devas diri, ke mi revenos venontjare. Ĉi tio estas unu el la fojoj, kiam mi ja scias, ke mi ne sukcesos. Ili okazas alarme ofte."

"Nu, vi sukcesis grandioze en la ekzamenoj kiujn donis f-ino Stacy."

"Jes, sed tiuj ekzamenoj ne nervozigis min. Kiam mi pensas pri la vera afero, vi ne povas imagi, kia abomene malvarma, tremanta sento blovas ĉirkaŭ mia koro. Kaj plie mia numero estas dek tri, kaj Ĵozia Pye diras, ke ĝi estas tiel malbonŝanca. Mi *ne* estas superstiĉa kaj mi scias, ke ĝi povas fari nenian diferencon. Sed tamen mi deziras ke ĝi ne estu dek tri."

"Mi ja deziras iri kun vi", diris Diana. "Ĉu ni ne havus perfekte agrablan tempon? Sed mi supozas, ke vi devos studi dum la vesperoj."

"Ne; f-ino Stacy promesigis nin tute ne malfermi libron. Ŝi diras, ke tio nur lacigus kaj konfuzus nin, kaj ni devos ekmarŝi kaj tute ne pensi pri la ekzamenoj kaj enlitiĝi frue. Estas bona konsilo, sed mi supozas, ke ĝi estos malfacile plenumebla; bona konsilo emas esti tiel, mi pensas. Prisia Andrews diris al mi, ke ŝi maldormis la duonon de la nokto dum la semajno de la akceptaj ekzamenoj kaj persiste studis; kaj mi decidis maldormi *almenaŭ* tiel longe kiel ŝi faris. Estis tiel kompleze, ke via Onklino Jozefina petas, ke mi tranoktu ĉe Fagoligno, dum mi estos en la urbo."

"Vi skribos al mi, dum vi estos tie, ĉu ne?"

"Mi skribos mardon vespere kaj diros al vi, kiel iras la unua tago", promesis Anna.

"Mi hantos la poŝtoficejon merkredon" ĵuris Diana.

Anna iris al la urbo la sekvan lundon, kaj merkredon Diana hantis la poŝtoficejon, kiel konsentite, kaj ricevis ŝian leteron.

"Karega Diana", skribis Anna, "ĉi tie estas mardo vespere kaj mi skribas ĉi tion en la biblioteko ĉe Fagoligno. Pasint-vespere mi estis terure soleca, tute sola, en mia ĉambro kaj tiom deziris, ke vi estu kun mi. Mi ne povis studi, ĉar mi promesis al f-ino Stacy ne fari tion, sed estis tiel malfacile rezisti kaj ne malfermi mian historiolibron, kiel mi kutimis por eviti legi rakonton, antaŭ ol miaj lecionoj estis lernitaj.

Ĉi-matene f-ino Stacy venis al mi kaj ni iris al la Akademio, kaj survoje renkontis Johanan kaj Rubenan kaj Ĵozian. Rubena petis, ke mi sentu ŝiajn manojn kaj ili estis tiel malvarmaj kiel glacio. Ĵozia diris, ke mi aspektas, kvazaŭ mi ne dormis eĉ momenton, kaj ŝi ne kredas, ke mi estas sufiĉe forta por elteni la premon de la instruista kurso, eĉ se mi sukcesos en la ekzameno. Estas tempoj kaj sezonoj, eĉ ĝis nun, kiam mi ne sentas, ke mi faris multan progreson por lerni ŝati Ĵozian Pye!

Kiam ni alvenis la Akademion, estis dekoj da gelernantoj tie el ĉie en la Insulo. La unua persono, kiun ni vidis, estis Mudio Spurgeon sidanta sur la ŝtupoj kaj murmuranta al si mem. Johana demandis al li, kion diable li faras, kaj li diris, ke li ripetadas la multiplikan tabelon por kvietigi siajn nervojn, kaj pro kompato ni ne interrompis lin, ĉar se li haltos momente, li timiĝos kaj forgesos ĉion, kion li iam sciis, sed la multiplika tabelo firme gardis ĉiujn liajn faktojn en ilia ĝusta loko!

Kiam oni donis al ni niajn lokojn, f-ino Stacy devis forlasi nin. Johana kaj mi kune sidis, kaj Johana estis tiel trankvila, ke mi enviis ŝin. Nenia bezono de multiplika tabelo por la bona, kvieta, bonsenca Johana! Mi demandis min, ĉu mi aspektas kiel mi sentas min, kaj ĉu ili povas aŭdi mian koron bati tra la tuta ĉambro. Poste viro envenis kaj ekdisdonis la foliojn de la angla ekzameno. Miaj manoj fridiĝis tiam kaj mia kapo sufiĉe kirliĝis, kiam mi ekprenis ĝin. Nur unu terura momento – Diana, mi sentis min ekzakte kiel mi sentis min antaŭ kvar jaroj, kiam mi demandis Marilan, ĉu mi rajtus resti ĉe Verdaj Gabloj – kaj poste ĉio klariĝis en mia menso, kaj mia koro ekbatis denove – mi forgesis diri, ke ĝi tute haltis! – ĉar mi sciis, ke mi ĉiuokaze povas fari ion pri *tiu* ekzameno.

Je tagmezo ni iris hejmen por tagmanĝi, kaj poste reen por historio dum la posttagmezo. Historio estis sufiĉe malfacila temo, kaj mi terure konfuziĝis pri la datoj. Tamen, mi opinias, ke mi sukcesis sufiĉe bone hodiaŭ. Sed, ho ve, Diana, morgaŭ okazos la geometrio-ekzameno, kaj kiam mi pensas pri tio, tio postulas ĉian rezolutecon, kiun mi posedas, por eviti malfermi mian Eŭklidon. Se mi pensus, ke la multiplika tabelo iel helpus min, mi recitus ĝin ekde nun ĝis morgaŭ matene.

Mi malsupreniris por vidi la ceterajn knabinojn ĉi-vespere. Survoje mi renkontis Mudion Spurgeon malatente ĉirkaŭvaganta. Li diris, ke li sciis, ke li malsukcesis en historio kaj ke li naskiĝis por esti desaponto por siaj gepatroj, kaj ke li iros hejmen en la matena trajno; kaj ke ĉiuokaze estas pli facile esti ĉarpentisto ol pastro. Mi gajigis lin kaj persvadis lin resti ĝis la fino, ĉar estus maljuste al f-ino Stacy se li ne farus tion. Kelkfoje mi deziris, ke mi naskiĝis knabo, sed kiam mi vidas Mudion Spurgeon, mi ĉiam estas kontenta, ke mi estas knabino kaj ne lia fratino.

Rubena estis histeria, kiam mi atingis ilian pensionon; ŝi ĵus malkovris teruran eraron, kiun ŝi faris en sia angla ekzameno. Kiam ŝi reekregis sin, ni iris al la urbo por havigi glaciaĵon. Kiom ni deziris, ke vi estu kun ni!

Ho, Diana, se nur la geometrio-ekzameno estus finita! Tamen, kiel dirus s-ino Lynde, la suno kontinuos leviĝi kaj subiri, ĉu mi malsucesos en geometrio aŭ ne. Ĉi tio estas vera, sed ne aparte konsola. Mi pensas, ke mi preferus, ke ĝi *ne* kontinuu, se mi malsukcesos!

Dediĉe via,
ANNA."

La geometria ekzameno kaj ĉiuj aliaj okazis en siaj tempoj, kaj Anna alvenis hejmen vendredon vespere, iom laca, sed kun mieno de humila triumfo sur si. Diana estis ĉe Verdaj Gabloj, kiam ŝi alvenis, kaj ili renkontiĝis, kvazaŭ ili estis apartaj de jaroj.

"Vi, malnova karulino, estas perfekte grandioze revidi vin denove. Ŝajnas erao, de post vi iris al la urbo kaj, ho Anna, kiel vi fartis?"

"Sufiĉe bone, mi pensas, en ĉio escepte de geometrio. Mi ne scias, ĉu mi sukcesis en ĝi aŭ ne, kaj mi havas harhirtigan, piketan antaŭsenton, ke mi ne sukcesis. Ho, kiel agrable esti reveninta! Verdaj Gabloj estas la plej kara, la plej bela loko en la mondo."

"Kiel sukcesis la ceteraj?"

"La knabinoj diras, ke ili scias, ke ili ne sukcesis, sed mi opinias, ke ili sukcesis sufiĉe bone. Ĵozia diris, ke la geometrio estis tiel facile, ke dekjara infano povus fari ĝin! Mudio Spurgeon daŭre pensas, ke li malsukcesis en historio, kaj Karlêĵo diras, ke li malsukcesis en algebro. Sed ni ne vere scias ion ajn pri tio kaj ne scios, ĝis la sukceso-listo estos publikigita. Tio nur okazos post du semajnoj. Imagu pasigi du semajnojn en tia suspenso! Mi ŝatus enlitiĝi kaj neniam vekiĝi ĝis tio estos finita."

Diana sciis, ke ne utilos demandi, kiel Gilberto Blythe fartis, do ŝi nur diris:

"Ho, vi bone sukcesos. Ne maltrankviliĝu."

"Mi preferus tute ne sukcesi ol ne aperi sufiĉe supre sur la listo", fulmis Anna, kaj tio signifis... – Diana sciis, kion ŝi volis diri – ke sukceso estus nekompleta kaj amara, se ŝi ne aperus en loko antaŭ Gilberto Blythe.

Kun tiu celo Anna ja streĉis ĉiujn nervojn dum la ekzamenoj. Ankaŭ Gilberto faris tion. Ili renkontis kaj preterpasis unu la alian sur la strato dekduon da fojoj sen iu signo de agnosko, kaj ĉiufoje Anna tenis sian kapon iom pli alte kaj deziris iom pli avide, ke ŝi ja amikiĝis kun Gilberto kiam li petis tion de ŝi, kaj ĵuris iom pli rezolute superi lin en la ekzameno. Ŝi sciis, ke ĉiu avonlea junulo demandis sin, kiu rezultos la unua; ŝi eĉ sciis ke Jaĉjo Glover kaj Eduardĉjo Wright vetis pri la demando, kaj ke Ĵozia Pye diris ke estis nenia dubo en la mondo, ke Gilberto estos la unua; kaj ŝi sentis, ke ŝia humiligo estus netolerebla, se ŝi malsukcesos.

Sed ŝi havis alian kaj pli noblan motivon por deziri sukcesi. Ŝi deziris "altloke sukcesi" por Mateo kaj Marila – speciale Mateo. Mateo deklaris al ŝi sian konvinkiĝon, ke ŝi "superos la tutan Insulon". Jen, Anna sentis, io, kion esperi estas stulte, eĉ en la plej frenezaj revoj. Sed ŝi ja fervore deziris, ke ŝi estos almenaŭ inter la unuaj dek, por ke ŝi povu vidi la bonkorajn brunajn okulojn de Mateo brili pro fiero pro ŝia plenumo. Tio, ŝi sentis, ja estus dolĉa rekompenco por ŝia tuta malfacila laboro kaj pacienca plugado inter neimagemaj ekvacioj kaj konjugacioj.

Je la fino de la du semajnoj ankaŭ Anna volis "hanti" la poŝt-oficejon, en la distra akompano de Johana, Rubena kaj Ĵozia, kaj ili malfermis la lokajn taggazetojn de Ĉarlotaŭno per tremantaj manoj kaj malvarmaj, forsinkantaj sentoj tiel malbonaj, kiel iuj ajn spertitaj dum la Akcepta semajno. Karlĉjo kaj Gilberto ankaŭ ne povis rezisti fari tion ĉi, sed Mudio Spurgeon restis absolute for.

"Mi ne havas la kuraĝon iri tien kaj senemocie rigardi gazeton", diris li al Anna. "Mi nur atendos, ĝis iu venos subite al mi kaj diros, ĉu mi sukcesis aŭ ne."

Kiam tri semajnoj pasis, sen ke la sukceslisto aperis, Anna ek-sentis, ke ŝi vere ne multe plu povas toleri la streĉon. Ŝi perdis sian apetiton, kaj ŝia intereso pri la aktivecoj de Avonleo velkis. S-ino Lynde volis scii, kion oni povus atendi de Konservativa intendanto pri edukado ĉe la kapo de aferoj, kaj Mateo, rimarkante la palecon kaj indiferentecon kaj malviglajn paŝojn de Anna, kiuj venigis ŝin hejmen el la poŝtoficejo ĉiun posttagmezon, serioze ekdemandis sin, ĉu li ne devos voĉdoni liberale je la venonta voĉdonado.

Sed iun verperon la novaĵo alvenis. Anna sidis ĉe sia malfermita fenestro, momente forgesante la ĉagrenon de ekzamenoj kaj la prizorgojn de la mondo, dum ŝi sorbis la belecon de la somera krepusko dolĉe parfumita per suspiroj de la floroj el la ĝardeno sube, kiu siblis kaj susuris pro la agitiĝo de la poploj. La orienta ĉielo super la abioj estis pale rozkolorita pro la rebrilo el la okcidento, kaj Anna reve demandis sin, ĉu la koloro-fantomo aspektis tiel, kiam ŝi ekvidis Dianan "flugantan" malsupren tra la abioj, trans la ŝtipo-ponton, kaj supren de la deklivo, kun flirtanta gazeto en la mano.

Anna eksaltis sur siajn piedojn, sciante tuj, kion enhavis tiu gazeto. La sukceslisto estis publikigita! Ŝia kapo turniĝis kaj ŝia koro batis ĝis ĝi dolorigis ŝin. Ŝi ne povis fari paŝon. Ŝajnis horo al ŝi, antaŭ ol Diana haste alvenis laŭlonge de la koridoro kaj kvazaŭ eksplode ekvenis en la ĉambron sen eĉ frapi ĉe la pordo, tiel granda estis ŝia ekscito.

"Anna, vi sukcesis", kriis ŝi, "sukcesis la *unua* – vi kaj Gilberto ambaŭ – vi estas egalaj – sed via nomo estas la unua. Ho, mi tiom fieras!"

Diana ĵetis la gazeton sur la tablon kaj sin mem sur la liton de Anna, absolute senspira kaj nekapabla pluparoli. Anna lumigis la lampon, renversante la alumetejon kaj uzante duon-dekduon da alumetoj, antaŭ ol ŝiaj tremantaj manoj sukcesis plenumi la taskon. Poste ŝi ekkaptis la gazeton. Jes, ŝi sukcesis – tie estis ŝia nomo tute ĉe la supro de listo de ducent! Tiu momento meritis esti vivata!

"Vi sukcesis simple grandioze, Anna", anhelis Diana, reekregante sin sufiĉe por sidiĝi kaj paroli, ĉar la stelokula kaj ravita Anna ne diris unusolan vorton. "Patro kunportis la gazeton hejmen el Brila Rivero, nur antaŭ dek minutoj – ĝi venis sur la posttagmeza trajno, vi scias, kaj ne estos ĉi tie antaŭ morgaŭ per poŝto – kaj kiam mi vidis la sukcesliston, mi nur rapidis ĉi tien kiel frenezulino. Vi ĉiuj sukcesis, ĉiu el vi, Mudio Spurgeon kaj ĉiuj, kvankam li estas kondiĉita en historio. Johana kaj Rubena sukcesis sufiĉe bone – ili estas duonvoje supre – kaj ankaŭ Karlĉjo. Ĵozia apenaŭ sukcesis en tri markoj, sed vi vidos, ŝi afektegos, kvazaŭ ŝi estas tute supre. Ĉu f-ino Stacy ne ĝojos? Ho, Anna, kiel vi sentas vin vidi vian nomon tiel ĉe la supro de la sukceslisto, kiel tio? Se estus mi, mi scias, ke mi freneziĝus pro ĝojo. Mi estas preskaŭ freneza kiel estas, sed vi estas tiel kvieta kaj senmova kiel printempa vespero."

"Mi nur estas mirigita interne", diris Anna. "Mi volas diri centon da aferoj, kaj mi ne povas trovi vortojn por diri ilin. Mi nenian revis pri tio ĉi – jes, mi ja faris, nur unu fojon! Mi permesis al mi pensi *unufoje*, 'Kio, se mi sukcesus la unua?' treme, vi scias, ĉar ŝajnis tiel orgojle kaj aroge pensi, ke mi povus esti la unua de la Insulo. Ekskuzu min minuton, Diana. Mi devas kuri al la kampo por diri al Mateo. Poste ni supreniros la vojon por anonci la bonan novaĵon al la ceteraj."

Ili rapidis al la fojnokampo malsupre de la garbejo, kie Mateo volvas fojnon, kaj, kiel prezentiĝis la ŝanco, s-ino Lynde parolis al Marila ĉe la vojeto-barilo.

"Ho, Mateo", kriis Anna, "mi sukcesis kaj mi estas la unua – aŭ unu el la unuaj! Mi ne estas orgojla, sed mi estas dankema."

"Nu, mi ĉiam diris tion", diris Mateo, ĝoje rigardante la sukcesliston. "Mi sciis, ke vi facile povas superi ilin ĉiujn."

"Vi sukcesis tre bone, mi devas diri, Anna", diris Marila, klopodante kaŝi sian ekstreman fieron pri Anna antaŭ la kritikemaj okuloj de s-ino Raĉela. Sed tiu bona animo elkore diris:

"Jes, ja ŝi bonege sukcesis, kaj mi estas tute ne sinĝena por diri tion. Vi honorigas viajn amikojn, Anna, jen tio, kaj ni ĉiuj fieras pri vi."

Tiun nokton Anna, kiu finis agrablan vesperon kun serioza mallonga konversacio kun s-ino Allan ĉe la pastra domo, dolĉe surgenuis ĉe sia malfermita fenestro en granda brilo de lunlumo kaj murmure diris preĝon de dankemo kaj aspiro, kiu venis rekte de sia koro. Estis en ĝi dankemo pro la pasinteco kaj respektega peto por la estonteco; kaj kiam ŝi dormis sur sia blanka kapkuseno, ŝiaj sonĝoj estis tiel favoraj kaj brilaj kaj belaj kiel virgineco povus deziri.

ĈAPITRO 33
LA HOTELA KONCERTO

"NEPRE surmetu vian blankan batiston, Anna" konsilis Diana rezolute.

Ili kune estis en la orienta gablo-ĉambro; ekstere estis nur krepusko – rava, flave verda krepukso kun klara blua sennuba ĉielo. Granda ronda luno, malrapide heliĝanta el sia pala brilo en brilpoluritan arĝenton, pendis super la Hantita Arbaro; la aero estis plena de dolĉaj someraj sonoj – dormemaj birdoj kvivitantaj, kapricaj brizoj, foraj voĉoj kaj ridado. Sed en la ĉambro de Anna, la rulkurteno estis subtirita kaj la lampo lumigita, ĉar oni faris gravan tualeton.

La orienta gablo estis tre malsama loko de tio, kio ĝi estis tiun nokton antaŭ kvar jaroj, kiam Anna sentis ĝian senvivecon penetri ĝis la medolo de sia spirito pro ĝia negastema frido. Ŝanĝiĝoj enŝteliĝis, Marila estante rezignacia kompliko kun ili, ĝis ĝi estis tiel dolĉa kaj delikata nesto kiel juna knabino nur povas deziri.

La velura tapiŝo kun la rozkoloraj rozoj kaj rozkoloraj kurtenoj de la fruaj vizioj de Anna certe neniam materiiĝis; sed ŝiaj fantazioj sekvis la ritmon de ŝia kreskado, kaj ne estas probable, ke ŝi prilamentis ilin. La planko estis kovrita per beleta mato, kaj la kurtenoj, kiuj beletigis la altan fenestron kaj tremis en la vagantaj brizoj, estis el malhelverda arta muslino. La muroj, sur kiuj ne pendis ora kaj arĝenta brokaĵa tapiserio, sed delikata pomflora papero, estis ornamitaj per kelkaj bonaj bildoj donacitaj al Anna de s-ino Allan. La foto de f-ino Stacy okupis la honorlokon, sed Anna sentimentale certiĝis gardi freŝajn florojn sur la krampo sub ĝi. Ĉi-vespere spiko de blankaj lilioj iomete parfumis la ĉambron kiel la sonĝo de aromo. Ne estis "mahagonaj mebloj", sed estis blanke farbita libroŝranko plena de libroj, kusenita vimena lulseĝo, tualeto-tablo ornamita per blanka muslino, kurioza spegulo kun orita kadro kaj diketaj rozkoloraj Amoroj kaj purpuraj vinberoj farbitaj sur ĝia arkita supro, kiu kutimis pendi en la ekstra ĉambro, kaj malalta blanka lito.

Anna vestis sin por koncerto ĉe la Hotelo Blankaj Sabloj. La gastoj organizis ĝin por subteni la hospitalon de Ĉarlotaŭno, kaj elĉasis ĉiujn disponeblajn talentojn en la najbaraj distriktoj por ĝin helpi. Oni petis de Berta Sampson kaj Perla Clay de la baptista ĥoro de Blankaj Sabloj, ke ili kantu dueton; Miltono Clark de Novponto devis doni violonsolon; Minia Adela Blair de Karmodo devis kanti skotan baladon; kaj Laŭra Spencer de Spencervalo kaj Anna Shirley de Avonleo devis reciti.

Kiel Anna iam dirus, estis "epoko en ŝia vivo", kaj ŝi estis delice entuziasma pro tiu ekscitiĝo. Mateo estis en la sepa ĉielo de kontentigita fiero pri la honoro aljuĝita al sia Anna, kaj Marila ne estis tro malsama, kvankam ŝi mortus prefere al konfesi ĝin, kaj ŝi ne pensis, ke konvenis al multaj junuloj vagadi al la hotelo sen iu respondeca persono kun ili.

Anna kaj Diana devis veturi kun Johana Andrews kaj ŝia frato Vilĉjo en ilia duoblaseĝa kaleŝo; kaj pluraj aliaj avonleaj geknaboj ankaŭ iris. Estis grupo de vizitantoj atendataj de ekster la urbo, kaj post la koncerto iu vespermanĝo devis esti oferita al la prezentistoj.

"Ĉu vi vere opinias, ke la batisto estos la plej bona?" anksie demandis Anna. "Mi ne opinias, ke ĝi estas tiel bela kiel mia bluflorita muslino – kaj ĝi certe ne estas tiel moda."

"Sed ĝi taŭgas tiom pli bone sur vi", diris Diana. "Ĝi estas tiel mola kaj ornama, kvazaŭ ĝi estas parto de vi. La muslino estas rigida kaj aspektigas vin tro formala. Sed la batisto ŝajnas kvazaŭ ĝi kreskis sur vi."

Anna suspiris kaj cedis. Diana komencis havi reputacion pri notinda gusto en tualetado, kaj ŝia konsilo pri tiuj aferoj estis multe dezirata. Ŝi mem tre bele aspektis dum ĉi tiu aparta nokto en robo el rava eglanterio-rozkoloro, io, kio al Anna estis por ĉiam malpermesita; sed ŝi ne devis partopreni en la koncerto, do ŝia aspekto estis malpli grava. Ĉiuj ŝiaj penoj estis donitaj al Anna, kiu, ŝi ĵuris, por la honoro de Avonleo, devas esti vestita kaj kombita kaj ornamita laŭ gusto de reĝino.

"Eltiru tiun ornamaĵon iom pli – tiel; nu, lasu min ligi vian skarpon; nun por viaj balŝuoj. Mi plektos vian hararon en du dikajn plektaĵojn, kaj ligos ilin meze per grandaj blankaj nodoj – ne, ne eltiru iun ajn buklon sur vian frunton – nur havu la molan parton. Tio estas maniero por fari vian hararon, kiu konvenas tiel bone, Anna, kaj s-ino Allan diras, ke vi aspektas kiel madono kiam vi partigas ĝin tiel. Mi fiksos ĉi tiun etan blankan domrozon ĝuste malantaŭ vian orelon. Estis nur unu sur mia arbeto, kaj mi gardis ĝin por vi."

"Ĉu mi surmetu miajn perlajn bidojn?" demandis Anna. "Mateo kunportis al mi vicon el la urbo la lastan semajnon, kaj mi scias ke li ŝatus vidi ilin sur mi."

Diana faltis siajn lipojn, analizeme metis sian nigran kapon je unu flanko, kaj fine aprobis favore al la bidoj, kiuj estis tiam ligitaj ĉirkaŭ la maldika laktoblanka gorĝo de Anna.

"Estas io tiel eleganta pri vi, Anna", diris Diana, per neenvia admiro. "Vi tenas vian kapon kun tia mieno. Mi supozas, ke tio estas pro via figuro. Mi nur estas buleto. Mi ĉiam timis tion, kaj nun mi scias, ke estas tiel. Nu, mi supozas, ke mi nur devos rezignacii pri io tia."

"Sed vi havas tiajn kavetojn", diris Anna, tenere ridetante al la beleta, viveca vizaĝo tiel proksima al la ŝia. "Ravaj kavetoj, kiel etaj kavetoj en kremo. Mi perdis ĉian esperon pri kavetoj. Mia kaveto-fantazio neniam realiĝos; sed tiom multaj el miaj fantazioj ja realiĝis, ke mi ne plendu. Ĉu mi estas tute preta nun?"

"Tute preta", certigis Diana, dum Marila aperis ĉe la pordo, marasma figuro kun pli grizaj haroj ol antaŭe, kaj ne malpli da osteco, sed multe pli milda vizaĝo. "Envenu kaj rigardu nian recit-artistinon, Marila. Ĉu ŝi ne aspektas rava?"

Marila eligis sonon inter snufo kaj grunto.

"Ŝi aspektas orda kaj deca. Mi ŝatas tiun manieron aranĝi ŝian hararon. Sed mi antaŭvidas, ke ŝi ruinigos tiun robon veturante tien en la polvo kaj roso kun ĝi, kaj ĝi ŝajnas multe tro maldika por tiuj humidaj vesperoj. Batisto ĉiuokaze estas la plej malpraktika ŝtofo en la mondo, kaj mi diris tion al Mateo, kiam li akiris ĝin. Sed ne utilas diri ion ajn al Mateo nuntempe. Estis tempo, kiam li akceptis mian konsilon, sed nun li nur aĉetas aĵojn por Anna, malgraŭe, kaj la vendistoj en Karmodo scias, ke ili povas forvendi ion ajn al li. Nur lasu ilin diri al li, ke iu aĵo estas beleta kaj laŭmoda, kaj Mateo verŝas sian monon por ĝi. Atentu gardi vian jupon for de la rado, Anna, kaj surmetu vian varman jakon." Poste Marila malsupreniris, pensante kiel dolĉa Anna aspektis kun tiu

"Unu lunradio de la frunto al la krono"

kaj bedaŭrante, ke ŝi ne povis mem iri al la koncerto por aŭskulti sian knabinon reciti.

"Mi demandas min, ĉu ja *estas* tro humide por mia robo", diris Anna anksie.

"Neniel", diris Diana, tirante supren la fenestro-rulkurtenon. "Estas perfekta nokto, kaj ne estos iu ajn roso. Rigardu la lunlumon."

"Mi estas tiel kontenta, ke mia fenestro alfrontas la sunleviĝon de la oriento", diris Anna, irante al Diana. "Estas tiel grandioze vidi la matenon leviĝi super tiuj longaj holmoj kaj brili tra tiuj akraj abiaj suproj. Ĝi estas ĉiumatene nova, kaj mi sentas min kvazaŭ mi lavis mian propran animon en tiu bano de la plej frua sunlumo. Ho, Diana, mi tiel kare ŝatas ĉi tiun ĉambreton. Mi ne scias, kiel mi elturniĝos sen ĝi, kiam mi iros al la urbo la venontan monaton."

"Ne parolu pri via foriro ĉi-vespere", petegis Diana. "Mi ne volas pensi pri tio, tio faras min tiel mizera, kaj mi ja volas havi bonan tempon ĉi-vespere. Kion recitos vi, Anna? Kaj ĉu vi estas nervoza?"

"Neniom. Mi recitis tiel ofte en publiko, ke tio tute ne ĝenas min nun. Mi decidis prezenti *La ĵuro de la fraŭlino*. Ĝi estas tiel korŝira. Laŭra Spencer prezentos komikan recitaĵon, sed mi preferas plorigi homojn ol ridigi ilin."

"Kion recitos vi, se oni bisos vin?"

"Il ne revos pri bisi min", mokis Anna, kiu ne estis sen siaj sekretaj deziroj, ke ili faru tion, kaj jam fantaziis diri ĉion al Mateo ĉe la matenmanĝo-tablo de la sekva mateno. "Jen Vilĉĵo kaj Johana nun – mi aŭdas la radojn. Venu."

Vilĉĵo Andrews insistis, ke Anna veturu sur la antaŭa seĝo kun li, do ŝi kontraŭvole surgrimpis. Ŝi multe pli preferis sidiĝi malantaŭe kun la knabinoj, kie ŝi povus ridi kaj babili tiom kiom ŝi dezirus. Ne estis multa ridado aŭ babilado ĉe Vilêjo. Li estis granda, dika, flegma junulo dudekjara, kun ronda, senesprima vizaĝo, kaj doloriga manko de konversaciaj dotoj. Sed li enorme admiris Annan, kaj ŝvelis de fiero pro la anticipo veturi al Blankaj Sabloj kun tiu maldika, rekta figuro apud li.

Anna, dank' al persista parolado super sia ŝultro al la knabinoj kaj fojfoja marko de ĝentileco al Vilêjo – kiu ridetis kaj ridklukis kaj neniam povis pensi pri iu respondo ĝis estis tro malfrue – sukcesis ĝui la veturadon malgraŭ ĉio. La vojo etis plena de kaleŝoj, ĉiuj survoje al la hotelo, kaj ridado, klara kiel arĝento, eĥis kaj reeĥis laŭlonge de ĝi. Kiam ili alvenis la hotelon, ili vidis ĝin en ardo de lumo de la supro ĝis la malsupro. Ili estis bonvenigitaj de la sinjorinoj de la koncerta komitato, unu el kiuj kondukis Annan al la vestoĉambro de la prezentistoj, kiu estis plena de la anoj de iu Simfonio-Klubo de Ĉarlotaŭno, inter kiuj Anna sentis sin subite sinĝena kaj timigita kaj kampara. Ŝia robo, kiu en la orienta gablo ŝajnis tiel delikata kaj beleta, nun ŝajnis simpla kaj ordinara – tro simpla kaj ordinara, pensis ŝi, inter ĉiuj silkoj kaj puntoj kiuj brilis kaj scintilis kaj susuris ĉirkaŭ ŝi. Kio estis ŝiaj perlaj bidoj kompare kun la diamantoj de la granda, belaspekta sinjorino apud ŝi? Kaj kiel malriĉa ŝia sola blanka rozeto devas aspekti apud ĉiuj forcejaj floroj kiujn surportis la ceteraj! Anna formetis sian ĉapelon kaj jakon, kaj mizere sinkis en angulon. Ŝi deziris esti ree en la blanka ĉambro ĉe Verdaj Gabloj.

Estis ankoraŭ pli malbone sur la scenejo de la granda kon-certejo de la hotelo, kie ŝi nun troviĝis. La elektraj lumoj blind-umis ŝiajn okulojn, la parfumo kaj la zumo perpleksigis ŝin. Ŝi deziris, ke ŝi sidu inter la aŭskultantaro kun Diana kaj Johana, kiuj ŝajnis havi grandiozan tempon tie. Ŝi estis kojnita inter korpulenta sinjorino en rozkolora silko kaj alta malestim-aspekta knabino en blanka punta robo. La korpulenta sinjorino kelkfoje turnis sian kapon kaj rekte rigardis Annan tra siaj okulvitroj, ĝis Anna, akre sentema pri la fakto esti tiel ekzamenita, sentis ke ŝi devas ekkrii laŭte; kaj la knabino kun blanka punta robo aŭdeble paroladis al sia proksima najbarino pri la "kamparaj

"Mi fiksos ĉi tiun etan blankan domrozon ĝuste malantaŭ vian orelon."

bubaĉoj" kaj "rustikaj belulinoj" en la ĉeestantaro, langvore anticipanta "tioman amuziĝon" el la manifestaĵoj de loka talento en la programo. Anna kredis, ke ŝi malamos tiun blankpuntan knabinon ĝis la fino de sia vivo.

Bedaŭrinde por Anna, profesia recitistino gastis en la hotelo kaj konsentis reciti. Ŝi estis supla, malhelokula virino en mirinda robo el scintilanta griza ŝtofo kiel teksitaj lunradioj, kun gemoj sur sia kolo kaj en sia malhela hararo. Ŝi havis mirinde flekseblan voĉon kaj mirindan espriman potencon; la aŭskultantaro ekscitiĝis pro ŝia selekto. Anna, momente forgesanta ĉion pri si kaj siaj prizorgoj, aŭskultis kun ravo kaj brilaj okuloj; sed kiam la recitaĵo finiĝis, ŝi subite metis siajn manojn sur sian vizaĝon. Ŝi neniam povus stariĝi kaj reciti post tio – neniam. Ĉu ŝi iam pensis, ke ŝi povus reciti? Ho, se ŝi nur revenus al Verdaj Gabloj!

Je tiu nefavora momento oni vokis ŝian nomon. Iel, Anna – kiu ne rimarkis la vere iom sinkulpigan etan komencon de surprizo kiun montris la blankpunta knabino, kaj ne komprenus la subtilan komplimenton sugestitan en ĝi, se ŝi rimarkus – stariĝis kaj kapturniĝe moviĝis fronten. Ŝi estis tiel pala, ke Diana kaj Johana, en la aŭskultantaro, kunpremis la manojn unu de la alia pro nervoza simpatio.

Anna estis la viktimo de neeltenebla atako de surscenaja timo. Kiam ŝi publike recitis, ŝi neniam antaŭe frontis aŭskultantaron kiel ĉi tiun, kaj la vido de ĝi tute paralizis ŝiajn energiojn. Ĉio estis tiel stranga, tiel brila, tiel perpleksiga – la rangoj de virinoj en vesperaj roboj, la kritikemaj vizaĝoj, la tuta atmosfero de riĉeco kaj kulturo ĉirkaŭ ŝi. Tio estis tre malsimila al la simplaj benkoj ĉe la Debata Klubo, plenigitaj de la familiaraj, simpatiaj vizagoj de amikoj kaj najbaroj. Tiuj homoj, pensis ŝi, estos senkompataj kritikistoj. Eble, kiel la blankpunta knabino, ili anticipis amuzon el ŝiaj "rustikaj" klopodoj. Ŝi sentis sin senespera, senhelpeble hontita kaj mizera. Ŝiaj genuoj tremis, ŝia koro ĉesis bati, horora sveno ekposedis ŝin; ŝi ne povis eligi unusolan vorton, kaj je la sekva momento ŝi fuĝos de la scenejo, malgraŭ la humiligo kiun, ŝi sentis, ŝi devos fronti por ĉiam, se ŝi faros tion.

Sed subite, dum ŝiaj dilatitaj, timigitaj okuloj rigardadis la aŭskultantaron, ŝi ekvidis Gilberton Blythe for en la malantaŭo de la ĉambro, kliniĝante antaŭen kun rideto sur sia vizaĝo – rideto kiu tuj ŝajnis al Anna triumfa kaj moka. En la realo, ĝi estis nenio tia. Gilberto simple ridetis pro aprezo pri la tuta afero ĝenerale kaj pri la efekto farita de la svelta blanka formo de Anna kaj spirita vizaĝo, aparte kontraŭ la fono de palmoj. Ĵozia Pye, kiun li veturigis tien, sidis apud li, kaj ŝia vizaĝo certe estis kaj triumfa kaj moka. Sed Anna ne vidis Ĵozian, kaj ne maltrankviliĝus, se ŝi vidus ŝin. Ŝi longe enspiris kaj fiere svingis sian kapon supren, kuraĝo kaj rezoluteco piketadanta ŝin kiel elektra ŝoko. Ŝi *ne malsukcesos* antaŭ Gilberto Blythe – li neniam devos povi priridi ŝin, neniam, neniam! Ŝia timo kaj nervozeco malaperis; kaj ŝi komencis sian recitaĵon, ŝia klara, dolĉa voĉo atingis la plej malproksiman angulon de la ĉambro sen tremo aŭ halto. Ŝia memposedo ree estis kompleta, kaj sub la impreso de tiu horora momento de senpotenco, ŝi recitis kiel ŝi neniam recitis antaŭe. Kiam ŝi finis reciti, ekestis eksplodoj de honesta aplaŭdado. Anna, kiu reiris al sia seĝo, ruĝiĝis pro timideco kaj ĝojo, trovis sian manon vigle premita kaj skuita de la korpulenta sinjorino en rozkolora silko.

"Mia kara, vi sukcesis mirinde", ŝi anhele diris. "Mi ploris kiel bebo, mi ja faris tion. Nu, ili bisas vin – ili volas rehavi vin!"

"Ho, mi ne povas iri", Anna konfuzite diris. "Sed tamen – mi devas, aŭ Mateo estos desapontita. Li diris, ke ili bisos min."

"Do ne desapontu Mateon", diris la rozkolora sinjorino, ridante.

La ridetanta, ruĝiĝanta, klarokula Anna reensaltetis kaj prezentis kuriozan, ridindan etan selektaĵon, kiu kaptis sian aŭskultantaron ankoraŭ pli. La resto de la vespero estis sufiĉa triumfeto por ŝi.

Kiam la koncerto finiĝis, la korpulenta, rozkolora sinjorino – kiu estis la edzino de usona milionulo – prenis ŝin sub sia protekto, kaj prezentis ŝin al ĉiuj; kaj ĉiuj estis tre ĝentilaj al ŝi. La profesia recitistino, s-ino Evans, venis kaj babilis kun ŝi, dirante ke ŝi havis ĉarman voĉon kaj bele "interpretis" siajn selektaĵojn. Eĉ la blankpunta knabino donis al ŝi langvoran komplimenteton. Ili vespermanĝis en la granda, bele dekorita manĝo-ĉambro; Diana kaj Johana ankaŭ estis invititaj kundividi tion ĉi, ĉar ili venis kun Anna, sed Vilĉjo estis nenie trovebla, jam elirinta pro morta timo antaŭ iu tia invito. Li tamen ilin atendis, kun la jungitaro, ĝis ĉio estis finita, kaj la tri knabinoj gaje eliris en la kvieta, blanka lunluma brilo. Anna profunde spiris, kaj rigardis la klaran bluan ĉielon preter la malhelaj branĉoj de la abioj.

Ho, estis agrable denove esti en la pureco kaj silento de la nokto! Kiel granda kaj kvieta kaj mirinda ĉio estis, kun la murmuro de la maro sonanta tra ĝi kaj la preteraj fantomaj klifoj kiel makabraj gigantoj gardantaj ravajn marbordojn.

"Ĉu ne estis perfekte grandioza tempo?" suspiris Johana, dum ili forveturis. "Mi nur deziras, ke mi estas riĉa usonanino kaj povas pasigi mian someron en hotelo kaj surporti juvelojn kaj malaltkolumajn robojn kaj havi glaciaĵon kaj kokinan salaton ĉiun benitan tagon. Mi certas, ke tio estus multe pli agrabla ol instrua lernejo. Anna, via recitaĵo estis simple bonega, kvankam mi pensis unue, ke vi neniam komencos. Mi opinias, ke ĝi estis pli bona ol tiu de s-ino Evans."

"Ho, ne, ne diru aferojn tiajn, Johana", rapide diris Anna, "ĉar tio sonas stulte. Ĝi ne povis esti pli bona ol tiu de s-ino Evans, vi scias, ĉar ŝi estas profesiulino, kaj mi estas nur lernejanino kun eta lertaĵo por reciti. Mi estas sufiĉe kontenta, ke la homoj ŝatis la mian sufiĉe bone."

"Mi havas komplimenton por vi, Anna", diris Diana. "Almenaŭ mi pensas, ke devas esti komplimento pro la tono kun kiu li diris ĝin. Parto de ĝi estis, ĉiuokaze. Sidis usonano malantaŭ Johana kaj mi – tiel romantik-aspekta viro, kun karbo-nigraj haroj kaj okuloj. Ĵozia Pye diras, ke li estas distingita artisto, kaj ke la kuzino de ŝia patrino en Bostono estas la edzino de viro kiu iris al la lernejo kun li. Nu, ni aŭdis lin diri – ĉu ne, Johana? – 'kiu estas tiu knabino sur la scenejo kun la belega ticiana hararo? Ŝi havas vizaĝon, kiun mi ŝatus pentri.' Nu, Anna. Sed kion signifas ticiana hararo?"

"Estante interpretita, tio signifas ordinara ruĝo, mi supozas", ridis Anna. "Ticiano estis tre fama pentristo kiu ŝatis pentri virinojn kun rufa hararo."

"Ĉu vi *vidis* tiujn diamantojn, kiujn surhavis tiuj sinjorinoj?" suspiris Johana. "Ili estis simple mirigaj. Ĉu vi ne ŝatus esti riĉaj, knabinoj?"

"Ni ja *estas* riĉaj", firme diris Anna. "Nu, ni havas dek ses jarojn kiel nian aktivon, kaj ni estas feliĉaj kiel reĝinoj, kaj ni ĉiuj havas imagopovon, pli-malpli. Rigardu tiun maron, knabinoj – tute arĝenta kaj ombra kaj vizia pri aferoj ne viditaj. Ni ne povus ĝui ĝian belecon pli, se ni havus milionojn da dolaroj kaj ĉenojn el diamantoj. Vi ne volus ŝanĝiĝi en iun ajn el tiuj virinoj, se vi povus. Ĉu vi ŝatus esti tiu blankpunta knabino kaj surhavi maldolĉan mienon vian tutan vivon, kvazaŭ vi naskiĝis malestimantaj la mondon? Aŭ la rozkolora virino, bonkora kaj ĝentila kiel ŝi estas, tiel korpulenta kaj malalta, tiel ke vi vere tute ne havus figuron? Aŭ eĉ s-ino Evans, kun tiu malgaja, malgaja mieno en ŝiaj okuloj? Ŝi devis iam esti terure malfeliĉa por havi tian mienon. Vi *scias*, ke vi ne farus tion, Johana Andrews!"

"Mi *ne* scias – ĝuste", diris Johana nekonvinkite. "Mi opinias, ke diamantoj konsolus personon sufiĉe longe."

"Nu, mi ne volas esti iu ajn alia ol mi mem, eĉ se mi vivos nekonsolita per diamantoj mian tutan vivon", diris Anna. "Mi estas sufiĉe kontenta esti Anna de Verdaj Gabloj, kun mia ĉeno el perlaj bidoj. Mi scias, ke Mateo donis al mi tiom da amo per ili, kiel iam estis en la juveloj de Madame la Rozkolora Sinjorino."

ĈAPITRO 34
KNABINO DE QUEEN'S

LA TRI sekvajn semajnojn oni multe okupiĝis ĉe Verdaj Gabloj, ĉar Anna preparis sin por iri al Queen's-Universitato, kaj estis multa kudrado farota, kaj multaj aferoj por priparoli kaj organizi. La vestaĵaro de Anna estis abunda kaj bela, ĉar Mateo prizorgis tion, kaj Marila ĉi-foje ne kontraŭis ion ajn, kion li aĉetis aŭ sugestis. Plie – iun vesperon ŝi supreniris al la orienta gablo, kun la brakoj plenaj de delikata helverda ŝtofo.

"Anna, jen io por bela leĝera robo por vi. Mi supozas, ke vi ne vere bezonas tion; vi havas multajn belajn vestaĵojn; sed mi pensis, ke vi ŝatus ion vere formalan por surhavi, se oni invitas vin ien por vespero en la urbo, al iu festo aŭ io simila. Mi aŭdis ke Johana kaj Rubena kaj Ĵozia havas 'vesperajn robojn', kiel ili nomas ilin, kaj mi ne intencas, ke vi restu malantaŭ ili. Mi petis de s-ino Allan, ke ŝi helpu min elekti ĝin en la urbo la lastan semajnon, kaj ni petos de Emilia Gillis, ke ŝi faru ĝin por vi. Emilia havas bonan guston, kaj ŝiaj vestaĵaj aranĝoj ne estas superataj."

"Ho, Marila. Ĝi estas ĝuste belega", diris Anna. "Multan dankon. Mi ne kredas, ke vi devas esti tiel bonkora al mi – tio pli malfaciligas al mi foriri."

La verda robo estis farita kun tiom da faldetoj kaj franĝoj kaj krispaĵoj kiel permesis la gusto de Emilia. Anna surmetis ĝin iun vesperon favore al Mateo kaj Marila, kaj recitis "La Ĵuro de la Fraŭlino" por ili en la kuirejo. Dum Marila rigardadis la brilan, vivantan vizaĝon kaj graciajn movojn, ŝiaj pensoj retroiris al la vespero, kiam Anna alvenis al Verdaj Gabloj, kaj la memoro revokis vivplenan bildon de la stranga, timigita infano en la absurda flavbruna robo el kruda ŝtofo, la korŝiro rigardanta el ŝiaj larmplenaj okuloj. Io en tiu memoro venigis larmojn al la okuloj de Marila.

"Ho, mia recitaĵo plorigis vin, Marila", gaje diris Anna, kliniĝante super la seĝo de Marila por meti kiseton sur la vangon de tiu virino. "Nu, mi nomas tion pozitiva triumfo."

"Ne, mi ne ploris pro via recitaĵo", diris Marila, kiu malestimus esti perfidita pro tiu malforteco de iu ajn "poeziaĵo". "Mi nur ne povis malhelpi pensi pri la knabineto, kiu vi antaŭe estis, Anna. Kaj mi deziris, ke vi povus resti knabineto eĉ kun ĉiuj viaj strangaj manieroj. Vi estas plenkreska nun, kaj vi foriros; kaj vi aspektas tiel alta kaj laŭmoda kaj tiel – tiel – tute malsama en tiu robo – kvazaŭ vi tute ne apartenas al Avonleo – kaj mi nur sentis min soleca pensante pri ĉio ĉi."

"Marila!" Anna sidiĝis sur la gingamŝtofan genuon de Marila, prenis la faltovizaĝon de Marila inter siajn manojn, kaj rigardis serioze kaj tenere en la okulojn de Marila. "Mi neniel ŝanĝiĝis – ne vere. Mi nur estas stucita kaj elbranĉita. La vera *mi* – ĉi tie – estas ankoraŭ la sama. Ne estos ia diferenco, kien mi iros aŭ kiom mi ŝanĝiĝos ekstere; en mia koro mi ĉiam estos via eta Anna, kiu pli kaj pli bone amos vin kaj Mateon kaj karajn Verdajn Gablojn ĉiutage de sia vivo."

Anna metis sian freŝan junan vangon kontraŭ la velkitan vangon de Marila, kaj etendis manon por frapeti la ŝultron de Mateo. Marila donus multon en tiu momento por posedi la kapablon de Anna meti siajn sentojn en vortojn; sed la naturo kaj la kutimo decidis alie, kaj ŝi nur povis meti siajn brakojn ĉirkaŭ sia knabino kaj teni ŝin tenere je sia koro, dezirante, ke ŝi neniam bezonus lasi ŝin foriri.

Mateo, kun suspekta humideco en siaj okuloj, stariĝis kaj iris eksteren. Sub la steloj de la blua somera nokto li agite paŝis trans la korton al la bariero sub la poploj.

"Nu, mi supozas, ke ŝi ne estas tro multe dorlotita", murmuris li fiere. "Mi supozas, ke mia kelkfoja interveno neniam okazigis multan nocon al ŝi. Ŝi estas inteligenta kaj bela, kaj ankaŭ amebla, kio estas pli bone ol ĉio restanta. Ŝi estis beno al ni, kaj neniam estis pli bonŝanca eraro ol tiu, kiun faris s-ino Spencer – se tio efektive *estis* ŝanco. Mi ne kredas, ke estis tia afero. Estis Providenco, ĉar la Ĉiopova vidis, ke ni bezonis ŝin, laŭ mi."

La tago fine venis, kiam Anna devis iri al la urbo. Ŝi kaj Mateo veturis iun belan septembran matenon, post larmoplena apartiĝo de Diana kaj senlarma, praktika apartiĝo – almenaŭ ĉe Marila – de

Marila. Sed kiam Anna foriris, Diana sekigis siajn larmojn kaj iris al stranda pikniko ĉe Blankaj Sabloj kun kelkaj el siaj karmodaj kuzinoj, kie ŝi decidis tolereble bone amuziĝi; dum Marila arde plonĝis en nenecesan laboron kaj daŭrigis tion la tutan tagon kun la plej akra kordoloro – la doloro kiu brulas kaj ronĝas kaj ne povas forlaviĝi per iuj larmoj. Sed, tiun nokton, kiam Marila enlitiĝis, akute kaj mizere konscia, ke la eta gablo-ĉambro en la fino de la korido estis neokupita de iu ajn juna vivo kaj neagitita de iu ajn milda spirado, ŝi plonĝis sian vizaĝon en sian kapkusenon, kaj ploris por sia knabino en pasio de plorsingultoj, kiuj konsternis ŝin mem, kiam ŝi sufiĉe kvietiĝis por pensi, kiel tre malice devas esti por tiom priokupiĝi pri pekema kunkreitaĵo.

Anna kaj la resto de la avonleaj gelernantoj atingis la urbon ĝustatempe por rapidi al la Akademio. Tiu unua tago pasis sufiĉe agrable en girado de ekscitoj, ili renkontis ĉiujn novajn studentojn, lernis kiel laŭvide rekoni la profesorojn; ili estis ordigitaj kaj organizitaj en klasojn. Anna intencis preni la lecionojn de la Dua Jaro, konsilita de f-ino Stacy fari tion; Gilberto Blythe elektis fari same. Tio signifis pasi la instruistan ekzamenon unuaklasan en unu jaro anstataŭ du, se ili sukcesis; sed tio ankaŭ signifis multe pli da malfacila laboro. Johana, Rubena, Ĵozia, Karlĉjo kaj Mudio Spurgeon, ne maltrankviligitaj de la ambicio-ekscitiĝo, estis feliĉaj preni la lekciojn de la Dua Klaso. Anna konsciiĝis pri ekdoloro de soleco, kiam ŝi troviĝis en ĉambro kun kvindek aliaj studentoj, ne konante unu el ili, escepte de tiu alta brunhara knabo trans la ĉambro; kaj koni lin – kiel ŝi konis lin – ne multe helpis ŝin, dum ŝi pesimisme pensadis. Tamen ŝi estis preterdube feliĉa, ke ili estis en la sama klaso; la malnova rivaleco povus ankoraŭ daŭri, kaj Anna apenaŭ kuraĝis imagi, kion fari se ĝi mankis.

"Mi ne sentus min komforta sen ĝi", pensis ŝi. "Gilberto ŝajnas terure rezoluta. Mi supozas, ke li decidis, tie ĉi kaj nun, gajni la medalon. Kian ravan mentonon li havas! Antaŭe mi neniam rimarkis ĝin. Mi ja dezirus, ke ankaŭ Johana kaj Rubena elektis la Unuan Klason. Mi supozas ke mi ne sentos min tiel multe kiel kato en stranga subtegmento, kiam mi konatiĝos, tamen. Mi demandas min, kiuj el la knabinoj ĉi tie estos miaj amikinoj. Estas vere interesa spekulativo. Kompreneble, mi promesis al Diana, ke nenia knabino de Queen's, ne gravas kiom mi ŝatas ŝin, estos tiel kara al mi, kiel ŝi estas; sed mi havas multajn duarangajn karecojn por doni. Mi ŝatas la aspekton de tiu knabino kun brunaj okuloj kaj karmezina vestaĵo. Ŝi ŝajnas viveca kaj ruĝa-rozkolora; kaj estas tiu pala, blonda knabino rigardanta tra la fenestro. Ŝi havas belan hararon, kaj ŝajnas kvazaŭ ŝi konas unu aŭ du aferojn pri revoj. Mi ŝatus koni ilin ambaŭ – koni ilin bone – sufiĉe bone por marŝi kun mia brako ĉirkaŭ iliaj talioj, kaj diri ŝercnomojn al ili. Sed nun mi ne konas ilin kaj ili ne konas min, kaj probable ne deziras aparte koni min. Ho, estas solece!"

Estis eĉ pli solece, kiam Anna troviĝis sola en sia koridora ĉambro tiun nokton je krepusko. Ŝi ne povis loĝi kun la aliaj knabinoj, kiuj ĉiuj havis parencojn en la urbo por kompati ilin. F-ino Jozefina Barry ŝatis loĝigi ŝin, sed Fagoligno estis tiel malproksima de la Akademio, ke tio tute ne eblis; do f-ino Barry serĉis pensionon, certigante Mateon kaj Marilan, ke estis la ĝusta loko por Anna.

"La virino, kiu estras ĝin, estas malbonŝanca ĝentlemanino", klarigis f-ino Barry. "Ŝia edzo estis brita oficiro, kaj ŝi streĉe zorgas, kiajn pensionulojn ŝi akceptas. Anna ne renkontos ofendajn personojn sub ŝia tegmento. La manĝoj estas bongustaj, kaj la domo estas proksima al la Akademio, en kvieta najbareco."

Ĉio tio povas esti vera, kaj, efektive, ja estis tiel, sed tio ne vere helpis al Anna en la unua agonio de hejmosopirado, kiu atakis ŝin. Ŝi malgaje rigardis ĉirkaŭ sia mallarĝa ĉambreto, kun ĝiaj senbildaj muroj kun malhela papero, ĝia eta fera litkadro kaj malplena librosŝranko; kaj horora strangoliĝo venis al ŝia gorĝo kiam ŝi pensis pri sia propra blanka ĉambro ĉe Verdaj Gabloj, kie ŝi havus la agrablan konsciiĝon pri granda kvieta eksterdomo, pri bonodoraj pizoj kreskantaj en la ĝardeno, kaj lunlumo falanta sur la horton, pri la rojo malsupre de la deklivo kaj la piceaj branĉoj svingantaj en la nokta vento preter tio, pri la vasta stela ĉielo, kaj la lumo el la fenestro de Diana brilanta tra la breĉo en la arboj. Ĉi tie estis nenio el tio; Anna sciis, ke ekster ŝia fenestro estis dura strato, kun reto de telefondratoj blokantaj la ĉielon, la paŝado de fremdaj piedoj, kaj mil lumoj glimantaj sur fremdaj vizaĝoj. Ŝi sciis, ke ŝi ploros, kaj kontraŭstaris tion.

"Mi *ne* ploros. Estas stulte – kaj malforte – jen la tria larmo ŝprucanta apud mian nazon. Kaj alvenadas pliaj! Mi devas pensi pri io ridinda por haltigi ilin. Sed estas nenio ridinda krom tio, kio rilatas al Avonleo, kaj tio nur pli malbonigas la situacion – kvar – kvin – mi iros hejmen la venontan vendredon, sed tio ŝajnas esti cent jarojn for. Ho, Mateo estas nun preskaŭ hejme – kaj Marila estas ĉe la bariero rigardanta malsupren laŭ la vojeto por li – ses – sep – ok – ho, ne utilas kalkuli ilin! Ili nun venas inunde. Mi ne kapablas gaji – mi ne *volas* pli gaji. Estas pli bele esti mizera!"

La inundo de larmoj sendube venus, se Ĵozia Pye ne aperis je tiu momento. En la ĝojo vidi familiaran vizaĝon Anna forgesis, ke neniam estis multa amo inter ŝi kaj Ĵozia. Kiel parto de avonlea vivo, eĉ iu Pye estis bonvena.

"Mi tiom ĝojas, ke vi venis", Anna sincere diris.

"Vi ploris", rimarkis Ĵozia, per ĉagrena kompato. "Mi supozas ke vi hejmsopiras – iuj homoj havas tiom malmultan memregadon tiurilate. Mi ne intencas hejmsopiri, mi povas diri al vi. La urbo estas tro ĝoja por tiu eteta malnova Avonleo. Mi demandis min, kiel mi ekzistis tie tiel longe. Vi ne ploru, Anna; ne decas, ĉar viaj nazo kaj okuloj ruĝiĝas, kaj poste vi ŝajnas *tute* ruĝa. Hodiaŭ mi havis perfekte grandiozan tempon en la Akademio. Nia profesoro de la franca simple estas rava. Liaj lipharoj donus al vi palpitaciojn. Ĉu vi havas ion manĝeblan ĉi tie, Anna? Mi simple malsatmortas. Ah, mi supozas, ke Marila ŝarĝis vin per kuko. Estas pro tio, ke mi vizitas vin. Alie mi irus al la parko por aŭskulti la bandon ludi kun Francisko Stockley. Li loĝas en la sama loko kiel mi, kaj li estas simpatia. Li rimarkis vin hodiaŭ en la klaso, kaj demandis min, kiu estas la rufhara knabino. Mi diris, ke vi estis orfino, kiun adoptis la Cuthbert-familio, kaj ke neniu scias multe pri tio, kiu vi antaŭe estis."

Anna demandis sin ĉu, post ĉio, soleco kaj larmoj ne estus pli kontentigaj ol la kompanio de Ĵozia Pye, kiam Johana kaj Rubena aperis, ĉiu el ili kun colo[29] da kolora Queen's-rubando – purpura

---

29 2,5 cm

kaj skarlata – fiere pinglita al sia mantelo. Ĉar Ĵozia ne "parolis" al Johana tiumomente, ŝi devis kvietiĝi en relativan senofendecon.

"Nu", diris Johana kun suspiro, "mi sentas min kvazaŭ mi vivis plurajn lunojn ekde la mateno. Mi devus esti hejme studanta mian Vergilion – tiu horora maljuna profesoro donis al ni dudek liniojn por komenci morgaŭ. Sed mi simple ne povis kvietiĝi por studi ĉi-vespere. Anna, mi kredas vidi spurojn de larmoj. Se vi ploris, *bonvolu* konfesi. Tio restaŭros mian memrespekton, ĉar mi libere ellasis larmojn antaŭ ol Rubena alvenis. Ne tiom ĝenas min esti ansero, se iu alia ankaŭ estas ansereca. Kuko? Vi donos al mi etan peceton, ĉu ne? Dankon. Ĝi havas la veran avonlean guston."

Rubena, ekvidante la Queen's-kalendaron sur la tablo, deziris scii, ĉu Anna intencis celi la oran medalon.

Anna ruĝiĝis kaj konfesis ke ŝi pensas pri ĝi.

"Ho, tio memorigas min", diris Ĵozia, "Queen's efektive devas ricevi unu el la stipendioj Avery. La novaĵo alvenis hodiaŭ. Francisko Stockley diris al mi – lia onklo estas unu el la membroj de la estraro, vi scias. Tio estos anoncita en la Akademio morgaŭ."

Stipendio Avery! Anna sentis sian koron pli rapide bati, kaj la horizontoj de ŝia ambicio kvazaŭ magie ŝanĝiĝis kaj plilarĝiĝis. Antaŭ ol Ĵozia anoncis la novaĵon, la plej alta aspiro-kulmino de Anna estis provinca instrua licenco, Unua Klaso, je la fino de la jaro, kaj eble la medalo! Sed nun, en unu momento, Anna vidis sin gajni la stipendion Avery, prenanta artan kurson ĉe la Kolegio Redmond, kaj diplomiĝi en robo kaj ĉapelo, ĉio antaŭ ol la eĥo de la vortoj de Ĵozia forpasis. Ĉar la stipendio Avery estis pri la Angla, kaj Anna sentis, ke tie ĉi ŝia piedo estis en sia denaska fako.

Riĉa manufakturisto el Nov-Brunsviko mortis kaj lasis parton de sia fortuno por doti grandan nombron da stipendioj kaj distribui ilin inter diversaj duagradaj lernejoj kaj akademioj de la Ĉemaraj Provincoj, laŭ iliaj respektivaj rezultoj. Estis multa dubo, ĉu unu estus asignita al Queen's, sed la afero fine estis aranĝita, kaj je la fino de la jaro, la diplomito kiu ricevos la plej altan markon pri la Angla kaj Angla Literaturo, gajnos la stipendion – ducent kvindek dolarojn jare, por kvar jaroj en la Kolegio Redmond. Ne mirindas, ke Anna enlitiĝis tiun nokton kun piketadantaj vangoj!

"Mi gajnos tiun stipendion, se streĉa laboro povas fari tion", ŝi decidis. "Ĉu Mateo ne fierus, se mi fariĝus bakalaŭro pri Artoj? Ho, estas agrable havi ambiciojn. Mi estas tiel ĝoja havi tiel multajn. Kaj ŝajnas neniam esti fino al ili – tio estas la plej bona afero pri tio. Tuj kiam vi estas ĉe la celo de unu ambicio, vi vidas alian brili ankoraŭ pli alte. Tio ja faras la vivon tiel interesa."

ĈAPITRO 35
LA VINTRO ĈE QUEEN'S

LA HEJMSOPIRO de Anna malaperis, multe helpita de ŝiaj semajn-finaj vizitoj hejmen. Tiel longe kiel la favora vetero daŭris, la avonleaj studentoj iris al Karmodo uzante la novan fervojo-branĉon, ĉiun vendredon vespere. Diana kaj pluraj aliaj avonleaj junuloj ĝenerale estis tie por akcepti ilin, kaj ili ĉiuj marŝis al Avonleo en gaja grupo. Anna pensis, ke tiuj eliroj de la vendredaj vesperoj trans la aŭtunaj holmoj en la freŝa ora aero, kun la hejmaj lumoj de Avonleo brilantaj en la foro, estis la plej bonaj kaj plej karaj horoj de la tuta semajno.

Gilberto Blythe preskaŭ ĉiam marŝis kun Rubena Gillis kaj portis ŝian tornistron por ŝi. Rubena estis vere bela juna sinjorino, nun pensanta pri si mem sufiĉe ofte, tiel kreskinta kiel ŝi nun estis; ŝi portis siajn jupojn tiel longe kiel permesis ŝia patrino kaj aranĝis sian hararon supren en la urbo, kvankam ŝi devis malsuprenigi ĝin kiam ŝi iris hejmen. Ŝi havis grandajn, helbluajn okulojn, brilan kompleksion, kaj dikan okulaltiran figuron. Ŝi ridis multe, estis gaja kaj bonhumora, kaj malkaŝeme ĝuis la agrablajn aferojn de la vivo.

"Sed mi ne pensas, ke ŝi estas la tipo de knabino, kiun ŝatus Gilberto", flustris Johana al Anna. Anna pensis la samon, sed ŝi same ne dirus ion pri la stipendio Avery. Ŝi ankaŭ ne povis malhelpi sin pensi, ke estus tre agrable havi amikon kiel Gilberton, kun kiu ŝerci kaj babili kaj interŝanĝi ideojn pri libroj kaj studoj kaj ambicioj. Gilberto havis ambiciojn, ŝi tion sciis, kaj Rubena Gillis ne ŝajnis la tipo de persono, kun kiu estus avantaĝe diskuti.

Ne estis racia malsentimentaleco en la ideoj de Anna pri Gilberto. Knaboj estis por ŝi, kiam ŝi iam ajn pensis pri ili, nur eblaj bonaj kamaradoj. Se ŝi kaj Gilberto estus amikoj, ŝi ne zorgus pri kiom da aliaj amikoj li havas, nek pri tio, kun kiu li marŝas. Ŝi havus genion por amikeco; amikinojn ŝi havas multajn; sed ŝi svage konsciiĝis, ke vira amikeco ankaŭ povus esti bona afero por kompletigi siajn konceptojn pri kamaradeco kaj provizi pli vastajn starpunktojn pri juĝo kaj komparo. Ne estas tiel, ke Anna povis meti siajn sentojn pri la temo en tiel klaran difinon. Sed ŝi pensis ke, se Gilberto iam ajn marŝus kun ŝi el la trajno trans la freŝaj kampoj kaj laŭvoje de la filikaj irejoj, ili eble havus plurajn gajajn kaj interesajn konversaciojn pri la nova mondo, kiu malfermiĝas ĉirkaŭ ili kaj iliaj esperoj kaj ambicioj en ĝi. Gilberto estis brila junulo, kun siaj propraj pensoj pri aferoj kaj rezoluteco por trafi la plej grandan bonon el la vivo kaj meti la plej grandan bonon en ĝin. Rubena Gillis diris al Johana Andrews, ke ŝi ne komprenis la duonon de tio, kion diris Gilberto Blythe; li parolas ĝuste kiel Anna Shirley, kiam ŝi havas pensan krizon, kaj laŭ ŝia vidpunkto ŝi ne opiniis, ke estis plezuro zorgi pri libroj kaj tiaj aferoj, kiam oni ne bezonis fari tion. Francisko Stockley havas multe pli da dinamismo, sed li ne estas duone tiel belaspekta kiel Gilberto, kaj ŝi vere ne povis decidi kiun ŝi preferas!

En la Akademio Anna iom post iom allogis cirkleton da amikoj ĉirkaŭ si, pensemaj, imagoplenaj, ambiciaj studentoj kiel ŝi. Kun la "rozruĝa" knabino Stela Maynard kaj la "revulino" Prisila Grant ŝi baldaŭ fariĝis pli intima, trovante la ĉi-lastan palan spiritaspektan junulinon plenplena de petolado kaj amuzo, dum la viveca, nigraokula Stela havis koron plenan de sopiraj revoj kaj fantazioj, tiel aeraj kaj ĉielarkaj kiel tiuj de Anna.

Post la kristnaskaj ferioj la avonlea studentoj ĉesis iri hejmen vendrede kaj kvietiĝis por streĉe labori. Je tiu tempo ĉiuj studentoj de Queen's trovis siajn proprajn lokojn en la hierarkioj, kaj la diversaj klasoj alprenis distingajn fiksitajn nuancojn de individueco. Certaj faktoj estis ĝenerale akceptataj. Estis akceptite, ke la medalo-konkurantoj praktike reduktiĝis al tri – Gilberto Blythe, Anna Shirley kaj Luizo Wilson; pri la stipendio Avery estis pli dubinde: iu ajn el certa sesopo povus fariĝi gajnanto. La bronza medalo pri matematiko estis konsiderata tiel bona kiel gajnita de iu dika, amuza eta kampara knabo kun malglata frunto kaj flikita mantelo.

Rubena Gillis estis la plej bela knabino de la jaro ĉe la Akademio; en la klasoj de la Dua Jaro, Stela Maynard ricevis la palmon por beleco, kun malgranda sed kritika minoritato favore al Anna Shirley. Etela Marr estis agnoskita de ĉiuj kompetentaj juĝistoj havi la plej laŭmodajn harangojn, kaj Johana Andrews – la ordinara, pezpaŝanta, konscienca Johana – gajnis la honorojn en la kurso pri hejma scienco. Eĉ Ĵozia Pye trafis certan elstaraĵon, kiel la fraŭlino kun la plej akra lango ĉe Queen's. Do oni povas juste diri, ke la antaŭaj lernantinoj de f-ino Stacy konservis sian lokon en la pli granda areo de la akademia kurso.

Anna laboris multe kaj konstante. Ŝia rivaleco kun Gilberto estis samtiel intensa, kiel ĝi iam estis en la avonlea lernejo, kvankam tio ne estis ĝenerale konata en la klaso, sed iel la amareco forvaporiĝis el ĝi. Anna ne plu deziris gajni por venki Gilberton; sed preferinde, por la fiera konscienco de bone gajnita venko kontraŭ inda oponanto. Estus inde gajni, sed ŝi ne plu pensis, ke la vivo estus neeltenebla, se ŝi ne gajnis.

Malgraŭ lecionoj, la studentoj trovis okazojn por agrablaj momentoj. Anna pasigis multajn el siaj liberaj horoj ĉe Fagoligno kaj ĝenerale prenis siajn dimanĉajn tagmanĝojn tie kaj iris al la preĝejo kun f-ino Barry. Ĉi-lasta, kiel ŝi konfesis, maljuniĝadis, sed ŝiaj nigraj okuloj ne estis malbrilaj nek la viglo de ŝia lango iom moderiĝis. Sed ŝi neniam uzis la akran langon kontraŭ Anna, kiu plu estis la unuaranga favoratino de la kritika maljunulino.

"Tiu Anna-knabino pliboniĝas la tutan tempon", diris ŝi. "Mi laciĝas pri aliaj knabinoj – estas tiel provoka kaj eterna sameco pri ili. Anna havas tiom da nuancoj kiom ĉielarko, kaj ĉiu nuanco estas la plej bela dum ĝi daŭras. Mi ne scias, ĉu ŝi estas tiel amuza kiel ŝi estis kiam ŝi estis infano, sed ŝi faras, ke mi amu ŝin, kaj mi ŝatas homojn kiuj faras ke mi amu ilin. Tio ŝparas al mi tiom da ĉagreno, kiun mi havus, se mi mem devus eltrovi, kiun amu."

Poste, preskaŭ antaŭ ol iu ajn konstatis tion, printempo alvenis; tie en Avonleo, la majaj floroj gvatis rozkolore sur la velkitajn aridejojn, kie neĝaj kronoj persistis; kaj la "nebuleto el verdo" estis sur la arbaroj kaj en la valoj. Sed en Ĉarlotaŭno la ĉagrenitaj studentoj de Queen's pensis kaj parolis nur pri ekzamenoj.

"Ne ŝajnas eble, ke la semestro estas preskaŭ finita", diris Anna. "Nu, la lastan aŭtunon, ŝajnis tiel longe por antaŭvidi tion – tutan vintron da studoj kaj klasoj. Kaj jen ni, kun la ekzamenoj alŝvebantaj la venontan semajnon. Knabinoj, kelkfoje mi sentas min, kvazaŭ tiuj ekzamenoj signifis ĉion, sed kiam mi rigardas la dikajn burĝonojn ŝvelantajn sur tiuj kaŝtanarboj kaj la nebuletan bluan aeron ĉe la fino de la stratoj, ili ne ŝajnas duone tiel gravaj."

Johana kaj Rubena kaj Ĵozia, kiuj eniris, ne havis la saman opinion pri tio. Por ili, la alvenantaj ekzamenoj ja estis daŭre tre gravaj – multe pli gravaj ol kaŝtanaj burĝonoj aŭ majaj nebuloj. Estis tre bone por Anna, kiu estis certa almenaŭ sukcesi, havi siajn momentojn por mallaŭdi ilin, sed kiam la tuta estonteco dependis de ili – kiel la knabinoj vere opiniis, ke estis la kazo – oni ne povas konsideri ilin, filozofie dirite.

"Mi perdis sep pundojn[30] dum la tri lastaj semajnoj", suspiris Johana. "Ne utilas diri: ne maltrankviliĝu. Mi jes *ja* maltrankviliĝos. Maltrankviliĝi iom helpas – ŝajnas, kvazaŭ oni faras ion, kiam oni maltrankviliĝas. Estus terure, se mi malsukcesus ricevi mian licencon post iri al Queen's la tutan vintron kaj elspezi tiom da mono."

"Tio ne ĝenas *min*", diris Ĵozia Pye. "Se mi ne sukcesos ĉi-jare, mi revenos la sekvan. Mia patro povas elteni la kostojn por sendi min. Anna, Francisko Stockley diras, ke Profesoro Tremaine diris, ke Gilberto Blythe certe ricevos la medalon, kaj ke Emilia Clay verŝajne gajnos la stipendion Avery."

"Tio eble igos, ke mi sentu min malfeliĉa morgaŭ, Ĵozia", ridis Anna, "sed ĝuste nun mi honeste sentas ke, dum mi certas, ke la violoj aperadas tute purpuraj malsupre en la kavo malsupre de Verdaj Gabloj, kaj ke filikoj elstarigas siajn kapojn supren en Irejo de Geamantoj, ne estas granda diferenco, ĉu mi gajnos la Avery aŭ ne. Mi faris mian eblon, kaj mi ekkomprenas, kion signifas la 'ĝojo de la konflikto'. Post klopodi kaj gajni, la plej bona afero estas klopodi kaj malsukcesi. Knabinoj, ne parolu pri ekzamenoj! Rigardu tiun arkon de pala verda ĉielo super tiuj domoj kaj imagu, kiel ĝi devas aspekti super la sangofagoj malantaŭe de Avonleo."

"Kion vi surportos por la diplomceremonio, Johana?" pragmatike demandis Rubena.

---

30 3 kg

Johana kaj Ĵozia tuj respondis, kaj la babilado drivis en la flankan kirlakvon de modoj. Sed Anna, kun siaj kubutoj sur la fenestrosojlo, siaj dolĉaj vangoj lokitaj kontraŭ siaj premitaj manoj, kaj siaj okuloj plenaj de vizioj, senatente rigardis preter la urba tegmento kaj la spajro, al tiu glora kupolo de sunsubira ĉielo, kaj ŝi teksis siajn revojn de ebla estonteco el la ora ŝtofo de la propra optimismo de juneco. Ĉio posta estis ŝia, kun ĝiaj eblecoj roze kaŭrantaj en la alvenontaj jaroj – ĉiu jaro, rozo de promeso por esti teksita en senmortan kronon.

ĈAPITRO 36
LA GLORO KAJ LA REVO

LA MATENON, en kiu la finaj rezultoj de ĉiuj ekzamenoj devis esti afiŝitaj sur la afiŝ-tabulo ĉe Queen's-Universitato, Anna kaj Johana kune marŝis sur la strato. Johana ridetis kaj estis feliĉa; la ekzamenoj estis finitaj kaj ŝi estis komforte certa, ke ŝi almenaŭ sukcesis; pluaj konsideroj tute ne maltrankviligis Johanan; ŝi havis neniujn superajn ambiciojn kaj konsekvence ne estis afekciita pro iu rilata maltrankviliĝo. Ĉar oni pagas prezon pro ĉio, kion ni ricevas aŭ prenas en ĉi tiu mondo; kaj kvankam bone valoras havi ambiciojn, ili ne devas esti facile gajnitaj, sed postuli sian kotizon de laboro kaj abnegacio, anksio kaj malkuraĝiĝo. Anna estis pala kaj kvieta; post dek pliaj minutoj ŝi scios, kiu gajnis la medalon kaj kiu la stipendion Avery. Post tiuj dek minutoj ne ŝajnis, ĝuste tiam, ekzisti io alia, kio valoris esti nomata Tempo.

"Komprenebla vi ĉiuokze gajnos unu el ili", diris Johana, kiu ne povis kompreni, kiel la fakultato povus estis tiel maljusta por ordoni ĝin alimaniere.

"Mi havas nenian esperon pri la Avery", diris Anna. "Ĉiuj diras, ke Emilia Clay gajnos ĝin. Kaj mi ne iros rekte al tiu afiŝ-tabulo por rigardi ĝin kun ĉiuj aliaj. Mi ne havas la moralan kuraĝon. Mi iros rekte al la knabina vestoĉambro. Vi devas legi la anoncon kaj poste veni kaj diri al mi, Johana. Kaj mi petegas vin en la nomo de nia malnova amikeco, fari tion kiel eble plej rapide. Se mi malsukcesis, nur diru tion, sen provi dolĉe sciigi tion; kaj kion ajn vi faros, *ne* simpatiu kun mi. Promesu tion al mi, Johana."

Johana solene promesis; sed, kiel tio okazis, ne estis bezono por tia promeso. Kiam ili supreniris la enirejan ŝtuparon de Queen's, ili trovis la halon plenan de knaboj kiuj portis Gilberton Blythe sur siaj ŝultroj kriante plenvoĉe. "Hura! por Blythe, medalisto!"

Anna momente sentis malsanigan doloron de malsukceso kaj elreviĝo. Do ŝi malsukcesis kaj Gilberto gajnis! Nu, Mateo bedaŭros – li estis tiel certa, ke ŝi gajnos.

Kaj poste!

Iu kriis:

"Tri huraoj por f-ino Shirley, gajninto de la Avery!"

"Ho, Anna", anhele diris Johana, dum ili kuris al la virina vestoĉambro tra vervaj huraoj. "Ho, Anna, mi tiel fieras! Ĉu ne estas grandioze?"

Kaj poste la knabinoj ĉirkaŭis ilin, kaj Anna estis la centro de ridanta, gratulanta grupo. Ŝiaj ŝultroj estis batataj kaj ŝiaj manoj vigle premataj. Ŝi estis puŝata kaj tirata kaj ĉirkaŭbrakumata, kaj tra tio ĉi ŝi sukcesis flustri al Johana:

"Ho, ĉu Mateo kaj Marila ne estos feliĉaj! Mi devas tuj skribi la novaĵojn hejmen."

La diplomceremonio estis la sekva grava okazaĵo. La programo okazis en la granda asemblea halo de la Akademio. Oni prelegis, legis eseojn, kantis kantojn, publike donis la diplomojn, premiojn kaj medalojn.

Mateo kaj Marila estis tie, kun okuloj kaj oreloj nur por unu studento sur la scenejo – alta knabino en pala verdo, kun apenaŭ ruĝiĝantaj vangoj kaj stelaj okuloj, kiu legis la plej bonan eseon kaj estis flustre indikita kiel la gajninto de la stipendio Avery.

"Mi supozas, ke vi feliĉas, ke ni tenis ŝin, Marila?" flustris Mateo, parolanta por la unua fojo, de kiam li eniris la halon, kiam Anna finis sian eseon.

"Ne estas la unua fojo, ke mi estas feliĉa pri tio", replikis Marila. "Vi ja ŝatas troemfazi aferojn, Mateo Cuthbert."

F-ino Barry, kiu sidis malantaŭ ili, kliniĝis antaŭen kaj pikis Marilan en la dorson per sia sunombrelo.

"Ĉu vi ne fieras pri tiu Anna-knabino? Mi fieras", diris ŝi.

Tiun vesperon Anna iris hejmen al Avonleo kun Mateo kaj Marila. Depost aprilo ŝi ne estis hejme kaj ŝi sentis, ke ŝi ne povas atendi plian tagon. La pomarboj floris kaj la mondo estis freŝa kaj juna. Diana estis ĉe Verdaj Gabloj por renkonti ŝin. En sia propra blanka ĉambro, kie Marila jam metis florantan domrozon sur la fenestrosojlon, Anna rigardis ĉirkaŭ si kaj longe enspiris pro feliĉo.

"Ho, Diana, estas tiel bone reveni hejmen. Estas tiel bone vidi tiujn pintajn piceojn elkreskantajn al la rozkolora ĉielo – kaj tiun blankan horton kaj la maljunan Neĝan Reĝinon. Ĉu la spiro de la mento ne estas delica? Kaj tiu te-rozujo – nu, estas kanto kaj espero kaj preĝo, ĉio en unu. Kaj estas *bone* revidi vin, Diana!"

"Mi pensis, ke vi ŝatas tiun Stelan Maynard pli ol min", Diana riproĉe diris. "Ĵozia Pye diris al mi, ke estas la kazo. Ĵozia diris, ke vi furoramas ŝin."

Anna ekridis kaj batadis Dianan per la velkintaj "juniaj lilioj" de sia bukedo.

"Stela Maynard estas la plej kara knabino en la mondo escepte de unu, kaj vi estas tiu unu", ŝi diris". "Mi amas vin pli ol iam ajn – kaj mi havas tiom da aferoj por diri al vi. Sed ĝuste nun mi sentas, kvazaŭ estus sufiĉa ĝojo sidi ĉi tie kaj rigardi vin. Mi estas laca, mi pensas – laca esti studema kaj ambicia. Mi intencas pasigi du horojn morgaŭ kuŝante en la horta herbo, pensante pri nenio."

"Vi sukcesis grandioze, Anna. Mi supozas, ke vi ne instruos, nun ke vi gajnis la Avery?"

"Ne. Mi iros al Redmondo en septembro. Ĉu ne ŝajnas mir-inde? Mi havos tute novan stokon de ambicio amasigita tiam, post tri gloraj, oraj monatoj de libertempo. Johana kaj Rubena instruos. Ĉu ne estas belege pensi, ke ni ĉiuj sukcesis, eĉ Mudio Spurgeon kaj Ĵozia Pye?"

"La komisiitoj de Novponto jam proponis al Johana sian lernejon", diris Diana. "Gilberto Blythe ankaŭ instruos. Li devas. Lia patro ne povas elteni la koston por sendi lin al kolegio la venontan jaron, post ĉio, do li intencas gajni sian propran staĝon. Mi supozas, ke li ricevos la ĉi-tiean lernejon, se f-ino Ames decidas foriri."

Anna sentis strangan etan sensacion de konsternita surprizo. Ŝi ne sciis tion; ŝi atendis, ke Gilberto ankaŭ irus al Redmondo. Kion farus ŝi sen ilia inspiriga rivaleco? Ĉu ne laboro, eĉ ĉe geedukada kolegio kun vera diplomo en perspektivo, ne estus monotona sen ŝia amiko, la malamiko?

La sekvan matenon je la matenmanĝo, Anna subite surpriz-iĝis, ke Mateo ne aspektis bone. Li certe estis multe pli griza ol li estis antaŭ unu jaro.

"Marila", ŝi hezite diris, kiam li eliris, "ĉu Mateo fartas sufiĉe bone?"

"Ne, li ne bonfartas", diris Marila kun maltrankvila tono. "Li havis kelkajn vere malbonajn periodojn pri sia koro ĉi-printempe kaj li ne ŝparos sin iomete. Mi vere maltrankviliĝas pri li, sed lastatempe li iom pliboniĝis, kaj ni havas bonan dungiton, do mi esperas, ke li ripozos kaj pliboniĝos. Eble li faros tion nun, kiam vi estas hejme. Vi ĉiam gajigas lin."

Anna kliniĝis trans la tablon kaj prenis la vizaĝon de Marila en siajn manojn.

"Vi mem ne aspektas tiel bona, kiel mi ŝatus vidi vin, Marila. Vi aspektas laca. Mi timas ke vi laboras tro streĉe. Vi devas ripozi, nun ke mi estas hejme. Mi nur prenos ĉi tiun tagon kiel libertempon, por viziti ĉiujn karajn lokojn kaj serĉi miajn malnovajn revojn, kaj poste estos via vico esti pigra, dum mi faras la laboron."

Marila afekcie ridetis al sia knabino.

"Ne estas la laboro – estas mia kapo. Mi nun tiel ofte havas doloron – malantaŭ miaj okuloj. D-ro Spencer ĉagrenas min pro okulvitroj, sed ili tute ne helpas min. Ekzistas distingita okulisto, kiu venos al la Insulo je la fino de junio, kaj la kuracisto diras, ke mi devos renkonti lin. Mi supozas, ke mi devos. Mi nun ne plu kapablas legi aŭ kudri kun iu ajn komforto. Nu, Anna, vi tre bone sukcesis ĉe Queen's, mi devas konfesi. Ricevi la Unuaklasan Licencon en unu jaro kaj gajni la stipendion Avery – nu, nu, s-ino Lynde diras, ke orgojlo venas antaŭ la falo, kaj ŝi tute ne kredas je la pli alta edukado de virinoj; ŝi diras, ke tio malbone preparas ilin por la vera sfero de virino. Mi kredas neniun vorton pri tio. Parolante pri Raĉela memorigas min – ĉu vi lastatempe aŭdis ion ajn pri la Banko Abbey, Anna?"

"Mi aŭdis, ke ĝi ŝanceliĝas", respondis Anna. "Kial?"

"Jen tio, kion diris Raĉela. Ŝi venis ĉi tien iun tagon de la lasta semajno kaj diris, ke oni parolas pri tio. Mateo sentis sin tre mal-trankvila. Ĉio kion ni ŝparis estas en tiu banko – ĉiu cendo. Mi unue volis, ke Mateo metu ĝin en la Ŝparbankon, sed la maljuna s-ro Abbey estis bona amiko de patro, kaj li ĉiam traktis kun li. Mateo diris, ke banko kun li kiel estro estas sufiĉe bona por iu ajn."

"Mi pensas, ke li nur estis ĝia nominala estro, jam dum pluraj jaroj", diris Anna. "Li estas tre maljuna viro; liaj nevoj vere estras la institucion."

"Nu, kiam Raĉela diris tion al ni, mi volis ke Mateo elprenu nian monon, kaj li diris, ke li pripensos tion. Sed s-ro Russell diris al li hieraŭ, ke la banko estas bona."

Anna havis sian bonan tagon en la kamaradeco de la ekstera mondo. Ŝi neniam forgesis tiun tagon; ĝi estis tiel brila kaj ora kaj bela, tiel libera de ombro kaj tiel abunda je floroj. Anna pasigis kelkajn el ĝiaj riĉaj horoj en la horto; ŝi iris al Bobelo de la Driado kaj al Ŭilomero kaj Viola Valo; ŝi vizitis la pastran domon kaj havis kontentigan babiladon kun s-ino Allan; kaj fine, dum la vespero, ŝi iris kun Mateo venigi la bovinojn tra la Irejo de Geamantoj al la malantaŭa paŝetejo. La arbaroj aspektis ĉiuj gloraj sub la sunsubiro, kaj la grandiozo de ĝi fluis malsupren tra la deklivaj breĉoj en la okcidento. Mateo marŝis malrapide kun klinita kapo; Anna, alta kaj rekta, konformigis sian saltantan paŝadon al lia.

"Vi tro streĉe laboris hodiaŭ, Mateo", diris ŝi riproĉe. "Kial vi ne malstreĉiĝu iom?"

"Nu, mi ŝajne ne kapablas", diris Mateo, dum li malfermis la barieron de la korto por lasi la bovinojn eniri. "Temas nur pri tio, ke mi maljuniĝas, Anna, kaj mi forgesadas tion. Nu, nu. Mi ĉiam laboris sufiĉe streĉe, kaj mi preferus fali aljungita."

"Se mi estus la knabo, kiun vi iam petis", Anna sopire diris, "mi povus helpi vin tiel multe nun, kaj per centoj da manieroj. Mi povas legi en mia koro, ke mi deziras esti knabo, nur por tio."

"Nu, mi preferas havi vin ol dekduon da knaboj, Anna", diris Mateo, frapetante ŝian manon. "Nur ne forgesu tion – pli ol dekduo da knaboj. Nu, mi supozas, ke ne estis knabo, kiu ricevis la stipendion Avery, ĉu ne? Estis knabino – mia knabino – mia knabino, pri kiu mi fieras."

Li montris sian timidan rideton al ŝi, dum li eniris la korton. Anna kunportis la memoron pri tio kun si, kiam ŝi iris al sia ĉambro tiun nokton, kaj sidis longan tempon ĉe sia malfermita fenestro, pensante pri la pasinteco kaj revante pri la estonteco. Ekstere la Neĝa Reĝino estis nebule blanka en la lunlumo; la ranoj kantis en la marĉo preter la Horta Deklivo. Anna ĉiam memoris la arĝentan pacan belecon kaj la aromecan kvieton de tiu nokto. Estis la lasta nokto, antaŭ ol aflikto tuŝis ŝian vivon; kaj neniu vivo estas tute la sama, post kiam tiu malvarma, sanktiganta tuŝo estas metita sur ĝin.

ĈAPITRO 37
LA RIKOLTANTO, KIES NOMO ESTAS MORTO

"MATEO – Mateo – kio okazas? Mateo, ĉu vi malsanas?"

Estis Marila, kiu alarme parolis, ĉiun vorton skuita. Anna alvenis tra la koridoron, ŝiaj manoj plenaj de narcisoj, – estis longa tempo antaŭ ol Anna povis denove ŝati la vidon kaj la odoron de blankaj narcisoj, – ĝustatempe por aŭdi ŝin kaj vidi Mateon starantan en la porĉa pordosojlo, kun faldita papero en sia mano, kaj lia vizaĝo strange distordita kaj griza. Anna lasis fali siajn florojn kaj saltis trans la kuirejon al li je la sama momento, kiel Marila. Ili ambaŭ estis tro malfruaj; antaŭ ol ili povis atingi lin, Mateo falis trans la sojlon.

"Li svenis", anhele kriis Marila. "Anna, alvenigu Martenon – rapide, rapide! Li estas en la garbejo."

Marteno, la dungito, kiu ĵus veturis hejmen el la poŝtoficejo, tuj ekiris por la kuracisto, haltante survoje ĉe Horta Deklivo por venigi ges-rojn Barry. S-ino Lynde, kiu estis tie pro iu tasko, ankaŭ venis. Ili trovis Annan kaj Marilan distre strebantajn revenigi Mateon al konscio.

S-ino Lynde leĝere puŝis ilin flanken, kontrolis lian pulson, kaj poste metis sian orelon sur lian koron. Ŝi malĝoje rigardis iliajn anksiajn vizaĝojn, kaj larmoj venis al ŝiaj okuloj.

"Ho, Marila", ŝi sombre diris. "Mi ne pensas... – ke ni povas fari nenion ajn por li."

"S-ino Lynde, vi ne pensas – vi ne povas pensi, ke Mateo estas – estas... –", Anna ne povis diri la teruran vorton; ŝi malsaniĝis kaj paliĝis.

"Infano, jes. Mi timas tion. Rigardu lian vizaĝon. Kiam vi vidis tiun aspekton tiel ofte kiel mi, vi scias, kion tio signifas."

Anna rigardis la senmovan vizaĝon kaj tiam ekvidis la sigelon de la Granda Ĉeesto.

Kiam la kuracisto alvenis, li diris ke la morto estis tuja kaj probable sendolora, verŝajne kaŭzita de iu subita ŝoko. La sekreton de la ŝoko oni malkovris en la papero, kiun Mateo tenis kaj kiun

Marteno kunportis el la oficejo tiun matenon. Ĝi enhavis raporton pri la bankroto de la Banko Abbey.

La novaĵo rapide etendiĝis tra Avonleo, kaj la tutan tagon amikoj kaj najbaroj amasiĝis ĉe Verdaj Gabloj kaj transdonis mesaĝojn de bonkoreco por la mortintoj kaj vivantoj. Por la unua fojo, timida, kvieta Mateo Cuthbert estis persono de centra graveco; la blanka majesto de la morto falis sur lin kaj apartigis lin, kiel iun kronitan.

Kiam la kvieta nokto dolĉe venis super Verdajn Gablojn, la malnova domo estis silenta kaj kvieta. En la salono kuŝis Mateo Cuthbert en sia ĉerko, lia longa griza hararo kadranta lian serenan vizaĝon, sur kiu videblis afabla rideto, kvazaŭ li nur dormis kun agrablaj sonĝoj. Estis floroj ĉirkaŭ li – dolĉaj malnovstilaj floroj, kiujn lia patrino plantis en la hejma ĝardeno, kaj por kiuj Mateo ĉiam havis sekretan, senvortan amon. Anna jam kunigis kaj kunportis ilin al li, ŝiaj angoraj, senlarmaj okuloj brulantaj en ŝia blanka vizaĝo. Estis la lasta afero, kiun ŝi povis fari por li.

La Barry-familio kaj s-ino Lynde restis kun ili tiun nokton. Diana, veninta al la orienta gablo, kie staris Anna ĉe sia fenestro, dolĉe diris:

"Anna, kara, ĉu vi ŝatas, ke mi dormu kun vi ĉi-nokte?"

"Dankon, Diana." Anna serioze rigardis la vizaĝon de sia amikino. "Mi pensas, ke vi ne miskomprenos min, se mi diras, ke mi volas esti sola. Mi ne timas. Mi ne estis sola unu minuton, de kiam tio okazis – kaj mi volas esti. Mi volas esti sufiĉe silenta kaj kvieta kaj strebi konsciiĝi pri tio. Mi *ne kapablas* konsciiĝi pri tio. La duonon de la tempo ŝajnas al mi, ke Mateo ne povas esti morta; kaj la alian duonon ŝajnas, kvazaŭ li estas morta de longa tempo, kaj mi havis tiun teruran turmentan doloron de tiam."

Diana ne tute komprenis. La ardan aflikton de Marila, rompante ĉiujn limojn de natura sindeteno kaj dumviva kutimo en ĝia sturma hasto, ŝi povus kompreni pli bone ol la senlarman agonion de Anna. Sed ŝi bonkore foriris, lasante Annan sola, por ke tiu travivu sian unuan mortogardadon kun ĉagreno.

Anna esperis, ke larmoj venas dum la soleco. Ŝajnis al ŝi terura afero, ke ŝi ne povis ellasi larmon por Mateo, kiun ŝi tiom amis kaj kiu estis tiom bonkora al ŝi; Mateo, kiu marŝis kun ŝi la lastan vesperon dum la sunsubiro kaj nun kuŝis en la duonluma ĉambro malsupre, kun tiu terura paco sur sia brovo. Sed komence neniu larmo venis, eĉ ne kiam ŝi surgenuiĝis ĉe sia fenestro en la mallumo kaj preĝis, rigardante supren al la steloj, preter la holmoj – neniuj larmoj, nur la sama terura turmenta doloro de mizero, kiu daŭre sentigis sin, ĝis ŝi endormiĝis, elĉerpite de la doloro kaj ekscitiĝo de la tago.

Dum la nokto ŝi vekiĝis, kun la kvieto kaj la mallumo ĉirkaŭ si, kaj la rememoro pri la tago invadis ŝin kiel ondo de aflikto. Ŝi povis vidi la vizaĝon de Mateo, ridetantan al ŝi, samkiel li ridetis, kiam ili disiĝis ĉe la bariero tiun lastan vesperon – ŝi povis aŭdi lian voĉon: "Mia knabino – mia knabino, pri kiu mi fieras." Tiam la larmoj ekvenis kaj Anna ploregis. Marila aŭdis ŝin kaj lante envenis por konsoli ŝin.

"Nu – nu – ne ploru tiom, kara mia. Tio ne povas revenigi lin. Ne – ne – konvenas tiel plori. Mi sciis tion hodiaŭ, sed tiam mi ne povis helpi tion. Li ĉiam estis bona, bonkora frato por mi – sed Dio scias, kio plej bonas."

"Ho, nur lasu min plori, Marila", plorsingultis Anna. "La larmoj ne dolorigas min tiel kiel tiu doloro. Restu ĉi tie iomete kun mi kaj tenu vian brakon ĉirkaŭ mi – tiel. Mi ne povis peti, ke Diana restu, ŝi estas bona kaj kompleza kaj dolĉa – sed ne estas ŝia aflikto – ŝi estas ekster ĝi kaj ŝi ne povus veni sufiĉe proksime al mia koro por helpi min. Estas nia aflikto – via kaj mia. Ho, Marila, kion ni faros sen li?"

"Ni havas unu la alian, Anna. Mi ne scias, kion mi farus, se vi ne estus ĉi tie – se vi neniam venis. Ho, Anna, mi scias, ke mi estis iom strikta kaj severa al vi, eble – sed vi ne devas pensi pro tio ĉi, ke mi ne amis vin tiom, kiom Mateo amis vin. Mi volas diri tion al vi nun, kiam mi kapablas. Neniam estis facile por mi diri aferojn el mia koro, sed en momentoj kiel ĉi tiu estas pli facile. Mi amas vin tiom, kiom se vi estus miaj propraj karno kaj sango, kaj vi estis mia ĝojo kaj konsolo de kiam vi venis al Verdaj Gabloj."

Du tagojn poste ili portis Mateon Cuthbert trans la domsojlon, for de la kampoj, kiujn li plugis, kaj de la hortoj, kiujn li amis, kaj la arboj, kiujn li plantis; kaj poste Avonleo revenis al sia kutima sereno, kaj eĉ ĉe Verdaj Gabloj la aferoj reiris al sia malnova rutino, kaj la laboro kaj la taskoj estis plenumitaj kun reguleco kiel antaŭe, kvankam ĉiam kun la doloriga senso de "perdo en ĉiuj familiaraj aferoj". Anna, tiel malkovrinte aflikton, pensis ke estas ja triste, ke ĉio devas esti tiel – ke ili povus *pludaŭri* en la sama malnova maniero sen Mateo. Ŝi sentis ion similan al honto kaj rimorso, kiam ŝi malkovris, ke la sunleviĝoj malantaŭ la abioj kaj la palaj rozkoloraj burĝonoj malfermiĝantaj en la ĝardeno alportis al ŝi la kutiman invadon de ĝojo, kiam ŝi ekvidis ilin – ke la vizitoj de Diana estis agrablaj por ŝi, kaj ke ŝiaj gajaj vortoj kaj manieroj puŝis ŝin al rido kaj ridetoj – ke, koncize, la bela mondo de florado kaj amo kaj amikeco perdis nenion de sia potenco por plaĉi ŝian fantazion kaj eksciti ŝian koron, ke la vivo daŭre vokis ŝin per pluraj insistaj voĉoj.

"Ŝajnas kiel mallojaleco al Mateo, iel, trovi plezuron en ĉi tiuj aferoj", ŝi sopire diris al s-ino Allan iun vesperon, kiam ili estis kune en la pastra domo-ĝardeno. "Li tiom mankas al mi – la tutan tempon – kaj tamen, s-ino Allan, la mondo kaj la vivo ŝajnas tre belaj kaj interesaj por mi. Hodiaŭ Diana diris ion ridindan kaj mi trovis min ridanta. Mi pensis, ke kiam tio okazis, mi neniam povos ridi denove. Kaj iel ŝajnas, kvazaŭ mi ne devas."

"Kiam Mateo estis ĉi tie, li ŝatis aŭdi vin ridi kaj ŝatis scii, ke vi trovas plezuron pri la agrablaj aferoj ĉirkaŭ vi", tenere diris s-ino Allan. "Li nun estas nur for; kaj li same ŝatas scii tion. Mi certas, ke ni ne fermu niajn korojn al la sanigaj influoj, kiujn oferas la naturo. Sed mi komprenas vian senton. Mi supozas, ke ni ĉiuj spertas la saman aferon. Ni indignas pro la penso, ke io ajn povas plaĉi al ni, kiam iu, kiun ni amas, ne plu estas ĉi tie por dividi la plezuron kun ni, kaj ni preskaŭ sentas, kvazaŭ ni estas malfidelaj al nia aflikto, kiam ni trovas, ke nia intereso pri la vivo revenas al ni."

"Mi estis en la tombejo ĉi-posttagmezon por planti rozarbuston sur la tombo de Mateo", reve diris Anna. "Mi prenis greftaĵon el la eta blanka skota rozujo, kiun alportis lia patrino el Skotio antaŭ longa tempo; Mateo ĉiam preferis tiujn rozojn – ili estis tiel etaj kaj dolĉaj sur siaj dornaj tigoj. Ja ĝojigis min, ke mi povis planti ilin apud lia tombo – kvazaŭ mi faras ion, kio devus plaĉi al li, ion, kion mi kunportis tien por esti apud li. Mi esperas, ke li havas rozojn kiel tiujn en la ĉielo. Eble la animoj de ĉiuj tiuj etaj blankaj rozoj, kiujn li ŝatis dum tiom da someroj, estas ĉiuj tie por bonvenigi lin. Mi devas iri hejmen nun. Marila estas tute sola kaj ŝi fariĝas soleca dum la krepusko."

"Ŝi estos ankoraŭ pli soleca, mi timas, kiam vi denove foriros al la kolegio", diris s-ino Allan.

Anna ne respondis; ŝi deziris bonan nokton kaj malrapide reiris al Verdaj Gabloj. Marila sidis sur la fronta ŝtuparo kaj Anna sidiĝis apud ŝi. La pordo estis malfermita malantaŭ ili, malferme tenita de dika rozkolora konko kun, en ĝiaj internaj volvaĵoj, aludoj de maraj sunsubiroj.

Anna kolektis iujn branĉetojn de pala flava lonicero kaj metis ilin en sian hararon. Ŝi ŝatis la delican odoreton super si, kvazaŭ kiel iu aera beno, ĉiufoje kiam ŝi moviĝis.

"Doktoro Spencer estis ĉi tie dum via foresto", diris Marila. "Li diras, ke la specialisto estos en la urbo morgaŭ, kaj li insistas, ke mi iru tien kaj ekzamenigu miajn okulojn. Mi supozas, ke mi devas iri kaj senprokraste fini tion. Mi estos pli ol dankema, se la viro povas doni al mi la ĝustan tipon de okulvitroj por miaj okuloj. Ne ĝenos vin resti ĉi tie sola dum mi forestos, ĉu ne? Marteno devos veturigi min kaj estas gladado kaj bakado por fari."

"Mi fartos bone. Diana venos por akompani min. Mi belege prizorgos la gladadon kaj bakadon – vi ne bezonas timi, ke mi amelos la naztukojn aŭ saporigu la kukon per linimento."

Marila ekridis.

"Kia knabino vi estis tiam, fari tiajn erarojn, Anna. Vi ĉiam embarasiĝis. Mi ja pensis, ke vi estis posedita. Ĉu vi memoras la tempon, kiam vi tinkturis vian hararon?"

"Jes, ja. Mi neniam forgesos tion", ridetis Anna, tuŝante la dikan plektaĵon de hararo kiu estis volvita ĉirkaŭ ŝia belforma kapo. "Mi nun kelkfoje iomete ridas, kiam mi pensas pri tio, kiujn zorgojn mia hararo kutime portis al mi – sed mi ne *multe* ridas, ĉar tiam tio estis vera embaraso. Mi ja terure suferis pro mia hararo kaj efelidoj. Miaj efelidoj vere malaperis; kaj la homoj estas sufiĉe afablaj kaj diras, ke mia hararo nun estas ruĝbruna – ĉiuj krom Ĵozia Pye. Ŝi informis min hieraŭ, ke ŝi vere pensas, ke ĝi estas pli rufa ol iam ajn, aŭ almenaŭ mia nigra robo aspektigis ĝin pli rufa, kaj ŝi demandis min, ĉu homoj, kiuj havas rufajn harojn, iam alkutimiĝas al tio. Marila, mi preskaŭ decidis ne plu strebi al ŝati Ĵozian Pye. Mi faris kion mi iam nomis heroa klopodo, por ŝati ŝin, sed Ĵozia Pye ne *estos* ŝatata."

"Ĵozia estas iu Pye", akre diris Marila, "do ŝi ne povas malhelpi sin esti malagrabla. Mi supozas, ke homoj de tiu speco iel utilas en la socio, sed mi devas diri, ke mi ne scias tion eĉ pli ol mi scias la utilon de kardoj. Ĉu Ĵozia instruos?"

"Ne, ŝi reiros al Queen's venontjare. Same Mudio Spurgeon kaj Karlêjo Sloane. Johana kaj Rubena instruos, kaj ambaŭ havas lernejon – Johana en Novponto kaj Rubena en iu loko okcidente."

"Gilberto Blythe ankaŭ instruos, ĉu ne?"

"Jes" – koncize.

"Kia belaspekta junulo li estas", malatente diris Marila. "Mi lastdimanĉe vidis lin en la preĝejo, kaj li ŝajnis tiel alta kaj vira. Li aspektas multe kiel lia patro aspektis je la sama aĝo. John Blythe estis afabla knabo. Ni estis vere bonaj amikoj, li kaj mi. La homoj nomis lin mia koramiko."

Anna levis la kapon per subita intereso.

"Ho, Marila – kaj kio okazis? – kial vi ne... – "

"Ni kverelis. Mi ne pardonis lin, kiam li petis, ke mi faru tion. Mi intencis fari tion, post ioma tempo – sed mi estis paŭta kaj kolera kaj mi volis unue puni lin. Li neniam revenis – la Blythe-familio estis ĉiuj tre sendependaj. Sed mi ĉiam sentis min – iom bedaŭranta. Mi ĉiam iel deziris, ke mi pardonis lin, kiam mi havis la oportunon."

"Do vi ankaŭ havis iom da romantikeco en via vivo", dolĉe diris Anna.

"Jes, mi supozas, ke vi povas nomi ĝin tia. Vi ne pensus tion rigardante min, ĉu ne? Sed vi neniam povas juĝi homojn per la ekstera aspekto. Ĉiuj forgesis pri mi kaj John. Mi mem forgesis. Sed ĉio revenis al mi, kiam lastdimanĉe mi vidis Gilberton."

ĈAPITRO 38
LA KURBIĜO EN LA VOJO

MARILA iris al la urbo la sekvan tagon kaj revenis vespere. Anna jam iris al Horta Deklivo kun Diana kaj post reveno trovis Marilan en la kuirejo; ŝi sidis ĉe la tablo kun sia kapo apogata de la mano. Io en ŝia deprimita sinteno sendis frostotremon al la koro de Anna. Ŝi neniam vidis Marilan tiel malforta kaj inerta.

"Ĉu vi estas tre laca, Marila?"

"Jes – ne – mi ne scias", lace diris Marila, ekrigarde supren. "Mi supozas, ke mi estas laca, sed mi ne pensis pri tio. Ne estas tio."

"Ĉu vi renkontis la okuliston? Kion diris li?" anksie demandis Anna.

"Jes, mi renkontis lin. Li ekzamenis miajn okulojn. Li diris, se mi komplete ĉesas legi kaj kudri kaj labori pri io ajn, kio streĉas la okulojn, kaj se mi atentas ne plori, kaj se mi surportas la okulvitrojn, kiujn li donis al mi, li opinias, ke miaj okuloj eble ne pli malboniĝos kaj miaj kapdoloroj malaperos. Sed se mi ne faras tion, li diris, mi certe tute blindiĝos post ses monatoj. Blinda! Anna, nur pensu pri tio!"

Dum minuto, Anna, post sia tuja ekkrio de konsterniĝo, silentis. Ŝajnis al ŝi, ke ŝi *ne* povis paroli. Poste ŝi kuraĝe diris, sed kun nodo en sia kolo:

"Marila, *ne* pensu pri tio. Vi scias, ke li donis al vi esperon. Se vi atentas, vi ne entute perdos vian vidkapablon, kaj se liaj okulvitroj forigos viajn kapdolorojn, estos bona afero."

"Mi ne nomas tion multa espero", amare diris Marila. "Por kio mi vivos, se mi ne povos legi aŭ kudri aŭ fari ion ajn similan? Pli bone, ke mi estu blinda – aŭ morta. Kaj pri plori, mi ne kapablas malhelpi tion, kiam mi estas soleca. Sed nu, ne utilas paroli pri tio. Se vi donos al mi tason da teo, mi estos dankema al vi. Mi estas preskaŭ elĉerpita. Ne diru ion ajn pri tio ĉi, almenaŭ nun. Mi ne povos toleri, ke homoj venos ĉi tien por meti demandojn aŭ por simpatii kaj paroli pri tio."

Post kiam Marila manĝis sian lunĉon, Anna persvadis ŝin enlitiĝi. Poste Anna mem iris al la orienta gablo kaj sidis ĉe sia fenestro sola en la mallumo kun siaj larmoj kaj sia peza koro. Kiel triste la aferoj ŝanĝiĝis de la nokto post la unua reveno hejmen! Tiam ŝi estis plena de espero kaj ĝojo, kaj la estonteco ŝajnis bonaŭgura. Anna sentis, kvazaŭ ŝi vivis jarojn de tiam, sed antaŭ ol enlitiĝi, ekestis rideto sur siaj lipoj kaj paco en sia koro. Ŝi kuraĝe rigardis sian devon en la vizaĝon kaj trovis ĝin amika – kiel devo ĉiam estas, kiam oni ĝin honeste alfrontas.

Iun posttagmezon, kelkajn tagojn poste, Marila malrapide venis el la korto, kie ŝi parolis kun vizitanto – viro, kiun laŭvide Anna konis kiel Johanon Sadler de Karmodo. Anna demandis sin, kion li povis diri por provoki tiun aspekton en la vizaĝo de Marila.

"Kion volis s-ro Sadler, Marila?"

Marila sidiĝis ĉe la fenestro kaj rigardis Annan. Estis larmoj en ŝiaj okuloj, spite al la malpermeso de la okulisto, kaj ŝia voĉo rompiĝis, kiam ŝi diris:

"Li aŭdis, ke mi vendos Verdajn Gablojn kaj li volas aĉeti ĝin."

"Aĉeti ĝin! Aĉeti Verdajn Gablojn?" Anna demandis al si, ĉu ŝi bone aŭdis. "Ho, Marila, vi ne intencas vendi Verdajn Gablojn!"

"Anna, mi ne scias, kion alian fari. Mi pripensis tion ĝisfunde. Se miaj okuloj estus fortaj, mi povus resti tie ĉi por prizorgi la aferojn kaj elturniĝi, kun bona dungito. Sed kiel nun estas, mi ne kapablas. Mi eble komplete perdos mian vidkapablon, kaj ĉiuokaze, mi ne kapablos estri la aferojn. Ho, mi neniam pensis, ke mi vidos la tagon, kiam mi devos vendi mian hejmon. Sed la aferoj nur malboniĝus pli kaj pli la tutan tempon, ĝis neniu volas ĝin aĉeti. Ĉiu cendo de nia mono iris al tiu banko; kaj estas kelkaj valorpaperoj, kiujn donis Mateo la lastan aŭtunon por pagi. S-ino Lynde konsilas min vendi la farmbienon kaj ie trovi pensionon – ĉe ŝi, mi supozas. Ĝi ne donos multe – ĝi estas malgranda kaj la konstruaĵoj estas malnovaj. Sed estos sufiĉe por permesi al mi vivi, mi supozas. Mi estas dankema, ke vi estas provizita per tiu stipendio, Anna. Mi bedaŭras, ke vi ne havos hejmon, al kiu reveni dum viaj libertempoj, estas ĉio, sed mi supozas, ke vi iel elturniĝos."

Marila kolapsis kaj amare ploris.

"Vi ne devas vendi Verdajn Gablojn", rezolute diris Anna.

"Ho, Anna, se nur mi ne bezonus fari tion. Sed vi povas vidi per vi mem. Mi ne povas resti ĉi tie sola. Mi freneziĝus pro la problemoj kaj la soleco. Kaj mi perdos mian vidkapablon – mi scias, ke tio okazos.

"Vi ne devos resti tie ĉi sola, Marila. Mi estos kun vi. Mi ne iros al Redmondo."

"Ne iros al Redmondo!" Marila levis sian eluzitan vizaĝon el siaj manoj kaj rigardis Annan. "Kial, kion vi celas?"

"Ĝuste kion mi diris. Mi ne prenos la stipendion. Mi tion decidis la nokton, post kiam vi venis hejmen el la urbo. Vi certe ne pensas, ke mi povus lasi vin sola en via perturbo, Marila, post ĉio, kion vi faris por mi. Mi pensadis kaj planis. Permesu, ke mi rakontu al vi miajn planojn. S-ro Barry deziras lupreni la farmbienon la venontan jaron. Do vi ne maltrankviliĝu pri tio. Kaj mi instruos. Mi kandidatiĝis por la ĉi tiea lernejo – sed mi ne atendas ricevi ĝin, ĉar mi komprenas, ke la komisiitoj promesis ĝin al Gilberto Blythe. Sed mi povas havi la Karmodo-lernejon – s-ro Blair diris tion al mi pasintvespere ĉe la vendejo. Komprenble tio ne estos tiel agrable kaj konvene kiel la Avonleo-lernejo. Sed mi povos loĝi hejme kaj veturigi min al Karmodo kaj reen, almenaŭ dum la varma vetero. Kaj eĉ vintre mi povos veni hejmen, en vendredoj. Ni tenos ĉevalon por tio. Ho, mi ĉion planis, Marila. Kaj mi legos al vi kaj gajigos vin. Vi ne enuos aŭ solecos. Kaj ni estos vere gemutaj kaj feliĉaj ĉi tie, vi kaj mi."

Marila aŭskultis kiel virino dum revado.

"Ho, Anna, mi povus vivi tre bone, se vi estus ĉi tie, mi scias. Sed mi ne povas permesi, ke vi sindonu vin tiel por mi. Estus terure."

"Sensencaĵo!" Anna gaje ekridis. "Ne estas sindonado. Nenio povus esti pli malbona ol cedi Verdajn Gablojn – nenio povus pli aflikti min. Ni devas konservi la karan malnovan ejon. Mi jam sufiĉe decidis tion, Marila. Mi *ne* iros al Redmondo; kaj mi ja *restos* tie ĉi kaj instruos. Ne maltrankviliĝu pri mi."

"Sed viaj ambicioj – kaj – "

"Mi estas tiel ambicia kiel iam ajn. Tamen, mi ŝanĝis la objekton de miaj ambicioj. Mi estos bona instruistino – kaj mi savos vian vidkapablon. Cetere, mi intencas studi ĉi tie, hejme, kaj sekvi kolegian kurseton tute memstare. Mi havas dekduojn da planoj, Marila. Mi elpensis ilin dum semajno. Mi donos al la vivo ĉi tie mian plejbonon, kaj mi kredas, ke ĝi ree donos sian plejbonon. Kiam mi forlasis Queen's, mia estonteco ŝajnis etendiĝi antaŭ mi kiel rekta vojo. Mi pensis, ke mi povas vidi laŭlonge de ĝi longan distancon. Nun estas vojturniĝo en ĝi. Mi ne scias, kio estos post la turniĝo, sed mi kredas, ke la plejbono estos tie. Tiu kurbiĝo havas sian propran fascinon, Marila. Mi demandas min, kiel pluiras la vojo post ĝi – kio estos tie el la verda gloro kaj la dolĉaj lummakuloj kaj la ombroj – kiuj novaj pejzaĝoj – kiuj novaj belecoj – kiuj kurbiĝoj kaj montetoj kaj valoj."

"Mi ne sentas, ke mi lasu vin cedi tion", diris Marila, referencante la stipendion.

"Sed vi ne povas malhelpi min. Mi estas deksesjara kaj duono, 'obstina kiel azeno', kiel s-ino Lynde iam diris al mi", ridis Anna. "Ho, Marila, ne kompatu min. Mi ne ŝatas esti kompatata, kaj ne estas bezono por tio. Mi estas elkore feliĉa pro la ĝusta penso resti ĉe karaj Verdaj Gabloj. Neniu povas ŝati ĝin kiel vi kaj mi – do ni devas konservi ĝin."

"Vi, benita knabino!" Marila cedante diris. "Mi sentas min kvazaŭ vi donis al mi novan vivon. Mi supozas, ke mi devos persisti kaj devigi vin iri al la kolegio – sed mi scias, ke mi ne povas, do mi ne provos fari tion. Mi tamen rekompencos vin, Anna."

Kiam oni lernis en Avonleo, ke Anna Shirley rezignis pri la ideo iri al kolegio kaj intencis resti hejme kaj instrui, estis multa diskutado pri tio. La plejmulto de la bonaj homoj, ne sciante pri la okuloj de Marila, opiniis ke ŝi estis malsaĝa. S-ino Allan ne opiniis tiel. Ŝi diris tion al Anna per aprobaj vortoj, kiuj venigis larmojn de ĝojo al la okuloj de la knabino. Nek opiniis tion la bona s-ino Lynde. Ŝi venis iun vesperon kaj trovis Annan kaj Marilan sidantaj ĉe la fronta pordo en la varma, bonodora somera krepusko. Ili ŝatis sidi tie, kiam venis la krepusko kaj la blankaj noktpapilioj ĉirkaŭflugis en la ĝardeno, kaj la odoro de mento plenigis la rosplenan aeron.

S-ino Lynde metis sian konsiderindan korpon sur la ŝtonan benkon apud la pordo – malantaŭ kiu kreskis vico de altaj rozkoloraj kaj flavaj rozalteoj – kun longa spiro, en kiu miksiĝis laceco kaj senŝarĝiĝo.

"Mi konfesas, ke mi ĝojas sidiĝi. Mi estis sur miaj piedoj la tutan tagon, kaj ducent funtoj[31] estas multe por du piedoj. Estas granda beno ne esti dika, Marila. Mi esperas, ke vi aprezas tion. Nu, Anna, mi aŭdas, ke vi forlasis vian ideon iri al kolegio. Mi tre ĝojis aŭdi tion. Vi nun havas tiom da edukado, kiom virino bezonas por senti sin bone. Mi ne kredas je knabinoj, kiuj iras al kolegio kun la viroj kaj kiuj tute turmentas siajn kapojn pro la latina kaj la greka kaj tiu tuta sensencaĵo."

"Sed mi tamen studos la latinan kaj la grekan, s-ino Lynde", Anna ridante diris. "Mi mem daŭrigos mian kurson ĉi tie ĉe Verdaj Gabloj, kaj studos ĉion kion mi studus en la kolegio."

S-ino Lynde levis siajn manojn pro sankta hororo.

"Anna Shirley, vi mortigos vin."

"Tute ne. Mi prosperos pro ĝi. Ho, mi ne troigos la aferojn. Kiel diras 'la edzino de Jozija Allen', mi estos 'mezja'. Sed mi havos multan liberan tempon dum la longaj vintraj vesperoj, kaj mi ne havas alvokon por ekstravaganca laboro. Mi instruos en Karmodo, vi scias."

"Mi ne sciis tion. Mi supozis, ke vi instruos tie ĉi en Avonleo. La komisiitoj decidis doni al vi la lernejon."

"S-ino Lynde!" ekkriis Anna, saltante sur siajn piedojn en sia surprizo. "Nu, mi pensis, ke ili promesis ĝin al Gilberto Blythe!"

"Ili tiel faris. Sed tuj kiam Gilberto aŭdis, ke vi kandidatiĝis por ĝi, li iris al ili – pasintvespere ili havis pri-tian kunvenon en la lernejo, vi scias – kaj diris al ili, ke li retiras sian kandidatiĝon, kaj sugestis, ke ili akceptu la vian. Li diris, ke li instruos en Blankaj Sabloj. Kompreneble li cedis la lernejon nur por komplezi vin, ĉar li scias, kiel vi volas resti kun Marila, kaj mi devas konfesi, ke mi opinias, ke estis tre bonkora kaj afabla gesto, jen tio. Vera sinofero,

31 90,7 kg

ankaŭ, ĉar li devos pagi sian pensionprezon en Blankaj Sabloj, kaj ĉiuj scias, ke li devos pagi siajn proprajn elspezojn en la kolegio. Do la komisiitoj decidis akcepti vin. Mi ĝismorte ekscitiĝis, kiam Tomaso venis hejmen kaj anoncis tion al mi."

"Mi ne sentas, ke mi akceptu ĝin", murmuris Anna. "Mi volas diri – mi ne pensas, ke mi devas lasi Gilberton fari tian oferon por – por mi."

"Mi supozas, ke vi ne povas malhelpi lin nun. Li subskribis dokumentojn kun la komisiitoj de Blankaj Sabloj. Do tio ne helpus lin nun, se vi rifuzus. Komprenenble vi akceptos la lernejon. Vi elturniĝos bone, nun ke ne plu estas Pye-familianoj kiuj ĉeestos. Jozia estis la lasta el ili, kaj estas bona afero, ke ŝi estis, jen tio. Estis ĉiam iu Pye-familiano, kiu frekventis la akvonlean lernejon dum la lastaj dudek jaroj, kaj mi supozas, ke ilia misio en la vivo estis memorigi al la instruistoj, ke la tero ne estas ilia hejmo. Benu mian koron! Kion signifas tiu scintilado kaj flagrado en la Barry-gablo?"

"Diana signalas al mi, ke mi venu al ŝi", ridis Anna. "Vi scias, ke ni konservas la malnovan kutimon. Ekskuzu min, dum mi iros tien por vidi, kion ŝi deziras."

Anna kuris malsupren la trifolian deklivon kiel cervo, kaj malaperis en la abiajn ombrojn de la Hantita Arbaro. S-ino Lynde indulgeme rigardis post ŝi.

"Konserviĝis bona parto de la infano ĉe ŝi, laŭ certaj manieroj."

"Estas multe pli da virino ĉe ŝi en aliaj", replikis Marila, kun momenta reiro al sia malnova vigleco.

Sed vigleco ne plu estis la distinga trajto de Marila. Kiel s-ino Lynde diris al sia Tomaso tiun vesperon.

"Marila Cuthbert *mildiĝis*. Jen tio."

Anna iris al la tombejeto de Avonleo la sekvan vesperon por meti freŝajn florojn sur la tombon de Mateo kaj akvumi la skotan rozujon. Ŝi restadis tie ĝis la krepusko, ŝatante la pacon kaj kvieton de la eta loko kun la poploj, kies susuro estis kiel malalta, amika parolado, kaj kun La flustrantaj herboj libere kreskantaj inter la tomboj. Kiam ŝi fine forlasis ĝin kaj marŝis la longan deklivon, kiu malsupreniris al la Lago de Brilaj Akvoj, jam estis post la sunsubiro, kaj tuta Avonleo etendiĝis antaŭ ŝi en reva postlumo – "hanto de malnova paco". Estis freŝeco en la aero, kvazaŭ iu vento blovas super mieldolĉaj kampoj de trifolioj. Jen kaj jen domaj lumoj brilis inter la hejmbienaj arboj. Pretere etendiĝis la maro, nebuleta kaj purpura, kun sia hantanta, senĉesa murmuro. La okcidento estis gloro de dolĉaj miksitaj koloroj, kaj la lageto reflektis ilin ĉiujn en ankoraŭ pli mildaj nuancoj. La beleco de la tuto ekscitis la koron de Anna, kaj ŝi dankeme malfermis la barierojn de sia animo al ĝi.

"Kara malnova mondo", murmuris ŝi, "vi estas tre bela, kaj mi ĝojas vivi en vi."

Duonvoje al la malsupro de la holmo, alta junulo fajfante venis el la bariero antaŭ la hejmbieno Blythe. Estis Gilberto, kaj lia fajfado mortis sur liaj lipoj, kiam li rekonis Annan. Li ĝentile levis sian ĉapon, sed li silente pasus, se Anna ne haltis kaj etendis sian manon.

"Gilberto", ŝi diris kun skarlataj vangoj, "mi deziras danki vin por cedi la lernejon al mi. Estis tre bonkora ago de vi – kaj mi volas, ke vi sciu, ke mi aprezas ĝin."

Gilberto avide akceptis la etenditan manon.

"Tute ne estis bonkora ago de mi, Anna. Estis plezuro povi doni al vi iun etan servon. Ĉu ni estu geamikoj post tio ĉi? Ĉu vi vere pardonis mian malnovan misaĵon?"

Anna ekridis kaj sensukcese provis retiri sian manon.

"Mi pardonis vin tiun tagon ĉe la lageto-elŝipiĝejo, kvankam mi ne sciis tion. Kia obstina anserino mi estis. Mi estis... – pli bone fari kompletan konfeson: Mi bedaŭris tion la tutan tempon ekde tiam."

"Ni estos la plej bonaj geamikoj", diris Gilberto, jubile. "Ni naskiĝis por esti bonaj geamikoj, Anna. Vi sufiĉe longe malhelpis la destinon. Mi scias, ke ni diversmaniere povas helpi unu la alian. Vi daŭrigos viajn studojn, ĉu ne? Ankaŭ mi. Venu, mi akompanos vin hejmen."

Marila strange rigardis Annan kiam tiu eniris la kuirejon.

"Kiu akompanis vin sur la vojeto, Anna?"

"Gilberto Blythe", respondis Anna, ĉagrenita trovi sin ruĝiĝanta. "Mi renkontis lin sur la Barry-holmo."

"Mi ne sciis, ke vi kaj Gilberto Blythe estas tiel bonaj amikoj, ke vi staras duonhoron ĉe la bariero kaj parolas unu al la alia", diris Marila, per seka rideto.

"Ni ne estis – ni estis bonaj malamikoj. Sed ni decidis, ke estos multe pli bonsense estontece esti bonaj amikoj. Ĉu ni vere estis tie duonhoron? Tio ŝajnis nur kelkajn minutojn. Sed, vi vidas, mankas al ni kvin jaroj da konversacioj, Marila."

Anna sidis longtempe ĉe sia fenestro tiun nokton, akompanite de ĝoja kontentiĝo. La vento milde ronronis en la ĉerizarbaj branĉoj, kaj la mentodoro leviĝis al ŝi. La steloj scintilis super la pintoj de la abioj en la kavo, kaj la lumo de Diana briletis tra la malnova breĉo.

La horizontoj de Anna fermiĝis depost la nokto, kiam ŝi sidis ĉi tie post la reveno hejmen el Queen's; sed se la vojo antaŭ ŝiaj piedoj ja estas mallarga, ŝi sciis, ke floroj de kvieta feliĉo floros laŭlonge de ĝi. La ĝojo de sincera laboro kaj inda aspirado kaj simpatia amikeco estos ŝia; nenio povos ŝteli ŝian denaskan rajton pri fantazio aŭ la idealan mondon de ŝiaj revoj. Kaj ja plu restos la kurbiĝo en la vojo!

"Dio estas en Sia ĉielo, ĉio estas bona en la mondo", Anna dolĉe suspiris.

FINO

"Venu, mi akompanos vin hejmen."

Selektitaj aliaj libroj de la eldonejo Mondial (Novjorko):

ORIGINALA LITERATURO EN ESPERANTO (PROZO)

Sten Johansson: **Secesio.** ISBN 9781595694256

Pluraj aŭtoroj: **Ĉiuj steloj etas nokte.** ISBN 9781595694201

Sten Johansson: **Sesdek ok.** ISBN 9781595694126

Trevor Steele: **Sed nur fragmento.** ISBN 9781595694072

Federico Gobbo, Yuri Gamberoni: **Bonvenon! (Komikso).**
ISBN 9781595693839

Miguel Fernández: **La vorto kaj la vento.** ISBN 9781595693150

Julia Sigmond, Sen Rodin: **Libazar' kaj Tero** (Sciencfikcio).
ISBN 9781595692665

Eugène de Zilah: **La Princo ĉe la hunoj.** ISBN 9781595691880

Liven Dek: **Ne ekzistas verdaj steloj.** ISBN 9781595692351

Argus (Friedrich Ellersiek): **Pro kio?** (Klasika krimromano)
ISBN 9781595691101

Darik Otira: **Vojaĝo al kuniĝo (Konfesoj de seksobsedito).**
(Erotika romano). ISBN 9781595691514

Manuel de Seabra: **Malamu vin, unu la alian.**
ISBN 9781595691439

TRADUKITA LITERATURO EN ESPERANTO (PROZO)

Gabriel García Márquez (trad. Fernando de Diego): **Cent jaroj da soleco.** ISBN 9781595693013

Hermann Hesse (trad. Detlef Karthaus): **Sidarto.** ISBN 9781595691750

Thomas Mann (trad. Karl Schulze): **Lotte en Weimar.** ISBN 9781595690210

Halldór Laxness (trad. Baldur Ragnarsson): **Sendependaj homoj.** ISBN 9781595690562

George Orwell (trad. Donald Broadribb): **Mil naŭcent okdek kvar.** ISBN 9781595692498